U0590440

张欣张梅
文学作品评论集

张欣　张梅　编

羊城晚报出版社
·广州·

图书在版编目（CIP）数据

张欣张梅文学作品评论集／张欣，张梅编. —广州：
羊城晚报出版社，2016.9

ISBN 978-7-5543-0333-7

Ⅰ．①张… Ⅱ．①张… ②张… Ⅲ．①中国文学—当
代文学—文学评论—文集 Ⅳ．①I206.7-53

中国版本图书馆CIP数据核字（2016）第173540号

张欣张梅文学作品评论集
Zhang Xin Zhang Mei Wenxue Zuopin Pinglunji

策划编辑	朱复融
责任编辑	朱复融
责任技编	张广生
装帧设计	友间文化
责任校对	杨　群　王晓娜
出版发行	羊城晚报出版社

（广州市天河区黄埔大道中309号羊城创意产业园3-13B　邮编：510665）
发行部电话：（020）87133824

出 版 人	吴　江
经　　销	广东新华发行集团股份有限公司
印　　刷	佛山市浩文彩色印刷有限公司
规　　格	787毫米×1092毫米　1/16　印张23.75　字数360千
版　　次	2016年9月第1版　2016年9月第1次印刷
书　　号	ISBN 978-7-5543-0333-7/I·285
定　　价	48.00元

版权所有　**违者必究**（如发现因印装质量问题而影响阅读，请与印刷厂联系调换）

目录
Contents

张梅文学作品评论集

4

张欣文学作品评论集

张

欣

明暗笔法，爱的底蕴
——读张欣新作《终极底牌》

陈晓明

  张欣身处改革开放最前沿的南方城市广州，自上世纪80年代以来，她就孜孜不倦地描写时代变动中的人们的日常生活。她能在当下的平静现实中发现人们心理困窘，看到性格与命运较劲的那种伤痛和力道，而她的笔触终究要抵达的是人性中的温润和那些闪光的时刻。2013年底，花城出版社推出张欣的长篇小说《终极底牌》，我们又一次看到她翻开的生活底蕴，在精心的布局下，又有一种沉甸甸的质地。

  《终极底牌》听上去像是好莱坞大片的名字，主角想去会是汤姆·克鲁斯或布鲁斯·威利斯式的中国英雄。但翻开小说，主角却是几个文弱的中学生，以及不明觉厉的她/他们的老师或家长。这里面能藏着什么样的"终极底牌"呢？张欣的笔致向来委婉有致，她说故事从容不迫，一点点进入，曲曲折折，游龙走丝。过去是从家到单位，绕开社会纷乱；此番是从家到学校，也无须纠缠于人间万象。其实就是两个家庭的故事，你何尝想到这样的少男少女的故事能牵扯出男男女女的恩怨情殇？

小说开篇就写两位女中学生的友情，以及临近高考的中学课堂，读下去很长时间你都会认为这是写今天反思应试教育的故事——这无疑也是小说的一个目标，但内里却是写这代少男少女的情感心理，她们身后父辈的感情纠葛和人格命运。小说的两个小主人公崔嫣和豆崩读重点中学高二年级，俩人书桌相邻，情同姐妹，性格迥异却也同病相怜，都属单亲家庭。一个是父亲去向不明，另一个是母亲另有抱负。崔嫣在学校听从老师教诲，遵守课堂秩序，在家对多病的母亲也十分孝顺。豆崩则格格开朗活泼，甚至颇有侠情义胆。崔嫣暗恋学校的美术老师江渡，豆崩则喜欢高三的学长程思敏。但是程思敏却喜欢崔嫣，年轻人之间就纠缠着这般情感瓜葛。这里并没有争风吃醋的明争暗斗，只是年轻人的率真与多情。张欣写情感早已圆熟，她不需要弄得刀光剑影，正是她对生活真相的把握，对人性的洞悉，所以能在平实朴素的生活中，写出人们面对生活的真实态度和心理情结。小说贴近生活，贴近人性，读来十分自然顺畅，几乎是丝丝入扣，再又节外生枝。

这部小说与张欣早年剖析人性的笔法有所不同，她在寻求生活的底蕴和人性的亮色。生活的秘密一点点被揭示出来，人性的亮光也一点点透示出来。小说中几乎没有坏人，甚至没有明确的对立面或阴暗面。大家都是普通人，都是正常人，只是各有各的故事，各有各的秘密。江渡的父亲江渭澜，早年为了报答舍命相救牺牲的战友王觉，离开倾心相爱的恋人紫佳来到王觉遗孀小贞家，承担起照顾抚养这个家庭的责任。这个行为说普通也普通，说不同凡响也未尝不可。小说刻画了江渭澜的坚强性格，承担和责任，也描写了小贞的善良与温婉。江渭澜的故事多少会让人想起毛姆《刀锋》里的拉里的故事。拉里青年时在一战期间当飞行员，一次升空作战，战友为了掩护他被敌机击中。出身名门的拉里后来离群索居，到底层做蓝领粗工。据说毛姆笔下的拉里是写维特根斯坦，有相当的真实性。想去江渭澜的故事在偌大的中国也有可能找到原型，对于虚构文学来说，素材的真实出处并不重要，重要的是在小说叙事逻辑中展开的合理性。就这点而言，张欣采取了让笔下的江渭澜隐忍内敛的策略，让他承担、坚守。他就像一座山一样沉稳，也像山一样沉默。以至于小贞和他生活了多年，才一点点知道他出身于书香门第，会拉小提琴，懂诗，对艺术有精湛理解。这是普通女性小贞所陌生的男性，多年生活在一起，她对他依旧陌生，但却能信任他，体会到他的高尚与坚韧。对于作者来说，这就够了。在今天，书写正面、高尚、奉献这些正面价值观已经十分困难，身处怀疑的时代，面对无限多样的虚假和浮华，去哪里寻觅人性的依靠呢？张欣没有放弃，她坚持去写人性积极的肯定性，在小说叙述的精心布局中去透示人性的亮光。

尤其值得称道的是，张欣在年轻一代身上去看那些善良和仁义。80后、90后的独生子女一代人，成长于中国城市化和消费社会急剧发展时期，他们通常被描述为自私、唯我独尊的一代人。但是，张欣并不想重复这些概念化的表述，她要去体察年轻一代的心性和人生追求。固然，他们还难免幼稚，也有诸多烦恼和张扬自我的举动，但他们敢爱敢恨，有是非，懂道义。崖嫣当然是一个善良孝顺的孩子，从小就给母亲炖中药，给母亲捶背揉肩。屋子里弥漫着中药味，她就在中药的气息中学习做作业。豆崩表面上大大咧咧，什么都不在乎，而且她知道程思敏喜欢崖嫣，她却又喜欢程思敏，在爱情这一点上，她也显示出少女的直率真实。她最终做了几件好人好事，还酿就了"法女事件"（开法拉利跑车救下昏倒路边的人，遭遇人肉搜索），一直热心于公益事业。所有这些，豆崩重塑了富二代这一群体的形象。与其说是树立榜样，不如说是豆崩的形象也还原了生活的复杂性和多样性。豆崩最终去国，她留下的是一个落寂的背影和感伤的记忆。

这部小说写人物采取的笔法干净利落，简洁明晰。尤其理想化的人物居多，小说乐于去描写人物的正面性格。程思敏和江渡也是小说着力写的不同年龄层的青年形象，他们都有着帅气的外表，坚韧的性格和不同凡俗的思想情怀。江渡舍身救了崖嫣，程思敏最后去了北京的龙泉寺出家。他们都成就了一种道义的人格，给人们看到今天青年身上显现出的希望。只是程思敏的精神人格升华转向宗教，这也表明作者对当代的精神信仰的一种困难探询。

小说的构思颇具匠心，明暗二重结构发展为平行的双重结构，并且最终把底牌亮出。小说明写几个中学生的应试教育以及他们之间的情感关系，暗写他们的家长之间的更为复杂的人生纠葛。小说中起连接作用的人物是江渡老师，这个中学美术老师在几个中学生的应试教育中本来是毫无作用的人，但对于这几个孩子却是如精神支柱一般重要。在小说的叙事中，他也起到了结构中介的作用。小说深藏的秘密是年轻一代浑然不知的父辈的情爱纠葛，江渡的父亲江渭澜竟是崖嫣母亲紫佳的初恋情人；紫佳的病痛是心病，那是年轻时离去的恋人留下的创痛。江渭澜心里始终记着战友的救命之恩，他要终身相报；小贞始终看不清后来来到身边的江渭澜等等，所有这些隐藏的秘密或不明真相的谜团，都表露着一个十分明晰的意义：那就是这些人身上所体现出的人性的善良、责任、道义，里面透示出的是这个时代急需确认的精神价值——这就是小说要翻出的"终极底牌"。

这部小说在叙述上笔法精细，有一种从容舒缓的情致，南方情调、城市韵味，那种"慢"的叙述节奏，一层层剥开的手法，都可以看出张欣的小说叙述艺术透着一种老道的自信。当然，以戏剧性建立起来的情节结构，或许会让人看出电影电视剧的影响痕迹，但也不妨看作张欣坚持的探索。在中国当代的长篇小说普遍缺乏构思的情形下，这样的构思无疑具有积极的意义。

对当下中国的精神守望与价值期许

——看《终极底牌》的灵动其表与深沉其里

钟晓毅

张欣的小说作品大都是直抵生存本意的自由抒写，新作长篇小说《终极底牌》有着深沉的济世情怀，更与现实贴得非常得近，在对日常生活的过滤和整合中，努力地将对现实的感情推向或衍生到对存在理解的高度，以贴近于生命脉动的灵动气韵，去寻求本真状态的生命主流和精神超越；她刻意回避那种流行的概念、智力、知识等貌似高深的意旨和游戏品性，而返回到情感情绪、善意温暖等生命本体性的状态中，去探寻生命的深层背景和终极意义，于是，她说：人生的底牌，不过是平淡中的温暖，暗夜里的微光；所有的言情，无非都是在掩饰我们心灵的跋山涉水。灵动的言表与深沉的追问自然融合，应该是长篇小说艺术的理想模样，《终极底牌》就是这样别具高致的作品，它的背景还是放在繁华都市，有着很好看的故事内核，以格致清新的笔调，从日常现实上落笔，在沉思处低回，于高远处收梢，随意点染的都市景物与高蹈的人生志趣相融，形成了富丽而意蕴隽永的阔大诗境。小说内蕴着人生的各种复杂感悟，是两代人同一时代和不同时代的各种生命阶段的刻录。张欣细致入微，繁华错落地描写那一个个个体的生命体验，把这些活泼泼的生灵，放置于社会转型的时代阵痛中，在他们的身体和心灵中都烙上了明显的时代印痕，无非是在企望让我们的生存与生活达到这样的理想境地：平淡中的温暖，黑暗中的微光，能照耀着一个福祉无限的世界的敞开。在这个世界里，公平雅正，蕴藉温暖，四时有序，父母在堂，无忧无惧，不急不躁，千秋万世的安稳岁月在那里缓缓流淌。整部作品灵动其表，深沉其里，这样的品质追求，可贵而稀缺，这完全是对当下中国的精神守望与价值期许，是中国梦实现的一种文学表达。因此，《终极底牌》不仅仅是一部温暖之书，还是一部希望之作。

张欣是都市小说写作最早的"弄潮儿"之代表人物，善于充分揭示商业社会人际关系的奥妙，并把当今文学中的城市感受和城市生活艺术提到了一个新的高度，她始终关怀着她的人物在市场经济文化语境中的灵魂安顿问题，因为今天我们正面临众声喧哗的时代：曾经拥有的已然丢失，不曾想到的一下子就在面前。在快速变化的都市中，似乎每个人都惶惶不安"更待菊黄家酿熟，与君一醉一陶然"的情怀已少见；"人闲桂花落，夜静青山空，日出惊山鸟，时鸣春涧中"的风景也难再。每一个人都在匆匆忙忙地走着，梦想难以梦想的，追逐难以追逐的，永远在路上。作家们便也一下子陷入了是融入还是逃离的困惑中。张欣的小说倒是一直在现实语境中展开的，艺术的触觉一直抵及时代的尖端之处，在文学的领域里对现实作直截了当的发言。她的前期与中期的作品，并不企望描写当代中国社会的全貌，只能说是对于变化多端的社会现象，想要加以了解、加以掌握的一种努力，比起一些"抗争性"强的作品，它们似乎欠缺可以勇往直行的方向。然而，在都市化的巨轮中，我们亦发觉到了政治社会小说有逐渐沉寂的趋势，抗争、反思的主导意志，慢慢地被追求自主意识的认同倾向所融入。因此，张欣的小说反而呈现出比较具有多面探索、多面描绘的"浮世绘"的痕迹，受众的接受面也较为广泛，她的笔下产生了一大批在高耸的都市建筑物的阴影下像谜一样出现、又像梦一样消失的"白领丽人"，作为对人在商业时代中如何生存、生活，在无奈中却还没有丢掉最后一点信念的骨韧筋绵"图解",颇有新鲜感;因张欣很清晰地明了:都市是人类文明最瞩目的景观,女性又是城市文明最生动的风景。但在商业氛围的瓦解下,女性往往会成为生存在洪水中的孤独个体。她们的焦虑很多时候同政治与意识形态无关,所涉及的往往是如何面对男权价值体系在都市生活中已出现的松动与裂痕问题。在当代都市生活中,松动的男权价值体系比之几千年僵硬的男权价值体系,向女性提出了更具挑战性与尖锐性的考验。在这种考验面前,都市女性需要付出的代价往往不是抗争,而是自处问题,是在繁荣世界中如何自怜、自珍、自强与自立,她们的叙述伴随着背景的喧嚣,她们的话语在只属于她们的世界里生成并迅速地消失。但毕竟因为她们的出现,从中推动新型人格的产生,表现出对传统人格的陌生与背离,折射出新的爱情观、道德观、竞争意识及价值取向,从而让张欣的作品因为时时散发出岭南椰风热雨的新鲜气息在当时就为人广泛关注。

来到了新作《终极底牌》,相信这是张欣迄今为止付出了最多心血的长篇小说。眼见时代多变的潮汐,闯过时代多变的雷区,感受到身边人物经历过的各种风风雨雨,起起伏伏;现世、故人、社会环境、个人衷曲、常态、异秉、历史、人文、未来……如此丰繁,这个时代为文学所赋予的一切,在张欣的这部新作中都能找到"蛛丝马迹";小说在题材选取,人物设置和故事构造方面都颇具匠心,且细节鲜活,意象丛生,在错落有序的叙述中把一个个早已进入公共话语经验的话题演绎得意味深长:应试教育现象、单亲家庭现象、爱情婚姻现象、人性善恶变化现状等等被一一打量,小心拾掇,不无挑剔,不乏追问,不停期许;作者的赞美与评判不仅关乎个体性的现实,而且还关乎深沉的命运感以及想象未来的能力,文字体温灼热滚烫,同时又能够冷静自持,可贵的是还拥有疏离和提升的能力,体现出描写现实生活的辽阔性、感受生活的宽阔和广度的一大进步,从而再自然不过地参与了对生命、时代、历史的精神整合,为她的都市小说创作增添了里程碑色彩。

《终极底牌》除了由内在的幽深和旁及的宽阔所形成的互动互映外,还有另一大创新之处:张欣已不仅仅是游刃自如地去描绘她的女性角色们被浮华的生活增添了几许创痛,虚情的笑语泄露了多少沧桑,她们看到了五彩幻影下是深深的泥淖等诸如此类的都市戏码,而且给我们贡献了一系列沉默、坚毅，有担当的男性人物形象：江渭澜、张箭、王觉这一辈人就不用说了，下一代的江渡、程思敏等亦很精彩，甚至如汪校长等篇幅不多的人物，都迥异于她以往的男性形象。在"身陷红尘、重拾浪漫"阶段，她的男性人物多为《岁月无敌》中简松式的人，到了新世纪之初，张欣向着生活的复杂、尖锐和精彩跨出了一大步，不惮于直面丑陋与残酷，不惜伤及优雅与清高，其男性角色多类似《锁春记》中的庄世博，都有貌似完美却自私透顶的特质，张欣不看好他们，读者也不受落他们，但是到了《终极底牌》就完全不一样了，江渭澜可以为了一句对战友的承诺，完全改变了自己的人生轨迹，到伤逝的战友家中当了顶梁柱，成为现成的丈夫和父亲。在此后漫长的岁月里，他也曾经想过他的另一种人生，或者考上了音乐学院的作曲系，成为庞大的交响乐团的指挥，开始创作自己的音乐作品，一展个人艺术生命的蓝图；或者只是在乐团当了一名首席小提琴艺术家，演绎古今中外的经典曲目，每一天都可以是自由的、轻盈的。但是现实的他，却是越混越差，到最后只成为一个落魄的蓝领，连家里人都觉得他过的是失败的人生；可他一点都不后悔，他有着坚定的信念，说其实人生无所谓成功还是失败，因为既没有统一标准，也没有正确答案。人这一辈子唯一要做的就是把心给安置好了，人不就是活个踏实吗？因此，他要成为另一个人，就必须和从前的一切彻底告别，行注目礼。永远保持沉默。他切切实实地做到了，虽然也误伤了父母兄弟和当时对他情有独钟的人，但他却以沉默与坚毅保有了那些终极底牌必不可少的东西：情意、责任、诺言，并把它们在拜金唯利、无情无义的时代传给了下一代，所以江渡——其实是王渡才说："爸，我要感激你的不是养育之恩，是你让我拿到了那张终极底牌，那就是我也选择相信，相信那些东西还在。"

无边的历史，无解的命运，无助的遭遇，无尽的秘藏，被作家直接落到最底部开始仔细打量，从低处才会感受到升起的刻度和力度……滑落的人世保藏向上的认知，蒙蔽的生命等来清高的认领。虽然，在当下把这种相信作为一种普遍的共识让全社会大众认同，不是容易的事，如同江渭澜所说的：会有些寂寞的，但还是要相信，否则只会更寂寞。张欣就这样在《终极底牌》设置了一级级向善的台阶，她并没有去说大话与空话，诸如怎么成为圣贤？如何做个豪杰？丰功伟绩如何创建？大忠大奸如何划分？什么叫气贯长虹？如何能名垂历史……她更关注的是日常生活的种种情态，普通人的生存状况、世俗风习、人间情怀，对一切作寻常的处理，以善意达致温暖，从黑暗峭拔光明，因此，她所设置的大多数人物，都印证了善并不是一种特殊的人格境界，而是将其扩展为人生时时可追求的正果，上一代江渭澜、刘小贞、王觉、野晴小姐、张箭、兰老师、汪校长、林紫佳等等，下一代的江渡、江姜、张豆蹦、林崖嫣、程思敏……他们的所作所为，最后都标示出一种心的境界，心如明镜，心温润明亮，印证万物而保有自身。作品除了最后说程思敏以义工身份到了龙泉寺外，通篇并没有说到佛，也没有明指善，但它所流泻的襟怀，却颇让人想起岭南佛门宗师惠能的那段偈语：身为菩提树，心是明镜台，时时勤拂拭，莫使惹尘埃。因为有惠能的明澈，空灵的悟觉便在后面等着："菩提并非树，明镜亦非台，本来无一物，何处惹尘埃。"它的意义常常韬光不显。但从另一方面来说，哪能人人皆成佛呢？庸常人生里，能"时时勤拂拭"，已是最大的善果了。江渭澜乃至江渡这么一些"普通人"，应该包含着这么一连串的意义：生活是有意义的，生命是温暖动人的，生活中有我们值得为之奉献的终极目标——至亲至爱的安宁和自我灵魂的安顿，不论处于什么样的处境，这目标不变。也许这是一个不够"不公无私"、不以"天下无公"的目标，但却是充满了善意的追求和温暖的标示。它不仅保存了自身，同时还尽自己的绵薄之力，唤醒了身边的经验整体，达致一个天高云淡的清明天地。

《终极底牌》采取了故事套故事的叙述方式，在文体的探索上显现出难得的自信和成熟，语风俏皮活泼有之，势大力沉有之、亦庄立谐有之，写人物重性格和情味，绘故事识人心与奇趣，灵动着笑与泪，时空转换蓄满命运温凉，体贴生命的别样情态，依地气氤氲神思，总能以呈现的方式看穿时间和地域的障眼法，寄托悠远的人性之思，虽有影视文学的流风所及的故作惊人之情节，依然不失为近年来不多见的长篇之作，对今日的文学形貌而言，这部长篇小说势必将留下一个格外扎实的印痕。

属于张欣的广州故事

江　冰

以都市女性言情小说闻名的广州作家张欣，近期推出长篇小说新作《终极底牌》（载于《收获》2013年第6期，以花城出版社2013年出版），这是一个关于广州的故事。以花季少女的中学生开场，实写广州新区天河：粤语色彩的名字，西式芝士蛋糕坊，地下迷宫里的格子间，顾客盈门的另类餐厅，人潮汹涌的地下铁站——一个活灵活现的广州大都市场景豁然眼前。少女的怀春、师生的代沟、升学的压力、当下中学生活的核心冲突，以及家庭的变故、亲人的纠葛、父母与子女的代沟，在张欣一以贯之的"都市叙述"中铺陈开来——你会以为是一部关于中学生青春成长的小说。

代沟的彰显构成长篇小说前半部分最精彩的部分。"这是一场战争，而且是我有生以来第一次向父母公开宣战。没有硝烟炮火，血雨腥风，我们三个人都温文尔雅，表面上一切照旧，每个人该干吗干吗。但是真正的局面是他们说他们的，我干我的。"优秀生程思敏的觉悟和叛逆，直击当下中学教育以升学率为指挥棒的社会问题。青春花季在极端功利的教育中被摧残。作品同时也涉及了中学生的心理问题：单亲家庭的心理伤害。两位笔墨最多的中学生崖嫣和张豆崩，在这个问题上纠缠很深，情节也借此铺陈。少女的心思细致入微，情感描写栩栩传神，既有90后的亚文化特点，又融进了大都市的繁华与喧嚣。整部作品类似"葫芦结构"，葫芦有两段：开篇中学生生活显然只是"葫芦结构"那个稍小的一段，重点却在稍大的后半部。从少女崖嫣初恋对象美术老师江渡身上，牵出了关于"底牌"的那个悲壮的人生故事，而纠葛就在他们父母一代的前情往事——这是张欣用力所在。

一个革命时代的故事，在都市言情的小说路数上推进。你得佩服张欣讲故事的能力，叙述节奏把握极好：时断时续，时紧时松，时缓时急。江渡养父的人生故事由隐而显，渐次水落石出，最后推出关于情义、关于责任、关于诺言的"终极底牌"——这是一个有意味的情节构思，主流作家一定要找到自己作品的精神基石，犹如中流砥柱，犹如定海神针。一部1949年以后的中国当代文学史几乎都是这样的追求，区别只在有的作家温婉隐约，有的作家强烈直白，张欣自然属于前者。引发我兴趣的是作家的立场——作家竭尽全力在说服读者：两代人共有一副底牌，并且弱弱地说：她是终极的。我却读到一种悲壮：游走在"过去"与"当下"历史间隙中的作家，在竭力地拉扯一根红线，但"传统的红线断裂"了！这是比较严酷的事实，是许多人不一定愿意面对的事实。

人类总把一些平常人忽略的、再现"历史记忆"的任务，丢给作家艺术家，这大概也是离历史现实最近的小说家的存在理由与使命之一。也许，他们在照亮"过去"，在唤起记忆；也许，他们在解释世界，并期望建立某种联系以求得两代人的和解。但殉道者父亲命运的不堪，又似乎在暗喻过去人生"珍宝"的黯淡，他似乎无法给我们的"未来"提供光芒——是美好还是惨不忍睹，是奉献还是隔代伤害？也许，关于这一点，作家也是犹豫不决的，因为象征悲壮奉献者前半生的小提琴被沉入江底，告别正常人生的代价就是成为一位痛苦的"殉道者"。这样的选择真的值得吗？她在世俗层面上的合理性与精神层面上的价值，是否具有一种悲壮的力量？我们对于父辈抑制个体满足某种伦理的牺牲，真的信服吗？我陷入沉思并感受作家的犹豫和无力。

在我看来，如何讲述过去已然不仅是一个理论问题。一个民族假如无法讲述过去，理直气壮，光明磊落，那么，他就很难与下一代儿女建立血缘一般的联系。假如，我们无法解释过去解释命运，我们就很难批评下一代的普遍"无意义感"。珍宝沉默不语，是因为他无法照亮未来。两代人的和解何其之难！作家的犹豫徘徊着实可亲，作家的用心用力着实可敬。我们真的拥有共同底牌吗？这是一个时代无法回避的话题。张欣触碰了当下中国最为重大的社会主题，并由此讲述了独属于她的广州故事。

百般婉转，一样心肠

——故事和讲故事的人

王　颖

张欣是上世纪80年代以来发现和书写城市生活、现代女性这一文学主题中走在时代前列并走得楚楚动人者。张欣的小说无疑是新都市文学的重要收获。她的作品和社会转型以来飞速发展的市场经济和现代化之路密切相连，随着中国的城市化和商业化进程的加剧，都市发生了令人目眩神迷的变化。我们不再"有都市而无都市文学"，都市真正取代乡村成为故事发生的舞台、场景和主题。在张欣之前，还没有一个作家以敏锐的眼光和执着的热情不断描写着广州，这个南方都市，改革开放的首善之区，可以说是张欣在文学中塑造了广州，这个在经济发展中热火朝天，物质急剧扩张下充斥着琳琅满目的商品，奢华舶来的品牌，鳞次栉比的琼楼玉宇的都市，它的喧嚣和骚动，下海淘金的人们，在这个灯红酒绿充满欲望的都市里，正当地表现着自己的欲望，以及被欲望扭曲的挣扎与痛苦。张欣冷静地道出了万象更新、新旧交替中都市的种种矛盾和都市丛林的法则，张扬了一种时代列车轰轰向前中积极果敢、开拓进取的南方精神，细腻到位地呈现了都市的氛围、感觉和情绪，对都市欲望的现实抱持着宽容和理解的态度，当然也没有回避它给人们带来的物化和异化，并最终"不忍舍弃那一点点浪漫"。张欣的小说自有一种腔调和风格，在同是都市女性写作的一批作家里，以其独特声名鹊起并屹立一方。关于她的"雅"和"俗"，不同的读者能从其作品里读出不同的意味。而那些好的作品都能形成雅俗共赏的审美取向。

张欣一直是个善于讲故事的作家，她的小说可读性很强，故事情节引人入胜，本雅明言及现代小说已不讲故事，张欣却还是一个坚持传统在说故事的人。她深情地讲述着一个又一个眉目清楚的故事，在都市的宝光流转，物质的温暖熨帖和人心善恶的角斗场中，为我们揭开繁华背后的苍凉和无奈，以及身在其中的人们无法挣脱的迷失和怅惘。情感和都市是张欣小说的关键词。张欣早期的《梧桐梧桐》等作品讲述了女性面对情感时的执着甚至执拗，揭示了灵魂深处的痛彻心扉，进入都市后，本着对新事物的敏感，物质生活的丰富对女性天然的亲和、吸引，她的作品散发出一种发自内心的都市感，以及在经历冲撞后对它更深层次的体贴与懂得。之后一段时间她在内容上选择了一些重大新闻事件和社会议题如《浮华背后》《深喉》《不在梅边在柳边》等，往离奇惊悚的路径险行，因深具畅销和影视元素在文学性上引得争议。而这次的新作《终极底牌》，看似仍像一个悬疑小说的名字，却是张欣的一次回归和再出发。她不再凌厉，回归温情。她仍是那个直面现实、关注当下生活和女性情感的张欣，在讲述一个好看好读的故事之外有着人生的况味。

如果以一句话概括剧情，这部小说是以崖嫣和张豆崩两位花季少女为主人公讲述了两个单亲家庭的故事。然而又分明觉得张欣的作品不能如此简单的被概括，会因此流失一些宝贵的质地。它看似青春成长的言情，其实含义丰厚。或许因为主人公是这两个女孩，小说在某种程度上显得透明、轻盈。对性格不同但都喜欢看漫画、读书、做蛋糕的崖嫣和张豆崩这对好友而言，"淡定"是她俩的接头暗语，"单亲"是他们心底希望保留的隐秘。张豆崩身在单亲家庭却继承了父亲的温暖和母亲的坚强，阳光乐观，从不吝啬自己的善意和对父母的爱，崖嫣的家庭则因为母亲的性情和身体笼罩着一股低气压，母亲林紫佳是位孤独的琴师，他们的母女关系有时是倒置的，母亲的不通晓世情生存仿佛赌气，后来原因揭开，她和江渭澜都是一桩意外导致的命运中受苦的人。就像那些我们曾经历过的人生中的抉择，一个选择和舍弃便改变了我们的命运和历史。张欣笔尖流转勾连起几个家庭两代情缘，交织着社会议题，展示了人间众生相。小说通过兰老师、程思敏、江渡、崖嫣和张豆崩等人探讨了当下社会的教育和成长，提出了学校把孩子的所有"负面"都归结于单亲家庭的标签化问题，而抛开这些社会议题，仍是一幅浮世悲欢图。

是的，这还是一个滚滚红尘的世界，现代商场如地下迷宫，主人公如野晴小姐仍然身着香奈儿、小黑裙、红底鞋，生活点缀着拉菲红酒、法拉利跑车、猫屎咖啡。野晴小姐是张欣从前的小说中浓墨重彩描述过的女性，他们追随着时代的风起云涌如鱼得水，被城市训练得漠然硬朗，极少抱怨，不相信眼泪。然而她作为世俗意义上的成功者，因和张父价值观不同婚姻破裂内心却仍深爱对方，华服背后有着掩饰不住的寂寞和忧伤。张欣小说里的滚滚红尘是醉人的，因为有这么多斑斓的色彩让你眼花缭乱，而这红尘又是苍茫的，即便你寻寻觅觅，来来往往，交交错错，你所拥有的依然只有你自己，怀抱的亦只有自己，和那一腔独自珍藏的惘然和叹息。与野晴小姐对应的都市新贵、白领丽人不同的是，江渭澜、刘小贞对应的城市平民。江渭澜因为战友王觉的牺牲毅然决定抛弃了自己的事业、家庭和身份，从此扮演另一个人。背负着这个沉重的秘密，活得隐忍而凝重。命运的交错让江渭澜和林紫佳从本是知识分子家庭的青梅竹马到咫尺天涯，改写了人生的轨迹。小说的情节可见出作者之前小说的一些元素并被书写得一波三折、重峦叠嶂。而张欣的气质，体现在无论写到哪一种人，从担任美术老师的江渡到他绣十字绣的母亲刘小贞，都是对生活有品位的人，其品位通过张欣对细节的写实自然地流露出来。就像在这部小说里，她细细地写一个厨房，写做蛋糕的材料和步骤，写鉴赏美食、绘画和音乐，俗世的欢欣和乐趣仿佛都体现在那些日常琐屑的细节里。张欣曾经说过"我实在是一个深陷红尘的人，觉得龙虾好吃，汽车方便，情人节收到鲜花便沾沾自喜"，正因为有着这种热情，所以她能够流连和逡巡于这些都市的细节、色彩和表情，张欣始终是"入世"的，对这个爱也好、恨也好的都市义无反顾地投身、融入和热爱，通过这些对细节的写实张欣亦写出了俗世中的永恒。

张欣的小说是喜欢传奇的，这传奇同样并不是超脱于俗世生活，仍是扎根于日常中的浪漫。这使得张欣的许多小说以儿女情长为主，却并非儿女情长那么简单。正如作者所说"所有的言情，无非都是在掩饰我们心灵的跋山涉水"，因此小说有对商业化社会的审视，有人间的热闹和悲苦，有少年在成长时受过的伤，不被成人重视的卑微、怯弱，力量的渺小，有父母辈在人生舞台上的起伏风云，辛酸与艰难，困惑与抉择。如果只在小说中看到了浮华的城市表象和曲折迷离的故事，并不是张欣。在这个繁花似锦的城市里，每个人都是一座孤岛。因此城市的霓虹虽然美丽却有如暗夜流泪不止。张欣还是那个抒情的张欣。她用悠长抒情的语言和笔调表现了浮世悲欢之韵，她写到江渭澜第一次在鱼档见到苍白消瘦、背着孩子的刘小贞，想到王觉的父亲因病痛自己穿不上袜子，在南方的冰寒蚀骨中光着脚穿一对棉鞋的心中所感。这感伤里有对人世的体贴，只有温柔慈悲的人才会发掘、描摹这些细枝末节。这些犀利和酸楚，在不经意处抓住人心，使人产生心灵的共鸣。她的抒情性还反映在那些故事行进之中的小句子里。"是非、恩怨、钱，没有一样是说得清楚的，只有心酸很结实，满满地堵住了胸口。"她仍会执着地发问"有雨的黑夜你会想起谁？"在小说的这些停顿和延宕处，我们看到了张欣，尖锐中依旧柔软、多情的张欣。当然这部小说还是有戏剧化一面，比如江渭澜和他原先的家如果不在一个城市会不会更真实？但张欣说过，生活远比小说更戏剧化，于是我们就理解了，这是张欣有意识的自我选择并坚守。

张欣以前的小说中不乏爱情的消解和男性的残缺，其笔下的男性大多是自私而冷酷的，写到爱情也往往是利益比爱情更靠谱的残忍现实，但相比过往，这次她的浪漫和温暖跃上前台。小说仍旧写到了钱，物质金钱虽不是主角，但还是如同呼吸一般渗透在背景里。刘小贞为了追查账开始和死去开发商的妻子宋春燕交往，一环套一环引出了另一个故事，张豆崩和父亲虽然都不屑于钱，但张父做手术实实在在需要钱，于是张父的第二任妻子小陈阿姨不得不开口来借。小说仍然客观地肯定和承认钱的价值和重要性，声明凡夫俗子对钱应有的敬畏之心，但已不再像早前在《格格不入》《掘金时代》中展现出的金钱欲望被多年的层层压抑后浮出地表的汹涌澎湃，决堤而出。而是提出了在这一价值体系之外，还有另一重的价值存在，例如一方面都市的残酷竞争不讲情面，"家庭关系就是金钱关系"；而另一方面，野晴小姐最后还是相逢一笑地借出了动手术的钱并主动联系医生，展现了都市人的无情和有情。还有虽然早早南下赶上了经济发展的先机，却因为传统道德的"残留"几次落魄的江渭澜，在世俗的意义上或许是一个失败者，然而"底牌"掀开，在人性的意义上他始终是个闪耀着辉光的成功者，"终极底牌"成为作者对人生的一个注解和隐喻。刘小贞的善解人意和江渭澜的自我牺牲，是当下现实中日渐稀缺的美好品性，而小说也给了他们一个温暖的结局，两人因义而生情，最后已说不清谁救赎谁。小说通过上一代对传统文化中信仰和道德的坚守，林紫佳得知真相后与江渭澜达到的和解，下一代江渡对父亲的认同，肯定和张扬了这些固有的精神和价值。作为张欣以往小说主人公的上一代人，如今均为人父母，儿女成了这个时代的主人公，和父母一致的是，崔嫣和张豆崩因为程思敏而生的心结最后也归于和解。张欣曾自言"我在写作中总难舍弃最后一点点温馨，最后一点点浪漫。我明知有不少人对此不以为然却恕难从命了"。如果有缘故，我想是因为爱。还是爱。还有爱。张欣用她的锦心绣口一次次告诉我们，爱是不能忘记的。它是张欣小说的婉转动人和缠绵悱恻处。因此，小说最终回到了人间的一点温暖、诗意和真情，也让我们回到了最初读张欣小说的感动。

在红尘中安妥灵魂

——素描张欣

钟晓毅

在万丈红尘中安妥好灵魂，这看似艰难而吊诡的命题作文，张欣孜孜不倦地做了足足三十年，她所有的都市言情，都是想在软红万丈的喧哗中找到安身立命之处，如今，凭着她一点点水滴石穿的坚持，她成全了她的读者，也成就了她自己。

在当下，我们已无可置疑地处在了众声喧哗的时代。

曾经拥有的已然丢失，不曾想到的却一下子就在面前，在快速变化的都市中，似乎每个人都惶惶不安。

"更待菊黄佳酿熟，与君一醉一陶然"的情怀已少见；"人闲桂花落，夜静青山空，日出惊山鸟，时鸣春涧中"的风景也难再。

每一个人都在匆匆忙忙地走着自己，梦想难以梦想的，追逐难以追逐的，永远在路上。

我们的小说家便也一下子陷入了是融入还是逃离的

困惑中。

在一种急遽的变动不居中，要继续写作，小说家必须给自己一个明晰的命题，并且看自己的意向是放在大众接受的层面上还是只是私语性的放纵上。并不是别无选择，但每个人都是在社会既定的框架中寻找自己的选择，个人的真正成功只有选择那种超越个体感性的价值理想，让人类生活依其内在固有的辩证逻辑向前推进，生命才会灿若春光。张欣努力的结果完全可以对应那首诗：面朝大海，春暖花开。

跟张欣交往了多年，每次见面，都会谈到文学，但又从来不感到矫情，因为彼此都很真诚，并且是真的很知足于在年轻的时候就跟文学相遇，并缠绵到如今。最近的一次约会是在仲春的二沙岛御珍轩品茗，还是离不开这个永恒的话题。窗外的二沙岛是广州一个最美的小岛，它就在市中心，一样的人车喧哗，红尘处处，但这里那里，或者说是骨子深处，总还存留着许多优雅、安静的所在，星海音乐厅、广东美术馆的音乐声声和流光溢彩，留住了时间的脚步也留下了生命的活泼和灵动，相信这里是张欣最喜欢的流连之处，一步出去就可以红尘万丈，笙歌处处，而往花木深处一藏，又可"修合无人见，存心有天知"，就在这样的进退自如中，她将触角伸向了社会与时代，渴望为现代人无所依附的心灵找到一处安稳的归宿。

中国现代化的进军，是在岭南这一海滩登陆的，借助天时、地利、人和，从上世纪80年代开始写作的张欣，一路走来，她那闪烁着亮色的作品都延续了广东文学积极向上、格调明朗的传统，但她又是一个"正面强攻型"的作家。作品的触角一直抵及时代的尖端之处，在小说的领域里对现实作直截了当的发言，她是都市故事最好的叙述者，她从流行的爱情小说模式嵌进了广阔的社会写实小说的时尚潮流中，视域开阔而有纵深感，叙述清新质朴而又富于变幻，题材广阔，文笔洗练，情感饱满，细节生动，人物如画，煞是好看。虽然至今仍然有人对她的都市小说低估得厉害，这其实亦更证明了她的超前性和独到性：她就是那么一个曾经在都市文学创作的认知上领先了至少一个身位的广东作家。

最喜欢她的坦率，她从来不作，她会很老实地承认：

我觉得我实在是一个深陷红尘的人，觉得龙虾好吃，汽车方便，情人节收到鲜花便沾沾自喜，当然我也对沦落街头的人深表同情，对失学儿童捐款热心，痛惜妙龄女郎因物欲所惑委身大款，总之我活得至情至性。而文学是离不开生活的，我也只能用我的眼光和角度去取材生活，尽量造成一盘好菜。

她还说过：

广州实在是一个不严肃的都市，它更多地化解了我的沉重和一本正经。

但其实，正是张欣熟知市场化与全球化背景下都市生活的物质性、包装性、流动性与幻想性的万千变化，她的近期的作品，重组了一个都市的独特星空，她不仅看到了都市生活张狂、激烈、焦虑、迷失的一面，同时也看到了都市旺盛、充满活力的发展，并从其乐观积极的发展中展现繁荣的景象。所以，她的写作，并不是想对都市人进行气宇轩昂的教育，而只是"能为他们开一扇小小的天窗透透气"，她看到了物欲横流的丑恶，然而并不认为已发展到需要大家伙去壮烈献身的程度。她发现大家其实都在红尘中奋斗，与其冷眼看人生，不如换一副心肠去理解红尘中的悲欢。她觉得文学当然不能无病呻吟，但也不能把它们拔高到"精神圣地"，她是以一种轻松好看的笔调，在叙述中暗藏反讽机锋和对流行时尚与术语的应用自如而又随时嘲弄的行文风格，赢得当下读者的好感的。

是的，在还没有多少作家去观照都市生活的正面价值时，张欣已用她的写作实践在思考如何把现实发展中的都市，与文学经验中的都市表现出的正反两面——乐观积极与悲观彷徨的两种矛盾特质，较好地融汇在一起，创造出一个较为全面的当代都市形象，这确实难得；虽然在西方的文学经验中，有"文字的都市"与"真实的都市"这两个辩证的概念的划分，认为"文字的都市"往往表达一些作家无法对读者直接表达的概念，也就是一些隐藏的概念。因此，"真实的都市"和"文字的都市"之间的联想，是有些迂回、复杂的，作家必须从他们所欲表达的真实都市中的某些经验或理念里，去设定文学符码，或者经由对城市景观的转化与隐喻性过程，以传达作家所要表达的城市意象。这种重新书写的城市意象，展现了"真实城市"与"文字城市"之间的张力，同时也可能彰显另一个"看不见的城市"之情景含义。这些理论主张，若落脚到了中国的新时期都市文学创作实践中，我以为张欣是有前行者的贡献与担当的。

张欣写都市，有着对这一种人类自己创造的生存环境非常独特的感受，并把这种感受有效地转化为小说语言，在文字与节奏上的特殊处理，让人在一种绵密的行文中感受到文本所想控制达到的那种空间效果。她尤其擅长在对都市的困惑与迷惘中，站在"人"的立场上，弘扬"人"的精神，确立"人"的价值，人是由动物进化而来的，但人还需要进化，文学应当成为"人往高处走"的一种精神助力，成为人上进的精神灯火。更主要的是，她对"人"有信心，对于人走向美好实现人创造美好价值的努力有信心。人往往是处在一个"坡"度上的，如果不能说不进则退，那么，起码可以说不努力上进便会止步不前。人的心灵中也有一盏灯，点亮它，人的心灵空间就极为广阔，人生的意义、价值和目标就会明朗，人就会走向高尚和美好，熄灭它，人则会在难以自拔的狭隘中，在阴晦不明的黑暗中迷失。由是，精神是人的灵魂，精神的健康才能使人对"人"充满信心，使人对于真善美充满热情，在某种意义上说，张欣可做这样的"点灯人"。

一直以来也不乏议论之声，张欣应该也常常遇到浮士德所说的那种情形：

有两种精神居住在我们心胸／一个正想同另一个分离／一个沉浮在迷离的爱欲之中／执着固守着这个尘世／另一个要猛烈地离开凡尘／向那崇高的灵的境界飞驰

但张欣有她的坚持，岭南三十多年来醍醐灌顶的骤变与风雨历程，改革开放的多种实验，切实生动，使她避免了对某种写作态度的单纯依赖和执迷不悟，什么样的尝试不可能呢？写作又不是偷尝人类智慧的禁果，那么，写作只是为热爱它们的人们的存在打开方便之门罢了。什么样的血液里流淌着什么样的文字，重要的是对人生、对人、对社会以及文化沧桑的独特体验和领悟罢了。就作家来说，写这样固守着寻常形态的人情物理，固守着自然状态的人道民生而自得其乐，无非是以这种方式痛痛快快地舒一口气，放松甚或放纵一下自己的精神，就读者来说，读这样的作品，也无非在山林中突闻一阵清气，在片刻间消尽了鄙吝的心。

张欣的故事编得跟她的人一样，实在好看，"所有的言情，无非都是在掩饰我们心灵的跋山涉水”，她尽心于用纤弱的手掌抚遍都市男女的千姿百态，用敏感的心灵体悟人生的岁岁年年，让人不会错过每个微小的细节，也难以放过那些尖锐而睿智的叙述性文字。她的作品里永远流淌着蜿蜒的生活河流，演绎着纷繁的男女情事。但她就安于一旁，在心中留有一片理想的天空，来容下自己安然的起居和转身。

也正因为她始终持有着一个理想主义者该有的度衡，那么的“爱惜羽毛”，她的作品是不够“狗血”的，有例为证：她的几乎每一部的中长篇小说，一出来甚或尚未出版，都会被影视老板们盯上，并在第一时间买断版权，但迄今为止，却只有十多部被改编成影视剧，真正的“出街”了。要领略她更丰盈更饱满、更富人性含量和审美意蕴的作品，还得钻进她的纸质世界里寻味，这无论是对她还是对大众读者，都不能不说是一种遗憾。

但相信这些小小的不如意怎么样都不会影响到今天的张欣了，她已把自己修炼得“玻璃心肝，水晶肚肠”，成了一个大大的明白人，做人做事也如作文，看似高冷，实则是有一副助人的热心肠，大大小小的事到了她的手上，总是像她编的故事一样，编出别人惊喜，自己也满意的一份圆满来，颇有铿锵玫瑰的风致，透彻地了解了为什么而活，参透因何，迎接任何。于是，无论人和文，都已朝着“极致的风景”走去。

以此祝福张欣。

看的是小说，读的是生活

——《梅边》读后感

　　《不在梅边在柳边》，是一部眼下在《钱江晚报》上连载的比较热闹的长篇小说。恰好，刚刚拿到手的《江南》文学双月刊杂志（第四期）也隆重地推出这部长篇。于是，和在报纸上读小说的读者比，心里就有了一种虚无的优越，仿佛是"近水楼台先得月"一般。

　　掩上读完的小说，文本里的最后一个句号瞬间在眼前化成了乔乔的一滴一滴往下掉的泪珠。这泪珠，跌落在寂静的夜幕里，如坠入无渊的深谷，悄无声息。没有人知道这泪珠儿里有多少的无奈和叹息，多少的回忆和失忆。

　　不知道哪一家在放李克勤的《一生不变》。幽幽的歌声，在黑夜里随风飘入耳畔。"一幽风飞散发，披肩眼里散发一丝恨怨，像要告诉我，你此身不变，眉宇间刺痛匆匆暗闪……"

　　想当初，蒲刃可能就是在"忧忧戚戚循环不断，冷冷暖暖一片"时,在茫然之中碰上了乔乔的视线,从此就"似雾蒙花,如云漏月,一点幽情动早"。无奈,蒲刃的同学冯渊雷的出现以及蒲刃那种看似流露在外表的自傲实际是一种内心自卑的性格使然,蒲刃和乔乔,这对金童玉女,便"一霎无端碎绿摧红"。

如果蒲刃不是这样一个结局,那么,作者要怎样来安排小说的结尾?会让乔乔和蒲刃结合吗?即便他们结合了,会一直地走下去吗?

很惭愧,我是个读小说不多的人。读小说的主要途径就是通过《江南》文学双月刊以及《江南 长篇小说月报》。小说世界林林总总、千姿百态。流连在现代小说的天地中,总有一种感觉,现在"写"小说的人已经不多了,而通过"写"小说在"发泄"在"献媚"的人却成堆。本来已经浮躁的心情,走在"发泄"和"献媚"里,越发的焦虑和不安。

焦虑和不安是当代人的一种特质。

看的是小说,读的是生活。我不在意小说用什么方式来表达内容。你可以天马行空千奇百怪,你可以无厘头穿越,但是,你不能偏离生活轨道。

《不在梅边在柳边》听起来是一个很温馨的名字,然而展现在我们眼下的却是一段很残酷的现实生活。作者虽然给这部小说打上了"悬疑推理"的印记。分明的,我看到了作者手中拿的不是笔而是一把锋利的手术刀。她用这把锋利的刀在繁荣都市的躯体上拉开了一条口子,让埋掩在风光荣耀里的溃疡昭示于市。

所谓"悬疑推理",我理解是,作者借用"推理"这个手法想比较容易讲述她要告诉读者的故事而已。换而言之,作者是在用"悬疑+推理"这个"诱饵","引诱"读者来到这群表面上看似风风光光鲜鲜亮亮的人物的"后台",看看他们"卸下妆"后的真实面目。正如作者所言,她的这篇小说,不是"人造糖浆"。我想,读过了这篇《不在梅边在柳边》小说的人,也可能会通过小说里人物命运变化的展示将自己心中那难以言语的"痛"释放出来。

很肤浅地认为,一部好的、耐读的小说,并不需要有什么华丽的章句、令人如坠云雾的"高、尖、端"技巧。除非这小说你是写给专家看的。《红楼梦》能成为不朽,为什么?《儒林外史》能流芳百世,又是为什么?所以,生活、真情实感乃是小说永远不变的主题!只有这样的小说才能在大众之中衍生生命。给《不在梅边在柳边》套上个"好"的美名，我恐有"拍马屁"之嫌；不过，耐读之说，我相信读者看了小说后是会赞同我的这个观点的。

小说中，蒲刃和梅金是属于两个对立的焦点人物。其实在这部小说里，没有什么正方与反方的界限。蒲刃和梅金所代表的各自的一方，只是立场不同而已。立场不同，看问题的角度就相异，处理问题的手段自然不一样了。他们都在为维护自己的利益而彼此较量着。就像梅金对蒲刃所说的"谁都不是正义的化身，而且这个世界没有是非，只有立场。"

说真的，看到小说的三分之二的时候，我是一直被戴着面具的蒲刃感动着的。为了乔乔，他独善其身，一门心思地在自己的学术领域专研且做出了很大的成绩；他不惜代价让其父住进高级福利院，定期去福利院为其父擦洗身子。可是，当读到梅金像剥卷心菜似的一点一点把蒲刃的那种冷漠甚至可以说是残忍揭示出来时，忽地一下，整个人被"震"了似的，前面的那份感动顿时被"震"得稀里哗啦。那一层让蒲刃披着的伪善的面纱叫作者毫不留情地撕得粉碎，在我面前出现的不是一个风度翩翩的教授而是一个冷面杀手。一股冷气直射心窝。这还不够。作者还利用梅金的口吻更是把这个时代人心深处的那种每个人说不出来的痛来了个淋漓尽致的宣泄。"有什么不一样？都是饱受贫困，生长在财富和特权之外，唯一可以依赖的就是自己的头脑；都是百忍成金，打拼出自己的那一片天地，但是没有发自内心的快乐；都是把心拿出来装在一个盒子里，放在书柜的最高一层，看都不要看一眼。"如此，世态炎凉，人情淡薄。谁比谁傻，谁没有能力？每个人缺的都是平台。

这是这个时代都市心灵的真实写照。不是吗？

"人固有一死。或死于苏丹红，或死于三聚氰胺，或死于地沟油，或死于情爱日记，或死于在高铁行驶的车厢里。"但是，在人还活得有梦想、有追求时，还在唱着"我们的生活比蜜甜"的小曲时，作者已经发现了当代生活里"人性，爱情"中滋生的溃疡，于是，用"手术刀"毫不手软地往"溃疡"上剜去，活生生地把那些依附在"人性，爱情"身上徒有虚表的外衣剥了下来。借"折子长在心里的"妈妈桑小豹姐之口给所谓的热闹人生泼上了一盆冰水。"活得甭管多热闹，又有谁是

25

用心的呢？不过你哄哄我，我哄哄你，什么亲的热的情义无价，当不得真，人也就活个冷暖自知。"再来看一看作者借梅金的视角对爱情和利益的诠释。"本来嘛，利益从来就比爱情靠谱，爱情由于被反反复复无休止地放大和神化，使必须小心轻放的奢侈品承载了普罗大众的厚望，难免不分崩离析，化作一缕青烟。她可以怎么来怎么走，怎么沸腾怎么熄灭，是转眼即灰的一件事。利益却像木桩一样把你们两个人牢牢地拴在了一起。"

放眼四望，现在有多少被利益的木桩拴在一起的爱情！

小说花费了一番心思为读者塑造了几个栩栩如生的人物，蒲刃、乔乔、梅金、贺武平、小豹姐等等。这几个人里着墨最少的是小豹姐。但是，这个做妈妈桑的小豹姐在小说中却起着举足轻重的作用。蒲刃和梅金，作为小说的主人翁，都受到了小豹姐的影响。梅金的成长完全是小豹姐调教出来的，所以，她能够成为一个家族集团公司的儿媳妇继而又成为这家公司的副总；蒲刃在被梅金识破真面目后，也到小豹姐这里找到了安慰。请看作为精英的蒲刃对小豹姐的评价："这样的女人是可以治病的，她（小豹姐）便是那个名医，而自己便是那一场浩瀚的疾病。"再来看看在小豹姐与蒲刃激情过后小豹姐对蒲刃说的话："为什么一个物理学家就不能爱钱呢？把自己当普通人吧，这样至少不纠结。""也只有很多很多的钱才能证明你的价值，而且更重要的是好好活着，不要问它有什么意义，没什么意义，我们都是苟且偷生的人。""完美真的很无趣，而且毫无意义。"小豹姐在小说里的"出场"次数不多，但是，只要她出现，一定是在面对困惑和迷茫。由此看来，作者对这个着墨不多的人物的偏爱。

正如作者所说的那样，每个人都会有风雨。不同的是，有的人会让这风雨很快地过去，迎接新的阳光的到来；有的人无力驱散，只好让这片带风雨的云盘旋在心头。

忽然想起了传统京剧《锁麟囊》里的几句唱词："休恋逝水，苦海回身，早悟兰因。"

来自杭州的网友

当代都市小说之异流
——张欣《不在梅边在柳边》等三部长篇阅读记

雷　达

迷离的辉煌灯火，横流的泛滥欲望，深藏的扭曲人性，悬疑的山重水复，渺茫的正义追求……这一切，共同构成了张欣近作的世界，游走其中，不免为其所困，乃至神形俱失。当代都市小说大大小小的河流之中，张欣是独特的，从90年代以来，她始终是一脉汹涌的异流。

张欣小说中自然少不了都市小说的一些共性，譬如都市繁华的生活，欲望的膨胀，物质的铺陈，食色的细述，然而，她有别于其他都市小说的地方则是将女性——尤其是白领女性的关注深藏于人性的善恶，并与悬疑的事件糅在一起，形成独特的张力和魅力。读罢张欣的多部近作，不免掩卷长叹，世界如此，都市如此，女性如此，人心如此！

异质的女性是张欣近作中的一个亮点。说实话，我对所谓的女权主义一直心存疑虑，有些问题，越是过分强调，越有可能伤及自身。这样说绝非因为我是男性，而是我在生活中看到一些女性，尤其是性格过于强硬的成功女性，她们承受了工作和生活的双重压力，其艰辛可想而知，她们在精神生活方面却严重缺损。张欣的《锁春记》让我又一次遭遇到她们。她们仿佛在自我诉说，又仿佛在无奈追问。《锁春记》是女作家张欣关于女性自身的一部心经，张欣说："我们终将发现，对手来自内心。"这部作品中着力塑造的三个女性，她们都是优秀的，她们的生命轨迹都不寻常，而且心灵在不同的境遇中出现了问题，最后一个个结局凄凉。在外人眼中一向幸福的佳偶庄世博和查宛丹，之所以出了问题，原因或许很多，但直接的原因是因为庄世博的妹妹庄芷言从中作梗，生生地拆散了他们二人。芷言一直守在哥哥身边，她不能容纳哥哥身边的任何一个女性，查宛丹的无言退出和出走，叶丛碧的无声忍耐和相守，都是因着对庄世博的爱。叶丛碧最后意外离开人世，庄世博无法收场时芷言又承担了一切，然而，貌似内心强大的芷言却选择了自杀。她是一个彻底的失败者，她的秘密便是禁欲式的"锁春"，深爱丛碧的净墨窥到了她的秘密，净墨的厌恶是一根刺，深深地扎在她心头，一个优秀的女人最终像一片羽毛一样随风而逝。《锁春记》的文本是错综复杂的，但却有如《红楼梦》的一个枝权，三个女性的人生和命运都是绕着一个男性所展开。

《锁春记》中，值得注意的是张欣通过男性视角对女性命运的思考。庄世博其实是深爱他的第一任妻子查宛丹的，但是，面对一个击剑者、一个在生活各方面都很优秀的妻子，他多少失去了自信，以为妻子一直暗恋着别人。所以，当他一旦遇到较为世俗而简单的女性叶丛碧时，便感到了放松，他自己很清楚，放在过去自己不会喜欢这样的女性，但现在不同了，他需要轻松与体贴，这一切是查宛丹所不能给他的。女性的过于强大就必会带给男性无穷的压力吗？想到这一点，我不禁为查宛丹，也为所有女性叹息。现代社会带给女性的压力是巨大的，而那些优秀的女性，则承担着比普通女性更大的社会和家庭压力。我不知道为什么一向给我留下非常温暖印象的张欣突然选择一种较为极端的人物来完成她有关女性的心经？依照她在《幽闭》一文中的说法，是因为我们的心灵已经幽闭和麻木得太久，但她仍然期待着有一天坚冰打破，心花怒放。

深藏的人性的复杂性是张欣近作的另一出彩之处。读张欣近作，不期然地与萨特的那句话相遇：他人即地狱。张欣正在奋力砸开那人性的坚冰。其实，庄世博完美的外表下隐藏的是一个自私的男人的灵魂，他对叶丛碧完全是需要，而非爱情。叶丛碧出事后，他选择了逃避，而非面对。时时守护着哥哥的芷言觉得哥哥有病了，甚至为他去咨询心理医生，得到的诊断是没有病。她不解。事实上，有病的人正是她自己，她对哥哥变态的爱有如张爱玲笔下的曹七巧，七巧戴着黄金的枷囚杀自己，也扑杀了好几个人，那全是原本和她最亲近的人啊。芷言也一样，最后那残酷的结局证明她是个精神病患者，她得的是微笑忧郁症。事实上，行文至此，我多么希望张欣能把更多的笔墨给芷言，让她像曹七巧那样暴露得更彻底一些。我期望与这样彻底的人物相遇。

　　张欣近作中最令人震惊的人性故事藏在《不在梅边在柳边》之中，这部作品的内容已经不能用都市来概括，它直指人性中那些由童年经历而来的难以磨灭的斑斑伤痕和深刻的存在。外形美艳、气质高雅、才干出众的女性梅金是个好妻子、好儿媳、好妈妈，这样的女性是众人羡慕的对象，但她从身到心严重造假，为生计所迫时她做过三陪小姐，更有甚者，还与自己的整容医生冯渊雷莫名其妙地发生了性关系。梅金对无情的重男轻女的家人们的仇恨甚深，令人寒彻肺腑。另一人物蒲刃，学术生命旺盛、气宇轩昂，那举止俨然是树仁大学的一道风景，有明星般的辉光，人又未婚，颇为完美。谁知道，这个人却有着对亲生父亲的无比仇恨，表面上孝顺无比，背地里一直在给父亲慢性投毒，最后与父亲同归于尽。这两个人的内心不能简单用恋母弑父情结来阐述，他们两人表面上区别极大，本质上却完全一样。儿时过于贫困落后的生长环境，在家庭暴力中的成长经验，出人头地的强烈欲求，一时之间的巨大成功，和最后一塌糊涂的失败，均如出一辙。背负着背叛朋友的重负的冯渊雷表面上深爱妻子乔乔，实际上与其他女性有染；蒲刃面临巨大压力时，通过与高级妓女小豹姐一起过夜来排解……尽管产生所有扭曲的人性的土壤是儿时的黑暗经验，但是，这样的世界，这样的人性，仍让人难免产生绝望。

　　写悬疑的案件声色并作，同样是张欣的拿手好戏。《深喉》就是这方面的一个代表性作品。《深喉》凝聚了都市报纸行业的竞争、司法界的某些深层腐败，以及人们对正义道德的追寻等元素，既是一部畅销作品，又具思想价值。《深喉》表面的主人公是追求正义和真理的《芒果日报》名记者呼延鹏，他年轻气盛，却有很强的责任感。他为了张扬正面精神价值不惜冒生命危险，因此身陷囹圄，出来后几乎有些失语了，只说"自由真好"。但实际上，这部小说真正的主人公是"深喉"。

"深喉"是谁，在何处，小说自始至终都没有明确揭示，但我们却能感到"深喉"无所不知，无处不在。是所谓的"上面"的那个人吗？显然不是。是徐彤吗？是，又不是；是槐凝吗？也是，也不是。"深喉"，就是事件背后所发出的那个更深层的声音。有时候，"深喉"是确切的一个人，但更多的时候，他是一种象征，是一种信念，是传递正面的声音的喉咙。《圣经》上说，那门是窄的，那路是长的。"深喉"就是要引作品中有正义感的呼延鹏等人走过那道窄窄的门，通向漫长修远的路途的人。所以，透透虽然时时面临诱惑却终守在呼延鹏身边，翁远行一案虽然冤屈迷离却终得昭雪。这就是张欣的都市悬疑小说的意义所在，人总在不懈地追寻着正义，哪怕是隐约的，渺茫的。

都市是个大乐园，又是个大炼狱，爱情、亲情、友情，以及复杂的人性都在经受着一次次的考验，欲望是火，但道德仍在，正义尚存，这就是张欣的作品没有因写为都市、写世情而落入善善恶恶、怨天尤人的俗套的原因，张欣看到了那么多的是是非非，但她讲完这一切的时候，会昭示人们：正道自在人间！

努力发现城市生活的深层秘密

——评张欣的长篇小说《终极底牌》

孟繁华

当代中国的城市文化还没有建构起来，城市文学也在建构之中。一方面，我们充分肯定当下城市文学创作的丰富性，通过这些作品，我们有可能部分地了解当下中国城市生活的面貌；另一方面，建构时期的中国城市文学，也确实表现出过渡时期的诸多特征和问题。城市文学的热闹和繁荣仅仅表现在数量和趋向上，而城市生活最深层的东西还是一个隐秘的存在，最有价值的文学形象很可能没有在当下的作品中得到表达，隐藏在城市人内心的秘密还远没有被揭示出来。具体地说，当下城市文学存在的主要问题包括城市文学还没有表征性的人物，没有"共名"式青春形象以及城市文学的纪实性困境。这个看法表达了我对当下中国城市文学的某种隐忧。

另一方面，我也看到以城市生活为创作背景的作家的坚持和努力。他们对城市生活的深层秘密正在努力地勘探和发掘。这个深层秘密就是城市生活的隐结构，它不在光鲜的城市生活表面，不在高楼大厦的写字间，也不在标示城市现代化的各种高科技的手段工具中，它在人的心里。城市人心的秘密才是城市生活的深层秘密，谁发现了这个秘密，谁就有机会、有可能写出生动的城市故事、撼动人心的城市人物。张欣的《终极底牌》就是努力接近这样的城市文学的一部作品：小说讲述的是崖嫣与张豆崩两个高二女孩的成长故事，通过这两个人物，引发出与她们生活有关的各种人物：高中班主任兼语文老师兰老师、美术老师江渡、汪校长、崖嫣的妈妈、张豆崩的父母、同学程思敏、"王行长"、"筷子"等，还有江渡老师的父母等等。这些当下生活中的寻常人物，一旦被结构进小说中，在作家的调动下竟是如此的生动，因此我们也就有了与其接触或熟悉的愿望。两个孩子都生活在特殊家庭里，特别是对崖嫣来说这个是一个秘密，她不愿意让同学知道这个秘密。在她们看来，如果能够守住这个秘密，她们便可以和正常家庭的孩子一样正常成长。但是，崖嫣单亲家庭的被背景还是被兰老师透露出来。于是波澜就此展开。小说人物关系极具复杂性：崖嫣、美术老师江渡、张豆崩、程思敏以及他们各自的家庭；学校、课堂、家里等场景；夫妻、闺蜜、母女、父女、同学关系等，在张欣笔下风生水起跌宕起伏。每一种关系里即是发生在百姓家里的寻常事，又每每旁逸斜生出许多枝蔓。在一个设定的人群关系里，暗藏诸多难以想象的复杂。这就是张欣对城市生活的理解：这既是小说情节的需要，也是张欣对城市生活的一种隐喻表达。

小说写了崖嫣、张豆崩的成长经历和情感历程，但也确如作者自述那般："所谓言情，无非都是在掩饰我们心灵的跋山涉水。"有过经历并对生活认真考量过的人才会有如此万般感慨并化作文字的行云流水。我惊异的是，当许多人都在彰显炫耀城市罪恶的时候，张欣却张扬起另一面旗帜，这就是书写温暖。除了小说的结局和对主人公关系的处理之外，我还读到了这样的文字：当江渡回到家里吃饭时，作者这样描写了当时的境况：

晚餐的饭桌上也依旧平静，从江渡的眼中望去，母亲刘小贞有着圣玛利亚一般的安详，她做的饭菜对江渡来说都是美味佳肴，乐当百吃不厌的骨灰级粉丝。此时她正在盛饭，微低着头，额前有几缕发丝垂落，更让人感到心安。这些年母亲因为操劳犹显憔悴疲惫，但是那份安然若素不止是对他，江渡认为几乎对所有的男人都是有照耀、有力量的。

在这样的时代，关于恶的写作，可能会解一时的心头之恨，过了把快意恩仇的瘾，但文学的力量尤其在当下应该还是温暖。张欣的《终极底牌》的底色就是温暖。这一点大概与张欣对当下文学和世风的理解有关吧。她说："都市文学真正开始其实是在改革开放以后。在这之前，所谓的城市人和乡村人是一样的。为什么说一样呢？因为思维是一样的，只不过他穿的是老棉袄，我们穿的是超短裙。观念一旦一样，文学就显现不出来。有些人写都市，最多写一个夜总会，写烫了头又涂着红指甲的女郎，这些都是非常表面的东西。如果在观念上没有任何变化，我觉得就不是都市文学，而只不过是乡村文学里的人物穿上了都市的衣服。所以，我觉得都市文学不是表象的。乡村故事可能是血淋淋的，没有饭吃，没有衣服穿，压力来自生活层面。但是城市人，他或许有房有车，但可能遭受的精神压力非常大——其实是一样病态的，对人来说也很残酷。"无论是处世还是为文，还有什么比理解、同情、悲悯更重要呢。

罪恶与人性的双重引力

故事从图书馆的一本归还图书讲起。树仁大学物理系教授蒲刃，在一本20年后回到图书馆的物理学书籍图书卡上看到了昔日同窗好友冯渊雷的名字。勾起他对往事的回忆：昔日的恋人和自己的兄弟结合，而蒲刃远去异国求学。再次见到同窗却是在他身故后留下的U盘视频影像里，说自己如果死亡，一定是被害的。于是蒲刃开始了真相的追查。一个神秘的女人逐渐浮出了水面。可就在真相渐渐明朗之际，蒲刃却发现自己卷入了更大的黑幕中……

拼罪案的图：

【拼图开始】：故事从冯渊雷的死亡写起。一起高速路上的交通事故。一切看起来似乎是天衣无缝的意外事件。可死者自己却早已预期到自己的身亡，并言之凿凿地指出了加害者。当然蒲刃一开始的调查是无果的。冯渊雷留下的《西宅》不过是幅水墨斗方，指定的凶手贺武平看上去还保持了简单可爱的大男孩品性，还颇有艺术修养。事故现场也一无所获。

【拼图进行中】：然而死水终有微澜，锲而不舍的蒲刃终于在冯渊雷的工作室找到了关键点。一排鲜活的整形案例广告中一对有刺青梅花的乳房。《西宅》那幅画上的梅花、此前出现的黑衣女人那些休眠点突然可以串联排列在一起，终于点连了线。蒲刃找到了本来两个看似毫不相干的男人间总算了个发生关联的连接点——梅金。她的公开身份是贺武平的妻子。蒲刃欲溯本追源，厘清全部的真相。自然了解了梅金不堪回首的过去。而梅金岂能坐以待毙，自然也将蒲刃锁定为目标。并从他的著作里获得了灵感，通过柳乔乔借力打力。

孰料风云再度突变，一个影子公司邦德高科的现身使得罪案发生了裂变。其实它一直都在幕后操作，当贺武平去冯渊雷的整形医院时就成了罪案的第一环。买凶杀人在他看来不过是个简单的事情。哪里能料到一直在他身边伺机而动的黑手早已扼紧了他的咽喉。一切早已不由自主。因为蒲刃的追查，这只黑手转而再次伸向了他。

【拼图完成】：在邦德高科咄咄逼人和丈夫的再次失策双重压力下，本来是对立面的梅金为了阻止事态的恶化暂时站到了蒲刃一边。然而已经拥有了这么多的梅金怎么能允许自己有失去一切的危险？所以她与蒲刃的交锋是必然的。她挖掘了他不为人知的过去，得到了苦难童年中的印记，并搜索出来他当下的犯罪记录。于是用公司的利益为诱饵将对她来说是威胁的两方放置在天平的两端。就当她满以为一切已经趋于微妙的平衡体系时，然而蒲刃却做出了她根本意料不到的抉择。他用一场周密粉饰的史上最完美的谋杀引爆了另一波连锁反应。情势瞬间反转，一切也终于得以用正确的方式画下句号。从来就没有平衡，这场博弈从一开始就注定没有最终的赢家。

拼人性的图：

小说里的人物并没有全部的脸谱化。作者还是尽力去做复杂化的处理。

先从配角说起。

【拼图E】贺武平：这个富二代，父亲本寄予希望的继任者。可富足的生活却养成了他散漫的天性。于是他的生活看似追求各种高尚，其实却是简单化的方式。这直接导致了两种结果：一方面自身可以无限度的夸张自由，另一方面却又苛求他人的完美。真正遇到危机时只会单线条的直截了当或者说他根本就无所适从。所以他对梅金是依赖居多。

【拼图D】小豹姐：这个高级娱乐场所的妈妈桑。她既是梅金窘迫过去的旁观者，也是她后来富足生活的引导者。生活赋予她别样的智慧和魅力。以至于后来内心翻江倒海的蒲刃想从她那里获得慰藉。

【拼图C】冯渊雷：蒲刃昔日的同窗好友。两人在学业上曾一度比肩过。谁曾想他半路出家，转而学医。看似赢得了柳乔乔，有个幸福的婚姻和成功的事业。其实有着不为人道的辛酸和孤独。柳乔乔始终不能忘情于蒲刃，自己从事的整容业由于其精密度也有着难度和风险。这压抑的寂寞成了毒，逼得他去寻求解脱。梅金成了他的人体鸦片。所以蒲刃才会生出他们何止是知音，简直就是一幅双面绣的想法。

再来说说男女主人公。

【拼图B】梅金：这个从贫穷家庭走出来的女子。对于亲情不是没有渴望，可亲人回报的全是理所应当的索取，连一丝丝温暖都寻觅不到。所以在小豹姐的指引下，本来只是抱着赚钱就好的青涩念头，也还是被洗礼成了个有手段的女人。因为丈夫的随心所欲，使她一度受到了伤害。为了报复，鬼使神差地找到了冯渊雷。两个人完全是身体的背叛。可同时也正是丈夫在家族企业的不作为使得她获得了公公的赏识，得到了权力。权力对于女人来说，也同样是春药。从前的贫穷经历使得她更加富有攻击性。不得不说她身上有着聪慧与坚韧的一面。在危机来临时还是步步为营。一面与邦德周旋，另一面与蒲刃交锋。她懂得借力打力，懂得以退为进。更懂得主动进攻。深入对手，做足了功课。居然从蒲刃的著作中获得了灵感，猜中了一切并加以佐证。企图用一种危机去解决另一种危机。

【拼图A】蒲刃：小说的男主人公，也是小说里最复杂的人物。他初登场时是个物理学的天才，有着国外留学的镀金。浑身笼罩着光环。以成熟，老练，自律，睿智，没有花边新闻和浮躁之举示人。即使在一切终结后在他人的心中，他依然高大完美。可就是这样一个寒门之子，却和同样出身的梅金曲款相同。两人其实有着惊人的相似点。都是饱受贫困，生长在财富和特权之外，唯一可以依赖的就是自己的头脑；都是百忍成金，打拼出自己的那一片天地，但是没有发自内心的快乐；都是把心拿出来装在一个盒子里，放在书柜的最高一层，看都不要看一眼。

童年的贫寒破碎的生活既使他以自己卑微的出身为荣，对于所谓知识阶层的虚伪和做作充满痛恨和不屑，这来源于他对母亲担当和坚忍的崇拜。可同时给他的性格里埋下了父亲凶狠、怨毒和偏执的种子。贫穷这个最大的暴力就这样冷冻和堕落了他的心灵。其实他暗地里时时刻刻都要为对父亲施加的隐性的罪恶困惑和焦虑。尤其是突然而至的负疚感，滋生出他最不需要也最不希望出现的纠结和怯懦。对他来说，这才是真正致命的利器。

拼小说的图：

【拼图1】：如果说小说的开篇有点俗，不过是个寒门学子不被眷顾，爱人琵琶别抱的过去。如果说故事的初段还是有点俗，不过是个命案的缘起，将男主人公卷入了罪案调查之中。

【拼图2】：好在作者并不仅仅满足剧情这一条线。在悬疑做引子的前提下，用罪案做明线，串联起各色人等。于是一幅当代社会的浮世绘渐渐清晰起来。人性的复杂展示犹如一个个病理切片呈现在其中。这一条线终于浮出水面和前者交融。两者以伴生的方式继续着整个故事的前进。一个人的背景经历塑造了性格，而性格某些时候又注定了人物的行为举止，也就是所谓的性格决定命运。犹如DNA的两条螺旋线旋转交叉向上发展。在二维的坐标构建下，小说终于营造出立体的面空间。

【拼图完成】：罪案的起源在于人性，而人性又发展了罪案直至终结。如此的溶解，有如一系列的化学反应，既有偶然却也有必然。一部作品如果仅仅靠剧情去塑造人物，或者用人物去推动故事，都不能圆满。如果说小说的前半部是靠罪案来获得阅读的眼球，那么人性的注入则很好地解决了小说张力维系的问题。恰恰是故事中不同人物的性格决定做出的选择，决定了剧情的下一步发展。

整部小说里，读者获得的是"近者分明似俨然，远观自在若飞仙"的阅读感，体味着爱情和生命某时既不在梅边也不在柳边的非绝对二元化。作者的写作意图因这空间面的建立也得以投射。生活以一种科学的态度在我们的身上打下了不可磨灭的烙印。你或许明了，或许未知。梅金如此，蒲刃亦如此。人生难免有失衡之时，自然也避免不了负面因素。每个人面目全非的指数或部分或些微或增大。若不加以引导和控制终将误入歧途。溃烂是有息而无声。隐秘的罪恶和明朗的成功一样，都要付出代价。

铸造优雅、高贵和诗意的审美趣味

——以张欣的《终极底牌》《不在梅边在柳边》为例

贺绍俊

必须承认，张欣是编故事的高手，她的每一部长篇小说，都是由好几组故事交织而成，跌宕起伏，引人入胜。也许是这一原因，一些批评家就把张欣认同为琼瑶式的通俗作家。张欣的故事并不传奇，与日常生活相关联，以日常伦理构成矛盾，也许是这一原因，一些批评家也将张欣和张爱玲联系了起来。张欣小说的故事场景是都市，众多的人物也是在都市屋檐下忙忙碌碌的普通市民，也许是这一原因，一些批评家说张欣的小说是市民小说。当我们把这些说法都综合起来时，就会发现，张欣远远比这些批评家的判断要丰富得多，也复杂得多，她既不是琼瑶，也不是张爱玲；既不是写言情小说，也不是写市民小说。张欣就是张欣，以上的种种借代式的评价虽然很鲜明，却恰恰中止了我们对张欣独特性的认识。我非常看重张欣对于当代都市小说的建设性努力。都市小说曾经是当代文学的软肋，虽然从上个世纪90年代以来，始终有人在倡导都市小说，但中国的都市小说缺乏足够的精神准备，也缺乏一个良好传统的支撑，大多数出身于都市的年轻作家成为都市小说的主力，就因为缺乏精神准备和传统支撑，他们迷惑于无序而又急速的都市化现实中，停留于欲望化和物质化的情绪表现，更多只是提供了一面新都市生活和情感的直观镜子而已。张欣并没有沉湎于都市的纸醉金迷的物欲诱惑之中，尽管她面对都市的现实不会回避这一切，但可贵的是，她对那些在现实中被压抑的、被遗弃的、甚至被淘汰的精神性特别在意，比如她的小说始终有一种贵族气质在荡漾，这种贵族气质也许在张欣最初的写作中只是一种文化趣味上的无意流露，基本上还是一种感性化的东西。而随着写作的积淀，这种文化趣味逐渐凝聚成一种审美精神，一种人格范式。这一点在她最近两年内所写的《不在梅边在柳边》和《终极底牌》里表现得非常充分。

《终极底牌》是张欣最新的一部长篇小说。侔如她以往的写作风格，小说包含太多的情感因素，它能轻易地刺激人们的泪腺。我在阅读中也被江渭澜的故事深深打动了。这是一个关于担当的故事。江渭澜出生于一个音乐世家，也有着一个青梅竹马式的初恋，这些都是让人艳羡的幸福指数，当然，张欣给江渭澜身上所添加的幸福指数越多，其后来的命运变化就越感人。江渭澜年轻时提着一把小提琴参军了，他被分配去当工兵，每天就是打洞挖隧道。王觉是和江渭澜一起分来的新兵，两人成为好朋友。在一次塌方的事故中，王觉猛地推了江渭澜一把，自己却被暴风骤雨般砸下来的石头掩埋了。江渭澜抱着王觉的遗物来到王觉的家时，一种负疚之感涌上心头。他放弃了回家，甚至与家人以及恋人中断联系，只身来到深圳打工，就为了挣钱帮助王觉的家人。后来他干脆娶了王觉的遗孀小贞，彻底顶替了王觉的角色。就这样，江渭澜与小贞相依为命，在艰辛的生活中也培育起爱情。我在此不厌其烦地复述故事，是想说明仅仅以江渭澜的故事就可以写成一部感人的爱情小说。但张欣并不是要讲述一个爱情故事，尽管小说中涉及多个人物的爱情故事，而且这些爱情故事还都能撩拨起读者的青春荷尔蒙，也就是说，如果仅仅满足于讲述一个好看的故事，这部小说的材料都溢出来了；或者说，如果让一位通俗小说作家来处理的话，能分解成几个非常煽情的故事。然而张欣在意的是这些爱情后面的精神元素，因此她甚至担心读者就只关注小说中的爱情元素了，于是她不惜采取"犯规"的方式来引导读者的阅读——在将几个人物的爱情经历展示出来之后，张欣直接站出来说道："如果你认为这是一部爱情小说，那你就错了。所有的言情，无非都是在掩饰我们心灵的跋山涉水。"对于张欣来说，江渭澜的爱情故事就是她的终极底牌。张欣将小说命名为"终极底牌"，显然她要用这张终极底牌在一场博弈中达到决胜的目的。这场博弈也是全国人民最为关注的现实问题之一——教育问题。小说其实就是从教育问题开始的——作为重点的培诚中学引进了一位资深的语文老师兰老师，兰老师的教学方法的确很有效。当然这种有效是针对学习目的而言的，我们的学习目的不就是考上重点大学，不就是在考试中得高分吗？现行的教育制度是作家们严厉抨击的对象，作家通过小说对中国的教育进行批判，可以说是中国现代文学的传统，从鲁迅呼吁"救救孩子"开始，这种批判就不绝于耳。张欣对于今天的教育同样是持批判态度的，可以想象到，兰老师尽管出场充满了霸气，但读者似乎从这种出场里就可以预想到她不会有一个美好的结局，张欣为兰老师安排的结局甚至比读者预想的还要糟糕：兰老师的这一套可以大大提高升学率的教学理念竟然将自己的儿子都培养进了寺庙。在小说的结尾，兰老师再一次走上讲坛时，已经没有了开头的霸气。那么，我们还是从兰老师和江渡老师在教育观上的差异说起。兰老师认为在这样一个竞争激烈的年代，应该对学生严要求，让他们学习到更多的东西，这样才能让学生今后适应竞争的社会，否则只能培养出与时代既不对等也不匹配的学生。程思敏是兰老师的儿子，兰老师也把自己的儿子作为教育实践的标本，看上去她成功了，因为程思敏的学习成绩在全校也是一流的。但最终程思敏并不感谢母亲，他厌倦了学习，也厌倦了社会，就在"自招办"决定保送程思敏直接上清华大学的前夕，他却跑到寺庙里躲藏了起来。江渡老师并没有明确表达过他的教育观，但他的教学实践明显与兰老师不一样。他愿意与学生们交朋友，鼓励学生们了解书本以外的东西。最终，江渡成了去寺庙与程思敏见面的最佳人选。小说的结尾，培诚中学毕业班的同学们终于迎来了高考，但有意思的是，张欣交代了几位主要人物的去向，他们都与高考无关。或许张欣就是要告诉人们，经历了各种风雨之后，年轻人不再把高考看得那么重要了。当然，张欣最终也没有给我们提供一个解决的方案，她知道不可能取消高考，她也知道不可能完全舍弃目前的教育方式。她只能让她笔下那些可爱的孩子们或者躲避到寺庙里，或者登上飞往英国的飞机。张欣用"夏天终于过去了"这句话结束了这部小说。但我想在张欣的内心里，夏天恐怕还没有过去，她还会为这些孩子们担忧。事实上，她既然认为她手里已经握有一张终极底牌，那么她应该果断地出手，她应该相信，她的这张终极底牌能够胜券在握。

很有必要仔细认识一下张欣的这张终极底牌——江渭澜这个人物形象为什么会让张欣如此看重？江渭澜应该属于与张欣同时代的人，他是在80年代初参军的，当他转业到地方时，大概正面临着90年代的社会大转型了，他放弃了体制内的待遇，下海经商，曾有过小的辉煌，但几次大的经济风险让他的经济状况日益恶劣，江渭澜在小说中的第一次出场就是因为追不回工程款不得不卖掉全家刚刚买下的新房子。也就是说，他一直处在拼搏和创业的艰难处境中，但他从来不悲观，默默地承受着一切打击，肩负起家庭的责任，坚韧地克服困难。当然这还不是江渭澜这一形象的关键所在，最重要的是，张欣赋予了江渭澜不一般的文化基因。这种文化基因与他的家庭出身有关。江渭澜出身于一个艺术氛围非常浓厚的家庭，他的父母都是音乐学院的老师。受家庭文化氛围的影响，他从小学习小提琴，也爱上了小提琴。张欣以充满留恋和欣赏的笔调描绘江渭澜的那一段成长经历，尤其是在这一过程中，有一种纯洁和优雅的爱伴随着他。这就是他与紫佳的关系，"他们亲密无间的一块长大，成为难得一见的金童玉女"，"点点滴滴都是不必言说的喜悦、爱恋，如春花秋月般自然天成"。正常的话，江渭澜在军队服役期满后就会回到他少年时代的大学校园，这里有他的恋人紫佳等着他。接下来不仅是美满的婚姻，而且也应该是诗情画意般的生活。但后来战友的牺牲就使他完全改变自己命运的走向。张欣为江渭澜设计的前后冰火两重天式的人生经历，固然具有强烈的对比性，但我以为张欣的主要用意还是要为江渭澜的精神内涵作出充分的铺垫。如果没有这一铺垫，我们也许仅仅把江渭澜当成一个让人同情和敬佩的底层人物来对待。然而张欣要让读者明白，江渭澜不是一个底层人物。他有着扎实的文化和艺术的准备，他在精神成长期就受到了精英文明的良好熏陶，因此也培育起他的高贵气质。即使生活的重担压得他弯下了腰，他身上的高贵气质仍然会不时地闪现出光亮。比如有这样一个细节，江渭澜给一家白领搬家，看到这家的男孩子怀抱着一个小提琴琴箱，无意中问了他一句"会拉《野蜂之舞》吗？"这让这个男孩子大为惊异，他不明白眼前这个老司机"一身又脏又旧的劳动布工作服，握方向盘的两只手，手指头跟胡萝卜一样粗，怎么可能知道《野蜂之舞》"？更重要的是，江渭澜的成长经历，使他具有了一种独立的世界观，具有一种不愿与世俗同流合污的精神追求。江渭澜虽然承受的生活压力很大，他需要赚钱，需要获得物质上的实惠，但他又能够淡然处之，不会患得患失。他一方面知道"好人是最没用的，不当吃喝，现在说谁是好人就是一句骂人的话，无非是没用的意思。"但他又努力做一个好人，并教导孩子也要做好人，因为"做好人只是为了心安"，而且在他看来，"人生无所谓成功还是失败"，"人这一辈子唯一要做的，就是把心安置好了"。这些精神并不是属于一般的底层的。说到底，教养和文明在江渭澜的身上打下了深深的烙印，因此无论生活如何变化，他都能保持固有的品质。就像他对江渡所教导的："读经典是给人生涂一层底色，此后就不怕五颜六色了，至少有了基本的品位。"张欣在叙述中毫不掩饰她对江渭澜这个人物的喜爱，她让他有着"一张天然的具备悲悯气质的脸"，让他说出的话使得思想颇为另类的高中生豆崩感到惊异，以为这是一个"伟大的人"说出的话。我以为，张欣完全是把江渭澜作为一个"伟大的人"来塑造的，他的伟大就在于他有着不可磨灭的教养和文明。这其实就是一种贵族精神的特征。但我似乎也感觉到张欣内心有些迷茫，她从情感上对江渭澜充满着敬仰，但她仿佛还没找到这个人物的准确定位，她知道，他所敬仰的人物不是那种敢打敢拼不服输的底层人物，也不是所谓的励志人物；但她同时也在贵族这个词语面前犹疑。

完全可以理解张欣的犹疑，因为在中国的半个多世纪里，贵族是一个被否定和被贬责的名词，它只能退缩在人们的潜意识里。因此我要为贵族辩白一下。虽然从社会学、政治学的角度看它包含着血腥、不公平，但贵族是文明的产物，它是提炼文明、传承文化精粹、导引文化趣味的重要因素。显然我在这儿所说的贵族是一个更宽泛的文化含义，而不是一个阶级斗争的概念。有意思的是，中国革命彻底摧毁了旧时代的贵族阶级，并始终在其旗帜上写着反对贵族阶级的宗旨，但新生的社会在逐渐完善社会结构的同时也逐渐复原了等级的秩序，以权力和知识为砝码，一个新的享受着物质和精神双重优待的贵族群体基本成型。他们基本上包括革命阵营的领导者（所谓革命干部和革命军人）以及加入到革命队伍或被新生政权所收编的知识阶层。但是，贵族阶级在一个人民的社会里是不具备存在的合法性的，社会权力结构以及他们本人也极力否认或遮掩他们事实上的贵族身份，所以他们的发育很不充分，他们必须以一种伪饰的面目出现。尽管如此，他们的子女在一个相对良好的文化环境中成长起来，培育起比较纯正的贵族气质，他们具有一种文化的优越感，他们内心也酝酿着优雅的贵族理想。江渭澜就是这样一个典型的形象。有的学者认为一个社会大致上分为贵族、平民和流氓三种群体，各自代表了不同的精神意识。贵族精神代表了人类文明的高端，流氓精神代表了人类野蛮的底端。贵族精神应该是精英文化中的精英，有的学者认为，贵族精神有三个精神支柱：第一个是教养，第二个是责任，第三个是自由。而这三个精神支柱无一不在江渭澜的身上得到充分的展示。我还要说，张欣在塑造江渭澜这一形象时，非常清楚什么是他身上最值得褒扬的价值。她不去炫耀江渭澜曾经有过的优雅身份，而是将重点放在书写他选择了艰难的命运后如何在逆境中保持他优雅的教养，坚守他内心承诺的责任，以及如何维护他的精神自由的。

完全理解张欣的犹疑，还因为随着阶级斗争时代的结束，贵族一词逐渐变得时髦起来，却也变得面目全非了。现在人们所理解的贵族，就是成为上等公民，进入上流社会；就是可以尽情享受物质带来的愉悦，住别墅，开宝马车；就是泡酒吧，听音乐会，如此等等。总之，人们对贵族的定位，折射出欲望化、物质化和犬儒化的时代症候，贵族一词变得极其庸俗，充满着珠光宝气和奢靡的味道，那些脑满肠肥的富人们自诩为贵族阶层，精神却猥琐得很，因为他们只看得到贵族的物质和享乐层面的东西，对精神世界毫无感觉。这是一群虚假的贵族。张欣有不少小说所反映的就是这一时段的现实生活，也会写到这类虚假贵族。她对这些虚假的贵族显然是持批判态度的。如《用一生去忘记》中的亿万富翁刘百田就是这样一个形象。如此说来，张欣在贵族一词变得极其庸俗的背景下，也应该对贵族精神的呈现持谨慎和犹疑的态度，也许正是她的谨慎和犹疑，使她没有陷入到90年代以来的一种都市文学的时尚写作之中。这种时尚写作就是90年代以来流行的所谓中产阶级写作。它典型反映了消费时代的审美趣味，当时有一本名叫《格调》的书大为畅销，这本书的副标题是"社会等级与生活口味"。所谓中产阶级写作是指那些以表现中产阶级审美趣味的都市小说，如卫慧的《上海宝贝》等。这类小说最大的特点就是炫耀性消费，"对衣食住行各种名牌商品不遗余力的追捧，借助于名牌商品的符号价值来展示他们的阶层地位，进而实现阶层和阶层内部的文化区隔"。中产阶级写作反映了现实生活中的虚假贵族的状态，以及倾慕财富的社会情绪。在这些中产阶级写作的作品中，酒吧、舞厅、高级住宅、写字楼，是经常出现的空间，年轻而充满奢华幻想的白领则是活动在这些空间里的主角。在张欣的小说里，也会出现这些高雅的空间，也会出现白领的形象，但不同的是，张欣在小说中并不认同所谓的中产阶级审美趣味，相反，她对于中国转型期出现的虚假贵族是持批判态度的。

张欣的批判不是那种张扬凌厉的批判，她的批判锋芒藏在她的叙述里。比如她的《不在梅边在柳边》，看上去这是一个关于都市爱恨情仇的故事，编辑对这部小说的介绍是："写蒲刃与梅金、柳乔乔的情感纠葛，实际上是写大都市男女在浮躁的社会环境中所遇到的心灵、情感与精神危机。"应该说这样的概括还是比较准确的，但我更看重这部小说中的人物成长史，张欣在设计好几位人物的成长史时，特意强调了他们的精神教养的缺失。这或许透露出张欣对于虚假贵族的直观感受。不妨把《不在梅边在柳边》看成是张欣对虚假贵族发起的一次集中火力的批判性写作。张欣把那个时代称之为"一个暴发户辈出的时代"，这无疑是一针见血的判断。贺润年就是这样一名暴发户。他是一个精明的生意人，但张欣同时又指出："他出身低微，学历粗浅。"就是这样一个暴发户，财大气粗后，也不相信"要三代才能培养一个贵族"的说法，想尽办法要把自己变成贵族，他终于请来了专为迪拜的酋长之流服务的国际设计大师来为自己设计，便觉得自己已经跻身于贵族的行列中，倍感荣耀。张欣对这类虚假贵族的嘲弄是不动声色的。如她说贺润年"尤其重视优雅和洗底"，而他的优雅就是体现在"不能露出半点穷相"，他就相信钱，"说钱的一大功能就是改变"。张欣对贺润年的儿子贺武平的形容也是耐人寻味的。张欣安排贺武平在一次高雅的音乐会上出场，国际知名作曲家谭盾还邀请他上台指挥乐队演奏一曲。在张欣的笔下，他的形象和举止的确很不错，张欣说他"带有些许难得的浑然天成的艺术气质"，但张欣说完以后还要捎上一句："所以当他与真正的艺术家并排而立时，压根闻不到一丝铜臭。"言外之意，他的身上有铜臭，但他隐藏得很好。张欣就是这样捎带着一句话，非常含蓄地表达了她对这个人物的鄙夷之情。张欣更是通过梅金这个人物，毫不留情地揭露了虚假贵族的恶劣本质。生在贫困农民家庭的梅金很小就知道只有上学才有可能改变命运，她学习格外努力，考上了大学。就在她因为家里没钱供她上学而要绝望时，一个慈善的城里人答应资助她上学。她在大学读书时，就寻找赚钱的机会，终于她也挤进了上流社会的交际圈，并且被贺武平看上，从此嫁入豪门。她不是那种唯有色相作资本的花瓶，她的能力和智慧让贺润年刮目相看。当她成为贺润年的儿媳妇，又成为松畸双电这个大公司的副总经理后，她的身份和举止就像一名贵族了。张欣不惜笔墨描写梅金的高雅，如写她对食材的讲究，她在日本料理店专点"怀孕的鲷鱼"，盛蘸料的木胎金箔小盏要用"轮岛涂"。站在底层的立场看，梅金完全是一个不甘屈辱、个人奋斗的成功典范。但最终她还是失去了她奋斗来的一切，甚至包括她的儿子。是谁把她打败了呢？说到底还是她自己把自己打败了。因为她的成长经历是一种培育劣质精神的经历，在她的精神世界里最稀缺的就是贵族精神这种高贵的精神。当然，在梅金所生活的时代，已经是一个削平了精神高度的时代，她完全可以凭借造假来掩盖她的先天的不足。张欣在这部小说中所写的人物都可以说是这个时代身处上流社会的高级人士，而他们的共同缺陷几乎都是缺少高贵精神教养的成长经历，因此他们都有着这样那样的心理缺陷，而这些心理缺陷都可以追溯到精神培育的缺失。正是这种精神培育的缺失，造成了他们的人格分裂。张欣不惜将他们的人格分裂推到极致。比如仪表堂堂、举止文明的大学教授蒲刃，竟然悄悄地用慢性投毒的方式折磨自己的亲生父亲。从这里也可以看出张欣对于现实的强烈不满。张欣曾对记者表达过她的忧虑："拿什么拯救你，物欲横流的现实？"这一忧虑便成为她的写作动机。

　　这让我想起了另一位富有高贵精神的女作家张洁。张洁和张欣虽然不属于同一个年龄段的作家，但她们的共同处就是都经历过那个特殊的革命年代，那种发育得还不充分的贵族精神都会在她们身上留下印记。这也是经历过革命年代的作家群体的共同特征——从三四十年代出生的张洁们到50年代出生的张欣们，尽管在那个年代，他们身上的贵族精神气质曾被遭到无情的扫荡，但所幸的是，在有些作家身上，多少还保留着些许遗风流韵。张洁甚至是毫不掩饰她的高贵。在她看来，这是一个普罗文化盛行的时代，所以她要高调地显摆她的高贵气质，因此她在书写现实时，会显得特别的愤世嫉俗，也特别地对于现实的恶化无法容忍。进入到新世纪以后，已入古稀之年的她，仍然高调地展示她的高贵。既然在她看来现实生活已经在世俗化的过程中烂透了，无法用来展现她高贵的气质，她便舍近求远地将自己的抱负寄托在遥远的异域历史和不知名的小岛上，这就是她写的长篇小说《灵魂是用来流浪的》。她劝那些在现实生活中为了世俗功利而日夜奔波的人们，流浪去吧，因为流浪的灵魂才是高贵的。

张欣对于现实的恶俗也是不满的，但她并没有采取张洁那样的激越态度，完全拒绝了现实，相反，张欣对现实充满了热情。也就是说，她对现实是有所区分的，她把世俗与恶俗严格区分开来，她对世俗是持肯定态度的，因此在她的小说中，同样具有平民精神。这或许与她生活在广州有关，广州是一个洋溢着生活热情的城市，人们充满了活力，人们对未来抱有希望而乐于脚踏实地，因此这个城市的平等意识十分普及。张欣的可贵之处就在于她把内心的高贵气质与建立在平等意识基础上的平民精神融合在一起。这也使得她能够接受通俗化的小说形式，并能深得通俗小说和类型小说的优长，化用到自己的写作之中。她的小说能够拥有众多的读者，应该也是与此有关系的。难怪会有人将张欣称为大陆的琼瑶，也难怪有人将她的小说称为市民小说。但张欣的小说与琼瑶相比，有两点重要的不同。一是在现实感上的不同。琼瑶的小说基本上是一个虚拟的言情世界。但张欣是一位现实感非常强的作家，她的作品多半都是针对现实问题有感而发，许多素材就直接来自于现实生活。二是她在书写世俗生活时仍然保持着高贵气质，流露出她对贵族精神的追慕。张欣的小说并不能简单地等同于市民小说，则在于她并不是完全认同于市民的价值观和精神追求，并不去迎合市民的审美趣味，她的小说明显体现出优雅和高贵的审美追求。正是以上原因，我认为张欣的小说对于都市小说具有建设性的意义。我们处在一个平民时代，都市化的趋势是逐渐削平不同文化的等级差异，提倡民主和平等的现代意识，这也是一个越来越蔑视文化威权的都市化进程，但这一进程也带来否定精英、消解经典的危险。当代都市小说的问题就在这里，作家们多半还没有认识到这种危险性，而是被都市化牵着鼻子走，因此虽然反映了当下都市的五颜六色，反映了都市人无限扩张的欲望，却在精神内涵上显得很贫乏，在精神品格上越来越朝低端滑行。要改变这种状况，既有赖于作家对时代和都市有清醒的认识和把握，也有赖于作家自己具备高贵的精神气质。我从张欣的小说中感受到了一股绵延不断的贵族精神的潜流，不由得为之叫好。这应该是提升都市小说精神品格的有效途径。研究中国现代思想文化史卓有建树的学者许纪霖在描述中国社会的文化建设问题时说过这样的话："在平民时代之中，这一贵族传统不再是对少数精英的要求，而是对所有公民的要求。我们也可以说，在一个没有贵族时代的贵族精神，就是现代的公民精神。"当然，许纪霖也强调了，他所讲的贵族精神是关乎教养、责任和自由。对于都市小说而言，我们则是要通过贵族精神抵达现代的公民精神，通过贵族精神去铸造一种优雅、高贵和诗意的审美趣味。

如此看来，张欣完全应该坚定地将手中的终极底牌甩出来。她应该将小说中的那股贵族精神的潜流变成一条波涛汹涌的大河。

跋：此岸诗情的守望者

——我读张欣

程文超

一

与张欣初识于燕园。1988年秋夏之交，北京还热着，北京大学却已从未名湖吹起股股清风。清风中的张欣频为引人注目，文文静静的。那时张欣刚进北大读作家班，一读，便读得特认真。

再见张欣是在多年之后的广州。张欣正认真地用小说写着都市，或说用都市写着小说。一个偶然的机会，我发现中文系一批研究生和本科生正争相传阅张欣的作品，有的书已经翻烂了，仍然被他们抢着。始知张欣确有一些层次不低的欣赏者。赶紧找一批来读。一读，竟也放不下。仍然那么幽默，仍然那么智慧，闪耀着未名湖的灵气，绚丽着当下都市的风采。读着读着我不禁拍案：张欣是天生为当代都市写小说的。张欣不写都市，张欣便不是现在的张欣。都市而无张欣的小说，都市便会失去一片五彩的精神天空。

二

张欣的名字常常与"都市文学"连在一起。用题材为文学命名的有限性显而易见。陷入题材角度的概念游戏更会令人难堪。然而在我看来，今天谈论"都市文学"，首先不是用，它来指称一种文学题材，而是用它来描述一个文学现象：近年来，一批作家走进了当下都市。他们对都市风情、都市人生的书写，在读者面前打开了一片异彩纷呈的文学天地、一片发人深思的文化空间。

为什么都市突然吸引了众多作者与读者？为什么今天对中国都市的书写成为一个受人关注的文学现象？这些显然不是无关紧要的问题。

如果把都市从都市／乡村这一空间坐标中移到历史演变这一时间坐标中观照，我们便会发现，世纪之交的中国都市是一个极有魅力的话题。20世纪向21世纪的跨越，无论对东方人还是西方人都不是一个轻松的行动。20世纪以来，西方人对自己文化危机的反思和反叛已到了令人震惊的程度。后现代主义解构了自己文化史上创造的一切话语，剩下的只有欲望。当他们兴奋在自己解构的英雄：豪气和建构的无能为力中时，世界却需要运作。新历史主义等希望在解构的基础上从事某些建构的努力，但建构的是什么、如何建构等问题都在苦恼着世纪之交的西方人。

19世纪末以来，中国人在向西方人学习的脚步中开始了自己的现代性追寻。到20世纪末，西方人对西方文化危机的反思却使中国人突然醒悟：西方之路并不是人类的必然之珍。他人之火失去了既有光焰，自己的肉却仍需要煮。寻找自己话语的任务，无可奈何地落在20世纪末中国人的身上。

当下都市正是在这样的时空背景上被推到了我们的眼前。中国人对中国未来道路的探寻和选择、中国人走向人类文明未来的脚步；在当下都市里得到了最集中、最鲜明、最敏感的表现。今天的中国都市既是文明的消费中心，又是文明的消解基地——那里活跃着人生的各种欲望。都市，那是欲望的百宝箱、欲望的燃烧炉、欲望的驱动器。在这被驱动着、燃烧着的欲望里，一些属于文化的东西被烧毁了，一些属于文化的东西在火中生成着。很容易使人想起那句名言；一切都被颠了一个个儿，一切又都刚刚开始。这是太具诱惑的一块宝地，文学探寻的诱惑、文化思考的诱惑。

张欣无疑抓住了这块宝地。

<h2 style="text-align:center">三</h2>

张欣喜欢让她的人物失去公职。或者被迫害，或者不小心，或者不得已，突然间，铁饭碗没了。张欣用她的叙述一下子将她的人物抛进人类的最基本需求：生存。安妮（《伴你到黎明》）被迫辞职后，找工作到处碰钉子，不得不进了一家几近黑社会的野鸡公司：追债公司。可馨（《爱又如何》），另一位被迫辞职的女性，一位曾有过体面工作的办公室职员，不得不去某编辑部做编务。

这是南方都市对张欣的赐予。南方都市找工作相对自由，人们已经不把公职作为唯一的希望。然而张欣的笔并不止于展示这一新风貌，而是深入到里层，揭示这一现象背后的东西；自己承担自己的生存。安妮辞去公职后遭到母亲埋怨，安妮却理直气壮，"总之不用你养，你操什么心！"可馨不甘被迫害愤而辞职，她对丈夫说："我就不信离开出版局，就得去五星级酒店做厕所大婶。"

自己承担自己的生存，在中国当代史上并不是理所当然的。我们曾经不能自己承担自己的生存。我们的生存方式、生存状态、生存目的都不被自己掌握着。虽然生存得不好，我们却被告知，有比生存更崇高的事业要我们去做，有比生存更伟大的目标要我们去奔。我们被彼岸的灵光激动着。

自己承担自己的生存时，我们却一下子被甩到了地上、甩到了此岸。我们才真正发现了那个早被伟人揭示出来的最基本的道理：人首先要生存。这些对于可馨（《爱又如何》）不只是道理，而首先是切肤之痛。可馨辞职后，接二连三受到经济的挤压。女儿天宜住院，公费医疗没了，医疗保险没买成，大把的钞票流向了医院。到编辑部打工后，进项少，只能靠写稿赚钱。把夜晚的时间交给了爬格子后，失去了许多良宵。偏偏在经济紧张之时，丈夫沈伟的父亲又脑溢血，只能让沈伟的父母搬来一起住。雪上加霜，浪里赶浪，家里积蓄花光，顷刻大乱。钱，无疑上升到一切问题的首位。

张欣的人物都爱钱，爱得直言不讳。我们却不能一概指责他们庸俗。确实，比钱高尚的东西多的是，然而，能承担人物的生存吗？《爱又如何》的故事有着隐喻性。可馨与沈伟多年来一直真心相爱着。生活艰难之中，可馨却没有时间为爱做出什么。慢慢地，她发现丈夫变了。他夜夜晚归，却不作任何解释。一天，可馨竟发现丈夫摩托车后带着个姑娘在大街上疾驰。可馨为此气得手脚冰凉。又是一个偶然的夜晚，可馨在宾馆门前发现，沈伟夜夜外出，原来是用摩托车出租赚钱。他宁愿被误会、宁愿背十字架，不愿让可馨承担更大的生活压力。堂堂市委宣传部干部，在夜色中与一帮车客砍价。看到这一幕，可馨流泪了。为爱情，还是为生活的艰难？恐怕连可馨自己也分不清。是的爱情是美好的，是的他们仍然相爱着。但是他们的生活却并不美好。爱，不仅未能增加他们生活的浪漫，反而增加着猜疑、误会。他们在爱中丢失着爱。没有起码的生存保障，爱又如何？原来爱也并不在空中楼阁，原来爱也要能首先承担生存。

爱，于是成为某种精神、某种精神性追求的隐喻。它迫使人们去想，任何美好的精神建构都要从人的生存出发。与生存无关，再美好的精神都会失去效用。这是生活的真理。生活的价值、意义首先在实实在在的生存之中。

很佩服张欣的叙述策略。70年代末以来，思想文化界一直在反思传统、反思文化。人们寻找了十八般武器。张欣只轻轻一笔，让人物失去公职，一切传统的价值、体系便都被消解了。这使我想起前几年深圳的一句口号："时间就是金钱。"那股摧枯拉朽的力量足以让任何空头理论家瞠目结舌。

四

张欣曾告诉我，她活得很感性。与所有女人一样，她喜欢逛街。一个两个商店逛过去，其乐无穷。偶有闲暇，她愿意到大排档坐坐。买小菜时，她甚至带着弹簧秤。我没见过张欣用弹簧秤钩着小菜复称时的情形。我想她一定特享受，享受一份普通都市人的人生。张欣说她喜欢本着一颗平常心，首先去尽心尽意地生活。对于奔事业的人，特别是对那些稍有成就的人来说，这是一种难得的人生态度。对于一个搞创作的人来说，这种人生态度正是她灵感的工厂。

我更欣赏的是张欣把她的人生态度化进了她的叙事态度。这叙事态度首先表现在她叙述的视角选择上。张欣时而用第一人称时而用第三人称叙述。张欣的第一人称叙述者大多是普通都市人。张欣在运用第三人称时，往往在表面全知全能的叙述里，把视角放在某一个或某几个人物身上。这些人物赚钱或有多少，地位或有高低，但他们无一例外的都是都市普通人。张欣正是用普通都市人去看都市，去叙说都市的故事。

普通都市人有着特殊而有意味的位置。他们生活在都市，生活在政治、经济、文化的中心，然而他们却并不掌握着话语权利，他们处在话语权利的边缘。因而，他们是生活在中心的边缘人。他们无需关心虚妄的彼岸、缥缈的终极、遥远的来世，他们的目光在此岸，在实实在在的人生过程。

这样的视角便决定了张欣对她的都市故事的情感态度。张欣摒弃了一切先入为主的评价尺度，以平常心对待都市。在她眼中，都市即是都市，活生生的都市。她对都市既不仰视，也不俯视。她写都市既不为发思古之幽情，也不为发思乡之雅情，而只想写出当下都市的实情。

当下的实情是每个人都燃烧着欲望。承担自己生存的过程也是燃烧自己欲望的过程。金钱只是欲望的一个方面。张欣的成就之一恰恰在这里：用都市人的眼睛穿行于都市之间，写出形形色色的都市欲望。《伴你到黎明》通过安妮在追债公司的工作经历，打开了都市欲望的百宝箱。安妮希望找到一个维持生存的职业。小职员梁剑平既希望赚钱也希望升官。章朝野生活在准黑社会里，自然为钱卖命，却希望一份不负良心的生活。安妮的父亲想用女儿换钱，冬慧的朋友黄芯民用情爱手段骗钱。作为昨日明星的母亲，仍然做着辉煌梦，希望不被人忘记。方太太们一方面千方百计地刺激与消耗自己的生命，另一方面希望所有的靓女都死于非命。张欣从不讳言人的欲望，她在一系列作品中将她的每个人物还原为欲望主体，而不是还原为某个意念的符号。千奇百怪的欲望导致千奇百怪的行为，千奇百怪的行为造出千奇百怪的人物。张欣用鲜活的都市欲望写出了鲜活的都市人生。

每个人都有欲望，无论你生活在城市、在农村，在古代还是在今天。我之所以把都市与欲望放在一起表述为"都市欲望"，是因为都市之于人的欲望有着更为值得一说的联系。现代都市给人们的欲望满足提供了更多的机会，给人们的欲望表现提供了更多的手段，给人们的欲望扩展提供了更多的路径；都市给欲望以疯狂的激素，欲望给都市以无尽的活力。欲望占领着都市、推进着都市。都市是欲望的海。都市的辉煌都市的堕落、都市的魅力都市的魔力、都市的善都市的恶；都在这海里，博大着、汹涌着。

人们常说都市是文化中心，人们往往有意无意地忘了，都市还是欲望的海。"中心"与"海"形成一种张力，这才是现代都市的内蕴。"中心"与"海"相反相成，永远处于相生相灭的过程之中。"中心"泡在"海"里。"中心"从"海"里产生，为对"海"发言而产生。"中心"理顺着"海"的潜流、防止着"海"的泛滥。然而当"中心"扼杀了"海"的生机时，海便会咆哮，便会颠覆旧有的"中心"，去寻找新的"中心"。社会转型期，欲望对既有文化的消解表现得尤其鲜明。所谓"开放"，所谓"搞活"，题中之义之一便是，把过分束缚人们欲望的锁链放开，给社会增加活力。

因而，在历史转型期，对欲望的书写便有了文化的意味，成为重要的文化行为。张欣用都市普通人——生活在中心中的边缘人——的眼睛让彼岸性的价值、意义缺席，将都市欲望凸现出来，这一叙事态度恰恰是文化态度。

五

如果以为凸现了欲望你就可以放纵一把，你便整个儿错了。凸现欲望的叙事除了消解既往文化价值之外，其实还在告诉人们，任何文化建构，都必须首先直面当下的欲望表现，或者说，直面当下的欲望表现正是为了新的文化重构。张欣的叙事是有意味的：她在凸现都市欲望、把人们从彼岸拉回到此岸中来的同时，把人们推进了此岸的尴尬之中。

人，被扼杀了欲望不会幸福。有了欲望的自由就一定能幸福吗？张欣的人物都充满着欲望，张欣的人物又都充满着痛苦。欲望永远寻找着满足。欲望爱满足，满足却并不爱欲望。宇宙间诞生了欲望也就诞生了欲望对满足的单相思。读张欣的作品，你会发现，欲望在寻找满足的征途上奔波着，然而所找到的永远是空洞、永远是痛苦。《如戏》里的丰收，一个颇有才气的艺术家，因为穷困而下了海，搞工程队、办工厂。按佳希的说法是，一个艺术家堕落成小业主。丰收却说，搞艺术需要相当华丽的经济基础。于是他放逐了艺术梦，做起了大款梦。他苦心经营、拼命实干。他抛弃以前的丰收，完全改变活法。为了讨好工人，他与工人一同打赤膊洒汗，一同大碗吃粗质面条，一同开下流玩笑。他曾经很有情趣很有情调，他曾在情人节给佳希送鲜花。可是现在，深夜一身臭汗回来，连洗一下的力气都没有，倒在地板上便呼呼大睡，更不用说与佳希有夫妻间的起码温存。张欣写丰收一类男人，有一份理解一份心酸。商场上的男人，为了生存、为了成功，不拼命不行。作为人，他们失去的太多太多。然而他们得到了什么？正当丰收快走向成功时，突然因为专利问题破产了，只得落荒而逃。丰收的失败也许是个案，世间有成功者。是的，有。同是《如戏》里的人物，海之的男友哇哇成为有众多歌迷的歌星，应是成功者。可是某种程度的成功并不等于欲望的满足。哇哇的欲望是永远与众不同、永远比任何人都精彩，因而他的欲望永远无法满足。在一段豪吃、玩女人的无聊日子之后，哇哇终于卧轨自杀。

张欣写得更多的是女人。张欣善于写女人，善于写女人的欲望、女人的痛苦。情欲追求与失落在女人的欲望与痛苦里占着重要的地位。茵浓（《爱情奔袭》）为了爱可以献出一切。她曾有过丈夫，是她的同班同学。为了丈夫出国，她使出浑身解数。她一番深情得到的却是，送走了丈夫，也送走了关于丈夫的一切音讯。后来她有了俊康，一位有妇之夫；当她还在情深意浓之时，俊康却离开了她，弄得她在女友面前诉不完的苦、流不完的泪。终于，她恋上了位既有才华又独身着的北京词作者，掉了魂儿的恋。她以为她与他很相爱很和谐。然而当她与他讨论进一步的问题时，他退缩了。在他的天平上，利益比爱重得多。痴情的她被拒绝后，坐在火车上脑子里闪回的仍然是与他共浴爱河时的情景。茵浓清秀、聪明、活泼，多情可爱，是一等一女孩，却一直苦苦的奔袭爱情而无所终。

《冬至》里的冰琦比《爱情奔袭》里的茵浓似乎要现实一些。她以如花似玉的相貌和胜花胜玉的青春去嫁一个50多岁的秃头港商老杨。在感情上受到巨大创伤之后，她退而不求感情，只求有个依靠，不要太穷。她说她不贪，"有一两分幸福也就够了"。一位原文工团的美女，到了这个份上，该有几分辛酸。然而，旅行结婚之后，老板却一去无音讯。一次婚姻骗局已如冰山出水，冰琦仍痴痴地不愿承认、不肯回头，每天六神无主地等老杨的电话。终于等来了老杨，终于去了香港。好友们以为冰琦终于找到了自己的所求。有一天好友们却突然发现，冰琦仍是一个人在广州过着凄惨的日子。原来老杨不仅有老婆，而且有四个孩子。事已至此，冰琦还不死心，只希望与老杨有个孩子，用孩子来拴住老杨。不想孩子又小产了。小产后的冰琦连照料的人都没有。

《爱情奔袭》与《冬至》里各有三个女人。六个女人六个情欲的梦，却没有一个是圆满的。茵浓的好友孟慧不小心未婚怀孕了，却只是一次错误的结果，而那位错误的参与者却连错误的后果都不与她一起分担。冰琦的好友婷如整天被男人围着，却没有一个要娶她。她苦苦地追求着、等待着，心中伤痕累累，却至今"连做女人是怎么回事都不知道"。只有景华、小米有婚姻，但景华的老公是位只会看上司的脸色其他什么也不会的男人，小米与丈夫也不好，正"吵得不可开交"。

如果说捕捉都市欲望是张欣的敏感的话，那么张欣的深刻处之一在于切入都市欲望的里层，写出欲望满足链的断裂与都市人的痛苦。是的，在虚妄的彼岸我们找不到幸福，我们只能回到此岸。然而在此岸碰到的，却又是欲望无法满足的尴尬。

张欣，你是不是残酷了点儿？

六

残酷吗？不，张欣与残酷无缘。只要与她谈上几分钟，你便会发现她一脸的善意、一脸的真诚，当然，还有一脸的幽默、一脸的智慧。

张欣用她的故事在叙述人类此岸的存在状态。她叙述的远远不止上述那些。

张欣的故事还让我们感到，欲望的无法满足，原因有时并不在外面，而在欲望本身，在欲望与欲望的互相颠覆。人的欲望是多样的、多层的。物质的、精神的，低级的、高级的。人，就被各种欲望包围着、燃烧着、推动着。然而，各种欲望并不是有序的，并不是齐心协力冒着敌人的炮火前进。人总生活在特定的情景中。当各种欲望同时向人涌来时，它们往往相互拆台，相互颠覆。《如戏》里的佳希曾被艺术家蔡丰收迷倒，她喜欢艺术家蔡丰收。丰收下海一身俗气之后，她厌恶了。然而，丰收的一席话却说到了佳希的下意识深处：

你不能这样叫人无所适从，你果然清心寡欲独进象牙塔吗？不，你想进"爱美"美容厅，想用姬仙蒂娜牌子的香水，穿华伦天奴的衣服，用沙驰手袋，看见别的女孩子用金卡消费你内心就失衡，海之办个大型的生日派对你回来讲了半个星期，你希望我优雅地赚钱，可我不是世袭家族的继承人，每一分钱都在臭汗里浸过。我们的分歧正在于此，你不能接受的是这种下海的方式和代价，而不是下海本身，每个人的潜意识里都有发财梦，你也不例外……如果我发了，你会很潇洒的享受金钱带来的美好，反之你就会慷慨陈词，金钱诚可贵，艺术价更高。

佳希没话说了。她知道在她的心灵深处，她确实既想享受金钱的潇洒，又想享受艺术的优雅。而这些她不可能同时得到。以佳希的正统，竟走出了找情人的步伐，连她自己都吃了一惊。其实，佳希找情人是必然的：她能从丰收那里得到金钱的潇洒，从匡云浓那里得到艺术的优雅。一场意外的车祸结束了佳希的美梦。如果不是那场车祸呢？美梦仍然是要结束的，因为她与匡云浓的关系也同样要受到经济等问题的追问。

何止佳希？《无人倾诉》里悦心与围围两个女人的婚外恋都因为其他欲望——或为高尚的家庭、责任、道义，或为现实的利益所包围、所缠绕，而最终走向悲剧。

女人如此，男人也如此。智雄敢（《仅有情爱是不能结婚的》）便进入了这样一个有象喻意味的故事里。由于工作关系他遇到了商晓燕。她的聪明、她的新潮、她的热烈、她的性感，一下子使他的妻子失去光彩。他很快找到理由离开妻子与商晓燕同居了。与商晓燕在一起，他觉得无比的酣畅淋漓、妙不可言。然而与商晓燕一起他必须永远以强者的面目出现。商晓燕不喜欢弱者，不喜欢愁眉不展、焦头烂额的样子。更有，她太独立，她完全不可能被支配、被控制。这时，智雄才发现妻子遵义的柔顺与古典的价值。与商晓燕在一起，他必须永远是出征的战士。然而他有累的时候，他需要休息。妻子遵义却是战士的故园、航船的避风港。她善解人意、细心体贴。无论回家多晚，他都会发现，换洗的衣服已经清理好。洗完澡，该读的报纸又已放在了床头。两个女人，一个如火如荼，一个至情至性；一个催人上路，一个抚摸创伤；一个现代，一个古典；一个动，一个静。智雄能都要吗？他何尝不想都要！与其说他想同时要两个女人，不如说他想同时满足两种欲望。然而这两种欲望往往互相颠覆。同时满足的可能只在神话中存在。智雄最终与商晓燕分手而回到妻子身边是必然的。

不是别的，正是欲望自身制造欲望／满足链的断裂。此岸的尴尬由此被判定：人总被各种欲望包围着。你越想满足便越不能满足。你要满足欲望必须牺牲欲望。面对这样的生命状态，我们还能说什么呢？

七

张欣的揭示还没有结束，或者说，在此岸尴尬的程度上，我们对张欣的解读还可以继续。

欲望不仅受到个人其他欲望的破坏，还受到他人欲望的破坏。每个人都想满足自己的欲望。然而我的欲望可能被他人的欲望扼杀，我的欲望也可能扼杀他人的欲望。自我欲望与他人欲望就处于这样颠覆与被颠覆的关系之中。这种关系常被张欣化为耐人寻味的故事：两个好朋友，既互相帮助又互相争夺。飘雪与梦烟（《首席》）大学时期是密友。她们同时爱上了班长江祖扬，导致二人关系破裂却谁也没得到江。多年后，二人又各自为省、市玩具公司的业务员。二人都想有业绩，却又处于这样一个情景之中："现有的这块地盘，一家玩具公司拿到多少定单，就意味着另一家同行失去多少定单。"交易会上一番微妙的运作，飘雪客观上拉来了梦烟的客户。当飘雪不得不送醉酒的梦烟回家时，飘雪发现，一直被飘雪认为很强的梦烟，实际上生活得一塌糊涂。她早已与丈夫分居，家里乱得不能再乱。她曾当第三者被发现。现在她几乎只有业务成功这一点希望，那希望又被飘雪粉碎了。这次失败对梦烟的打击太大。可是飘雪转念一想，梦烟毕竟被情所困；江祖扬之后毕竟还轰轰烈烈地发生过故事。她虽败犹荣。而飘雪自己呢？几乎被男同胞遗忘了。"如果女人能够自己选择情路历程，那她宁肯18岁让人强暴，然后一次次被人抛弃至80岁，也不愿意过这种深宫式的无人问津的生活。"她除了业务上一点满足外还有什么？事实上结局对飘雪更惨，一次意外，使飘雪的客户又全部跑到梦烟手中。成功与失败、颠覆与被颠覆在时间的流程中没有界线与定论。有意味的是作者对二人关系的处理。她们恨过，但她们最终没有成为敌人。生意场外，她们曾互相救助。最后她们仍一起为友谊干杯。这使她们二人的故事成为一个隐喻。广义上讲，人与人都是朋友，他们共同生活在这个世界上，他们共同面对人类之外的世界。然而当他们为满足各自的欲望而奋斗时，其功效却似乎只是颠覆他人与被他人颠覆。

是的，这是竞争，世界正在这样的颠覆与被颠覆中前进。然而人生呢？世界的前进与人生的幸福绝对成正比吗？飘雪与梦烟恰好是两个强者，当客观上出现一个强者一个弱者时，人生境况如何？维沉与俐清（《亲情六处》）也是一对女友。也是在读大学的时候，维沉曾与一个叫阎为的小伙子恋爱，俐清在维沉面前对阎为打分很低，背地里却勾走了阎为。当然，俐清也没有得到阎为。阎为找一个澳大利亚华侨出国了。历史翻过一页。维沉与俐清仍是好朋友。话剧团不景气，俐清甩了话剧团的男朋友焦跃平去傍大款、当包姐儿。患难中的焦跃平与维沉产生了爱情。谁知俐清"发"了之后又回来不择手段地抢焦跃平。俐清在生活中总是选择者，而维沉总是被选择。当然，由于焦跃平的态度，俐清最终没有如愿。维沉也许不是真正的弱者，她只是有自己的原则。俐清有大错吗？事实上我们很难指责她。俐清不自救，谁能救她？但是当俐清处于维沉的位置时，她该怎么办？在人生的长河中，谁能保证自己永远不处于维沉曾处的位置？既然我能颠覆他人的欲望，我的欲望便永远有可能被他人颠覆。人生进入怪圈之中，对欲望的追逐与对欲望的放逐最终难以找到界线。

没有欲望世间便没有生命，便陷于死寂。有了欲望呢？自我的欲望互相颠覆，自我与他人的欲望也互相颠覆。人啊，你该怎么办？

八

那次张欣请我和另外一个朋友喝咖啡。多年不见，一见面，张欣便侃北大。北大的人北大的事，北大的湖水北大的风，一切都那么有韵味。连一些小小的不愉快，也成了有趣的谈资。我发现，北大对张欣并不只是一次经历、一个场景，那是一幅画儿，那是一支歌儿，那是一片诗情。

侃了北大侃广州。那时我初到广州，对广州的好印象还没有被挖掘出来。广州对我来说，是狭窄的街道、是拥挤的人群、是堵塞的车辆、是堵塞的车辆里乱冲乱窜的蝗虫般的摩托车。张欣对这些也怨不绝口。但谈着谈着，你发现在张欣对广州的怨里，仍有一丝东西飘出来，幽幽的，声空中荡着。你能感到它的美，它的魅力。

我终于朗白，不是因为北大，或者因为广州，诗，在张欣心里。无论谈什么，她都能谈出那股幽幽的诗情。

我在张欣作品里找到了印证。张欣叙述的脚步坚决地走向了此岸，张欣对此岸的尴尬直言不讳。但如果只到这里，张欣绝不是张欣。

我想从张欣作品的细部谈起。

故事里，张欣常有令人意外处。张欣作品在令人意外的同时常令读者心灵震颤。《爱又如何》里，商界新星爱宛成功前曾与一供销员到了谈婚论嫁之时。供销员当大款后甩了她。爱宛与浪漫诗人肖拜伦作了情人。她爱他的天才，爱他的事业。她出钱供他买衣服、供他去西藏、去甘肃。他到处游荡，只要一回到她身边，她便立刻把他伺候得舒舒服服，宝贝似的捧着。无意间，爱宛的朋友可馨发现，肖拜伦其实只是扮浪漫诗人的款给爱宛看，以骗她的情感骗她的钱，他根本没有出外，他根本不在写诗，只躲在二个地方用三流艳情小说混稿费，混不下去时便来找爱宛。可馨震惊了，立即打电话告诉爱宛。谁知爱宛却求可馨，"如果你知道拜伦发生了什么事，请不要告诉我"，她说，"人不可能活得那么纯粹"，她说她与过去的供销员其实也没有断关系。在此，读者与可馨一道再次被震惊了。爱宛是现实的；无论在金钱还是在情欲上，她都比可馨现实得多。以她的条件，她要找情人会有许多选择，有意味的是，她找了个"浪漫诗人"，或者说浪漫诗人可以打动她。爱宛在现实的人生中现实地拼搏着，然而在她潜意识的深层却有着对诗情的渴求，她要以某种方式找到满足，哪怕是以被骗的、变态的方式！

是啊，人内心的缝隙里都藏着一点诗情。可是人生碌碌，欲海无涯，诗情到哪儿找去？《伴你到黎明》给我们另一份惊讶。在准黑社会混的朝野答应帮冬慧追一笔被骗的巨款，条件是事成后冬慧陪他睡一晚。万般无奈的情况下，冬慧同意了；钱追回了，朝野竟没有去约定的地方睡觉——他只是说说而已。这番经历使冬慧真的爱上了朝野。但朝野不仅拒绝了冬慧，而且说出了如下一番话：

算了吧，人家是好人家的好女孩，我沾人家干啥，不把人坑了？人家是可以终身有靠的。我就跟阿樱一处混着吧，怎么过，还不是一辈子。

听到这话的安妮鼻子酸酸的，她觉得心中早已死去的某种东西正在一点点地复苏。

这是深刻的一笔意外。深刻的不在作者写出了杀人越货者的正直与良心——这在当代文学作品里并不鲜见，深刻的在于写出了朝野身上那种上不去之后的人生凄凉，写出了这种凄凉里的善与美，更写出了作者对诗情的追求和追求诗情的可能路径。

安妮的"突发奇想"是一个极好的提示；安妮想，如果不是历史原因使朝野变成现在这个样子，如果朝野是一个"力争上游的好青年"，"他还会随意地说出这么无私的话吗？"多么令人深思！力争上游的好青年未必能像朝野式思考，像朝野式思考的却是在准黑社会生存的坏青年。因为朝野不可能成为力争上游的好青年，因为朝野的某些欲望永远不可能实现，他反而淡了，反而在人生里渗出了诗意。

是的，与诗反向的，是人的无尽的欲望。各种欲望可望满足的正人君子，最懂不择手段，最易忘记诗。朝野的故事是否告诉我们，只有砍去某些欲望才能产生诗？这使我想起庄子。庄子批判人对名利的追求，认为名、利、家等等，"名声异号，其伤于性，以身为殉，一也。"（《骈拇》）他鼓吹"逍遥游"，鼓吹自由审美的人生。他以为泯灭了名利追求才能进入诗意境界。

值得注意的是，追求诗意也是人的一种欲望。因而追求诗意不是否定欲望，恰恰是利用欲望调动欲望，对欲望进行诗意的话语转移。用朝野的故事，张欣为我们打开了一个大的思维空间。

九

我还想特别提到张欣叙述里的小零碎儿。张欣常常在大的结构里，在故事的主干之外安排一些小零碎儿。不仅丰富着故事，而且泄露着作者内心的秘密。《绝非偶然》写商界的残酷竞争。为争一个看好的广告模特儿而爆发夫妻大战，为一点工作差错被炒鱿鱼……人们的心身都一直处于紧张的作战状态。而在叙述的细部，作者却反复渲染广告公司业务部职员间相濡以沫、相互慰藉的那份亲和、亲情。人际关系上，业务部外冰天雪地，业务部内和暖如春。作品结尾处，作者还特意安排了一场闲聊。当聊到国营单位好还是私营单位好时，丽英说，"只要是有真诚、有情感的地方就好"。满桌子的人都静了下来。业务部受尊敬的"雅痞先辈"说："我一向看重地位、利益、名望，可是一旦觉得烦恼、空虚、没有意思时，这一切并不能宽慰我，我才知道我需要的，不过是那么一点点……"

一点点什么？一点点真诚、一点点情感、一点点诗情。张欣没有作无视社会现实的空谈。她把故事的大框架交给竞争，只把小零碎交给诗情。然而当人物都静下来沉入内心的追问时，人生的价值、意义凸现了出来，小零碎的意蕴便弥散开去，小零碎吞食了大结构。

不错，人确实是欲望主体，但每一个欲望主体都是同另外的欲望主体同在的，或者说，欲望主体是在主体中间存在的。欲望主体的存在本身便包含着主体间性。主体之间除了利益维系之外，还需要情感维系。如果多一份情感维系，人生是否多份诗情？于是，《不系之舟》里，作者让彩琼在漫漫人海去寻找依傍，"毕竟，人会同类相残，但也会同类相惜吧，就像走夜路，谁不想有个伴呢？"于是，《亲情六处》里，作者让焦跃平等办了个独特的"企业"：亲情六处。最后让焦跃平与维沉在清贫中选择了爱情，在金钱的包围里选择了诗意的人生。

十

回头看张欣对此岸尴尬的叙述，似乎又产生点醒悟。原来张欣对尴尬的揭示正是为了导向对诗情的寻找。欲海茫茫，人生茫茫，伤痕累累的心灵需要诗情的慰藉。张欣，一个当代都市人，就这样苦苦地守望着诗情。

值得注意的是，这里的诗情不在彼岸。张欣的任何叙述都不以上帝、理念等的名义给人生注入诗情，不乞求于人生之外的某个东西，而是寻找此岸之中的普普通通的人生情感，从这里去寻找人生的价值、意义。张欣用她对欲望的叙述放逐了虚妄的彼岸，张欣又没有在欲望的解构力量中流连徘徊，她走向了建构，诗情的建构。

张欣守望着此岸、守望着诗情。张欣是幸运的。转型期都市给了她灵感，21世纪给了她呼唤。无论自觉与否，她都站在世纪之交的坐标上写作。她用她的叙述、告别着昨天、拥抱着明天。张欣在给我们艺术享受的同时，实际上用她的叙述在对文化问题发言。我无意对张欣发言的分量进行评估，但我想说，张欣的艺术探讨给了我们以重要的启示。

也许，走向此岸，守望诗情，是文化重构的一个方向？

北京大学中文系教授袁行霈致张欣的一封信

张欣：

　　大约一个月前写了一幅字寄给您，想已收到了。字写得实在不算好，权且当作纪念吧。内容是录自曹丕的《典论·论文》，我喜欢那段话，特别是"不托飞驰之势，不假良史之辞"这两句。

　　从穗城北归后一直没有闲适的心情，可以坐下来轻松地写封信。但每逢想起去图书馆查书的情形，总是格外愉快。

　　燕园春意渐浓，晚饭后湖畔的散步是我每日的"功课"。今晚学校的广播台竟然又播放了西方古典音乐，是柏辽兹的幻想交响曲。在湖畔听这支曲子另有一种感觉。希望您有机会再回母校来。

　　时间太晚了，就此搁笔。遥祝

安好！

袁行霈

四月八日

代跋：深陷红尘　重拾浪漫

张　欣

年前年后编辑朋友们打来电话，拜年之余总是直言：给我们写个好看的。

初初一听这话小心里不知是个什么滋味，心想，合该我就是道甜点心，衬你那一桌大鱼大肉。但转念又觉得人家说的没有什么不对，总不见得需要深刻的作品来找你吧。

只好认了。

再说我实在是一个深陷红尘的人，觉得龙虾好吃，汽车方便，情人节收到鲜花便沾沾自喜；当然我也对沦落街头的人深表同情，对失学儿童捐款热心，痛惜妙龄女郎因物欲所惑委身大款，总之我活得至情至性，而文学又是离不开生活的，我也只能用我的眼光和角度去取材生活，尽量做成一盘好菜。

许多人都说，今天的这个世界已经变得非常丑恶，道德沦丧，物欲横流，而作家的任务是应该警世或醒世的。我当然很同意这个看法，如果我们的文学统统变成了轻歌曼舞的鸳蝴派、小玩意、外加二点无病呻吟和莫名其妙，那应该判我们渎职罪。不过我觉得文学自身也有轻松的特性，并且我也很惭愧，因为思想不深刻，所以作品也就深刻不起来。不是我怨天尤人，广州实在是一个不严肃的都市，它更多地化解了我的沉重和一本正经。我觉得文学没有轻松的一面也是很可怕的。

深刻也好，轻松也好，我觉得我们的文学始终端着架子，哪怕是一个姿态，也要有个说法。有根有源有一套理论的。我现在顶害怕参加文学方面的讨论会，因为听不懂，自己只知道加减法，人家谈的是微积分；其次就是太严肃，大家正襟危坐，说一些器宇轩昂的话，我老觉得事情没有这么严重，文学也没有这么大的功力。

我已经写过一系列都市作品，心愿是走进都市人的内心。现在"临终关怀医院"的事被炒得挺热，这是一种关注。但同时关注正常人的内心世界，也是一种必须的关怀。我有一个朋友下海后屡战屡败，最后负债累累，情急时也说过，我简直要痛恨改革开放了，因为诱惑和选择太多，使我变成现在这个样子，如果是从前，我会安心地搞艺术，说不定有所作为。见他焦头烂额的样子，我真是要对他进行临终关怀了。这个朋友固然有很脆弱、又输不起的一面，你却不能简单地骂他一句懦夫。大街上人头涌动，你去问他们哪个没有努力过、奋斗过，可成功者毕竟是少数人。都市人内心的积虑、疲惫、孤独和无奈，有时真是难以排遣的，所以，我希望自己的作品能为他们开一扇小小的天窗，透透气。

另外，我在写作中总难舍弃最后一点点温馨，最后一点点浪漫，我明知有不少人对此不以为然，却恕难从命了。我当然懂得时世的冷酷、炎凉，懂得做人的悲苦，但任何一个自认为是铁石心肠的人，都或多或少地库存着一份情感，两行热泪，这也是《廊桥遗梦》得以流行的原因。生活中没有的东西而文学作品里有，也算是一个活下去的理由吧。

都市喧嚣中的价值持守与裂变
——张欣小说解读

贾亦真

仿佛是在一夜之间，凝滞矜持的中国人突然发现，原先安宁平静的生活突然沸腾起来，以摧枯拉朽之势挟裹社会的各个角落，它挣扎着、咆哮着，显露着狰狞炫目的光彩，又充满了诱惑与希望，给国人以惊喜与期待。

南国广州无疑处在这漩涡的中心。在商海大潮的汹涌澎湃之中，广州人最先体验那份惊悸与欣喜，最先面临考验与抉择。同样作为商业中心，广州与上海相比，在文化底蕴上似乎缺乏凝固性，商业运作上更趋于诡异与无序，一时间难以形成较为规范的商业精神。作为中国改革开放的前沿阵地，广州接纳了许许多多的来自全国各地的淘金者，政治气候上的相对宽松和经济运作上的灵活性使各种各样的新鲜事物在广州出现。从某种角度可以说，南国广州是一个光怪陆离的巨大的试验场，各种文化观念的交汇和冲突在商业大潮的驱动之下日显尖锐，她经受着前所未有的阵痛，也孕育着希望，以巨大的包容力显示出独特的魅力。

　　广州女作家张欣扎根于这片热土，以女作家特有的细腻与温婉关注着处于社会转型期的都市人的生活。她无意于以浓墨重彩去表现波澜壮阔的主旋律，而是以体贴和关爱默默地走进都市人的心灵，写他们事业上的开掘和困顿、爱情上的缱绻与迷失，从而展示南国都市人的价值观念在滚滚商潮、茫茫欲海中所经受的考验，有持守的困惑，更有裂变的无奈。张欣小说呈现了忧郁与迷惘，也有冷静与从容，这样的创作视点和创作基调，使其成为"新都市小说"的典型作品。

　　张欣的小说几乎无一例外都是在城市语境下展开情节。城市语境是一种基于都市生活的小说话语方式。对张欣而言，城市语境是她小说的一个背景、一种氛围。《访问城市》可以说是张欣小说贯穿性的主题，《爱情奔袭》《不系之舟》便是都市人的生存方式和心灵体验，这个短篇的题目便是在无意中透露了一个信息——所谓城市语境的信息。张欣善于以都市人的价值状态为城市语境作注解，价值的或持守或裂变构成了城市语境的隐性基础。在张欣小说中，都市人的价值状态成了她总也解不开的情结，对读者来说，这无疑是解读张欣小说的突破口。

　　张欣曾说，"我是一个比较传统的人，因为生活在一个开放城市，无形中被许多新观点所包围，所以自己常常会成为一个矛盾体"，"停留在一片纷乱的冲撞之中"。（《但愿心如故》）张欣小说其实总是贯穿这样一个矛盾，她笔下的人物总是处在这样的矛盾中不可自拔，商业大潮冲击着每一个都市人的心灵，传统价值观念的堤坝被强力冲刷，价值观念的持守与裂变是每一个都市人绕不开的，它构成了都市人生存的尴尬。

　　《如戏》是一种隐喻，它隐喻的是人生的反复与无常，也隐喻了商业运作中的诡异与扭曲。佳希是小说中贯穿性的人物，她是一个服装设计师，在她身上，有浓厚的传统价值观点：坚持理想、固守艺术操守。她坚决抵制媚俗以坚持自己的艺术个性，在激烈的商业竞争中屡屡受挫却从不言悔，但扭曲的市场竞争也使她不得不一次次委曲求全。在爱情上，她时时显得飘忽迷离，难以把握自己的情感，有时甚至陷入自欺与沉沦。佳希身上时时显出两重性，在都市喧嚣的夹缝中体验了身不由己与无可奈何，内心的冲突与行为的背离，体现了都市人生存的艰难与无措。

都市人的这种生存的艰难与无措源于他们无从选择的无奈与尴尬。《冬至》中三位职业女性冰琦、婷如、小米本在一个文工团工作，文工团突然解散，她们一下子失却了依傍，各自另谋生路。在凶险莫测的商业大潮中，她们无从把握自己，不时地受挫，不时地随波逐流又心怀迷惘。冰琦在爱情上一再遭受打击，有时不得不屈服，终于嫁给了一个50多岁的香港富商老朽。她们最后都认识到：人无立足之地，哪来的茶余饭后。婷如说："什么价值不价值，我是以成败论英雄的。"很显然，在她们身上，从最初的下海，到最后的失落，已发生了很大的变化，这是生活强加给她们的——都市的喧嚣，商业的残酷让她们经受了如炼狱般的洗礼。她们得到了什么，但同时也失去了什么；她们或许会变得坚强，或许也会变得迷惘，因为她们无从判断，无从把握。这是一种价值持守与裂变的艰难。

都市人的这种价值持守与裂变的艰难在《掘金时代》和《你没有理由不疯》中得到了更集中、更深刻的表现。《掘金时代》中的穗珠本在制药厂数药片，在商业大潮的推动下，她不甘平庸，干起了药品销售生意，以自己的精明和才干很快取得了成功。但在成功的同时，她又时时有一种失落，她时时做着一个文学梦，想在精神上找寻一份清纯与真实以证明自己的价值，因而时时在生意场和文学两者之间徘徊。在张欣笔下，文学和生意场似乎是两个象征，文学是精神持守的停泊地，生意场便是价值涣散的试验场，但让人痛心的是，精神持守的停泊地正一步步被侵蚀，文坛早已不是一片净土：拉赞助、走后门、商业包装、媚俗堕落……作者写道："（穗珠）转念又想，时代不同了，一切都不再神圣，人们心目中的精神绿洲永远是海市蜃楼，真正的现实是金钱意识充斥着所有的空间。"张欣善于在紧张激烈的矛盾冲突中展示人物心灵的冲突，让人物的精神领地总处于彷徨徘徊的摇摆不定之中，既有人格被撕裂的痛感，又有精神被瓦解的惊悸，读者在阅读过程中会不知不觉被纠缠，仿佛也身不由己地被推向那神秘莫测的城市语境之中。

《你没有理由不疯》中，谷兰和萧卫东都出自高干家庭，两人的组合自然成了那个年代标准的上层家庭。然而，随时势的潮起潮落，两人的生活也渐渐发生了变化。在扑面而来的商业大潮中，他们要重新学会谋生的手段了。谷兰慢慢学会利用职务之便搭售东西以谋利，萧卫东要在官场上拉关系、拍马屁。在揭露一大宗受污染药品的事件中，谷兰在药厂总经理助理叶向川的激励下挺身而出……在这桩触目惊心的事件中，许多人或明哲保身、或助纣为虐、或冠冕堂皇或利欲熏心，谷兰感慨道："现在连伸张正义都得凭关系、走后门……"在这篇小说中，张欣以谷兰为中心，刻画了都市人的群体画像，以较为凝重的笔墨写出了人们在欲海中的沉沦与麻木、人性的阴暗面和社会腐败。这篇小说充分表现了作家干预现实的创作勇气。

张欣在小说创作中，擅长以女性特有的耐心和温情讲述一个个引人入胜的故事。在这些故事中，爱情生活和商业游戏是两个相互交织又相辅相成的结构线路。不过，张欣似乎不是为写爱情而写爱情，在她的小说中，爱情似乎是一个象征，是一种拯救，是价值持守与裂变的晴雨表。满足读者的怀旧期待，也是作者情感的停泊地。

缱绻与迷失是爱情描写的两种挪不开的基调。《永远的徘徊》写了两对恋人的情感纠葛，也写了两者之间的矛盾冲突，它要表达的当然不是爱情本身，而是通过这种手段去写一个留驻在人们心底深处的梦，这个梦带着浓厚的古典气韵，在纷纭复杂的都市风景中散发着幽怨之气。在滚滚商潮中，爱情以挥之不去又无从把握的魅力慰藉着都市人疲惫的身心，它以幽灵般的神奇力量去检测都市人价值的持守与裂变。读这篇很有分量的小说，读者在沉浸于故事情节的同时又浸淫于轻纱般的怀旧与遐想之中，从而获得一种难以言传的阅读快感。

如果说在《永远的徘徊》中，爱情是一个梦，那么，在《免开尊口》中，爱情则是神话、是宗教。费鹤林和夏曼余在同学时错过了一份爱情，年老时再次相见，他们都已身心疲惫，甚至要相互利用。他们该怎样去找寻那留在记忆中的清纯呢？该怎样去捡拾那从未经历过的浪漫呢？医生贾丁因小病人吴洁的原因认识了吴洁的养护人林弟弟，他们都曾体验过生活的无奈和情感的无依无靠。在经历了生活的多次磨难之后，他们懂得了用爱去烛照人世，而不是愤世嫉俗与尖酸刻薄，在对"爱"的共同理解上两人走到了一起。而林弟弟心田深处还埋藏着一个虚无缥缈的爱，那就是对吴洁远在美国而且已再婚的爸爸的乌托邦式的爱，原来是这爱造就了她的精神大厦。张欣说："在写作中总难舍弃最后一点点温馨，最后一点点浪漫。"

（《身陷红尘、重拾浪漫》）爱情在这里是一种拯救的力量，是精神退守的最后一块停泊地，它与生活外层的粗鄙与丑陋形成了鲜明的对比。其实，张欣几乎所有的小说都离不开爱情描写，《如戏》《冬至》中写到了爱情在粗鄙化年代里的迷失，它迷失在价值裂变的巨大沟壑之中，在都市的喧嚣之中显得那般无助。但无论是佳希（《如戏》）还是冰琦（《冬至》）都做着一个关于爱情的神圣的梦，这梦给予她们生活的信心与精神的慰藉。张欣写爱情的缱绻与迷失，是为了获取一种滋润的力量。这是一种陷入无奈的表现，在意义的背离中完成了对都市人价值持守与裂变的隐形象征。以此为切入点，张欣的小说以丰厚与温婉引发读者思考生命的价值与人生的意义。在90年代一片"后现代主义"的喧嚣中，张欣去捡拾这样一个古老而又带有终极意义的命题且始终不渝，这大概也是她赢得那么多读者的原因。

在商店酒楼、舞厅吧台、红男绿女、灯红酒绿的都市熙熙攘攘的生态图景中，其实也蕴藏着一种持守与裂变的"整合"的建构希望。张欣似乎无意于这种建构，在她的小说中总弥漫着一种找不到精神家园的惶恐与困惑。《一生何求》孟天游的歌星梦，始终弥漫着一种浓烈的悲剧氛围，在"一生何求"的感叹中，有浓得化不开的人世沧桑感。这里面埋藏着现代都市人无从理解、无从把握的迷惘和无奈。从这个角度可以说，张欣写出了现代都市人的典型心态。她把"建构'的权力留给了读者，给读者提供了广阔的阅读空间，从而激发了读者的参与意识。

在这本小说选集中，特别选了张欣的两个短小精悍的短篇小说《非常夏天》和《雨季》。表面看来，这两篇小说分量不重，但仔细读后，就会发现这是两篇比较特别的小说，它具有无法言传的意蕴并融入了作家的个人体验，读后会对张欣有更加全面的理解。

读者史今致张欣的一封信

张欣：您好！

我是你的读者。

我是你朋友史航的哥哥。

看了你的文集，看到书中你感慨"有时还能听到赞美之词和收到热情洋溢的信，可惜年纪偏轻，都是十八九岁的青瓜头"，使我最终决定写并寄出我的第一封"崇拜信"。作为三十多岁的人，其中的不易和难得想你会知道的。这会让你有一丝快乐的好心情，也许晚饭时多加一个菜，多吃一碗饭，我希望的。喜欢你的小说是因为喜欢你这个人。（我是一个热爱家庭认真工作的胖子，你不要怕。）弟弟说过你很好，看了文集才知道真是很好。虽然你比不上张爱玲的"好"，但你还在。保重。

小波要是活着该多好。我很喜欢你的小说尤其是后期的作品，但我实在说不出好在哪里。弟弟曾说在中戏的四年他只学会了一件事：什么是好的，什么是坏的。

我想他说的是鉴赏力。虽然我说不出你的小说好在哪里，但请相信我的鉴赏力。我甚至只通过名字和零星的介绍，就可以知道《长大成人》（原名《钢铁是这样炼成的》）是好的，《红河谷》是不必看的。还有一件我十分自豪的事，台湾导演杨德昌的影片《牯岭街少年杀人事件》是我首先推荐给弟弟的，直到今日成为中戏学生人人必看的"必修课"。所以当我说你的小说和我手中的红苹果是好东西的时候你要信我。

你的作品好在哪里，会有专家开会研究后告诉你的。我想让你知道的是伟大祖国的另一头，一个工作家庭很忙乱的税务干部喜欢你的小说。

如果有机会希望你能来长春，我们将吉林大学的那一套房子打扫干净给你，想体会一下，做一个北方城市的居民吗？

祝新年康乐！

读者史今

1997年12月27日

浮华背后的女作家

孟　静

北京地区的观众总是最后一批看到热门电视剧的人群，《浮华背后》的导演汪俊说："从去年起这部戏就是各地电视台收视最高的现代戏，在西北某个台曾经达到过45％。"已经接受了无数轮记者采访的原著作者——广州作家张欣也证实了这一点。

张欣的书在市场上不算畅销，用她自己的话是"卖得一般"，但她的作品被改编的命中率极高。尤其是近两年，没有一枪落空的——《致命邂逅》《沉星档案》《曼谷雨季》，包括她改编池莉的《生活秀》。张欣说："制作公司先到广州等我把小说写完，不让他们下载，只能派个艺术总监这样能拍板的人在电脑上看一下，果子熟了就摘走，他们比文学期刊更早拿到小说。"《浮华背后》是以厦门远华案为背景，《沉星档案》以广州某主持人被杀事件为原形，汪俊开玩笑说，张欣每天在家翻小报，她比别的作家更能找到新闻点。张欣说自己正是这两年突然"悟了道"，明白了怎么写才会受欢迎。她认为大多数小说是温暾的，而电视剧需要极致化，头一集出现的人物，下一集一定要派上用场，主角要无路可走才算好看。尽管她已经很重视戏剧冲突，《浮华背后》电视剧内容和张欣的原著却根本是两回事，张欣自己看到电视后也"目瞪口呆"，原著是讲两对母子关系，走私只是辅助。汪俊在改了几稿后，只保留了最煽情的一对母子情和"变脸"内容，把走私线放大。汪俊说，有了母子线、爱情线、黑白斗法，方方面面观众的需求都得到了满足。这样工业化的结果，必然带来粗糙的结果。《浮华背后》结尾，警察们看着女主角被枪击后无动于衷地离去，留下两个主角趁机哭泣、拥吻，等待女主角不治身亡。这里的不合逻辑就是编剧在疲劳状态下边拍边改的结果。

汪俊马上要执导池莉的《水与火的缠绵》，他认为，中国现在并没有专为影视创作的作家群体，个别者如海岩，但他虽然完全掌握了规律，也不愿承认自己仅仅是个编剧。像池莉、张欣，也就算刚尝到市场化的甜头。记者联系池莉的时候，她正在法国出访，据说她刚刚搬进了新别墅，她的"文学本是一俗物"的观点早就引起过一些作家和文学爱好者的不满。张欣笑着说她买东西也要还价，但她也承认她在广州过着比较舒适的生活，女儿在美国念书的费用，都来自于卖改编权。她坦然地说："广州是个务实城市，当作家没有优越感，我们和卖肉、卖菜的没有任何差别。"在广州，身为作协会员可以领1000多元的工资，按张欣的话说是"饿不死但过不了好生活"。在危机感产生后，她开始寻找怎么让小说版权卖个好价钱的规律，所以她写的小说往往节奏快，没有抒情，三两句就进入了故事。

有趣的是，除海岩之外，现在活跃在影视创作方面的编剧或作家大多是女性，比如池莉、张欣、万方、王海鸰等等，《蛋白质女孩》的编剧徐萌认为，女性心态稳定，较容易适应枯燥而工业化式的写作。张欣则认为，女作家更关心具象的东西，男作家则重视力度，读小说需要高中毕业，看电视的人无须认字，因此，具象的写作更适合电视。而且女作家喜爱的情感线也正是普通市民所关心的。

汪俊经常从制作公司手里拿来知名作家的新作，这些作家刚刚有了故事框架，公司就捧着几十万版权费等在一边，如果作家亲自参与编剧，编剧费还会更高。在他看来，由于中国作家还不完全适应影视化写作，所以一些大价钱买来的本子其实并不好用，为了不让三年的版权期作废，就只得硬着头皮改下去。如果是原创剧本，往往又凭空想不出故事，所以改编权卖的其实是个故事框架，公司会找出兴趣点，把这个点放大，这种改编也是有模式可循：加强动作性，减弱心理过程，对于"干货"以外的东西毫不留恋地剥掉。有些作家，干脆写"命题作文"，《牵手》的作者王海鸰的新作《中国式离婚》就是制片方根据她写情感的特长出给她的题目。张欣现在唯一坚持的也只是选择自己感兴趣的选题。

张欣也承认市场化写作有得有失，这辈子与得文学奖无缘，她说："生存比得奖更重要，我尊重自己的选择，更尊重读者是自掏腰包买我的书。"

漫说张欣

陈志红

张欣"腾"地一下就火起来了。我记得大概是在1990年之后。那一年的春季，张欣在《广州文艺》发了一个小中篇《星星派对》，着实让我有些眼前一亮。在此之前张欣虽说也发了一些有一定影响的作品，但让人感到她写得挺用心也挺吃力，她好像还没真正找到属于她自己的那种表达方式。但《星星派对》就不一样了，她好像一下就"顿悟"了。那种对现代都市人生存状态的把握，堪称鲜活而入木三分。如果要研究张欣的写作，我觉得《星星派对》可作为一道比较明显的分水岭。那时张欣还在北大作家班读书，平常见她不着。后来很长的一段时间，她都给人深居简出的感觉。我跟她住在同一个城市，却像远隔着千山万水。正是在这段时间，她的小说开始层出不穷，好像拧开了的水龙头，哗哗地向外流淌，且大多发在国内很有影响的杂志上，而且不是头条就是二条。再接着她就开始不断地拿奖，从广州一直拿到北京、上海。她大概是90年代之后在国内拿奖最多的广东作家吧？反正我记不清了，记得最清的一次，是她的《绝非偶然》与王安忆的一部作品并列上海一个文学大奖。也许获奖也说明不了什么，但有一点是确实的，那就是她从一个不大为人所知的写作者一跃而成为在中国文坛颇有知名度而且很有读者缘的作家。

十多年前，张欣还没成为专业作家，还是"小荷才露尖尖角"的时候，我到过她家；在我的眼里，她已提前进入小康阶段，印象最深的是她家的厨房。厨房很大，好像有十几平方的样子，就是现在的许多豪宅，这么大的厨房也不多见吧？厨房靠墙放着一张八仙桌，桌上光秃秃的，什么也没有。张欣说，我就在这桌上写东西。我想我的记忆应该不会错。十几年后回想起来，怪不得张欣的小说充满了人间烟火味，冷峭中散发出脉脉温情。想来这与她在厨房写作不无关系。

张欣并不是任何时候都那么温情脉脉的。但也不能说张欣是个硬邦邦的人。还真不太好用几句话就把这个人给勾勒出来。我觉得张欣是一个活得很通透很实在的人，她基本不玩那些云里雾里的虚活儿，直截了当而又幽默十足。在这一点上她的做文与做人比较一致。我们在一块聊天，几乎无所不谈，说实话，我还真觉得她如果去充当一个人生导师，还是蛮合适的。当然她肯定不会很和风细雨地跟你做什么思想工作，也不会只是从理论上给你归纳出个一二三四，她谈的往往都是操作性很强的方法或原则，听她聊起对人世的见地，我就会常常想起一位朋友说的话，他常说："你的哲学是从书本上得来的，我的哲学是从皮肉中熬出来的。"他强调人生哲学的直观性和经验性，这当然毫无疑问要具有很高的天分和智慧，但更重要的是人生的阅历。我对这种说法深以为然。张欣还是一个很小的小姑娘的时候，就到解放军这所革命的大熔炉去接受锻炼，那时她只有十五岁。刚开始当的是护理兵，就是给部队的伤病员端屎倒尿，给大夫们打下手的那种卫生员。虽然她的父母是很有点身份的人，但她自己则是从最基层最艰苦的工作干起的。我想她对人生有着很通透的认识，大概就是从那时开始的。有时聊起天来，张欣会很不谦虚地冒出"我什么样的事儿没干过"之类的话，一副历尽沧桑的样子。80年代初，张欣从部队转业，那时她已经是营职军衔，也已有了好几年的创作经验，她被安排在一家大报工作，也算是基本对口吧，不过是在资料室当管理员，并没让她在采编第一线工作。没过多久，张欣又到了一家杂志社，干的是编辑部主任的活儿，这活儿也没干多久，就落户到目前这个单位，当了十多年的专业作家，从此就没挪过窝。从一个小护理兵到知名作家，其间的艰辛坎坷不难想象。我跟张欣认识了十几年，却从没听她痛说过"革命家史"，关于过去，她总是轻描淡写一带而过。张欣是个挺直率的人，但并不能因此而说她是个心里不能装事的人。有一句很时髦的话叫做"宠辱不惊"，放到她身上，也是挺合适的。我们看惯了不少只有小半桶水却恨不得晃荡得有一池水的人，就觉得张欣的低调平和让人舒服得多。成名之后做人依然做得清醒明白，并不是件容易的事，这件不容易的事让张欣做得举重若轻，算不算一种天分？

就在前两天，张欣作为广州文化界的跨世纪人才去拜广东的一位名师，这件事儿作为广州市委宣传部和文化局的一项工作的一部分而被媒体所关注，发在报纸上的照片，本应是主角之一的张欣只剩下一个脑袋，有关人士对此表示歉意，张欣连连说，没关系没关系，这就很好了，导师和领导都照到了，我也就心安了。这事儿我一点儿没夸张。朋友都说张欣是个很讲义气很能为人着想的人，这大概也得益于她的人生经历。她有过挺黯淡的日子，后来得到过很多人的帮助，等到她有能力了，她又尽可能地帮助很多人。说她侠骨柔肠，似乎肉麻了些，不过很多时候，会让人感到一种很到位的关切。但她决不会漫无边际地播撒她的柔肠和同情。一位曾经很风光的朋友，碰上了很倒霉的事情，你瞧她是怎么开解的？她说：这是你没法左右的，你就别一根筋了，想想你风光时的日子，也够本了，花无百日红，也该轮着别人风光风光了不是？一件让人十分懊丧的事情，让她说得十分平常。她在小说里经常写到一些败走麦城的人，倒霉常常都不知道是怎么倒的，而且偏偏还是那些很好的、无论如何不应该倒霉的人倒霉。但这些倒霉的人都有一个特点，就是从不怨天尤人，酸甜苦辣都自己咽了，却不失童心和诗性。张欣有一种化解悲剧和苦难的本事，或者说她有她自己的诠释悲剧和苦难的方式。她不极端。有一段时间我对她的小说不大以为然，我认为她的人生写得太轻快了，而且还老是带着一个光明的尾巴，像那篇《伴你到黎明》中的那位骑士，平时浑身冒邪气，到关键的时候竟然比英雄还英雄，是不是也太童话一点了？但你再细一琢磨，就发现张欣并不是有意回避悲剧，她不过是从不让她的主人公们在悲剧面前死去活来罢了。张欣是个理想主义者，她的理想主义是那种很坚强的、站在坚实的土地上的理想主义，一点儿也不虚幻和柔弱。她见过很多黑暗和丑恶，却在内心深处顽强地保留着一块净土。有很多人喜欢张欣的小说，不是没有道理的。我不止一次听到不同阶层的人当面夸她的小说，号称是她的崇拜者。在这种场合，张欣总是很绷得住，一副很谦虚的样子。

张欣大多数时候都表现得和蔼可亲，尤其是她心情好的时候，俏皮话、幽默段子不断，绝对是搞气氛的一把好手。不过如果你是她很要好的朋友，你就要小心一点，因为她总是虚张声势地宣称自己发起火来是六亲不认的，说翻脸就翻脸。我没见过她翻脸到底是什么样子，倒是见识过她私下评论一些人和事时那种疾恶如仇、不屑一顾的样子，这时候张欣的智慧和性情往往表露无遗。所以你不要被张欣迷人的微笑所迷惑，她阅人阅事的锐利非寻常小女子能比。在小说中，张欣对人性给予了很多理解和同情，而在现实生活中，张欣对人的要求还是挺高的。要让她在内心里以你为友，并不是一件容易的事。她也是个注重细节的人。她最不能容忍的是言而无信，做事情没有交代，所以，如果她答应了你什么事，你就大可以放心去睡大觉，她绝对不会马马虎虎应付了事；但是如果你答应了她什么事，你也必须要有下文，否则很可能连朋友都没得做。也就是说，她做人做得很有原则。有一次，她为朋友的事让我帮个忙，听得出来她是真着急，我也就急她所急，使劲给有关的人打电话牵线搭桥，但她那边的朋友很久都无声无息，我很奇怪，打电话问她，她一听就急了，一追问，原来她的朋友怕麻烦我，又找别的辙去了。这事本来也没啥大不了的，张欣可是不依不饶，说，不行，一定要他赔礼道歉，请你吃饭，做事怎么能这么没有交代！反倒弄得我不好意思了。张欣就是这样，身在文坛多年，不敢说一点文人的毛病没有，但为人的传统美德还是保留得比较好。张欣还有一个不大为人所知的美德，就是守时。你可能认为这是小节，不值一提，张欣可不那么看，她说这是对人的最起码的尊重，再说得严重点，你以为你是谁，凭什么要所有的人都等着你，向你行注目礼？现在张欣对别人的迟到还是比较宽容的，顶多微笑地说一句，你是不是也太离谱一点了？但她心里是怎么骂你的，那就没准了。

当然张欣也有迟到的时候，一次朋友聚会，她竟比约定时间晚了近一个小时才到，我们这些了解她的人都仰望着她，看她有什么话说，她沉着个脸说，我什么都不说了，你们看，我在雨地里站了一个小时都打不到车。大家一看，果真是袖子裤腿全湿了，也就没什么可说的了。张欣基本上是属于那种不爱管闲事的人，但碰上一些事，她还管得挺认真。一天晚上，我接到她的一个告急电话，说是广州一条古书院街很快就要被拆掉了，你想想，老说咱们广州没文化，好不容易有这么一条几百年前建起的书院街，人家想要还没有呢，眼看就保不住了，我都急死了！我说，这事不是有政府管吗，关你什么事？她一点跟我开玩笑的心思都没有，一个劲地催我，赶紧找记者报道一下这事，还唠唠叨叨地说，再晚就来不及了！看来她是真急了。我们的记者在采访过程中才知道原来张欣还是广州市的人大代表，而且是这么一位不担虚名的代表，为这事她不光向新闻界求援，还和另外二十几名人大代表一起联名提出保护古书院街的议案。后来有关部门果真暂停了书院街的拆迁，准备作进一步的论证。张欣在这中间到底起了多大的作用姑且不论，光是这种责任感和主人翁精神就值得表扬。去年，我和张欣去了一趟欧洲，走进德国科隆大教堂时，我俩全傻眼了，完全被震住了。回来后，张欣就对广州的文化古迹上瘾。今天听她说去了陈家祠；明天又听她说去了五仙观，说起来兴致勃勃的。这次对保护古迹那么来劲，显然跟在欧洲受了深刻的教育有关。

当然，张欣以这种正儿八经的社会形象出现的时候并不多。她常说，我只是个作家。言下之意，她并没把作家看成多么与众不同的角色。对于自己的创作，她也觉得不过是个熟练工而已。如果有一段日子没见到她，问她在忙什么，她就会说，忙写东西啊，你说我还能干吗？在写作上，张欣走的是现实主义的路子，有的论者将她归为"新写实主义"一派，也有人把她的小说说成是新言情小说，她倒是无所谓。我很少看到她关于自己写作的宣言，但这并不说明她是个没主意的人。在最近完成的那个长篇《一意孤行》的后记中，她说了这么一句话："马尔克斯说'我写作是为了让我的朋友更爱我'，这也是我的心愿。"这是一句朴实无华的话。我记得她成名之后，曾对我说过，我现在还不能那么潇洒地说，完全是为自己写作，我主要还是为读者写作，我还不能想怎么写就怎么写。我希望有一天能进入真正为自己写作的境界。大致是这么个意思吧。为读者写作和为自己写作，在很多时候是不矛盾的，但张欣之所以这么说，肯定是感到了它们之间矛盾的地方。她现在写作的速度明显放慢，看来也跟她在用心琢磨这个事有关。张欣有自己的苦恼，就是创作走到一定阶段之后如何更上层楼的问题。这说起来简单，要解决就不是一时半会儿的事情了。搞写作的人都有这个体会，难得的是张欣有这个悟性，在依然称得上辉煌的时候去思考自己的不足。说她是个明白人，决非虚言。

张欣的高产是有目共睹的，她的勤奋也是广东作家中少有的。写作是一件很熬人的事情，所幸的是张欣并没熬成黄脸婆，这是很令朋友们安慰的。这当然首先要归功于她的天生丽质。曾听朋友们说过她是多么多么地会保养，连洗碗都要戴上塑胶手套，这我没见过，不知确否。不过去年我跟她同吃同住十多天，倒没发现她多么刻意地保养自己；相反，她倒是很能随遇而安；在欧洲那些美丽的城市里，她几乎每天都是素面朝天，这是比较出乎我的意料的。但你如果因此而以为她不会打扮，那就大谬矣。说句不算恭维的话，张欣在这方面的造诣已近化境，那些日子里她几乎每天给我扫盲，很多心得我是听都没听过的，但我得承认，受益匪浅。个中奥秘不能细说，但你只要看看张欣总是"淡淡妆，天然样"的风采，大概也可以悟出点什么来。她对衣服和化妆品，实行的是"好东西主义"，好是首要的，价格是次要的，她还不断地教育我，要对自己好一点，不要什么都舍不得。她还跟我说过一个笑话，说一个女孩花了一千多块钱买了一双鞋，回家后被她老爹老妈批评，说，你穿了这双鞋就会飞吗？碰上这样的人，你就最好什么也别说。她说，反正我是相信一分钱一分货。话虽这么说，但真掏起钱，她也是斟酌再三。在巴黎一家有名的商场，张欣看上一条真丝绒围巾，价格实在不菲，我是绝对不会买的，张欣在那条围巾前流连忘返，最后终于咬咬牙买了。还别说，那围巾往张欣脖子上一绕，真挺风姿绰约的。爱美是女人的天性，无可厚非，问题是要美得恰到好处，犹如羚羊挂角无迹可寻，那就不容易了。不过说一千道一万，还是人家的坯子好，这是天生的，学不来。

张欣是个性情中人，这一点很多朋友都有共识，在很多正式场合她的话总是很少，能不说话就尽量不说，如果一定要她说，她就给你来几句白得不能再白的大白话，反正我是没听张欣说过让人腮帮子发酸的话。她要教导起人来，也是一是一二是二，斩钉截铁，一点也不含糊，我就经常有幸聆听她的教诲。我自觉也不算是个糊涂人，但听她分析起世道人心来，还真的不时有醍醐灌顶之感。这个人太明白了，简直都有点成精了。每次跟她聊完天，都会变得心平气和。我从她那儿获益最大的是关于对孩子的教育问题。好多年前，张欣给我们报纸写过一篇关于女儿的文章，那篇文章之所以给我留下极深的印象，是因为我们面临的困境是一样的。我们都像所有的中国父母那样，为孩子的未来忧心忡忡。这是我们心头的痛，本来是不宜说出来的。那篇文章的结尾是这样的：张欣打着雨伞去接女儿，远远看到女儿在马路对面奔跑，孩子跑得是那样的欢乐、自由、兴奋，好像那是一件她渴盼了很久的事情。张欣说，她被这种雨中的奔跑深深打动了。后来，她不再像以前那样苛求女儿，而是尽可能地给女儿更大的宽容和自由。再后来，张欣做出了她一生中也许是最重要的决定，让只有16岁的女儿到很远的地方求学去了。她对我说，孩子将来可以做很普通的人，做很平凡的工作，但是一定要让孩子有见识、有责任心，要让他们知道世界上什么是有价值的、好的东西，让他们学会为自己的选择、自己的行为负责。她一看到我对儿子很温柔地说话，就一脸的不耐烦。她警告我说，你太溺爱孩子了，你就是爱孩子爱得不得了，也别在脸上表现得太过分。尤其是对男孩子。你要拿他当大人来对待，要不他们就永远长不大。我得承认她说的不无道理；她给了女儿最大的宽容和理解，而女儿给她的回报就是，孤身在他乡，已经开始懂得节省每一分钱，开始懂得心疼母亲了。说这话的时候，平时总是显得很开朗的张欣，眼睛竟湿润了。看来，她也有满腹的心事不能与人言说呀。

做女人不易，做母亲不易，做女作家更不易。张欣游弋于这几种角色之间，却显得游刃有余。无论她走到哪里，都是一道亮丽的风景。关于这一点，朋友们有目共睹，我就不多说了。

我对周边的生活很敏感

谢有顺

张欣是广东省少数在全国有较大影响的作家之一。《浮华背后》是她的一部长篇小说，刊发在《收获》杂志2001年第3期，并引起较大反响。小说以惊心动魄、情节跌宕的海关走私为场景，表现的是一个放荡不羁、挥金如土的男孩，一个生长于清贫中的演艺小星，他们的视线相遇的一瞬，共坠疯狂而浪漫的爱河，由此拉开小说所展示的滨海的w市生活场景：蜘蛛网般的国际走私+贸易，硝烟弥漫的走私与缉私对搏，至深的母爱却导致铁面无私的海关关长国门失守，奉献与腐败交错纠葛……在金钱、智慧和利益的较量中，善恶互为因果；在人性人心的炼狱中，恶之花绽放颓废的惊艳。小说峰回路转、高潮迭起的故事结构扣人心弦。它作为《收获》杂志精心策划的"金收获丛书"的第二本，由云南人民出版社出版。本报记者陈志红对张欣的专访，就从这部作品开始谈起。

——编者

记者：你的小说受到很多读者的喜爱，已经有不短的日子了。说起来，你写小说也写了差不多20年。有过将近10年的不冷不热期。你开始红火，也有了10年的时间。今年初，也被一些文坛中人列为中国作家"梦之队"的五个名选手之一。这当然不见得是一种多么权威的排名，但也能从中看出一些端倪。不过，相对来说，你受评论家的关注和品评，还是少了一些。你甚至保留了作为一个作家所应有而现今却罕见的神秘色彩。这一点与你的小说形成比较大的反差。你的小说充满了人间的烟火味，甚至有点熙熙攘攘的感觉。你运用的是充分写实主义的方式，把现世的人生故事说得跌宕起伏，而又于冷峻中透出一些暖意和诗情。你最近完成的《浮华背后》，与你前段的作品，似乎有了某些不同，你是否觉得自己的创作在逐渐地发生一些变化？或者说，可否把你的创作大致分成几个阶段？

张欣：我的写作是一个渐变的过程，如果一定要分，可以大致分为三个阶段，一是1984年转业初期，对地方生活完全没有素材，仍写一些部队生活；第二阶段是1990年前后，开始注重写都市、女性，以及她们多层次的内心世界；三是近十年的写作，相对形成风格，应该是一种比较成熟的写作。

记者：你的小说在进入90年代以后，大多以南方现代都市生活为主要对象，你是不是对这种生活特别有感觉？

张欣：人是环境中的人，我长年生活在广东，但实际上是一个北方人，这种冲突本身会让我对周边的生活很敏感，的确有一种很个人的感觉，我觉得文学的本质就是个人化的体验，所以找到感觉是写作的前提。有人说作家到任何地方都能写，原则上是这样，但写一些浮光掠影的东西可以，如果要深入细致，不乏血脉经络，还是得与所处的环境有所了解和沟通，这是一个底，画画、绣花都得有底，有底板底色，写作的时候就会踏实，不至于飘忽不定。

我真的不知道男人是怎么想事的，我觉得男人和女人是天生的绝缘体，说严重一点也是天敌。

记者：读你的小说，觉得你笔下的女人写得比男人好，七情六欲俱全，是活生生的，男人就好像不尽如人意，你认为自己的写作，有没有特别的女性立场和视角？

张欣：我真的不知道男人是怎么想事的，我觉得男人和女人是天生的绝缘体，说严重一点也是天敌，彼此的理解与珍重都是极其有限的。他们的结构不同，思维方式也不一样，需求当然更加不同，共同的是内心都孤独、无奈。老实说，我在写作中，始终希望保持的是中性立场和视角，我不希望自己的写作只有柔情和细腻，当然故作宏大和拔高也是我深恶痛绝的。相比起来，我更喜欢冷静的写作。但我是个性情中人，又是体验型的作家，有时会控制不住自己的情感，任由它一泻千里，这其实就不是冷静的写作，我也时常在提醒自己克服这种写作上的任性，因为它会影响到对作品的整体把握。

客观上会不会有女性立场和视角？我想一定是这样的。可能这是跨越不了的局限，由于自身的性别，我肯定更能理解不同女性的心路历程，甚至感同身受。这些人物也就会深切得多，鲜活得多。

记者：你的很多小说叹尽了人生的无常，却不会让人无望，常常在山穷水尽处峰回路转，曾有批评家认为你的小说是"此岸世界的诗意守望"，既有对现实的质疑和批判，又不失理想和浪漫。而实际上，你更钟情现实主义还是理想主义？你怎么处理这二者在小说中的关系？

张欣：我写作是没有理论的，这也是我极少接受访谈的原因之一，因为我实在谈不出什么。我觉得作家就跟厨师、服装设计师、足球运动员一样，菜要做得好吃，不必显示刀功，或者案头有多少调料，衣服做得好看，不必告诉我如何剪裁，踢球更是只要球能进门便是万事大吉。写作的魅力在于无从预料，率性而为，作品出来，读者爱看，视你为知音这是终极目标，我从未刻意地去处理过各种主义之间的关系。

我很欣赏批评家的条理分明，但我对于素材的处理不可能那么理性，很多时候我连主人公的下场会是怎样，自己都不知道，只能由事态的发展而定。那么多的人物和矛盾，最后积在那里，你要与他们同呼吸，共命运。根本不可能去考虑很具体的理论，最多想到怎样处理更有批判性，尤其是对人性自身的，如此而已。

我从来没想过，我是在为市场写作，如果说我还有读者的话，那也是市场选择了我。

记者：你的小说很好读，故事性极强，构思精巧充满悬念，而你又似乎从不设置阅读障碍，甚至让人觉得是一种口语化的写作，在小说的叙事方式上，你是不是更倾向于它的通俗性？

张欣：我从来都不认为好读或者口语化的写作就一定是通俗读物。小说说到底是一种工作之余的阅读，如果看起来比上班还累，至少我认为不足取。当然晦涩有晦涩的读者，这是另一回事。

有些好读的东西没有内核，十分空洞，当然就流于通俗。但不见得有内涵、有情感、有思想的作品就一定晦涩难懂，这是一个非常浅层次的误会。我不设置阅读障碍，但我始终不会忘记我要表达什么，我也从来没有迎合过读者和潮流，我从来没想过，我是在为市场写作，如果说我还有读者的话，那也是市场选择了我。我当然也不是读者的老师，我自己的生活尚且还一团糟，有什么资格去教导别人？我只是道出我内心的感受，道出那种最真实的无奈和困惑。我写小说是叫人看的，我干吗以把人累着为乐事？！我的目的不是让读者去查《辞海》，而是希望成为他们心灵上真实的朋友，我干吗非让他们读不明白才高兴？！

从另一个角度说，故作高深、玄而又玄的写作是一个误区，你才高八斗，古灵精怪别人并不感兴趣，还得你拿出来的东西人家认。就像人们对于吹嘘自己有钱的人而作出的质疑一样：你有多少钱跟我有什么关系？！

记者：你怎么看"俗雅"之分？

张欣：我觉得"雅俗"说到底是一个层次的问题，好的作品一定不是单一的，一定会有若干的层次，《红楼梦》中的宝黛爱情，一般的读者会认为是通俗的爱情故事，但说到底《红楼梦》有大雅的内核，《好了歌》便道尽了人生自身难以超越的欲念，有多少人明白这极其简单的道理，却仍向命运和欲望屈服？这便是雅到家了的主题。

"雅俗"的表现形式常常是暗流涌动，通常表面的平静是一个通俗老套的故事，但故事背后人心人性的较量一定不是通俗的思想、理念所能包容的。《卧虎藏龙》的故事不能说不俗，但是一个对于江湖去意已定的宗师和一个初涉江湖、霸气青涩的妙龄美女之间纠缠不清的恩怨情仇，却令人浮想联翩，难以梳理。这样的观后感很难说像他的故事一样通俗。

记者：《浮华背后》应该是你的第三部长篇吧？我觉得它更像一部大中篇。你觉得自己能适合操作哪种体裁？中篇还是长篇？

张欣：中篇和小长篇的操作比较自如，30万字以上的长篇会感到有些吃力。近阶段感觉，小长篇的容量比较适合自己，不至于浪费素材，现在已经有这种意识了，素材方面的环保，这不光是利益上的考虑，因为写中篇会是一种浪费，当然我决不至于在任何体裁的小说里兑水。

记者：你去年还出了一部长篇《沉星档案》，小说还引起一场不大不小的风波，有人把它与几年前广州发生的一件十分轰动的刑事案件挂起钩来，现在这部《浮华背后》，好像也有一些新闻事件的影子。是不是可以这样认为，你的小说创作，开始从过去的纯粹虚构向纪实转化？

张欣：从《沉星档案》到《浮华背后》的确都有一些热点新闻事件的影子，但这仅仅是一个外壳，真正意义上的小说创作本身是更加纯粹的虚构。

我对纪实毫无兴趣，也不是我的专长，写作当然要扬长避短，被纪实所框定我就觉得不自由，更谈不上长袖善舞。但是，生活本身一定比小说更精彩，这已经是不争的事实，有些惊心动魄的新闻事件本身就是一个绝妙的故事骨架，有一种自然天成的韵味。不过我决不刻意，无论是由心而发还是新闻事件的起因，关键是让我心动，让我觉得有创作的空间，我就会拿出创作的冲动和热情。然而新闻事件本身的意义是极其有限的，有时会停留在就事论事的层面上。所以我建筑的血肉之躯仍然纯粹是我多年观察人物的积累，人物关系，包括他们的思想活动都是货真价实的小说创作。

很多人都以为我搞到了内部资料，甚至翻着案件卷宗写作，这个误会就太大了，我所有的小说完完全全是虚构的，可以说我对虚构情有独钟。新闻事件只不过是一个引子。

我想我更关心的还是人，人心和人性。

记者：在《沉星档案》和《浮华背后》中，你塑造了两个完全不同类型的女主人公，但她们都有一个共同点，就是通过个人的努力奋斗成为引人注目的人物，在她们的悲剧故事中，你似乎特别强调社会环境对人性的侵蚀和扭曲，你的注意力好像在向社会问题上聚焦，

这与你过去往往只是比较多地表现单个人的命运起伏，有了较大的不同，从比较多地关注个人到比较多地关注社会，是不是也预示着你创作上的一种变化？

张欣：其实关注社会和关注个人是并不矛盾的，也不是对立的。从某种意义上说，个人也是社会，是社会的反映，社会即个人，至少是个人所组成的吧。

我始终相信，任何悲剧都有个人的因素，而且恶劣的社会环境也不是发生悲剧的唯一缘由。人和社会的关系本身就是纠缠不清的，有时互为因果。我只是觉得在以往的作品中，有一种大势会无形地夸大人的能力和意志，而事实上人是很普通的，会在许许多多的问题上无能为力。

生活是我唯一的导师，对生活的一步步的认知也一定会影响到我的写作。我觉得自己逐渐地会在人们或主流思潮认为没有价值的、负面的、需要摈除的东西面前感动，真正意义上的感动，而不是同情。

残缺、颓废、糜烂、恶之花，会有一种文学之美，我觉得过去太被我忽视。我写不来这种痛到骨子里的东西，但我被这种东西吸引。

我想我更关心的还是人，人心和人性。

本报记者　陈志红

颠覆自己

张　欣

　　我没有颠覆别人的能力，一直在做的一件事是颠覆自己。

　　很长一段时间，我都对自己的创作持怀疑态度，这倒不是因为评论界的不屑一顾，也不是因为不属于任何流派，我还没有那么深重的编队意识，从而找到归宿感。我只是希望自己写得更好，更少的人为色彩，纯朴，自然，同时又能抚慰人的心灵。

　　想，可以无比高远，看，却又触手可及。我觉得小说是一种个人的感悟，其实阅读也是很个人化的，与你有相同经历和认知的人就会去读你的作品，不同道者不相谋，他会及时地走开，这是非常自然的事。只因为对自己有要求，便有一种无形的压力。而这压力也不是来自于读者。

　　我是突然有一天，觉得小说应该那样写，那是一种豁然开朗的感觉，有点像在迷宫一般的走廊里走着走着，走了很长时间，冷不丁推门竟撞进了一间大房子里，很通透的那种房子。

驾轻就熟的写作会比较轻松自如，但是改变和不同却是难而又难的事，因为可能提高，也有可能惨败。写作给我很多愉快，但最深厚的痛苦也来源于内心的焦虑，不见得是突破，但一定是改变。

人是善恶的混合体，甚至善恶互为因果，好人犯错误是最让人痛心疾首的，常常比真善美的东西更让人掩卷沉思。《浮华背后》我用的是反推，其实写小说也需要逆向思维，人高兴的时候会开怀大笑，但也会喜极而泣，极度悲伤会大哭，但也会突然笑起来，对命运所开的玩笑，不可思议。在一个事件中明显是劣势的人，她其实同我们一样，情感是共通的，不见得坏到哪去，或者说坏得有理由，坏得可信。一个貌似优雅的俗人，可以变得很坚强，很固执，不为自己的幸福而放弃原则。生活本身就难以预料。

我用了很长的时间才知道不美的东西有美的因素，有英雄行为的人未必是英雄。很多时候，写作的经验来自生活的经验，因而体验不可或缺。

首先是先活明白。

写作是一种生活方式

张　欣

　　生活在南方大都市的女作家张欣以及她那些以南方大都市为背景的小说，近年来颇受读者们的青睐。

　　张欣是一位活得很本色很自在的作家，她的小说也写得很本色，很潇洒，具有一种独特的生活的和叙述的韵味。

　　本书第一次把目光移向岭南；移向珠江三角洲，首先向读者们推出的是一组关于张欣的文字。它们大都是为了解张欣的姐妹们写的，意在提供一些有关张欣为人与为文的第一手材料，从不同的角度为希望了解张欣及其创作的人们提供一些观照张欣的机会。希望读者诸君能够喜欢。

　　以前很傻，以为写作是为艺术献身，崇高得不得了。还有比我傻的，一个同样是文学青年的女青年，发誓为攀登艺术高峰，怀一个孩子打掉一个，怀两个打掉一双，绝对不能婆婆妈妈地影响写作；后来她果然没有孩子，仅有年龄一把。问题是并没有著作等身，成什么大气候，人有时恍恍惚惚的，还去看过心理医生。

想一想也觉后怕，如果登峰造极，结果可能比这还惨。

不是说文学不高尚，不需要我们为之奋斗终生，而是写作生涯实在是一本画不了句号的长篇，一出完结不了的剧集，我们身在其中，爱过恨过烦过厌过活过疯过死过……写作固然需要才气，更需要耐力，每天陪伴你的都是一桌一椅一摞纸一支笔，而且每天都是无中生有，从头开始。

你靠拼？靠一腔热血？靠不生孩子？靠走极端？靠标新立异、特立独行？当然都可以，只是一时，拼完了，回过头来还是周而复始。你有棱角，写作就是砂纸，磨得你死去活来，你选择这行，它吃定你累定你了。

没有谁是真正蹿红的，张爱玲当年二十出头写《倾城之恋》，据她自己说是7岁写第一篇小说，笔画繁复的字还要去问厨子。这样算来也有十多年的写作史。好多当红作家，人们只记得他的代表作，殊不知他们也有长长的过去，绝非一夜成名。像我们这些不红的作家就更别提了，每天在茫然中不知道在坚持什么。

看见有些刚出道的作家年轻气盛，风风火火闯九州，我一点都不怀疑他们的赤子之心。只是，他们能愤世嫉俗多久？除非你不写，永远做场外指导；写，并且以写作为生，会写到老，写到尽，且也没什么大名，忆起当年的英姿勃发也无非"杨柳春风一壶酒，江湖夜雨十年灯"罢了。

写了这么多年，我终于发现，写作只是一种生活方式，你接受这种方式或喜欢这种方式，既有痛苦和烦恼，也有愉悦。生活方式只是一种选择，并没有高下之分，就像有的人喜欢应酬、交际，喜欢周旋、纠缠，喜欢夜夜笙歌。我知道一个人，他就是不喜欢一个人或一家人吃晚饭，觉得没劲，要有伴，而且要很多很多的伴，所以每晚都是十人以上的开席，以大团圆的形式作为一天的结局。

我不是喜欢而是习惯了寂寞。广州是一个不寂寞的城市，甚至有些混乱，好像没有谁在家待着，统统在街上奔、忙、找钱，使本来就不宽裕的街道上停满了被塞的车，车辆之间的缝隙里滑翔着各种牌子的摩托。而我过的是一种简单的生活，粗茶淡饭，棉布衣服，喝不是最贵的那种乌龙茶，房子不好却有一面对着越秀山，有绿树和鸟鸣。唯此也足够应付我的写作生涯了吧。

有一段时间，仍在写作的人被称作"坚守阵地"，我觉得有点太悲壮了，其实一个写东西的人后来选择了下海，开公司，在牌馆发牌均属正常，只要他喜欢那种生活方式。而我们留下的人也只是认可了这种生活方式，并在这种方式中找到了自己的快乐，否则谈何坚守？而谁又是平白无故守得住的。就像有的人从一而终，幸福得不得了；但有人第三次婚姻才是新生；而有人最终复婚始知找到真爱。每个人的情况不同，只是吃得咸，抵得渴。每一种选择都有甘苦。

写作之苦是那种说不清楚的辛劳，而且辛劳之后没有回报，明知欠一把火，明知满场跑半天为的是临门一脚，然而场场落空，剩下痕迹颇重的超拔感，人除了懊恼，还是懊恼。有时也想，算了，何必自苦？人人认为你在复制，只你一个人感觉是在创新，写得不知有多累，真是可悲复可笑。

道理全明白，只是做不到。回过头来还是自苦，可是选择什么生活方式也是很宿命的。

经济大潮中的文学，已是风光不再了，遥忆当年她的风姿是何等的灿烂辉煌。那时在追随她的路上疯跑，为的是出人头地，卓尔不群……现在总算成熟了，有了平常心。文学都已经平常了，我们又能怎么不平常？大势已去，还想留住三分，谈何容易。

只剩下一个生活方式也还是庆幸。虽然孤独，但是安静；虽然辛苦，仍有回报。一个读者在读后感中说："我想，在生命中左右为难的时候，总还有张欣的书伴着我，这就行了。"有一封读者来信写道："你不知道我的存在，而你却通过文学恒久存在于我的意念中，作用着我。这是作家的幸福……不奢望您的回信，因为有许许多多的读者都在默默爱你。"

我常常被这些话感动不已，尽管很少给读者回信。让别人明白你的心迹，这太不容易了，何况是陌生人，远隔千山万水的会意这难道还不够吗？

学者、作家余秋雨致张欣的一封信

张欣：

上街买得一叠单页快信，据说邮局对这种信是从速处理的，那就先写一封给您试试。

您的来信确实好沉闷。看来也只能如此了。其实你所说的一切我都是很有同感的。"文章憎命达"，作为作家，还是多经历一些内外事情的好。中国作家总也深刻不起来，主要还是由于心理历程的浅薄。有些事情本身是可能导向深刻的，但由于当时投入这些事情的作家的思想模式是浅薄的，今天再来追加感受，就像在一碗冷饭上浇热汤，总不是味道。现在情况总有了很大的不同，像您在来信中所谈的感受，就非常"不俗"。不要去追求逻辑意义上的深刻，这是政治学家和历史学家要做的事。艺术家的深刻完全是感觉世界之内的事。我不希望您去看哲学书。一切让您犯困的书，只证明它们与您无缘。既然它本不属于您，您何苦要去占有？看书完全是感觉的撞击，因此，寻找自己可看的书，也就是寻找自己。书海茫茫，属于自己的书是很少的，所谓博览群书就是在群书间寻找，而不是在群书间沉溺。别去啃尼采了，这个人不乏精彩，但就人而言我不喜欢。我不能花很多时间与一个我不喜欢的人促膝长谈。我在这里，一想到温文尔雅的张欣与疯疯癫癫的尼采对坐着厮磨，总不觉哑然失笑。饶了他吧。

您如果想使自己的作品更大气、更警策一点，我建议您还是看作品。暂不看中国的，因为您与它们的距离并不太大；也不看外国太现代的，因为他们很讲个性，因此也有了太大的特殊性和偶发性，很难解决您的问题。根据您的素质和作品，我建议您看一些历史感和哲理感特别强的浪漫主义作家的作品。这些人中，有一批人太理性，有一批人太宗教，而与您能沟通的应该是有较强情感色彩的人。这个人就是雨果，您当然看过，但我还是希望您再重读《九三年》和《悲惨世界》。我深信，柔婉睿智的张欣一旦输入了一点雨果的魂魄，就会组合成一个极可观的构架。我并不是给其他作家也推荐雨果，但对您，雨果会是合适的，您要攻的哲学、历史都在里边了。我极喜爱这位法国老头。

上面这个建议，提得像对一个极熟的老朋友那样霸道，请原谅；单页快信的缺点是写得太短，我连这样做的道理都投有说清。我的地址改了，来信可直寄我的住所，这样写就可以了：

Prof.Yu

12 Sommerville Walk,

Singapore 1335

　　即颂

时安

秋雨

9.28

张欣：《深喉》，是小说不是调查报告

坚认"生活远远精彩于小说"的张欣，并不讳言自己对新闻事件的关注。其长篇小说新作《深喉》涉及广州报业竞争，发表后引起了媒体的普遍关注，张欣第一次被带入了更广泛的公众视界。

"你们看到的是什么，我看到的就是什么。"

□本报记者　黄端

冤案、司法腐败、爱情、友情、事业还有成长，都被置放到了南中国大都会里，支撑这一切的，则是这些年来风云变幻的广州报业竞争。

一直被人认为是言情畅销小说家的张欣，在2004年的春天，却几乎让纯文学杂志《收获》在广州街头卖断了货。原因很简单，《收获》1月号用82页的篇幅，刊登了这位广州市作协主席的长篇小说《深喉》。

这是张欣继以女主持人陈旭然被害案为背景创作《沉星档案》，以及以远华案创作《浮华背后》后，再次以重大新闻事件为背景切入的长篇小说，并且很快就在传媒圈以及更广大的范围内引起了人们关注。

言情作家为什么会关注广州传媒？新闻事件在张欣的创作中扮演什么角色？新闻之外还有多少虚构空间？以新闻事件切入创作，如何避开创作风险，又怎么避免引人对号入座？带着这样的疑问，记者采访了张欣。

《深喉》广州纸贵

记者：言情小说家关注广州报业，还以此为背景写作小说，这多少让很多人吃了一惊。怎么会想到这样的切入点呢？

张欣：不夸张地说，这部小说成型之前，我至少酝酿了三年时间。

广州的报业一直做得非常棒。我不是做报纸的，但在一个局外人看来，还是觉得广州报业非常了不起。如果我没记错的话，广州报业的发展曾引起北京的关注，三大报业集团的竞争还上过一期《焦点访谈》。像你们《南方周末》，在北京每一个地铁站都有出售。

为什么广州的报业做得那么好？当时我觉得蛮奇怪的。因此我一直关注报业的发展。只是一直苦于没有找到载体。

记者：广州报业有许多引人瞩目的东西，后来怎么会想到用一桩水落石出的冤案，串联起三个年轻人在报业背景下的成长，同时也向世人展示残酷的报业竞争的冰山一角？

张欣：小说不是一个调查报告，可以分门别类地进行写作。广州报业大战，身临其境的人肯定会觉得非常戏剧化，但是你要把它变成一个作品，却非常散乱，总不能东一块西一块。

有人看了小说后，也有向我表示过失望。他们和我说，这样一个题材，应该很直接，就是从一个人被捕，然后开始讲一个巨大的黑洞，以及后面潜藏的更多东西。

我没有这么写。我对写作方式的熟悉，可以说很多人都不如，因为我是专业作家。相反，我写了三个青年的成长，并且主要着力于写年轻记者呼延鹏对一个冤案的揭发，还有他自己坎坷的成长经历。

挑这样一个案子，是因为它比较容易集中矛盾，还有所有人物的态度。这是一条主线，很多人都会对这件事表态，包括法制记者呼延鹏，报业风云人物戴晓明，他们可能一开始会想要去揭露这件事，但最后戴晓明却想捂住这件事，就会有这样的转变。

其实写报业大战，有些人和事是避不过的。但我发现现实中人们无论对人还是对事作出的评价，简直是天壤之别，差别之大，有时候甚至觉得不像是在评价同一个人或者是同一件事。因此我一度就把这个题材放着，进行其他写作。

记者：既然避不过，为什么不着力去写？

张欣：我得承认，这当然有考虑到作品的最根本问题，就是因为争议而可能引发的发表可能性。

我从来不是一个踩雷的作家，因为没这个必要。事实上我觉得现在作家的创作空间还是蛮宽泛的。有争议的东西，没有必要过于纠缠其中。何况我还不是搞新闻的，就更应该在自己的写作范围里，设法展开合理的文学想象。

但是这种想象还是难免涉及人。然而这个因素并不特别重要，因为报业竞争事件只是我小说中的一个大背景，我主要还是想写人在一个动荡的城市里，那种被挤压变形的演变过程。人个体的命运，才是精华。

一部长篇小说得讲结构，不可能一开始就扑住一个人使劲写。如果是纠缠在一些经济问题，或者是男女问题上，把小说写成一个风化案，我觉得这根本不是报业竞争的精华，这太没意思了。

有人觉得我的写作过于隐讳，或者是觉得不够解恨。但是小说家不可能关注到那么多人的想法，小说由我来写，就只能从自己觉得更合适的角度来反映。

记者：小说出来后的效果怎么样？

张欣：事实上在去年将近一年的写作进程中，我基本上都没有向外界透露写作的内容。但是出版社，还有北京的一家影视公司，都还是在小说交付《收获》编辑部之前就预先定购了。现在小说正在被改编成电视连续剧剧本。我想主要还是报业大战的背景吸引了他们。

也有传媒朋友打电话过来，甚至用了"洛阳纸贵"这个成语，这倒是我没有想到的。

谁是深喉？

记者：美国上个世纪六七十年代，有一部非常著名的成人影片叫《深喉》，1972年的"水门事件"中也有一个"深喉"，总会在两位年轻记者陷入困境的时候指路。你的小说《深喉》，是不是想要去揭露什么？

张欣：完全脱离生活的创作是没有的。我不想杜绝，也不可能杜绝。很多人都以为我拿到真正的料了，我只能告诉你，小说中的人和事百分百都是虚构的。你们看到的是什么，我看到的就是什么。中院怎么可能发一份材料给我呢？这是可想而知的。

我在小说中也提到，"深喉"就是事情背后发出来的更深层次的声音。资讯发达带来另一个问题，就是同一事件会有不同的版本。而在此前很长时间里，我们能听到的就只有一个声音。现在不一样，两家媒体之间，甚至有可能观点完全对立。

因为有了不同版本，事情就变得更复杂了。但是还是会有人知道事情的真相。只不过每个人的渠道不一样。我在写远华案的时候，看了很多材料，那么多看似绝密的事情，就有那么多人知道，而且会通过不同的途径传出来。

记者：但小说最后也没有写深喉是谁。

张欣：深喉有可能真有其人，有可能也只是天眼。人只要做了事，就不可能别人不知道。你说律师徐彤是不是深喉，我没说他是呀。你说女摄影记者隗凝是不是深喉，我也没说她是呀。但是他们都知道别人不知道的线索。每个人都有自己的途径。

我们碰到太多的事，可你根本无法知道真相。作为一种悬疑，深喉能调动读者的阅读欲望。

新闻事件只是药引

记者：有人说你是一位猎奇的作家，每天工作就是看报纸，然后在里边寻找题材。你对新闻事件特别感兴趣？

张欣：说句良心话，我不是一个猎奇的作家，我也实在没有这样的倾向，哪个热就搞哪个。但是还是有许多人误会，说陈旭然死了张欣就写《沉星档案》，远华案后就写《浮华背后》。这其实都是对我的最大的误读。

要反映生活，报纸肯定是要看的。我很关心我们这座城市里发生了什么事，因为我觉得生活就是从各种各样的社会新闻中来。而且，我对这些事件也有浓厚的兴趣。我经常说，生活永远比小说精彩。它发生的事，你简直是编都编不出来。

在多彩的生活面前，无论是思想、观念，还是具体到一个具体事件，我们都是滞后的。小说家永远是滞后的。什么事情都发生了，你想过的，你没想过的，你理解的，你不理解的，都发生了。你怎么能离开这东西呢。至少我要看到，并且用来丰富自己的想象。

比如陈旭然案，从她死，到报出来，我和大众一样每天在追着看。当时很多人都觉得，怎么可能啊，一个人下去就把她给杀了？没有这种事，肯定是另有隐情。你们肯定是瞎编一个事来搪塞大众。

但我就相信她是意外死亡。这是我作为一个小说家对生活的感悟，因此对事件的理解也跟人家有差异。我倒着推想，为什么大家都不相信？可见现在的人心已经变了。我觉得这个事件本身就极富吸引力。

不管是陈旭然案也好，远华案也好，报业大战也好，都是事件本身感动了我。这些事件为什么会发生，在事件过程中每个人担当什么角色，他们经历的心路历程，挺值得我去思考。

记者：新闻事件在你的小说中扮演什么样的角色？

张欣：对于我的小说而言，新闻事件其实只是一个药引。

记者：但是这样的写作很容易引起人们的对号入座。

张欣：明明两个事件都不挨着，然后还要写出特别精彩的东西来，我觉得这是对一个作家的苛求。我就是反映当代生活的，当代生活很多坐标大家肯定都知道，你非要对号入座，说写的就是你，那做一个作家也太痛苦了，实在没有办法进行创作。

《西游记》都还有很多生活原型，何况是当代的题材，在生活中肯定有很多借鉴。我觉得无论你看到谁的影子，都不要对号入座，也不要去说什么就是写你的。我写谁呀，我可以说我的人物就是编的，这很简单。我全是自己编的。

记者：但怎么能阻止读者不去对号入座呢？

张欣：这确实是一种痛苦，连《手机》都有人对号入座，我根本没办法阻止。我就只能声明，我没有写你，千万不要对号入座。

其实即使是过去我写情感小说的时候，就有一个挺好的朋友跟我掰了。她就是说因为我的小说《爱又如何》，她丈夫提出离婚了。其实那篇小说根本没有写她，只是写了情感的一种状态。但是她就说她先生看了小说之后跟她提出离婚了。

这事情让我苦恼了很长时间。后来也有朋友跟我讲，一个人离婚肯定是有各种各样原因，怎么可能就会为一部小说就离婚呢？肯定是有本质上的问题嘛！

记者：在写作中，就没有技术手段可以规避这样的痛苦？

张欣：《浮华背后》在《收获》发表的时候，最后就写着"本故事纯属虚构"。这次《深喉》忘了写，因为当时催稿催得太急。

写作的目的不是去伤害一个人，我在写《沉星档案》时就说过，我既对死者尊重，也对活着的人尊重。我绝对不会去乱写别人，写作时甚至还会规避掉一些敏感人物。没有这个人物，就不存在对号入座。

按写小说的规律来写作。至于别人怎么看，那也没办法。很简单，如果顾及的东西太多，那么什么东西都写不了。

新闻事件之外的虚构空间

记者：在新闻事件之外，还有多大的虚构空间？

张欣：没有虚构肯定就没有小说。很多人，就像张子强的办案人员，也没有写出小说来。不是生活在第一线就一定能写出来。

如果是把整个事件给搬过来，然后把人物张三李四一换，写上去，那是文艺作品吗？它肯定有很多缺漏，任何事情都不可能丝丝入扣，即便是丝丝入扣，也已经被记者写完了。

小说家写的是人物的内心层次。比如《深喉》中的戴晓明，为什么会由英雄变成过客，他可能本来并不守旧，后来却因为想守住自己创下的江山，结果不可避免地终结了自己的神话。这当然不是新闻记者的平面写法。

记者：以新闻事件为切入创作的小说，是对真实的一种丰满呢，还是一种伤害？

张欣：这不是一种丰满，也不是一种伤害。新闻事件就只是一个背景。

像《深喉》中的戴晓明能有什么选择，他不往里掺沙子，他的蛋糕就会被别人拿走。他不想被人拿走，背后就必须要有大树，就得投靠，就得贿赂。这就是无法解释的现实，事实上也没有药方可开。你说这是丰满，还是伤害？

"我不是一个女性主义者"

记者： 小说中的几个女性角色，无论是时尚美女记者透透，还是从容淡定的摄影记者隗凝，还有甘心躲在戴晓明后面的林越男，都带有理想主义的审美色彩。

在小说最后，你还借戴晓明之口，说"在一切可以改变人的因素中，最强烈的是酒，其次是女人，再次是强权，最后才是真理"，女人被放到了权力和真理的前面，你是不是一个女性主义的写作者？

张欣： 那太误读我了。我永远不是一个女性主义者，我在任何场合都强调，得承认现实存在的差异，不是说女的什么都能干。

以前我一直写女性题材，而且我本身是一个女性，写女性题材很驾轻就熟，写男性就没那么自信。我不知道男性是怎么想问题的。

但是我真的是很爱女性，那不是故意的。我觉得很多女性很优秀，包括物欲很重的一些人，我也会寄托一些同情在里边，因为女性天生就爱美。

许多人都觉得我是一个言情女作家，这也是对我的一种误读。我写的许多作品，根本就不是言情的。所以包括《收获》编辑部，他们也说你怎么会转写社会问题，而且会关注这样一个问题，他们觉得跟我过去的有些不同。

张欣：我对热点事件感兴趣

　　2004年春天，一部名为《深喉》的长篇小说在媒体圈里传阅着，这部小说围绕中国当前激烈的报业大战而展开，三个大学同宿舍的好友呼延鹏、洪泽、柏青，一个是《芒果日报》的法制记者，一个是省宣传部新闻处副处长（后转到《南中国大报》集团属下的《星报》负责娱乐报道），一个是《花城晚报》的广告主管。三个人都面临着事业与爱情、良知与现实、"脑袋"与"屁股"的抉择。三个人物之外是一条线索，翁远行杀妻案的真凶浮出水面引来呼延鹏的追踪报道，而新闻调查中发现市中级人民法院院长受贿、正直律师徐彤被停业等等一系列内幕。一部不到20万字的小说牵涉到种种社会现实，展示了种种矛盾冲突，所以小说还在创作当中就引来数家影视公司的青睐，在《收获》杂志1月号刊发和春风文艺出版社推出单行本之前，作者张欣已将影视版权售出。而影视公司亦承认看好作品的题材，反映报业竞争的题材以往在影视剧中还从未有过。在如此火热的背景之下，记者近日带着一系列问题，走访了广州著名女作家张欣，同时电话采访了两位评论家，请他们对该小说逐一评价。

记者：这几年你连续推出《沉星档案》《浮华背后》《泪珠儿》《深喉》几部以现实热点事件为原型的小说，而且多数都引来轰动效应，每部都改编为电视剧播出，你是否觉得对作家来说这是一条捷径？

张欣：我对现实一直是十分关注的，坊间的热点话题也是我感兴趣的话题；我对感兴趣的东西会翻阅大量资料，比如湛江特大走私案后，我看了一部相关纪录片，我觉得特别扣人心弦。就找来很多相关资料，那时就想动笔写一部相关题材小说。正想着，远华案又浮出水面，我对赖昌星这个人物也很感兴趣。对作家来说，复杂的人物最让我心仪，个性复杂的人，难于评价的人，像湛江海关关长曹秀康，他也不是一直就贪、一直就色、一直就腐败，他本来也是两袖清风、京城派下来的一个正直的官员，但他怎么一步步走向腐败的呢？这类事件、这类人很多，当时就公布过一批这样的案子。我想写现实、写人性，没有刻意去找捷径，只是将我感兴趣的题材抓住、当然作品有些虚虚实实，比如《泪珠儿》的故事我让它发生在广州二沙岛，这并不是意味着真有这么一家人，我只是想告诉读者——小说永远不如生活本身精彩，小说里的故事就发生在你身边。比如有的读者看了我的小说后，在千里之外给我写信或打电话说：你是怎么观察我的？你为什么写我？其实我不是写他（她），我只是写了某一类人或某一些事。对生活本身来说，创作是容易滞后的，像梅艳芳、张国荣，他们的人生比他们在戏里的角色更加传奇。

记者：你写《深喉》想没想到读者会对号入座，甚至像有些作家那样引来官司呢？

张欣：我写《深喉》不是以新闻事件为背景的，不是写某个人、某件事。报业之争是一个很大的背景，是存在已久的现实，我关注广州报界的繁荣竞争发展足有3年之久，我特别佩服广州的报人，广东的报业发展值得我们广东文化人骄傲。可以说我对此很感兴趣。《深喉》其实是一部成长小说，写三个年轻人对工作、友谊，爱情的态度和选择，以一个案件的真相大白这一事件穿起来，放在现实的大背景下展开，仅此而已。说实话作为一个写当代生活的作家是很痛苦的，因为任何写作都肯定是有参照系的，而写当代生活就总有人对号入座。

记者：有人觉得你写得不过瘾、有隔离感、不够深入。

张欣：我只是写了我观察到的现实社会。当然有些内容不能再细了，否则真要惹官司或被封杀。我想今后以此为题材的更真实的作品还会有人写，报界的朋友更可以写。

记者：也有人看了失望，说没看到什么内幕，虽然作品一开头就堆积很多热点元素。

张欣：我没有什么资源，也没有内线，我不会比任何一个报人知道得多。我只是比别人更用心地收集和分析各种信息和材料，以一个作家的观察力和笔力来演绎作品，把人物推到激烈的矛盾之中，把人物典型化、浓缩化。所谓热点元素也都是报上经常登的司法界、学术界的腐败现象、黑社会暗流涌动，时尚女孩、物质诱惑、敬业的年轻人、屁股指挥脑袋的官员等等。总之我希望《深喉》的读者只是把它当成一个故事，以此了解南方整个报业的成长和状态。《深喉》不是反腐作品，我也不是言情作家。

作品写到腐败就是反腐小说，写爱情就是言情作家，我反对这样分类贴标签。

记者：你是否对笔下的人物都寄予了太多同情，比如《浮华背后》中的女关长杜党生、《深喉》中的戴晓明、沈孤鸿等等。

张欣：我对笔下的人物是很尊重。至于说同情，我不知道那是不是同情，我觉得人不是生来就坏的，甚至十恶不赦的罪犯都不是生来就坏的，一些改革者、企业家、官员走到腐败案发、落马入狱这一步也都是有着曲折的过程的。

记者：你为什么用"深喉"这个颇令人费解的题目呢？是与30年前《华盛顿邮报》记者调查"水门事件"时出现的"深喉"有关吗？

张欣：媒体其实就是喉舌，而喉舌之后还有更深的喉，我用《深喉》一名确是借用水门事件调查中的"深喉"，现实生活中其实也有深喉，为什么许多绝密的事件最终还是传出真相了呢？喉舌讲出的不一定是真相，而真相在深喉处。

记者：能谈谈你对《深喉》的遗憾之处吗？

张欣：每部作品，只要是作家花了很多心血写的，出来之后都会有遗憾之处，比如有的地方很多人觉得该大书特书，但小说创作其实是个取舍的问题，在这个问题上，不说痛苦也是很费思量。我说过这个题材我思索了3年之久，之所以反复思索，就是怕写不好。每部作品都会有不可避免的局限性——有些资料确实需要深加工，人物也还可挖掘……但如今的时代不允许你十年磨一剑，不说我的写作过程始终伴随着各方催稿，只说10年后出来这部书谁还看？这是当代创作的规律，这也是后现代社会的悲哀。

《天涯》副主编、青年批评家李少君：《深喉》这部作品我觉得是表现了当代社会错综复杂的权力关系：正义的权利、腐败的权利、金钱的权利、市场的权利等等，比如中院院长沈孤鸿这个人物，他追求的是一种腐败的权力，然后暗地里又通过老婆追求一种金钱的权力，当他的权力遇到威胁时，为保住自己，他就要封住知情者的话语权、媒体调查和公布真相的权力，在这种种激烈的冲突中，把人性的残酷和真实表现出来；而记者呼延鹏开始是代表正义的权力，他一心一意想揭露事情的真相，但是当他的稿子没有报纸能刊发了、他被迫辞职了、他甚至被卷入看守所遭到虐待迫害，在市场的权力和生存的权力面前，他只好屈服，表现了软弱的一面，但这种描写是十分真实的；报社老总戴晓明身上也表现出一种复杂性，他也想追求新闻的正义，但这种追求的实现必须以保住他的位置为前提，所以他必须想方设法先把位子坐稳；再比如时尚版女记者透透，她代表的是一种青春的权力，她爱呼延鹏，而一旦这种爱面对生活压力，男友被迫辞职了、被卷入一场迫害然后消沉了，他们的感情也充满无法解释的误会，此时她选择了离开，因为她首先要保留的是幸福生活的权力……这些描写的逼真，在我们身边时刻就能找到例子，所以它才打动人心，让人感同身受。我本人以前在海南日报，也曾是媒体的一员，媒体本身是个很特别的地方，它要宣传党和国家政策，是种政治工具，同时它又是一个经济实体，要自负盈亏，要把发行和广告抓上去，而它本身又可以说是一个文化机构，聚集着一群文化人，肩负着传播文化的任务……以往这么深入地写到媒体、写到报业竞争的作品好像没有，从这部作品来看，张欣对政治学、社会学、对人心世道都有很独到的理解和观察，我觉得《深喉》是一部成功的作品。

《收获》编辑部主任钟红明：张欣的小说一向现实感强，此次描述的是南方某城市的传媒大战：不按牌理出牌的人物，激烈而花样繁多的现代竞争，对情感世界通透的剖析，一起冤案的真相浮出水面……这些悬念和意外，都使小说变得色彩丰富。小说主线是一起6年前的翁远行杀妻毁容案，因为当时律师的奔走，在枪响前留下性命。6年后真凶意外落网。法制记者呼延鹏的报道把翁远行引来了，司法黑幕不断震撼着呼延鹏：酷刑和逼供，家人被报复，熟人的惨景，律师被剥夺了执业资格……有股强大力量不断施加压力。曾以坚持正义为己任的呼延鹏不是没有动摇，被陷害进了看守所后也想放弃，但他还是不由自主写出系列追踪报道。他失业，沦为小报记者，混迹在流浪记者中打牌。但得知一个生命遭到威胁时他不得不又开始行动……张欣的人物还是那样饱满鲜明，比如少壮派戴晓明，他锋芒毕露，锐意改革，把一条小鱼变成了传媒业的大鳄，但他同时渴望权力。他依赖红颜知己的张罗得到了官位，这时候他开始自保了，走向自己反面。他不惜以120万把呼延鹏从看守所捞出，但当他受到抨击，却觉得，如果你愤世嫉俗，那你就根本没有受过委屈，现在的年轻人都是狼仔，只觉得自己是天地英雄。冷冷地请呼延鹏走。结局是他被"双规"，因为做人嚣张，几乎万众一心将他推上绝路。呼延鹏和他的两个同学无疑是年轻人的代表，洪泽为宫的时候一脸正经，是个极端，做八卦报纸的主编时不择手段，专报明星丑闻，甚至不惜以新买的穷跑车去撞热门歌星的奔驰跑车来写第一手报道，让报纸销量猛增。而宗柏青因为做了报社老总的女婿轻易得到一切，优雅到一切细节，可他也不快乐，终于因为不肯解释的误会放弃一切。小说里还有个性相对的两个女性，美丽的时尚记者透透，她理直气壮地热爱名牌，穿夏奈尔的时候她都会疯狂地爱上自己。她决定选择和呼延鹏的爱情，可是他们两个还是痛彻心扉分了手。透透没有嫁给爱的人，也没有和喜欢的人发生故事。她庆幸找到了金矿，可又深深觉得一无所有。透透觉得告别了青春。还有一个女性，也许是一个理想，摄影记者槐凝，做过阿富汗战地记者，冷静，智慧，有淡定的美，不蓄意，也不低头。她一直被丈夫的恩爱环绕着。洪泽一直暗恋她，在共同经历的险境中，呼延鹏和她也有着深刻的理解和默契。结局都是擦肩而过。似乎命运和情感都是拿来错过的，即使戴晓明也和他的壮志与权力最终错过，反面人物沈孤鸿又何尝不是与他想要的生活错过。

链接"深喉"的来历，1972年《华盛顿邮报》两名年轻记者鲍勃·伍德沃德和卡尔·伯恩斯坦不畏权贵，深入调查，最终揭发出尼克松在民主党总部水门大楼安装窃听器的丑闻。在这个著名的"水门事件"里有一个代号"深喉"的政府高官，一次次在记者调查山穷水尽之时秘密提供关键信息。作者张欣出生于1954年，算是前辈作家了，但多年来一直比较活跃，很多作品被改编为影视剧，最近的一部影视力作是孙红雷主演的《浮华背后》。曾任6年广州市人大代表，不久前新任广州市作协主席。《深喉》继续了她的现实主义风格，将笔触落在当下竞争激烈的媒体圈子。

改编成影视作品的小说：《梧桐，梧桐》《爱又如何》《岁月无敌》《伴你到黎明》《致命邂逅》《浮世缘》《你没有理由不疯》《沉星档案》《浮华背后》《谁可相倚》《泪珠儿》《深喉》。

本版采写／南方日报记者李贺

张欣：我给自己的定位是纯文学作家

今年1月，文学期刊《收获》在广州卖断了货，其原因就是张欣的《深喉》发表在上面。11月20日，由张欣同名小说改编的20集电视剧《深喉》在厦门开机。在此之前，张欣的作品《沉星档案》《浮华背后》都拍成了电视剧，引起了大家的关注。张欣这样解释自己偏重现实的写作：广州是个现实的城市，它教会我一种务实的精神。而现实生活本身就是我的老师。其实在我看来，尽管每个作家的关注面不同，但最终都会走向内心，文学说到底是灵魂和心灵的抚慰。

本报记者张振胜

读书报：很多人都很纳闷，说您以前是个言情小说家，现在怎么开始写远华案，写报业竞争这样实际的东西。

张欣：写作风格的定位不是我的问题，更不是我关心的问题。任何感动我的东西而又是我能力范畴之内的东西我就会涉足。一个厨师不是只会炒白菜这一个品种。把作家归类是为了方便，但是不可能限制作家的思想和表达领域。若干年前，谁都没想到中国会变化如此之大，作家就更没有办法知道自己的下一部会写什么。

读书报：像《沉星档案》《浮华背后》《深喉》都有现实生活的影子。是不是您现在偏重写这方面的题材？

张欣：我觉得当今的小说与以往最大的不同是它的滞后性，像新时期的小说，不管我们现在怎样评价它，当初都是起到了引领人们反思过去和指导现实的作用。可是今天，生活色彩的多元和迷乱，以及人性的复杂已经完全超出了我们的想象。拿什么拯救你，物欲横流的现实？这个问题至少在我的心中不止一次地划过，甚至我自己也常常受到具体事件的考验。所以，现实生活中的突发事件有时会让我产生无穷的思考，它们对我来说是药引子，但是所有的小说都是虚构的，从这点来说与其他的小说也没有什么区别。

读书报：能不能这样说，相对于大多数作家，您对现实生活关注比较多？

张欣：也许吧，我想也没什么特殊的原因，只是我活得红尘滚滚而已。广州是个现实的城市，它教会我一种务实的精神。而现实生活本身就是我的老师。其实在我看来，尽管每个作家的关注面不同，但最终都会走向内心，文学说到底是灵魂和心灵的抚慰。

读书报：《深喉》写报业竞争，您对媒体很熟悉吗？您是怎么去体验生活的？

张欣：我对广州的媒体一直是很关注的，以前，广州得改革开放之先，发生了不少故事，但是今天它这种优势早已消失或淡化。然而报业集团的崛起，无论从哪个方面说都是一个奇迹。要知道一份南方的报纸要北上是多么的不容易，尤其是到文化中心的城市，但是《南方周末》做到了，当年北京的地铁口都有这份报纸，而中国第一家报业集团也出自广州，同时成为纳税大户。所以我对这一事件产生兴趣并不出奇，问题在于怎么表现它，因为任何小说都需要一个载体。

收集素材是断断续续的，但并不困难，原始资料本身就很精彩，而且我也有不少媒体朋友。后来决定从一个案例出发，讲年轻人的成长，以及报业集团之间的争端，就有了这部小说。

读书报：有没有因为作品而引来官司，比如说有人会对号入座。

张欣：经常有人对号入座，但暂时还没有官司。有一个朋友说她的离婚是因为我的小说，其间，我们的友谊中断，她也真的离婚了。两年之后她又出现了，她说她明白了离婚不是因为我的小说，一个借口而已。我释然。

读书报：您的小说比较好读，很多和您同时代的作家作品大都讲究深沉。您怎么想?

张欣：我是坚持小说要好读好看这一原则的，尽管我付出了代价，甚至要承担通俗作家的美名。但是我给自己的定位是严肃的纯文学作家，别人误读我也没办法。

有些小说十分艰涩，但只要有读者也很好。就像我们在超市买东西，各求所需。现在的刊物与丛书很多，几乎是供大于求，而眼球经济又相当残酷。有报纸出具资料数字，说中国有一半的人是不看书的，我当然还不会无聊到相信报纸的程度，同时在心底发出怒吼，有些书号称发行量首印70万，这些书又卖给谁了呢? 但毕竟我们的生存空间不容乐观，我就不希望我的书让出版社赔钱，既然是为大众服务，为何身段要如此之高?

当然我也是才学有限，写不出更完美的东西来。

读书报：像《沉星档案》《浮华背后》《泪珠儿》《深喉》都被改成了电视剧，都是您亲自改编的吗? 觉得改编得怎么样? 满意吗?

张欣：我的小说改编电视剧的情况有我自己操刀，也有别人改编的，根据出资人的要求而定，我不强求。

我不止一次说过，小说是手工业，而电视剧是大工业，制作方法完全不同，没有可比性。小说是个性化打磨，电视剧是有经济规律可循的，是工业化程序，又是两码事。有时改编后的甲故事变成了乙故事，你觉得我满不满意还重要吗?

读书报：现在是写剧本多还是写小说多? 作家和剧作家，您更在意哪个称呼?

张欣：我当然最在乎小说家的称谓。但是我本身对文字没有偏见，不认为只有写诗或者做电影才高贵。任何一个品种，关键在于你的表现力怎么样。我也写报纸上的专栏，写作其实挺愉快的，以我之手，写我之心。只不过我对小说是日久生情。

读书报：您现在是广州市作协主席，平时的公务一定也多的。什么时间用来创作？

张欣：我是虚职，大部分事情由秘书长做。我的确对事务性的事没兴趣，大多数时间仍可写作。

读书报：谈谈您创作和影视方面下一步的打算好吗？

张欣：我现在在写一部小说，我自己定义为人性关怀小说，之中或之后自己操刀修改《为爱结婚》的电视剧，分集大纲已出，增加了更多的线索和故事，会更加吸引人，投资方比较满意。

张欣说，她写小说的想法很简单，就是有传奇色彩的东西总会吸引我。现在人们的生活压力大，常常会感到郁闷，而且长期以来我们都生活在惯性思维里面，得出如果怎样就会怎样的结论，但这些结论在现实面前都会变得微不足道。

她的新作《为爱结婚》由云南人民出版社出版了，之前小说发在《大家》杂志上，后被多家刊物选载，电视剧改编权也已被买断。张欣说这个小说的特点就是离奇，好看，挑战传统。

我们还会看到她一贯坚持却被人忽略的创作态度的严谨。

（《中华读书报》2004.12.29）

张欣暖洋洋

- -

池　莉

　　终于，我得到一个机会写写张欣了。不知道为什么，我很想写写张欣。其实我是最不愿意随便把自己的朋友写出来的。我常常感到他们是我私人生活的一部分，是我最希望严严实实藏着掖着的一部分。但是，不知道为什么，我很想写写张欣。但愿张欣不要根据我刚才说的话而在小心眼里嘀咕，说我不把她当朋友了，然后以此为借口不给我来电话，尽等着我给她去电话。

　　不开玩笑了。我想要写张欣是有缘故的。首先，我个人认为，在我翻阅的文学评论和文艺理论文章中，有关张欣小说的研究虽说已经不少了，但与张欣的写作质量相比，还是显得很不够。当然，我翻阅的理论文章有限。我自己又山高水远地僻居外省武汉，就是与武汉的文人也没有往来，蚯蚓一样埋在自己的土里。所以，我的感觉也许仅仅是自己的感觉而已，与中国文坛对张欣的态度无关。就算中国文坛对张欣已经是非常关注和厚爱了，作为张欣的好朋友，偏心地认为这样还是不够，相信从人情上也是可以被理解和原谅的。再说了，我觉得对张欣作品的研究不够，也没有别的什么意思，绝不是责怪文坛，主要是为我自己主动要写她找一个理由。人长到一定的时候，一般都比较容易伪君子了，做一些与私人感情有关系的事情就得找一个理由。我在写张欣这件事情上，这种虚伪就显而易见。

我对张欣作品的注意，是从前些年她发表的一部中篇小说《真纯依旧》开始的。在此之前，张欣已经有了很多作品。张欣成名很早，作品一直在祖国大江南北的文学刊物上很茂盛地发表着。由于我的寂寂无名，也由于我的疏于社交，更由于我一向不认真阅读文学刊物，那时候的张欣对于我，遥远和陌生得就跟外国著名作家差不多。名气是知道的，名字也是知道的，作品也翻翻，就是这样。直到她的《真纯依旧》一读就放不下，一口气读完之后，回头把张欣的名字重新看了两眼，对她便有了新的认识和感觉。从此以后直到今天，但凡我翻开杂志，但凡这本杂志里面有张欣的作品，我都是要看的，当然，这里面还有一个原因，那就是《真纯依旧》之后，我们见面了，认识了。再之后，循序渐进地成了好朋友。一般说来，好朋友的作品都是我想要看的，这是消磨或者说享受人生光阴的最好生活方式之一。我承认我是一个没有规矩方圆的人，最不愿意按照理论的规范来面对小说作品。艺术品天生就是无形无态的东西，本来就是见仁见智。我更容易理解和欣赏好朋友的作品。因为熟悉作者本人而拿得准其作品的意义。从这个角度来说，我认为张欣的小说，特别是近几年来的小说，是漂亮的，圆润的，聪明的，饱满的，是建立起了她独有的叙事风格的。南国张欣就是南国张欣，她的小说就是当代南国的生活节奏，是当代南国的密集事件，是当代南国的流行风和口头语，是当代南国的欢乐和哀伤；古典和时尚，梦想与现实。而这样的欢乐与哀伤，古典与时尚，梦想与现实放之四海而皆准，打动你打动我，于是南国就不仅仅是南国了。张欣的小说能够成功地把一些丝丝缕缕说不明道不白，剪不断理还乱的感觉送给读者，而不是散播那些大而无当的哲理和观念。我以为这就是小说本身的价值所在，也就是张欣小说的价值所在。现在的人们都很聪明了，不需要你来教导了，来一点真诚的东西吧。张欣不仅真诚而且还善良，她的作品里总是潜流着一股暖洋洋的谅解与宽容；有时候，这谅解与宽容是那样的无奈和痛苦，但她依然要坚持。在当代生活中，恨是谁都会了，爱是谁都不信了，谅解与宽容是谁都不要了。张欣却要；这是比尖酸刻薄更其难得的。所以我要说张欣小说是很值得人们更好地去研究它的。说是不开玩笑了其实还是在开玩笑，因为在这样的文章里，我无法深入地分析张欣的小说。恐怕在任何文章里，我都无法深刻地研究出张欣小说的真正意义。我不是做理论研究这一行的。我仅凭感觉胡说。既怕说重了又怕说轻了，倒不是怕得罪张欣，是怕得罪张欣的读者。读者的眼睛是最有分寸的。说不开玩笑了其实还是在开玩笑。写作一二十年了，江湖深浅也不是完全不知道，谁还计较被不被谁研究和重视？无非是要借一个由头与张欣聊聊她的小说。说来也有趣，我们似乎还从来没有当面聊过对方的小说，做着写小说的事情，开着写小说的会议，全靠小说的因素使我们一次又一次地见面。我们却大谈其他，唯独不谈彼此的小说。以我的小人之心，我猜想张欣要么是根本不喜欢我的小说，要么是根本没有时间来阅读他人的小说，所以只好回避谈论小说。可我的原因只有一个，那就是不好意思与张欣谈论我们的小说，怕互相说好话，怕互相谦虚，怕肉麻，怕好好地把短暂的见面时间给蹉跎了。所以，借着这次机会，背着张欣，我要随心所欲地写一写了。

现在我要写张欣这个人了。张欣这个人比她的小说更有意思——我的意思不是说她的小说没有她本人有意思。我针对的是社会上的一种普遍认识。早年我在武钢当医生，一天到高炉上去巡回医疗。听见工人们遗憾地议论说：一般女作家都是比较丑的，漂亮姑娘谁还没有人理睬？谁还有工夫顾影自怜关在家里写东西？所以女作家都是比较丑的，不是长相丑就是脾气丑，越写得好的就越丑。工人们的议论使我心虚脸红不敢抬头，因为那时候我就在写东西，我就是想当作家，我也就是长得不漂亮。我的老师安慰我说，人家议论的是前几天来武钢参观的几个女作家，又不是议论你。再说了，你现在又不是作家，我看将来你也成不了作家。你以为喜欢写写画画就可以成为作家了？这段故事是几十年前的事情。就当时来说，工人的议论和老师的安慰对我的打击都很大。后来我还是走上了写作的道路，渐渐地认识一些女作家，我的伤心才渐渐得到抚慰。我发现，漂亮的女作家多了。再后来，当我听说非常走红的女作家张欣还非常漂亮的时候，我很想能够见到她。在我还没有见到她的时候我就对她充满了好感，因为她的非常漂亮使我非常解恨。但是，我与张欣认识得并不顺利，差一点就成了陌路人；这个，"差一点"的故事张欣自己都不知道，问题出在我这里。我这个人，的确属于脾气比较丑的女作家。天生就爱沉着脸孔，天生就不可能见面就欢，逢人即友，热闹场面总是不自然，也说不出什么话来，结交朋友总是需要相当长的时间或者天赐机缘。张欣这个人，本来我未曾见面就有好感，可是我记得好像是在1992年（也许是1992年），我到广州参加一个笔会，当时满心以为见得到张欣。不料在某个夜晚，张欣悄悄地来到我们下榻的酒店，悄悄地看望了她想要看望的人，然后，当然就是悄悄地离开了。张欣要来酒店的消息被很鬼祟地在私下传达着，显然地躲避着我以及其他几个张欣的仰慕者。我在心里就冷笑了，对张欣的反感油然而生，顿时就彻底放弃了这个人。那晚我与其他的笔会友伴出去尽情地玩耍了一通。

这么一来，又刷地一下过去了不少时间。记得又是一年，又是另一个笔会，这次是在海南岛。这次海南岛有两个笔会在同时召开，张欣在另一笔会上。这一次，张欣的名字从我耳边过去就跟风吹过一样，毫无感觉。与此同时，这类嘈杂的文学笔会开始使我感到厌烦，因为我一无所获。我在大海边伫立的时候下了决心，今后一定要挑选笔会，而不随便就参加一个。如此看来，今后我参加的笔会肯定是要少得多了，与张欣遭遇的机会自然也就少得多了。就在笔会要结束的最后一天，张欣从另外一个笔会上传来口信，说是问候我并且让我从海南飞到广州以后给她打电话，一定要打电话，她要请我吃饭。这一下，我便有一点糊涂了。我不知道张欣突然的热情从哪里来，张欣惹起了我的好奇心，于是，我和大家一块儿，到另一个笔会上见见熟人们。我当然永远记得那天的张欣，她穿着一身浅色的全棉的旅行服装，清纯的短发，出色的白嫩皮肤，靠在床架上，有一点欢宴散后的疲惫。张欣毫无芥蒂毫无生分地对我微笑着，似乎我们还拉了拉手。大家在一旁开玩笑说，两个女海马历史性地见面了。所谓"女海马"是指我与张欣都是当时北京海马影视公司的成员。张欣给了我她家的电话号码，极为自然地嘱咐我后天飞到广州之后给她打电话，她说要请我吃饭。奇怪的是，见了张欣，彼此也没有说什么，我就是不再觉得她的热情突然和突兀。事实上她没有过分的热情。她没有夸张；也没有过多的话语。张欣自然而坦荡的态度使我感到了惭愧，我想广州的事情就去他妈的了。我与张欣就不要耍小心眼了吧。你在那儿耍小心眼，人家这里一点还没有知觉，白费劲了吧。好了，我们认识了。那次的笔会，张欣先期回到了广州，后来我到达广州之后，如约给张欣打了电话，不久张欣就赶到酒店来了。记得那天晚上我们聊天聊得随意而投机。

张欣果然如传说中的漂亮使我很高兴。我把她当作了我们女作家的复仇天使。记得我还破例地热情向张欣推荐了我穿的一种纯羊毛裤裙。我让她穿上试试，果然比我穿上好看。我回到武汉立刻就去给她买了一条。当然，现在回头一看，那种裤裙土气极了。我相信张欣一天都没有穿出去过。因为我也很快就认识到了那种装束和款式对于我们的不合适。想必当时比我的服装感觉好十倍的张欣一定一眼看穿我的土气，但是难为她还一味地称赞我的裤裙。这就是张欣最大的优点之一，她的善解人意已经修炼得炉火纯青。

张欣最大的两个优点一个是善解人意，一个是恰如其分。这美丽的性格为张欣的漂亮又提供了无穷的魅力。一个女人家，在这男人的世界里，拼搏奋斗，成名成家实在不易。一般到了成名成家的份上，有了自己牢固的社会地位和经济地位，女人多少也是会有一些男人的爷们脾气的。比如：霸道，固执，自以为是，口出狂言，眼角看人，说一不二，宁可我负天下人，不可天下人负我。在我看来，既然男名家可以有这样的脾气，女名家也未尝不可以有。如果完全没有就是一个奇迹。张欣就是这样的一个奇迹。张欣总是温婉的，可人的，春风一样暖洋洋的；总是洁净的，雅致的，富贵荣华若含若露的；总是走在后面的，不抢话头的，生怕妨碍了任何人的。有时候，张欣的好脾气好到了简直使我忍不住要批评她的地步。为什么呢？首先，她对人太好了，人家怎么办？人家拿什么回报她？不要对人太好嘛是不是？不要让人家欠你太多的人情嘛是不是？再者，这世界上也确实有一些坏人，坏人总是得寸进尺的，张欣总归要防备一点的好。当然，这也是我的个人意思。倒还真不知道张欣与人相处的日常生活中，到底是谁欺负谁呢？

好了，与张欣互相称做好朋友，一晃也已经有好几年了。间或见面，也经常找一处僻静的地方静静对坐。多少次，想把以上写出来的一切对她说出来。终究还是欲言又止，觉得没有什么可说的。现在写了出来，也算了却了一件心事。广州事件，也算坦白地告诉了她。至于张欣的小说，以她与生俱来的禀赋和悟性，还有后天良好的个人修养，我相信她会写得更好。至于张欣的漂亮，当然她还会更加漂亮，女人也是需要时间来调理和修养的，这和年龄没有关系。张欣不要不好意思，女人，我看还是漂亮一些更好。

1999年4月2日　汉口

张欣印象（代跋）

蒋子丹

我跟张欣的交情大约始于6年前，那会儿我在湖南省作协混饭。有一回我的同事何立伟从庐山参加笔会回来，碰见我就说，广州有个女作家张欣为了捍卫你的小说《黑颜色》与他舌战，跟你够铁的。这是我第一次听见张欣的名字。在要么各自相轻要么趋炎附势的文人堆里，还有人为着不相识亦不出名的作者叫好，自然很见侠风义骨，让我未识其人先有几分感动。数月之后，在全国青年创作会议上，我见到的张欣，竟是一位清丽斯文的南国淑女，真不知她如何可以跟巧舌如簧的何立伟"舌战"，也就又添了好感。我们自此一见如故。

以后只要去广州，张欣家常常是第一站。前几年我为办杂志奔波于海南岛与内地之间，频繁在广州中转，每次夜行飞机向那一片如海的灯光降落时，我都可以非常温暖地想象：其中有一盏灯为我而亮。

跟彼时大不相同，现时的张欣大红大紫了。她的小说一出手，就要招来电影制片厂或电视台的电报电话要求购买改编权。她在共和国上空飞来飞去地参加笔会和领奖，一度成了得奖专业户。但我觉得不管张欣如何红了紫了，仍然让朋友们享受着亲切。当她把房子借给背运失势的朋友暂住，或者为患癌症开刀的朋友焦急泪落之际，她的侠义和善良才体现得更加淋漓尽致。

张欣并非从来就这么热闹，前些年她在文学道路上甚至一度行走得很寂寞。而且依我所见，张欣的寂寞较之单纯的无人知晓门可罗雀的寂寞要复杂得多。虽说张欣自小住在广州，但她的苏吴籍贯和部队机关大院成长史，以及16年的女兵生活经历，顺理成章地把她推到一个客居广州的位置。在广东作家群里，她成为用普通话交际与写作的"外乡人"，而在文学活动一度如火如荼的北方，崭露头角的小说新秀很容易被各种流派的评论家认领的地盘上，张欣的作品又被作为南方文化滋养的单株弱苗遭遇冷落，尽管她已经出版了三本中短篇小说集和一部长篇，并获过飞天电视编剧奖。当然，遭受冷遇的寂寞是许多作家都经历过的，有的人还与之相伴终身。可是张欣的寂寞似乎还不止于此。张欣的人缘很好，文坛人士包括许多炙手可热的名流，去到广州总是忘不了看望张欣。笔会无聊的时候，张欣的名字亦被排入文学丽人的行列，屡屡被人提及。于是张欣的寂寞成为一种熙熙攘攘之中的寂寞，一种更深刻也更内在的寂寞。这种寂寞的分量，想必张欣并不是一开始就感受到了的，但当她真正感受到了之后，便成为她更发愤更踏实地耕耘属于自己的那一块园地的驱动力。张欣是一个感受型作家，写实能力很强。现代派小说看好文坛的时期，张欣也一度怀疑过自己的作品过于注重感受而轻视了理性。但她终于耐得寂寞，埋头走自己的路，反而在眼下文苑凋零的时节，一枝独秀。成功的文学是寂寞的事业，张欣的成功乃是双重寂寞嫁接出的果实。

除了钟情于文学之外，张欣还十分钟情于父母给她的一副好皮囊。假如不是亲眼所见，我很难想象她会那样不厌其烦地戴上橡胶手套洗碗，扣上塑料帽子炒菜，还在广州并不寒冷的风里时不时捂一张大口罩。如此这般，张欣于理当渐显憔悴的年纪，反而日益白皙丰润。我实在有理由遗憾怎么没有早些结识张欣——"早一天结识，迟一天衰老"，青春长驻对漂亮与不漂亮的女人来说，同样重要。

假如张欣仅仅是一个漂亮也爱漂亮的女人，她的故事当然就要简单得多。值得庆幸的是，在皮囊与文学之间，她更钟情的终归是后者，倘若需要她为文学熬到衣带渐宽人憔悴的程度，她大概终将不悔。

　　果然上海《小说界》发表张欣的小说《绝非偶然》时，刊登了她的一张彩色照片，跟我以往看惯了的张欣许多俏丽肖像不同，这位张欣衣着质朴神情凝重，一派洗尽铅华的风采。这种选择，意味着张欣本人与她的作品一样成熟了。

张欣主要作品目录

一、中篇小说集

1. 1988年　《不要问我从哪里来》海峡文艺出版社

2. 1990年　《梧桐梧桐》花城出版社

3. 1993年　《情同初恋》湖北辞书出版社

4. 1994年　《如戏》广东教育出版社

5. 1995年　《城市情人》华艺出版社

　　　　　《真纯依旧》河北教育出版社

6. 1996年　《岁月无敌》长江文艺出版社

7. 1998年　《爱又如何》百花文艺出版社

　　　　　《此情不再》中国文学出版社

　　　　　《今生有约》云南人民出版社

8. 1999年　《你没有理由不疯》北京出版社

　　　　　《雨季》花城出版社

9. 2000年　《浮世缘》华夏出版社

10. 2002年　《缠绵之旅》花山文艺出版社

11. 2005年　《流年》江苏文艺出版社

12. 2006年　《谁可相依》上海文汇出版社

二、文集

1. 1996年　《张欣文集》4卷本　群众出版社

2. 1997年　《当代名家作品精选》3卷本　经济日报出版社

3. 2001年　《张欣作品集》5卷本　陕西旅游出版社

4. 2008年　《张欣自选集》海南出版社

5. 2014年　《张欣经典小说》10本　花城出版社

三、长篇小说

1. 1990年　《遍地罂粟》作家出版社

2. 1998年　《一意孤行》陕西旅游出版社

3. 2000年　《沉星档案》作家出版社

4. 2001年　《浮华背后》云南人民出版社

5. 2003年　《泪珠儿》人民文学出版社

6. 2004年　《深喉》春风文艺出版社

7. 2004年　《浮华城市》人民文学出版社

8. 2005年　《为爱结婚》云南人民出版社

9. 2005年　《依然是你》作家出版社

10. 2007年　《锁春记》作家出版社

11. 2008年　《用一生去忘记》作家出版社

12. 2009年　《对面是何人》上海文艺出版社

13. 2011年　《不在梅边在柳边》江苏文艺出版社

14. 2013年　《终极底牌》花城出版社

15. 2015年　《狐步杀》上海文艺出版社

四、改编成影视作品的小说

《梧桐梧桐》《爱又如何》《岁月无敌》《伴你到黎明》《致命邂逅》《浮世缘》《你没有理由不疯》《沉星档案》《浮华背后》《谁可相倚》《泪珠儿》《深喉》《锁春记》。

不在梅边在柳边

著名女作家张欣倾情新作

张欣
经典小说

对面
是何人

张欣 著

著名作家张欣长篇小说代表作
都市故事最好的叙述者

张欣
经典小说

浮华背后

张欣 著

著名作家张欣长篇小说代表作
都市故事最好的叙述者

张欣

狐步杀

张欣
经典小说

为爱结婚

张欣 著

著名作家张欣长篇小说代表作
都市故事最好的叙述者

张欣
经典小说

我的
泪珠儿

张欣 著

著名作家张欣长篇小说代表作
都市故事最好的叙述者

张梅文学作品评论集

张梅艺术年表

1985年，任广东人民出版社《美与生活》杂志编辑。这本杂志为生活类杂志，在上世纪八十年代推广新的生活方式。当时出版社的办公地址在广州市大沙头四马路10号。社长是岑桑，杂志的主编是谢凡。

1986年，调往出版社的另一本杂志《希望》。这本杂志是青年类杂志，在当时很有影响。当时杂志的主任是张雄辉，副主任是朱仲南，美术编辑是张永齐。

在出版社期间，开始文学作品创作，中篇小说《殊途同归》、散文《给我未来的孩子》都是这段时间创作和发表。在文坛和社会上都引起反响，并先后出版了好几本小说集和散文集。

1992年，加入中国作家协会。

1993年，散文集《千面人生》和短篇小说集《赴爸爸的婚宴》分别由广东人民出版社和花城出版社出版。

1994年，由广东人民出版社调入广州市文学创作研究所，为专业作家。时任所长为徐启文。

1995年，中短篇小说集《酒后的爱情观》由作家出版社出版。

1995年，上海人民出版社出版我的散文集《此种风情谁解》。

这两年，在《钟山》《花城》《人民文学》《收获》《上海文学》等重要文学期刊发表多篇中短篇小说，并经常参加由市委宣传部文艺处组织的新疆、内蒙等地采风活动。

1996年，散文集《此种风情谁解》由上海人民出版社组织在上海进行签名售书活动。

1996年，散文集《此物最伤情》由山东人民出版社出版。

1997年，担任《广州文艺》杂志主编。

1997年，散文集《木屐声声》由陕西旅游出版社和经济日报出版社联合出版。

1997年，担任第九届广州市政协委员。

1998年，参加中国作协组织的文学杂志主编欧洲访问团赴欧洲五国访问交流。

1999年，长篇小说《破碎的激情》由上海文艺出版社出版，同年，由广州市文联和中国作协在北京举办这本小说的研讨会。

2000年，被日本政府文化交流基金会邀请到日本进行交流访问。

2000年，中短篇小说集《随风飘荡的日子》由天津百花文艺出版社出版。

2000年，小说集《女人、游戏、下午茶》和散文集《暗香浮动》由云南人民出版社出版。

2000年，长篇小说《破碎的激情》被评为"中国小说50强"，并由时代文艺出版社推出"中国小说50强"版本。

2001年，参与编剧的电视剧《非常公民》播出。

2002年，到北京鲁迅文学院参加第一届中青年作家高研班。

2002年，担任第十届广州市政协委员。

2003年，参与编剧的电影《周渔的火车》在全国上映，并创下文艺片的最好票房。

2003年，担任广州市文学创作研究所所长。

2003年，荣获第九届庄重文文学奖，并在人民大会堂接受颁奖。这是庄重文文学奖隔了8年之后的重新颁奖，并由之前的地区奖第一次成为全国奖。

2003年，取得文学创作一级职称。

2003年，长篇小说《破碎的激情》获第二届中国女性文学奖。

2004年，受英国领事馆邀请，参加"中英作家列车文学之旅"，并在同年由上海文艺出版社出版文学作品合集《灵感之路》。

2004年，到中央党校参加全国文艺骨干培训班.

2005年，参与编剧的电视连续剧《大江沉重》播出，并获第24届金鹰奖。

2005年，长篇小说《游戏太太团》由作家出版社出版。

2006年，主编的广州作家散文集《广州记忆》出版。

2006年，参加广州市政府与俄罗斯友好城市访问团。

2006年，长篇小说《破碎的激情》获广东省第七届"鲁迅文艺奖"。

2006年，到北京参加第七届全国作代会。

2007年，担任广州市政协第十一届政协委员。

2007年，由我主编的《广州文学大观》出版。

2008年，参加创作的报告文学集《超越新闻》出版，并获第七届广东省"五个一工程奖"。

2009年，《张梅自选集》由花城出版社出版，并于同年在花园酒店举办了首发式。

2009年11月，担任广州文学艺术创作研究院院长，此院由早前的广州市文艺研究所和广州市文学创作研究所合并，归文广新局主管。

2010年，担任副主编的反映广州市援建汶川建设的报告文学集《废墟上的神话》出版，为了完成政府的这个任务，和作者先后四次到汶川进行采访。

2011年，接受统战部的工作，担任副主编，组织采访和创作"第16届广州亚运会"的报告文学，同年，《运动员村的故事》出版。

2011年代表广州市作家参加在北京举行的第八届全国作代会。

2012年，接受文广新局的任务，担任主编，组织采访创作反映"中国第九届艺术节"的报告文学《九色的彩虹》，并由广州出版社出版。

2012年，担任第十二届广州市政协委员。

2013年，主编的《辛亥革命中的女性群像》出版，并在广州图书馆举办了首发式。

2013年，在广东省第八次作代会上，被选举广东省作家协会副主席。

2014年，广州文学艺术创作研究院四位作家的合著《城的四重奏》由花城出版社出版，我为其中之一，并在广州购书中心举办了首发式。

2015年，散文集《我所依恋的广州》由花城出版社出版发行，并于同年五月在广州购书中心举办了首发式。

2016年，散文集《天空透明地蓝》由羊城晚报出版社出版。

2016年，《张梅张欣文学作品评论集》由羊城晚报出版社出版。

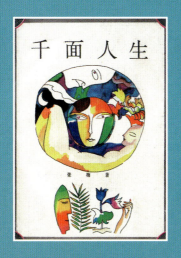

千面人生

张梅著

赴爸爸
的婚宴

张梅著

《周末伴侣》丛书

此物最伤情

张梅著

山东人民出版社

张梅●著

CIZHONG FENGQING SHUIJIE

此种风情谁解

上海人民出版社

酒后的爱情观

张梅著

酒后的爱情观

作家出版社

酒后的爱情观

张梅/著

都市女性话语

肚皮上的宝贝

DUPISHANGDE BAOBE

安/徽/文/艺/出/版/社

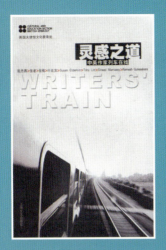

CULTURAL AND EDUCATION SECTION BRITISH EMBASSY
美国大使馆文化教育处

灵感之道
中英作家列车在线

照片集>导者>音频>许兰溪>Susan Elderkin>Toby Litt>Binead Murriasey>Hamesh Gunesekera

WRITERS' TRAIN

都市言情散文精选
DUSHIYANQINGSANWENJINXUAN

木屐声声

张梅/著

羊城四才女——张梅

陕西旅游 出版社

她们文学丛书
TAMENWENXUECONGSHU
小说卷

女人·游戏·下午茶
张梅著

云南人民出版社

Chinese Best 50 Stories

中国小说50强
1978年——2000年

破碎的激情

张梅/著

时代文艺出版社

中国小说50强

jie

破碎的激情

xiaoshuo

wenku

张梅著

她们文学丛书
TAMENWENXUECONGSHU
散文卷

暗香浮动
张梅著

云南人民出版社

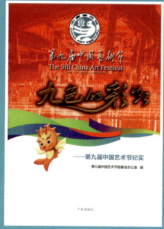

广东人民出版社建社三十五周年 1986.10.8.

张梅《破碎的激情》

雷　达

　　《破碎的激情》是一部奇异的小说。它的作者张梅原先写诗，后来成了"小女人散文"的代表之一，近年来主攻小说。在举目所遇皆为写实性作品的一边倒的文坛上，《破碎的激情》以强烈的精神探索性和优雅的形而上气质显示了超越的品性。但依我看，它的内在追求却是：以非现实主义的方法表达现实主义的精神。

　　说它的写作属于非现实主义的方法，是因为它坚持了先锋小说的叙事重力，表现性和内向性颇强，小说没有完整的故事和命运，人物似乎也只是某种抽象精神的载体甚至一种符号（我们无法确切地知道任何人物的前史及社会关系、个人经历的详情）。它闪回着大量意象的碎片，跳跃着梦幻和象征的镜头，自由联想打破了习惯的时空逻辑，魔幻的细节平添了迷离恍惚的气氛。它把真实的社会背景与形而上学的思维，把虚幻的景象与实在的世界，扭合在一起，很容易使人想起"思想的知觉性""像闻玫瑰花香一样地感知思想"一类的说法。对于它，单用"超现实主义"是很难概括其艺术特点的，事实上它尽力借鉴多种方法，这些年涌进来的域外小说思潮和技术的种种，都不难在其中窥见一二。有些化用得很妙，有些则不免生涩，成情绪小说或者意念小说了。

说它要表达的恰恰又是现实主义的精神，那是因为，它一点儿也不虚无缥缈，更不以脱离时代的高蹈自居，而是对人们的精神亢奋和精神委顿表现出了极为现实的关注，在作者貌似随意的点染中，从80年代的启蒙主义到90年代的物质主义，其中落差之悬殊，表现形态之乖张，多有精彩的状绘。作者把"激情"直接作为审美对象，把激情的命运、激情的迸发与激情的破碎，作为一个时代的精神课题来思索，追问燃烧的激情何以不可挽回地消失了，昔日的理想究竟被什么东西窒息了？幸亏作者采用了这种虚幻化、象征化的处理方式，不然这种纯然属于思想情绪的流动，真不知该怎样表现。自然，作者所熟悉、所钟爱、所遗憾的以圣德为首的广州一班文化青年，他们从激昂到颓丧的精神淋漓史，心灵变化史，不可能替代我们对整个时代的精神发展历史的看法，但是，谁能说，他们不是触角特别敏锐的一群，他们的精神变迁所折射出来的某些东西不是十分耐人寻味的呢？

在80年代前期，圣德的铁皮屋和《爱斯基摩人》杂志社的确具有非凡的号召力，这里聚拢了一批广州的热血青年，他们中间有工人、小学教师、银行小职员、车间检验员等等，他们憋了十年的思想和情欲，如喷泉般汹涌而出，他们通宵达旦地在此探讨人生和哲学问题，当然也不可否认性爱在其中发挥了微妙的兴奋作用。现在看来，他们那时的激情主要表现了个性解放和"自由选择"的声音，矛头所向是十年浩劫的专制、禁锢和迷信。圣德是他们的精神领袖、"教父"，既因为他出众的才华，也因为他特有的魅力，甚至有人在偷偷模仿他喝啤酒的姿势。大家全像从沉睡中醒过来一样：米兰是个多愁善感的女孩，一到早晨就会潸然泪下，唱起《夏日里的最后一朵玫瑰》，芙妇儿黛玲一旦激情充盈，光洁的额头上就出现紫色的唇印，早慧诗人萧尘，面临着原创性被复制的危险，还有欲望勃勃的莫名，神秘兮兮的子辛等。他们"每个人都在刻意追求痛苦和不凡"，流行病发了一阵又一阵。然而，出国热来了，经商热来了，穿宽身服，抽三五烟、喝可口可乐，蹦迪斯科，购高档消费品之类的物质诱惑来了，灵与肉的冲突日益剧烈化，他们对理念革命也失去了兴趣。在小说的第二部，黛玲开起了芙蓉院，料兰先是跟一个气功师跑了，后来神经失常，患了嗜睡症，杜门不出。新闯来的保罗有点像现代西门庆，而丑女人"皮囊"倒是激情奔放，这两个新角色似乎代表着灵与肉的两极。圣德尽管还在勉强维持他青年导师的角色，要"继续革命"，可是他的讲演再也吸引不了人了，他悲叹"这一代人完结了"，他的声音淹没在现代传媒BP机的啸叫声中。

不难看出，小说的哲学意蕴是，先写了人的觉醒《上帝死了》，旋即写了人被物淹没（人死了）的精神滑坡过程。这是一种精神悲剧，不但我们今天有，对人来说，历来都有。物质是冰冷的，它能把人的激情之火压灭，精神是热烈的，它有时能烧毁物的樊篱。物质过分壅塞，精神就没有地盘了。所以不宜把这部小说独义地理解为仅写了当下的精神困境。使人感到欣慰的是，张梅没有把精神的复杂性简单地理念化，非此即彼化，如果是这样，这部小说与许多用形象演绎观念的小说又有什么区别？虽说写的是悲剧，却并未按惯常处理悲剧的方式，而是写出了无话可说的失语状态，写出了想激动都激动不起来的麻木。在小说中，即使在主人公们最意气风发的年月，作者们没有回避他们的致命弱点，他们一再宣称的理想主义其实很含混。他们都有虚浮，不可靠，脆弱，动感的一面。这直接导致了日后铁皮屋一族的分崩离析。就圣德来说，潇洒的外表下是意志的软弱，他早就幻想着有个富翁能助他就好了，后来他不由自主频繁泡在桑拿浴室和夜总会，事实上是他缓解焦虑的一种形式。激情退潮后，他立刻变得肌肉松弛，衰老不堪。他的问题正如作者点出的：不知道该推出哪一种理想才好。

张梅在后记里说，这本书她继续写了十年。这种写作过程留下了作者自己困惑的痕迹，也带来了前后连续性的某种脱榫现象。作者怀恋往昔的激情，但她也不能不像书中人物一样，经受激情破碎的痛楚。作品后半部似过于强调了享乐主义和商品化对激情的瓦解，其实，瓦解激情的原因决不单一。它还可能因为失去了阻力因而失去动力，或者，可能因为解除了政治情绪和乌托邦的幻想，更可能因为中华文化传统中的惰性。

破碎的激情与启蒙者的命运

李　陀

　　　　我问张梅：你的小说里有一种超现实主义的味道，
这很特别，这是从哪儿来的？怎么想起要这样写？听了
这话，张梅似乎有点吃惊：我的小说有超现实主义？我
怎么不知道？

　　对张梅的回答我并不太奇怪，有不少作家都是这样
的。他们迷恋写作如同探险家迷上了探险，尽管伴随着
探险免不了会有种种和探险无关的啰唆和纠缠，免不了
会有种种以探险为名却实际上要你偏离探险的诱惑，但
探险的冲动最后还是压倒了一切，让他们一如飞蛾扑火
一般向目标扑去，至于结果会如何？他们并不很清楚，
也没法儿把握。不守，这样凭据的作家今天已经不多
了，因为如同探险本身如今已经成了实现金钱效益的商
业行为，写作也被织入了追求"经济效益"的历史过程
之中，飞蛾们已看不清那迷人的灯火在何方，他们面对
的是一张金光闪闪的大网，投身于上的每一只飞虫都在

似真似幻地发出片片光彩，有如霓虹。

如果不留心，《破碎的激情》（以下简称《破碎》）这部长篇小说中的超现实主义因素并不能一眼就看清楚，在张梅的叙述中，它们不是以形成整个小说的结构框架的形式出现的，相反，它们是零散的，断断续续的，像一群散兵游勇，随随意意地出入在人物、情节、细节、景物描写等层面里，不仅使小说有了一种诗意，给叙述带来一种抒情散文的格调，而且还使故事获得一种梦一样的气质，这使我在阅读中，时常想起孙甘露的小说《访问梦境》。我至今记得第一次阅读这篇小说时的那种"雾失楼台，津渡"的迷离恍惚的感觉，十几年过去了，这种没有随着岁月流逝，每忆起仍然新鲜如昨。但是拿《破碎》与《访问梦境》相比，两者又有很大同，在孙甘露那里，超现实主义是小说叙述的主要技术和框架，这主要表现在《访问梦境》里不仅没有故事，没有情节，而且没有具体的社会环境，没有时代特征，有的只是唯有汉语（应该强调，是现代汉语）才能营造出的种种华丽的意象，正是这繁密华丽的意象激流构成了一个虚幻的梦境，这梦境引诱每一个迷恋语言魅力的读者去访问它，《破碎》则不同，张梅无意讲一个超越具体时空，没有具体社会环境的梦幻故事。这部长篇小说不仅有人物和情节，还有具体环境：广州，有具体时间——80至90年代。但是，几乎小说中的一切叙述因素都被巧妙也可以说是微妙地偏离了现实，如果有足够的耐心（"快餐文化"迅速兴起并建立了自己的霸权地位之后，没有耐心是当今阅读的最显著的特征），读者在表面上相当"写实"的故事中，不仅时时能够发现一些现实生活中不可能有的事情，而且还能与种种奇迹甚至是神迹相遇，对于喜爱阅读的人，特别是喜欢在阅读中有奇遇的人来说，这恐怕是一种难得的愉快经验：你本来是到一条相当熟悉的小路去散步，不料意外地在路边看到一些奇花异草，虽然稀稀落落，可是它们一下子使这小路变得可爱而且陌生。

在《破碎》中展开的故事可以说是平淡无奇，故事里的一群主要人物都在80年代有过一段激情迸发的浪漫经历，并由于都自认为是一些"不屑于陈腐而追求真理的人"，他们聚会，念诗，唱《夏日里最后一朵玫瑰》，谈恋爱，办杂志，"痛恨市民的庸俗和无理想"，为"开拓思维""吵得天翻地覆"，立场要成为"社会的前驱"，但是很快（小说并没有指出确切时间，似乎是80年代末），这伙人的"教父"圣德，在一天的傍晚看到两群13岁左右的女孩子告别时互相挥手叫"bye bye"之后，立即认识到"一个全新的时代即将到来"，他随即宣布："新一代以他们全新的感受方式，正绕过我们至今还未完成的裂变去拥抱新世界"，"他们将比我们快二十倍地掌握打开这个新世界的金钥匙"。鉴于"他们今后都将对我们的生存和发展造成极大的威胁"，圣德发问："我们这些长期以来习惯于文字游戏，自以为探索灵魂的人的出路在哪里？"他的回答很干脆："我们必须更新自己，重新入世。"《破碎》的主要篇幅都是以圣德为"教父"的这个群体，在90年代怎样"更新自己，重新入世"的一幅幅图景。这些图景构成了我们并不陌生的一卷当代生活风俗画：美容院、公关小姐比赛、到处行骗的气功大师，由于仅仅用了"秋天落叶"这样一个怪笔名就红起来的女作家，渴望过做贵妇人的女老板，挤满了"大大小小寄生虫"的桑拿浴室，为"一夜偷欢"而努力积攒激情又屡屡失落的男男女女，这真有意思，昨天还在"痛恨市民的庸俗和无理想"的圣德们，此时已经成为"一个个有钱有闲"的隐没于这画卷中的主人公，这当然充满了讽刺意味，从一定意义上，张梅的这部长篇小说，也真的可以当作讽刺小说来读，只是张梅的讽刺很少表露在修辞层面上，而是像一个淡淡的影子，无时无刻不跟在几位主人公身后，例如，小说描写在90年代"更新"了自己的圣德（他此时不仅当选为广州十大杰出青年，而且成了腰缠万贯的青年企业家，广州市蓝箭公关学会的会长）走进一个桑拿浴，有这样一个细节：一个身穿西服打着黑领带的年轻侍者把他带到客厅后，彬彬有礼地说了一句：先生请慢用，这句话让圣德陶陶然，"他很喜欢年轻男人说的'慢用'这个肇事。他想，要是我是他的老板，我会给他加工资"，联想到这人在80年代曾是无数"追求先进思想"的青年的"教父"，他住的那间破旧的铁皮屋曾被他的崇拜者视为"圣殿"。这个细节的讽刺其实是很辛辣的。由于圣德们在90年代的所作所为与他们80年代的信仰追求之间的巨大反差无时不在，我们在阅读《破碎》的过程中，时时可以和这种不动声色的讽刺狭路相逢，而且，对一个细心的读者来说，特别是对一个敏锐的批评家来说，在与这样的讽刺反复相遇之后，他不能不认真考虑这讽刺所指向的历史和现实内容，不能不把这讽刺和在八九十年代发生的一个事实联系起来：不是在小说里，而是在现实里，为数相当不少的一批知识分子在改革开放当中转换了身份，成功地变成了企业家、老板、大腕儿、百万或造成富翁，这些人中可以说大多数都是当年"思想解放"和"新启蒙"运动中的活跃人物。本来，这一转换早已得到社会的认可，人们认为这是很自然的，无可非议的，是"一部分人先富起来"这一历史过程中的一个结果，这有什么可说的？但是阅读《破碎》却使我们突然看到这个司空见惯的事情的另一方面，我们不禁要回想80年代的许多往事，回想往日的那种种激情，以及那激情在当时所向的目标，同时还不禁要拿这些和今日相比，特别是和那些昔日为"追求真理"、探索"新观念"而激动，和今天已经是大腕儿、老板的人相比，我们不能不想到这里有什么东西不对头，这里有某种讽刺，当年成为思想界"前驱"的人们，他们曾想到日后他们会变成企业家和老板吗？他们曾把这些东西当作自己的奋斗目标吗？或者预见到他们昔日的激情一定会逻辑地导致今天的结果？我觉得事情不是如此。那么，今天这样的情势又是怎么形成的？什么是引出这样的历史讽刺的动力？又是什么原因使人们根本看不见这一历史的讽刺？感谢张梅，是她的《破碎》迫使我们重新面对这些问题。

但是，讽刺还不是张梅这个长篇的最重要的特色，尽管讽刺因素使得《破碎》抓到了一个非常重要的主题，张梅的叙述激情似乎并不想太多地依赖讽刺，她对某种超现实主义的可能性更感兴趣。这些超现实主义的实验形成小说叙述更重要也更有趣的特色，它使小说中的人物和故事总是和种种超验的神迹，一般逻辑不能解释的怪事，以及形形色色的荒诞纠缠不清，读者在小说里可以碰到料兰这样的女人，她除了偶尔和情人们热情奔放地做爱之外，主要事情就是睡觉，每睡必数天数夜；读者还可以看到这样的情节：一个瞎眼的富婆四处张贴寻求"读书伴侣中"的广告，只是每一个应招来读书的男性"伴侣中"还得为她提供性服务；小说的第一号女主人公黛玲则有奇迹在身：她的额头上经常会出现一个神奇的紫色唇印，而且每当这唇印出现，她就会重新获得美丽和青春；我们还能与这样的场面相逢：为了制止黛玲和她的情人撕打，子辛（小说中的一位现代都市中的漂泊者）忍不住用英文喊了一声"STOP"，结果这"STOP"的喊声遍及广州城，连出租汽车的司机们也都加入了高呼的行列，一时响彻云霄。这些超现实的叙述因素给小说的读者一种新奇的经验。《破碎》中展开的生活场景本来是我们十分熟悉的，特别是那些与市场经济的蓬勃相联系的90年代都市生活（这在小说里占了大部分篇幅），无论其中的许多人或事是多么荒唐，人们早已见怪不怪了。但是一经张梅叙述，这些我们天天经验的当代都市生活突然和我们拉开了一个距离，变得有点陌生，我们有兴趣去把它们当成一个新鲜东西再仔细看一看、瞧一瞧，没准这有什么事有什么人值得琢磨一下，需要再强调一下的是，张梅在把现实生活加以夸张、歪曲、变形的时候，并没有把它变成完全脱离我们日常生活经验的一个可怕的梦魇，或者是一个脱离90年代具体时空的荒诞世界，张梅的世界并不让我们联想起达到马格里特（Rern Magnitte）这些超现实主义画家的绘画，她对人的潜意识世界，以及从潜意识和梦境出发去阐释世界似乎没什么兴趣。《破碎》中展现的一幅幅画面，倒更容易使人想起德国表现主义画家凯尔希纳（Entsl Luxlwig Kirehner）或迪克斯（Otlo Dix）描绘现代都市生活的作品，它们是上世纪初德国人所熟悉的德国的都市生活景象，人们很容易从画面中认出柏林的种种日常生活的场景，但画家通过歪曲和变形强调了他想强调的东西，也在这强调中批评了他想批评的东西。张梅在《破碎》中描绘的当代广州生活，同样有这样一种"似与不似之间"的效果，问题是张梅通过这种苦心经营的"似与不似之间"想干什么？或者换一个想法：读者和批评家能在这苦心经营中读出什么？我想，回答这个问题还要回到我们已经讨论过的一个主题上来，那就是中国当代文化人和知识分子在八九十年代中社会角色的转换。

有意思的是，张梅并没有直接去写这一转换，非写实主义的写作使她在观察和再现这个转换的时候有了另一种可能，在似真似幻的叙述里，《破碎》中的每个人都不同程度上像是梦游人。他们有热烈的追求，但那追求可以突然放弃；他们有目标，但那十分绚烂却变幻不定；他们总向往一种"如火如荼的生活"，但不能有持久的热情；他们不仅总在梦想另一种更美的人生，而且还以假乱真地就在这梦想中生活，这是一群色彩十分驳杂的人物，其中不但有圣德这样的"教父"式的充满象征味道的形象，还有诗人、大学生、爱好文学和文化的老板、崇拜名人的闲人，甚至还有"蔑视工作"，以专门大谈哲学圣诞快乐骗吃骗喝的职业骗子，以及身兼"新潮发型师"和"现代西门庆"双重身份的今日都市浪子，就是这些人在80年代听凭"理想主义"的引召形成了一个群体（经历80年代的人大约都会有类似的经验吧，那时候几乎每个城市都有很多这种群体），并且在"教父"圣德的率领下时成为"社会先驱"。然而在90年代，同样是这些梦游人，又毫无障碍地滑入另外一个生活航道，开始了另一种梦游生活，黛玲开了一家美容院，不但生意火得不得了，而且如同80年代的圣德，有了无数崇拜者，只是崇拜者们崇拜的不再是理想和真理，而是黛玲保持美容使者青春长驻的秘密。小说中有这样一个场面："等调音师把琴调好了，黛玲穿上黑色缎子做成的旗袍，坐在魄的钢琴前，弹起一首江南小曲《茉莉花》来，几百个女黄褐斑患者随着她的琴声，像幼儿园的小孩那样齐齐排着队坐在她门前的木楼梯上，拍着手整齐地唱起来：'好一朵美丽的茉莉花，好一朵美丽的茉莉花，又白又香人人夸，又白又香人人夸。'"这是一个三分真实七分荒诞的场景，由于小说还告诉我们，此处的几百位"女黄褐斑患者"不是等闲人，她们也都是老板级的富人，这个场面的象征意义就更耐人寻味，真是时代变了，不再是一群杂牌军跟在"教父"圣德之后去争论什么存在主义，而是老板们集合起来跟随美人黛玲合唱"美丽的茉莉"，与此相映，"内心成分痛苦"的圣德在90年代的"梦游"显得更符合梦的性质，混乱、破碎、前后不连续，乱七八糟又在深处有一种和谐。他拒绝了崇拜者们为他在高级住宅区买下的电梯洋房，继续住在那间和他的名声紧紧相连的破旧的铁皮屋里，因为他还想"在这个享乐主义弥漫的城市里坚守思想者的大本营"；但是他又厌烦生活里"有太多的愤世嫉俗的人"，认为"我们现在需要的是快乐，现行世界都奉行一种叫做快乐原则的东西"，于是又安心地去大酒店和经理们相会，去桑拿浴室享受。他在老板和经理中寻找旧日的朋友，"因为他们是在理想主义的年代成长起来的，对今日这个物质社会充满了不满和鄙夷"，但是他和他们凑在一起热心商量的却是"要建立一间铸造完整人格的贵族学校"，还没想这学校的学生"第一本要读的书就是《格瓦拉传》"，复杂之处还在于，圣德在梦游中还有一份难得的清醒，知道自己是在从一个梦里向另一个梦里堕落，"他特别喜爱在黑夜里灿烂的东西。在这些灯光下，他的思维像充了电一样活跃，有时他甚至认为自己是属于这些黑夜的灯光。而黑夜要是没有了这些灯光会有多么寂寞呀，这些灯火辉煌的建筑物在黑夜里散发着他所喜欢的糜烂的气氛，好像在说：来吧，来吧，来清醒一下吧，来快乐一下吧，他就会抑制不住地走进去"，当然不是所有的人都这样清醒地走进糜烂，并且享受在两个梦中游动的乐趣。发了一阵小财的子辛成了终日混迹于夜总会的无赖，睡美人米兰患了精神分裂症，而红极一时的老板娘黛玲最后发狂，成了疯子，难怪圣德在一次讲课中宣布："这一代人完结了，"然而，"他的话音刚落，台下面寻呼机的声音响成一片。圣德的这句包含着痛苦激愤的话就被淹没在现代传呼工具的噪音之中，"这倒不是梦，是我们常见的场景，司空见惯。

张梅这部长篇小说当然不是对中国文化人和知识分子在八九十年代命运变化的全面概括，她似乎也从没有想过要做这样一件事。但是，《破碎》对圣德为首的这群梦游人的描写，无疑表达了作家对文化人和知识分子在近二十年中社会角色的变化的某种看法。这些看法读者们是否会同意，那自然是仁者见仁，智者见智，没法子一致，不过张梅至少以她的小说尖锐地向我们提出了一个难以回避的问题：为什么在80年代"思想解放"和"新启蒙"运动中非常活跃的"弄潮儿"们，面对90年代的巨大社会变迁却不仅丧失了思考和批判的锋芒，而且其中很多人那么容易地认同物质主义和享乐主义，这究竟是怎么回事？

实际上，近两年思想统一理论界已经对这类问题展开了讨论，而且导致相当激烈的论争，这场论争的一个焦点是对80年代在知识界中进行的知识建设和话语建构的评价——很多人都认为当前的社会状况是推行市场经济的一个自然结果，但是他们魅力了；任何社会变革都必须得到一个强大的知识体系的支持才能合法地进行，何况，这一知识体系不只是被动地提供"支持"，它还必定会渗透到变革的各个层面，成为社会文化价值和意识形态的有机因素，从这一点说，追究90年代物质主义的盛行，不但要分析它和商品经济的复杂关联（可以大胆提出这样的问题，商品经济是否必然要导致物质主义对全社会的支配？），还要研究它和80年代知识建设和话语建构之间的内在关系，也就是说，追究是那个时期的哪些"新观念"为今天的物质主义盛行提供了框架和资源？这些"新观念"又是从哪里来的，等等。如此提出和讨论问题，势必引出对80年代"新启蒙"运动的种种质疑，事实上，当前思想界种种争论也都和这些质疑密切相关。这些争论恐怕还要长期进行下去，有意思的是，张梅以她的《破碎》加入了这场论争，她的写作为讨论提供了一个新的视角。虽然《破碎》中充满了对80年代激情的感伤和怀念，但非写实的立场使张梅不可能具体地描写圣德们"开拓思维"的具体内容，她集中笔墨写的是那些为"开拓思维"而聚集起来的形形色色的人，正是这些人给我们以启发，使我们在检讨80年代的时候，不仅要注意国家的领导作用，国家和知识界的互动关系，不仅要注意少数思想家和理论家，注意那些当时产生广泛影响的理论和文学著作，还要注意在"思想解放"和"新启蒙"运动中集合起来的形形色色的人：他们都是些什么人？这些人在"思想解放"中起了什么作用？他们仅仅是些消极地等着被人家"启蒙"的庸众吗？还是有自己的利益并想利用"启蒙"的特定社会阶层？在我看来，这些问题在当前的讨论中还没有得到应有的重视，或者压根儿就没提出来，阅读《破碎》给人一个深刻印象，就是圣德麾下这拨人是多么驳杂、多么混乱。"他们当中有工人、小学教师、车间检验员、银行小职员、秘书等等，他们有许多理想和愿望没有实现，而又热衷理想主义，他们急需一个地方说话和施展才能。"所有这些人都是教师圣德的理想主义河床中的浪花和泡沫，不只是圣德在影响和引导他们，他们也在影响和塑造圣德——这在小说中有相当生动的描写。张梅的小说不是80年代思想界的"真实反映"，相反，那是一个哈哈镜，人们熟悉的一切都在这镜子里被歪曲和变形，但是，我们仍然可以在隐喻层面上把浅的圣德（至少作家的讽刺笔法给读者这样的印象）和他的崇拜者之间的关系看作是80年代思想运动复杂性的一个暗示。实际上，如果我们认真研究那一时期思想界的构成，以及它和社会其他阶层的联系，还有它和当时社会各个成分在思想方面朴素影响的方式，我相信它会比小说里描写的要混乱和复杂千百倍，可能也更让我们沮丧，我们也许会发现，什么是80年代"思想界"本身就值得分析，至少从它内部鱼龙混杂的情况来看，当前那么多文化人和知识人热衷物质主义是一点儿不值得奇怪的。

最后要说几句的是，要是挑毛病，《破碎》的毛病实在不少，看得出来，张梅写得有些马虎，无论小说的整体结构，还是细部的语法修辞，都有很多疏漏之处，特别是，张梅尝试以一种有她自己特色和创造的超现实主义写作介入社会现实，使文学和当代社会变迁发生关联，这是一个非常有意思也非常重要的文学实验，可惜的是，作家的想法和构思没有被充分实现，给人以意到毛不到的感觉，这真是太可惜了！

从理想国的梦中醒来

——张梅长篇小说《破碎的激情》阅读

谢有顺

张梅说，她用十年的时间才完成了《破碎的激情》这部不到二十万字的作品。写作状态的随意和散漫都不足以构成作品难产的原因，可以想象，比写作速度的缓慢更加缓慢的是内心挣扎的过程。那些在理想主义的刀锋上，赤足行走的日日夜夜，一点一滴，记录下疼痛的呻吟，绝望的叫喊，那团黑影像病毒一样在扩散，非同一般的疾病，以个人经验的方式，叙述着集体记忆深处隐晦斑驳的形象和细节。

关注个人经验，恢复个人言说的权利，有意回避或虚化社会学意义上的生存背景，日常生活的琐碎，断裂，残缺，间离，错位，以及荒谬感和偶然性编织在一起，捣毁了"忧乐圆融"的传统原型，"烦"、"畏"、"死"的哲学情绪弥漫在90年代的小说写作之中。个人的生存体验正以文学性的舒缓、细腻的节奏逼近生命的核心地带，但真相出场的时候，虚无的幽灵像影子一样紧随其后。所以梦游者的呓语成了90年代小说最主要的言说方式。外部世界和时间序列被悬置，个人经验被一味地等同于当下的日常生活，并且是一种被作家的眼光过滤了的日常生活，这样做的危险就是把作品变成了存在主义哲学的文学化注释。

《破碎的激情》（上海文艺出版社1999年出版）试图在避免这种危险，由此加重了写作的艰辛。如果引入时间的纬度，在个人经验中融入集体记忆的成分，会不会落入写实叙述的俗套？如此险象环生的写作之旅无疑是富有刺激和挑战的。一些奇异的段落出现在张梅的小说之中：黑色幽默，荒诞派，超现实主义，魔幻现实主义等表现手法（当然不仅仅是手法），它们已经粘合成一种诡异的文体气质，漂浮在我们的阅读视野里；一个被理论家们的模糊概念肢解得七零八落的关键问题——理想主义，在小说家这里得到了修复，使得它不再陈旧，干瘪，我们可以再次聆听它的呼吸，感受它的气息，理解它的命运，靠近它的热情和冷寂。

这是一种阅读的幸福吗？

理想主义，是新时期的一个重大的文化命题。当我们回望这二十年的心路历程的时候，任何一种概念性的结论都显得苍白和无力。所有的言说方式，比如社会学的，政治经济学的，思想文化的，作为冷静的观察者，都在对我们所处的历史空间进行有效的分析、反思和批判。但这些研究提供给我们的解释，是否可以完全化解我们内心的疑虑和困惑？或许化解本身就是一种奢求，我们应该学会寻找另一种更加柔和的方式，来亲近我们的疑虑和困惑。张梅的文本为我们提供了这样的方式，使我们参与到了这个重大命题的思索中。进入这样的方式，体验性的表达和倾诉也就成了另外一种意义上的思考。那些曾经有过的爱与痛，焦虑，惶惑，无助，迷惘，忧伤，甚至疯狂，罪恶，梦魇的残片，之所以构成了整整一代人的生命形态，其中最基本的联结元素就是理想主义。这个带有沧桑感的集体记忆，一直潜行在从五四以来的国家命运和个人命运之中，沉积为20世纪最有代表性的中国经验，被不同的文本不断复述。尤其对于中国知识分子，理想主义是他们确认自我身份的心灵密码和精神指标。当然，作为现实目标的理想，它的内容在不断地变化，但作为一种信仰，理想主义者几乎成了知识分子的代名词。这时候的理想，是在超验的维度上展开，个人永远笼罩在对它的神秘感和敬畏感中。它不需要被事实证明，也不需要被逻辑证明，但也不排除它将遭到事实和逻辑的质疑和诘问。

《破碎的激情》就是在理想主义遭到质疑和诘问的时候展开叙述的。而小说要表达的不是理想本身，而是关于理想主义的体验，以及理想主义者的内在命运。应该说，张梅的写作速度和她的精神节奏是合拍的。这样的写作是内心挣扎的尖利声响，跌落在纸上。一个现场目击者，一份亲历者的证词，文字和灵魂一起出生入死，是颂词，挽歌，遗言，情书，共同编织成的复杂倾诉，对着那个时代，对着属于那个时代的光荣和梦想，有眷恋，怀疑，自嘲，反讽，清醒，以及清醒后的寂寥和无奈。或许不应该去辨别对与错，真与假，或许沉醉于来自沉醉的亢奋和热烈才是一种纯粹的幸福。在生活激情沦陷的地方，小说诞生了，是一种更本质的激情捕获了小说，是小说构成了形而上的激情。这里没有对与错，是与非，以及认识论范畴的判断。小说不应去考虑这样的问题，生活永远是正确的，理想主义注定要失败；或者理想主义者是错的，现实的，功利的，实证的态度才是可行的。面对一个矛盾重重的世界，我们唯一能够确定的就是事物的不确定性，模糊性，小说唯一能做的就是抵御时间对生命的伤害，防止"存在的被遗忘"，小说一直在给具体生命最大限度的同情和理解，最完全最真实的抚慰。昆德拉在论及小说的智慧时说："这种是或不是囊括了一种无能，……这种无能使得小说的智慧（不确定性的智慧）难于接受和理解。"对于有限的生命来说，重要的不是现实本身，而是一种言说现实的权利，并在言说之中，唤起对不朽的期待。

《破碎的激情》并不是一部严格意义上的长篇，它由"殊途同归"和"破碎的激情"两个版块组成.，两部分的写作在时间上有间隔。写作时间的断裂给阅读带来的感觉，就像音乐中的休止符，它并非无意义的停顿，是精神状态自身节奏的组成部分。虽然在后记中张梅说，这种时间上的间隔是无意的，只因"殊途同归"发表后，过了几年它的意义才在时间的流逝中浮现出来，有了朋友的鼓励，才萌发了续写下去的冲动。但时间是什么，它不是存在于我们的想象和理解之中吗？海德格尔认定："我就是我的时间。"作为精神氛围的时间，它与我们的体验和感觉同行，所以写作的延宕是作家自身心理裂痕的外在表现。于是，无依的灵魂就在黑暗的缝隙里张皇着，游荡着。两个版块的游离，时间的断裂，似乎成了某种隐喻性的告白，它暗示着对峙和紧张是什么，裂痕又是怎么形成的。为此，我们无法回避80年代/90年代，理想主义/物质主义，激情/死寂等等意识枢纽，因为它们一直坚固地盘踞在我们的感知经验之中。

圣德是贯穿小说始终的灵魂人物。自称理想主义者的张梅把自己思想的脉搏和心跳移植在这个人物身上，一个曾经自命不凡的大众的灵魂领导者。尽管这样的角色含有幻觉的成分，但在80年代青春中国特有的精神气候中，人们期待救世主，就像食物对于饥荒，水对于焦渴的含义。从一场巨大的噩梦中醒来的人们，还来不及去思考食物的营养和水的纯度，也还没来得及去辨别什么是思想和思想的赝品，什么是思想者和思想的贩卖者。仅仅是饥渴，如此的强烈，使得这个世界又陷入另外一种形式的迷狂。人们发现了圣德和他的《爱斯基摩人》杂志，圣德决心把杂志办成像世纪初的《新青年》，具有感召力，又有启蒙性，因为他痛恨市民的庸俗和无理想，他想把理想和文化灌输给市民，他想让这座城市重新充满活力和激情，他把自己等同于真理，他就是社会的良知和道义。黑格尔曾这样描绘圣德式的人物："伟大的人们立定了志向来满足他们自己，而不是满足别人。假如他们从别人那里容纳了任何谨慎的意见和计划，这只能够在他们的事业上形成有限的、矛盾的格局；因为他们本人才是最懂得事情的人；别人从他们这里学到了许多，并且认可了，至少也是顺从了——他们的政策……他们周围的大众因此就追随着这些灵魂的领导者。"于是，圣德租住的铁皮屋成了人们心中的圣地，激动的人群从四面八方赶来，在这里聆听，讨论，共同分享思想的盛宴。就这样，一个注重精神生活的知识分子被拥戴成文化英雄，一个一个的传闻被演绎成传奇。反正偶像的宝座不能空缺，厌恶了政治家的教导并不意味着人们弃绝了教导本身。一个走不出精神断乳期的民族，总要为信仰寻找一个具体的符号。符号确立之后，信仰的实质却彻底地丧失了。圣德面对自己的处境，开始感到紧张和不安。他的精神生活不再高蹈和孤绝，他滑落到经验世界的层面，他开始关注自己的外在形象。有个女人向圣德建议他穿黑白格子的硬领衬衫更有教父风范，于是每当有人敲响铁皮屋的门，他就马上换上那件黑白格子的硬领衬衫，就像教主布道时，必须穿上他的红色大氅，一切肉身凡胎的圣人就是这样被包装出来的。圣德"对所有的人都抱有极大的好奇和同情心，他像一个高高在上的上帝那样怜悯众生。门徒们带着疑问来听布道，他却拿出最后一点钱来买酒给他们喝，然后再讲述他的人生哲学"，这是一项多么伟大的精神工程，在孤零零的悬崖上，圣德俯瞰着汹涌而至的人群，这黑色的海洋，挑逗起他统领和征服的欲望。圣德也未曾想到，自己在超验的王国所信靠的形而上的理想，那不可言说的神秘体验，怎么突然之间变得如此的醒目和具体。人们正以崇拜忠实的态度来信仰着他的信仰，而此时，圣德自己的信仰已经不可能再让他获得原初的、战栗的幸福了。

圣德本能地预感到了理想的命运。当理想退化成主教的红衣，成为一种空洞的姿态和符号时，这还只是初步的沦陷。圣德毕竟是清醒的，尽管这种清醒是醉眼蒙胧，模棱两可的，他还是预感到一个新时代即将到来，他认为，"我们历年所经历的各种思想运动，痛苦的裂变，为新观念发生的种种争执，在这个全新的时代里变得毫无意义。新一代正以他们全新的感受方式，正绕过我们至今还未完成的裂变去拥抱新世界。"他把被物欲所煽动的焦躁不安的社会称作蚱蜢国，他深知，"十几年对形而上的探索已使人生的虚像咖啡因那样使他们上了瘾而无法解脱，然而在新世界中，虚是无价值的，而他们又不甘心无价值。"他想逃避，但又无能为力，一向真理在握的圣德，被内心的冲突深深地折磨，他面临着充满悖论的选择。选择的艰难是由于长期养成的对立的二元思维模式（要么坚持，要么背叛；要么理想，要么物质）造成的。他的内心已经厌倦这种带有暴力色彩的思维模式，他不愿意生活在紧张和对峙中惊恐不安，他脱下了圣人的外衣，他想自己以后的生活应该更清醒、更真实、更有目标。

在小说的第二部，圣德由80年代的精神导师变成了蓝箭公关协会的会长，协会名下，有广告公司、公关公司、模特公司等。他像所有的商人一样，每天忙于应酬，寻找赚钱的机会。我认为，张梅对于圣德的变化没有任何讽刺的意味，在强劲的现实面前，每一个卑微的生命都具有同等的价值，因为我们每个人都挣脱不了宿命的围困，我们唯一可以敬畏的就是生命的每一天都在自然地展开。现在，圣德的洞察力和才情不再表现为慷慨激昂的演讲，振臂一挥应者云集的领袖风范，他回到了自己的内心，用细腻敏锐的感受去和物质主义的世界建立起若即若离的联系。是的，他沉迷于享乐，但在享乐中审视；他更愿意亲近，但在亲近中反思。走进人群的圣德，越来越尖锐地认识到，大众文化的兴起和大众消费的繁荣，正在飞速地消解着知识精英的崇高感和神圣感，因为在商品面前，在消费面前人人平等。他的失落和痛苦尤为强烈，他近距离地眼睁睁地看着自己曾经信奉的东西是怎样被一点点地毁灭，所以他的信仰变得更加坚定，他"要在这个享乐主义弥漫的城市里坚守思想者的大本营，所以他坚持不搬出铁皮屋"。圣德还要继续战斗，但他既不像雨果式的走入人群掀起风暴，也不像波德莱尔式的弃绝人群遗世独立。这种战斗以个人的方式展开，"永恒地对社会不满，永恒地抗争现实。"圣德还想建立一所铸造完整人格的贵族学校，还想在关于企业文化的演讲中，"为那些填满了金钱的脑袋输进新鲜的氧气"。张梅没有让圣德坠入虚无，他还在痛苦着，感动着，他还和每一个睁着眼睛的灵魂紧紧地站在一起。"一个一个的理想破灭了，除了证明某个人为的'理想'不是理想，丝毫不能证明没有理想。虽然没有人知道理想为何物，理想的存在却是人证实不了也证伪不了的。"（张志扬语）

从80年代到90年代，经过时间的磨砺，一切都有了水落石出的感觉，一切都好像归于平静。在张梅看来，"曾经有着满腔热情的人被现实生活折磨得麻木不仁或者畏缩不前，生活已经变得毫无意义"，为此破碎的激情就成了她这部小说的主题。可是，文本提供给我们的远远不止这些，小说中还有两个非常有象征意味的人物——米兰和黛玲。她们就像圣德的复调或者和声，不仅使首席乐器的音色更加丰富和饱满，她们还穿行在生活逻辑之外，召唤牵引着我们的想象，去探访生命的核心地带。不像圣德，他的身份是明确的——理想主义者，精神导师，一个成功的经营者，就像一层层严密的外壳，窒息着这个人物的呼吸。他是由现成的观念和经验编织而成的，头绪万千，经脉复杂。张梅通过这个人物在陈述着现实，在思考着现实，而米兰和黛玲却创造着现实，在一种更加原始的意义上，带给我们灵魂的震惊。这突然爆发的惊讶让世界也突然变得新鲜和明亮起来。

　　米兰的出场，仿佛带有天启的神秘。这个美貌的患有嗜睡症的女人，在清晨听到音乐就会悄然泪下。对于《爱斯基摩人》杂志的成员来说，米兰是一个奇异的闯入者，她不会高谈阔论，也没有踌躇满志。她给大家唱歌背宋词，人们哂笑她，她根本就不在乎，常识和习惯对她无能为力，她活在自己的内心，在那广阔无垠的地方，她守护着理想。她是一个更纯粹更坚定的理想主义者，世事的变幻无常打搅不了她。在现实里，其他的人物都有职业，或者做着一些具体的事情，比如圣德先是办杂志，后来经营着公关协会；黛玲先是小职员，后来开了间很赚钱的美容院；唯独米兰，无所事事，每一次极度的欢乐和痛苦之后，她都会昏睡很久，等她醒来，已经斗转星移，时节更替，好一个天上人间的神仙女子。在米兰的身上看不到世俗生活的痕迹，而属于她的生活像一个透明的梦境，照亮着庞杂的世俗表象。在表象的背后，米兰发现了别人都发现不了的东西。米兰第一次见到圣德的时候，"她居然看见了圣德的头部有一只孤独的绵羊，低垂着眼睛在打盹。她立即就被那只绵羊的孤独所感动，便唱起了《夏日里最后一朵玫瑰》，想借此来安慰绵羊。可当圣德开始说话的时候，绵羊就消失了。"这就是米兰眼里的现实，而非物理世界的事实。有时候，荒诞的幻觉往往更接近事物的本质，或者说，它是我们寓居这个世界的更本质的方式。还有莫名腹中的四节蛇，黛玲额头的紫色唇印，米兰是这些隐秘现象唯一的发现者。那么，什么是现实，什么是幻觉，在米兰这里，两者的界限消失了。那些折磨着圣德的问题，比如精神/物质，崇高/低俗的对立，常常将我们的生命感觉逼入病态的死角，偏执任何一端，都会造成心灵的灾难。米兰的梦态存在，拆解了粗暴的对立，她超越了自身的局限，她的现实是应有尽有的现实，她的视野总是在无限的敞开之中。其实她是不需要理想的，因为她就是理想本身。小说的最后这样写道："圣德在米兰的门前坐了好一会儿，心里感到轻松了一些。他想，我是不能沮丧的。"

　　如果说米兰的形象让人想起清澈的天空，纯洁的天使，黛玲则在欲望的层面，像一个念叨着魔咒的女巫，述说着地火一样奔突，裹挟着原始冲动的另一种形态的理想。她额头上的时隐时现的唇印，像黑色的火焰在燃烧，在跳跃。理想一旦脱下它的伪装，转身面对自己，就只剩下赤裸裸的欲望——比荒野更加粗粝的生命真相，在和庸常的对抗中，凝聚成强大的心理能量，推动着人像飓风一样地行动。生长在80年代的理想主义，从某种意义上讲，是一场众生喧哗的社会事件，到了90年代，它销声匿迹了，我们往往以为这是物质主义的过错，我们的个人意识在一些权威结论的面前恹恹欲睡。应该感谢张梅，她用了很大的篇幅来重新述说欲望，尤其在小说的第二部，黛玲占据着重要的位置。当然在90年代的小说写作中，欲望主题并非张梅独家所有，但在理想主义的必然命运中来描写欲望，从新时期二十年心路历程的视角来关注欲望，我想这样的作品并不多，它让个人意识从集体记忆中苏醒过来。由此我们知道，理想作为一种生命意志，并没有失落，它只不过转换成了另外一种形态——欲望。

受过80年代的理想主义气息熏染的黛玲，她的理想诉求就是如何使自己的生活永远沉浸在情感的巅峰体验之中，为此她抛夫弃子，追逐欲望，最终被欲望捕获，成了欲望的囚徒。圣德是在和世俗的对抗中来确认理想，而黛玲则是在时间的对抗中来保持理想。对于黛玲来说，热烈的爱情就是她的最高理想，她把自己像祭品一样放了理想的祭台上，为它付出全部的精力、心力和财力，这何尝不是一个极端的理想主义者。不同的是，圣德想从庸常中拯救大众，而黛玲则想从时间的流逝中拯救自己，他们的理想其实具有同等的质量，那就是不愿意在事实面前屈服。为此，他们不得不一次又一次地迎接痛苦的造访。

圣德、米兰和黛玲放在一起，理想才得以完整地展现，就像天堂、人间、地狱，构成完整的世界一样。米兰和黛玲都来自隐秘的地方，最终还得回到那里，她俩都以精神分裂的方式告别了世俗生活，留下了圣德，在茫然无措中徘徊……

从理想国的梦中醒来之后，我们发现，对于每一个具体的生命来说，理想只能是一场没有终结的个人的精神事件。

寻找故事、趣味与简约

徐肖楠

张梅的《游戏太太团》不以市场化的新鲜内容取胜，而注重故事性、趣味性和叙事的节制简约，给人们带来了清新的叙事世界和有趣的阅读快乐。叙事的故事性、趣味性和简约性，正是小说作为叙事艺术的最重要元素。

在主流文学以内容新锐和语言时尚而取胜的年代，人们普遍忘记故事趣味和故事意义，而《游戏太太团》对小说的故事性、趣味性以及叙事节制的关注，显示了对小说叙事本质的回归。市场化年代的小说，往往以内容或语言的单方面叙事元素被指认为小说，在小说偏重现实内容和语言感觉的叙事情境中，在漫无节制和散漫喧嚣的任意叙事风气中，在人们淡漠而麻木的小说感受中，《游戏太太团》的故事性叙事荡起了一股清流。

正是在这样的意义上，《游戏太太团》对张梅意味着的一种叙事变化，对中国小说也意味着一种叙事思考。市场化年代中国小说的叙事常常远离小说的故事和形式，人们更热衷于那些在小说中表演变幻的耀眼内容，实际上，这是20世纪80年代以后中国叙事的痼疾。人们从单纯的反政治叙事到热衷宏大叙事，再从放弃宏大叙事到追逐庸常叙事，再从庸常叙事延伸向个人叙事和身体叙事，主要都是以内容的变幻在吸引人们的目光，其中虽然先锋叙事努力追求过形式和故事，遗憾的是，故事的幻想抵抗不了现实的诱惑，先锋小说的诗性追求最终落于在艺术中获取的利益生存。

幸好张梅并没有掉入这样一路过来的一连串叙事陷落和偏误中，她像一个激流中的沉静岛屿，平静地坚守自己的风格，这是她能在《游戏太太团》中独立形成一种叙事意味的原因，也是在这种风格中突出叙事的故事性、趣味性和简约性的原因。

小说是语言艺术的最大考验，张梅从散文走进小说，她的早期小说缺乏故事性，带着散文的随意性情和漫不经心，而《游戏太太团》明确告诉人们张梅的叙事发生了转折。大约从20世纪90年代末期开始，张梅越来越注意对故事的想象和构成，她在90年代后期不断醒悟的故事性叙事意识，终于在《游戏太太团》中被突出出来。

这种故事化叙事一来表现了张梅长期从事叙事的一种自我突破，二来表现了这种故事化叙事中隐含的现实与叙事、形式与意义的关系。张梅的小说形式的新转折，意味着她的小说意义的一种新转折，这部小说的成功，不在于它表现了什么与现实的对应，或者颠覆了什么现实，而在于它发现和改写了现实，《游戏太太团》故事性引导着人们在叙事中顺流而下，让人们津津有味地读完小说而去发现现实。

小说对现实的发现从来也离不开小说形式，很难把小说的形式与意义分离开来，一种形式就是一种意义，看一部小说独有的意义，就是看其独有的形式。在一定程度上，小说的形式甚至比意义更重要，不懂小说形式，意味着不会写小说，小说世界必须作为另一种现实才具有意义，而另一种现实，首先在于修改现实和发现现实的方式，或者说在于小说世界的创造方式。

张梅对故事性叙事的形式追求和意义发现，在《游戏太太团》中得到集中的释放：这部小说的故事性叙事精巧而机智、严谨而流畅，富于趣味和想象性。小说要去完成一个整体性故事和生活，一般散文和诗歌的片断性和随意性都会受到故事的挑战，而叙事要依靠想象力把破碎的世界组成一个有趣味的、有意义的叙事整体。这部小说以故事的方式去发现一种游戏太太团所代表的特殊生活，又通过这种特殊生活去发现现实中隐藏的东西，因此小说中的主人公最终发现她们所经历的生活并不是她们表面看到的样子，需要深入追踪蛛丝马迹而发现自己的生活：没有这部小说发现现实的故事，就没有这部小说对现实的发现。

对于故事的完成，并不是单纯的叙事技术问题，而是叙事想象与现实的关系问题，如果小说缺乏故事性，就意味着想象力的荒芜，或者至少意味着想象力没有生长起来。故事是语言与想象结合而展现活力的最终幻想地域。故事与叙事想象、与叙事意义是一体化的，《游戏太太团》不仅意味着张梅的小说产生了叙事的故事性变化和转折，也意味着张梅的小说有了一种新的意义方向和想象方向，意味着张梅的人物和叙事对现实的态度发生了变化。

每一个故事，都是一种现实，都隐含着作者本身以及叙事包含的现实态度和观念。《游戏太太团》用一个故事虚构了一种现实，太太团在两次短时间的游历中，遍历了现实中的诸多层面和侧面，集中而有趣地表现出太太团的生命和生活。没有故事，就没有这个虚构的小说世界，而虚构世界就是另一种现实，这部小说作为一种语言方式和艺术方式，其最重要的特质是叙事的故事化。

从这部小说与世界的关系看，是这部小说中的故事在发现和改变着世界，这部小说呈现的生活意义在太太团的故事中，不在现成文献和条规的刻板意义与历史中。小说不同于其他一切事物的独特在于故事，故事是对世界的发现，也是意义的创造。小说的生命和活力都在于故事，而故事的人才是鲜活生动的，一部好小说，首先是一个好故事。

这部小说中重要的发现，是人们生活的碎片遮掩了生活的真实。这个世界到处都是碎片，人依靠自己存在的意义生存至今，也依靠意义把破碎的世界连为整体，而故事是一种意义和世界、是人类和历史的最独特存在方式。这部小说中假想的、少数人的生活集中突出了普遍生活的散乱元素，用太太团的集中生活表现了一种普遍现实和普遍心理。这部小说的意义，其一在于把破碎的生活变成一个完整的故事世界，其二在于把一个无限完整的世界变成了故事中的生活碎片，而这些碎片又在一个不断发生、最后没有结果而无限延展的故事里。

直至小说结束，人们看到了由太太团代表的许多市场化年代人们生存的碎片化的、无着无落的心态，却仍然不清楚那些人物究竟想了什么和做了什么。在太太团的游历中，一种普遍化的受市场化现实制约的人与人、人与金钱的关系既淋漓尽致又欲说还休、既昭然若揭又时隐时现。人们的心思难以揣摩、人们的关系诡秘难测、人们的生存变幻不安，而这一切都以利益为中心，这正是这部小说在故事中渐渐深入的主题。青青的丈夫明绚与刘经理的情人简之间的关系始终是不清晰的，而青青却宁肯生活在明绚爱她的梦幻中。

《游戏太太团》表现出张梅的叙事转向和叙事追求，而这种转向和追求与张梅对叙事艺术，尤其是对西方叙事艺术的了解和体验紧密相关。所有的文学震撼都是故事震撼，所有的叙事意义都来源于故事，这在西方电影大片中有明确的表现。西方叙事的故事意识很强，不论是古希腊的史诗式叙事，还是塞万提斯的历险叙事和巴尔扎克的历史叙事，或是普鲁斯特和乔伊斯的内在化叙事，或是卡夫卡的外在化叙事，或是西方电影大片的立体叙事，故事都是叙事的基本支持。而张梅的这部《游戏太太团》很靠近西方的叙事意识，从故事结构到故事细节以至故事语言，都有一种对西方现代小说叙事品味的追求。

由《游戏太太团》可以看出，张梅对西方小说涉猎颇广，并将阅读集中在一些她深有体验和感悟的小说中，这些作品形成了她对小说叙事的理解和感受，并影响了她的叙事风格。这些作品没有被刻意模仿，却融入了她的叙事意识。《游戏太太团》并没有单纯模仿某一西方作品或作家，但受到了西方现代小说的总体倾向的影响，而其中有些作品可能被她格外钟爱。这种博采众长而融为一体的成熟叙事令人感叹，当下叙事中已很难见到专注于叙事方式而不偏重内容的作品，张梅这种沉浸甚至陶醉于叙事艺术本身的叙事态度和格调，需要一种面对艺术和生命的真诚。从《游戏太太团》中，人看到的不是一种叙事技巧的搔首弄姿，而且是叙事和生命的真诚以及对现实与叙事关系思考的真诚。

《游戏太太团》有一种带着淡淡现实忧伤的趣味性。《游戏太太团》在叙事的趣味性中引导着现实内容的出场，并隐藏着一种淡淡的人性忧伤，这种忧伤来源于故事对现实的深入和发现。这种深入和发现，这种叙事的独特，在于把人们身边耳熟能详的、非常普通而又严峻的现实用一种趣味化的叙事方式表现了出来。而这种趣味化的叙事方式，产生着小说中人物感受的神秘性，这种叙事的趣味性和神秘性不断产生、相叠、消失，诱发阅读的期待和渴望，并为小说把人们身边的现实变成了这种谜团相叠的生活而赞叹。

故事一开始便连续产生悬念和神秘：1. 事件：青青的追悔的心态表明这是一件不该发生的事情。2. 人物：冷傲的简小姐出场暗示了人物性格后面可能隐藏秘密。3. 人物关系：青青注意到明绚时不时的暧昧躲闪的声音和神情。4. 对话：人物对话简洁含蓄，跳跃悬置，使人感到话没说透，表面话语之下藏有玄机。小说中的神秘性和趣味性一直牵拉着人们的最终阅读，但它们直到最后也没有消失，人们仍然不知道所有人物的最终命运，却为已发生的人物命运和现实而哀伤、怅惘、无奈。

张梅显然对西方现代各种叙事形式的趣味性非常关注。叙事的趣味性一直是西方小说传统中的重要成分，流浪汉小说、市民小说、历史传奇等都与此有关，西方20世纪50年代以后的小说更加注重趣味性，后现代主义里程碑式的小说《洛丽塔》便极富于趣味性，很多小说常常用一种很富于趣味的叙事形式来盛装或融于一种很严肃、很高级的意义或内容，例如侦探小说、惊险小说、神秘小说、黑色幽默等形式，托马斯·品钦的《万有引力之虹》、阿兰·罗伯—格里耶的《橡皮》都具有这样的叙事外观。

《游戏太太团》用旅行中的谋杀可能来吸引人们的阅读注意，并由此揭示人的心理状态和现实关系。这样的写法，可以看到阿加莎·克里斯蒂的侦探小说的影子，而圈套和猜忌则可以让人联想到阿兰·罗伯—格里耶的《橡皮》和《嫉妒》，还能发现电影小说《去年在马里安巴》的影响，甚至在第95页上出现了与《去年在马里安巴》中相似的"拜占庭风格的花园"，小说中电影画面式的简洁描述和对物象的隐喻，也有阿兰·罗伯—格里耶之风，小说中还出现了几处对梦的描述和关注，弗洛伊德的白日梦在其中隐约闪现，而青青的人物格调也与此相关，她总是恍恍惚惚，一时清醒一时迷蒙。

《游戏太太团》还有一些哥特式小说的感受，哥特式小说是一种趣味。哥特式小说有个基本特点：人物一开始走进了一个城堡或老宅，就是走进了一个预谋或圈套，那里到处都冒出丝丝诡秘和奇怪，人物越来越陷入莫名的恐惧和浓重的阴郁中。《游戏太太团》一开始就有一种神秘和紧张的哥特式小说的气氛，只不过与哥特式小说的阴郁荒凉背景不一样，是一种有点英国现代小说中郊游意味的背景。《游戏太太团》一开始就以当事者身份回叙，懊悔和醒悟的口吻造成了一种人物掉进了一个圈套或错误的悬念，而对这是个什么圈套、怎样形成、怎样进行、产生了什么结果的关注，抓取了读者的阅读注意。

但重要的是，作者需要通过这种阅读趣味而表达另外的东西。张梅对故事的叙述，并不是要解开圈套的秘密或者破除圈套，也不是讲述圈套中的人物命运，而是要讲述人物在圈套中的心态和某种现实关系。这与哥特式小说不同，哥特式小说直指对上帝的仰望，表达正义与邪恶的较量，而太太团里的人物只是随波逐流地尽欢尽乐，没有什么正邪是非善恶的意识，这正是市场化年代中人们被利益和享乐所遮蔽之后的普遍生存表现。《游戏太太团》中没有上帝，只有人生的游戏，却透出一种哥特式的叙事趣味。

《游戏太太团》是一种简约叙述，叙述上非常有节制，不铺排蔓延，如影视镜头叙事一样，简洁的叙事场景如一个个镜头画面相连。故事中隐藏的东西被故事本身约束着，不使其漫溢出故事，直至故事结束，被隐藏的东西仍然像海中的冰山一样不肯全部显露，这使故事始终具有趣味性，并诱发着人们的想象。

如果不加叙事节制，这部小说可以再延伸出一倍的字数，比如将小说中已有人物关系细细扩展开，便有了诸多内容可写。但这样一来，叙事效果便破坏殆尽。不多说、不解释的叙述反而获得了一种不断激发读者兴奋的效果。很多叙事者都总想把事情说透、说够，而《游戏太太团》叙事的简约含蓄，却让人总有点不明所以，要对叙事琢磨一番。对人物的不透彻叙述，让读者对人物为什么这样说、这样做去进行猜想，而这常常形成了对故事和人物的猜想，吸引着阅读。

简约的叙事，让《游戏太太团》以一个故事串联了许多生活场景，诸多生活场景连续出现，共同构成故事主体，没有浮于故事之外可有可无的描述、若即若离的背景，也没有游离于故事之外的抒情和议论，没有渲染的场面和蔓延的细节，这非常符合亚里士多德所确立的经典叙事：严谨、简洁、整一，具有古典主义三一律的时间、地点、情节一致的格调。

这种有节制的简约叙事，表现为工笔画式的语言描述，并不像泼洒水墨画一样大片大团地用笔，而是清晰简约地用笔，点到即止，没有大段的铺叙和比喻。另一表现为切入式的情节连接，情节变化很快，没有大的曲折和起伏，却连续向前延展，并不停滞于某处而拖沓不动，阅读起来轻捷流畅，就像电影镜头的切换一样，迅速进入情节，进入角色。

《游戏太太团》标志出张梅的叙事想象、叙事技巧、叙事语言都已相当成熟，并融于故事中不着痕迹。这部小说本来已集中了张梅纷至沓来的叙事经验，也集中了张梅繁复而又单纯的叙事意识，它们都在小说的叙事历程中表现出来。现在的叙事怕的是观念问题，而不是技术问题。《游戏太太团》的故事本身仍有缺陷，但那主要是纯经验和技术的缺陷，而不是对小说的本质性意识和观念的问题。与张梅此前的作品比，《游戏太太团》具有故事性的结构整一性，而《破碎的激情》则主要是一种象征性的意义结构所组成的整体，缺乏故事的吸引力。

《游戏太太团》重新集结和表现的叙事经验与锐气使人们相信，张梅为自己的叙事开出了一条新路，也加强了中国小说回归故事的召唤，相信张梅在新的叙事风格中会写出更好的小说。

平静中的欲望与忧伤

徐肖楠

　　《游戏太太团》让人有一种平静而忧伤的叙事感
觉在心里流过。阅读《游戏太太团》的感受，就像在
林中空地上静静地看着一条河流流过，所有那些小说
中的故事情景都清澈、舒缓、澄明地流动着，然而，
到终了，却静静地看着一种忧伤。没有激烈和喧嚣，
所有的生存险恶和内心盘算都被化为一种平静的生活
与忧伤的叙事。

　　《游戏太太团》的突出之处是描写了一种与欲望的
忧伤密切相关的"圈套式"生活，而在这个圈套中挣扎
的是一种平静中的纯净、纯净中的忧伤。整个小说中青
青的经历，使人感受到她一直在圈套中生活，这个圈套
包括藏在幻想底下的忧伤，只不过两次太太团游历突然
改变了她的生活含义：如果青青的生活和爱情都是表面
真实而彻底虚幻的，如果她一直在圈套和虚伪中生活，
而两次太太团经历打破了她所有的生活幻想，那么，她

原来一直以为真实的生活对她意味着什么?

青青经历的是非常普通的生活:郊游、旅行、聊天、吃饭,如果这样普通的生活暗伏着圈套,我们每一个人的普通生活还有什么本真意义可言? 科学的发现对人有实际的用处,而小说的发现却不能满足人们的需要,无论人们是否写诗,都不能不生活,即使人类不写一首诗,地球也照样毫无影响。小说的发现,是发现人们生活中隐藏着而又在现实外的另一种生活,是发现人们没有意识到而又应该意识到的生活,是讲述一种其他任何形式不能发现的生活,如果用对市场化年代人们生活的某种阐述能替代张梅的《游戏太太团》,张梅就不必写小说了。

张梅的小说中一直有一种都市欲望与纯净心灵之间的二元对立,在《破碎的激情中》,这种心绪集中表现为三个人物生活中理想与现实的分裂,这种分裂在《游戏太太团》中又开始融合,变成一种平静的忧伤。人物的心灵和现实都开始变得平静,心灵与欲望的两元对立具体地演变为都市文明与原始纯朴之间的互补和差异。在乡村和自然中发生的,仍是城市文明的故事,背景的转换,表达了一种过度沉溺于城市欲望之后的清醒,表达了心灵的倦怠和逃亡。

因此,在《游戏太太团》中表现出两方面重要内容:一是城市文明的忧伤。城市欲望和生活风格对人从心灵生活到实际生活有一种毁灭,故事中的男人们全毁了,他们不得不设圈套使自己从以前的生活中消失。二是城市逃亡情结。故事的两个背景都是在乡村和自然中,这令人想起欧洲浪漫主义小说和旅行小说的情调,例如《感伤的旅行》和英国湖畔派诗人的那种情调、那种城市逃亡意识。这种浪漫和原始意识,在市场化的当代中国演变成一种大众化、时尚化又庸常化的周末聚会或长假旅行,那是一种有闲和有钱的消费主义生存标志。

张梅以往作品中人物的理想主义实际上都是虚空的、漂浮的,与现实没有什么直接的关系,与人物也没有什么具体的联系,而真正的理想主义精神与人的现实生存是一体化的。所以,那些飘浮的理想主义都败落了,它们没有根基。它们最终像落叶归根一样都归于世俗生活,融入和消亡于平静的世俗认同中,生命意志和原始动力都已消失,理想主义激情和欲望激情也都平复下来,平静的生活像一片湖泊那样让人完全接受,欲望和虚伪像一枝花静静地停留在你的身边。城市的喧嚣和狂欢已激不起热情，他们平静地享受着纷繁的生活，并把这种享受当成必不可少的生活风格和现实。

张梅把一种高雅的文学意识与一种俗常的生活结合起来，在一种平庸的市场化情景中，却发生着另外一种情调。周末旅行其实只是被叙述所利用，在小说中发生的，除了圈套，主要是主人公青青眼中所看到的一种现实和她心里发生的事情：她在乡村和自然中的感受，一种心理现实。小说中有几次点到梦境、巫术和心灵感应，甚至在几个地方专门写了青青的梦和算命。严格地看，故事中发生的圈套，也只是被叙述本身所利用，叙事并不是为了讲述圈套，而是讲述在圈套中的人物状态，它是用现实状态来写心理状态。

在《游戏太太团》中，广州人的下午茶被写得具有欧洲园会的某种品味，而消费性的有闲旅游被写得具有欧洲郊游的意趣。这可能与张梅对西方小说和艺术中描述的某些情景的感受有关。在小说的第三页，出现了对欧洲18世纪几个女人在花园里喝下午茶的一幅油画的描述，表明青青的向往和崇尚。而这种向往的移花接木，把欧洲品味和情趣嫁接到市场化中国社会的俗常生活情景中，改变了这种情景的性质和感受，把十分俗常的郊游和旅游赋予一种欧洲的古典气息，这使俗常情景变得不平常，而这种不平常主要是青青的感受所赋予的。这部小说有种奇怪的感受，流俗得让人厌烦的旅游藏有忧伤，因而也藏有轻微的浪漫和诗意，让人感受到一种宁静、悠远，没有嘈杂、喧嚷和疲累的旅游重负。这种感受迷人，但并不是普通人都能享用的，而是要有闲有钱才能去品尝的，但却突出了在市场化情境的城市中普遍化、庸常化生活的意味和品质。

《游戏太太团》由远离城市喧嚣的乡村和自然的宁静来表达城市生存，与城市文明相关的实用、利己、冷漠，在远离城市的地方仍然发生着。城市并不就是罪恶和毁灭，城市中现在发生着的一切非诗意、非人性的情景，在过去、在乡村都以不同的形式发生过。但进入工业文明以来，城市常常成为人们既喜爱又厌恨的东西。城市集中快速催化的那些丑恶，总是比美好更强大，城市一旦唤醒了那些被压抑的卑鄙和丑陋，它们就会像魔瓶里放出的魔怪一样再也不会回到瓶里去，它们会像随风飘荡的种子一样到处扎根，附着于每一个人，压制他们的诗意和人性，把他们变得更畸形、更变态，会变成他们的本性，让他们带着这些丑恶随身行走，把它们带到乡村和自然中。所以丑恶总是像影子一样跟随着太太团，无论到哪里，从城市到农村都无法幸免。而最可怕的，是变态已成常态、畸形已成本性，把隐藏丑恶的生活当成正常生活，每一个人都不会觉得自己有什么不妥，泰然自若、悠然自得地生活于其中，对自己生活中的丑恶和毒素毫无意识，这才是最危险的。

太太团的每一个人都在这样的生活中。城市所标志出的罪恶、欲望、争斗、盘算、虚伪、圈套，被太太团带到了乡村和自然中，都隐藏在太太团的活动中，烙刻在她们的生命中。而城市与乡村原来所对立的一切，城市中的一切反诗意生存，都是太太团这样的一群一群人塑造的，她们塑造了这一切，本能地又要逃避这种压力，逃避时却又把这一切带到了乡村，生存的卑琐与虚伪在这里产生了新的圈套，被更深地掩藏起来。

人性沦落和欲望狂欢在张梅以往的作品中也出现过，但一直是以迷茫和矛盾的态度表现出来，她的人物既反抗着人性沦落和欲望狂欢，又享受着金钱和欲望带来的快乐。张梅的小说中始终流动着这样的矛盾和纠结，始终希望着既能安然接受一切，又能从中保住或追求到一种纯真。这种人物，来源于典型的广州人的生存态度。广州人往往对生活安之若素，不激烈、不反抗、不思考，能够非常实际地接受生活，并为能够得到生活的快乐和享受而庆幸，不会去为理想主义或诗意激情而去破坏自己已经享有的一切。

人类的生命欲望是生存动力，有欲望才有进步，但有几方面的问题：一是什么样的欲望；二是怎么实现欲望；三是实现欲望后干什么；四是欲望使生活和生命变成了什么样。一句话，欲望必须升华。而在太太团中，欲望没有升华也没有坠落，而是变成了每一个人的平静生活和平静本性，这是最可怕的。每一个人都不会为了欲望去和别人搏斗，但每一个人都在时刻满足着自己每一个微小的欲望，没有残酷和激烈，却平静而自然。

平静地享受生活已变成太太团世俗日常生活的一部分，她们习以为常地并不去有意施行欲望，却在不断地享受欲望。唯一可以辨认的，是青青这样的人还力图在这种慢慢发生和保持的、可怕的、无意识的平静生活本性中寻找每一丝纯情和梦想，并尝试以此代表自己的纯净心灵。但是，经历了20世纪90年代以后利益化暴风骤雨的袭击，能保持的纯净所剩无几，大部分纯净、纯真、纯情都被伪装化、自我装饰化，那些经历这一切还能纯情的人，例如米兰这样的人，只有在静夜中才能闻到她的幽香，而青青这样的人却在寻找欲望的忧伤和纯净的忧伤。

《游戏太太团》由于青青的感受和意识，把一种充满圈套和虚伪的生活变成了一种惬意的旅行消遣，把旅行情境变成了一种触发轻微浪漫的诗意生活，同时，也把乡村和自然变成了一种显示有钱和有闲力量的庸常生活场地，庸常而时尚的旅游生活，不是为了净化心灵和追求纯朴，而是为了把欲望感受和享乐渴望转移到乡村和自然中，换一种方式而重新拥有。其中总有人，例如青青，在别人设计好的圈套中不自知，却总是在欲望的沉湎中保持着一星一丝、若有若无的清醒，总觉得自己还有心灵向往，但这已是屈服于现实的心灵向往和清醒。实际上，青青这个人物是张梅的人物一贯具有的秉性中延续下来的。张梅的人物具有屈服和享受现代中国社会一切庸常意识的突出特征，他们是被市场化和消费主义的物质和精神的双重品质塑造的，既适应着自我的双重性，又被消费的精神改造着。

《游戏太太团》并不是一部单纯的关于有闲阶层生活的小说，也是一部遍及市场化年代人们生活品质和生命品质的小说，里面所描写的种种窥测、虚假、谋划在中国市场化社会中遍地风流。太太团的旅游给她们提供了"享受生活"这样一个花钱的好理由，在解决了基本的物质生存问题、甚至锦衣美食后，人们要进行非基本生存的享受活动，以满足她们的精神装饰，例如进行太太团这样的旅游活动。旅游其实是市场化中国社会显示自己有钱、有气度、有品位、会生活的一种特色活动，如能进行周末郊游和去国外旅游，就更能显示自己的生活趣味和格调，太太团的两次活动恰好是在这样的情境中，这反映了市场化中国社会中一种有钱有闲的典型庸常消费情景。这种轻松化的精神诉求，不是为了让她们清洗心灵，而是为了让她们更有理由、更有效地享受生活，尤其是物质生活。而种种窥测、虚假、谋划、盘算却隐藏于这样的轻松享受的生活中，并没有消失，仅仅是被有意遮掩了。

同时，《游戏太太团》也不是一部女性主义的小说。虽然它以几个女性人物为主角，但它所反映的女性生存意识也遍及男性生存，让我们看到了男女之间一种惊人的、令人悲哀的生存一致性和精神同一性。那些太太们绝妙、精到地配合了自己丈夫的行动，欺骗了唯一不知情的青青。并排除围困不合作的明绚。这是市场化年代中国人的生存特征之一：人们以利益最大化的名义去做一切自己想做的事，并围追堵截敢于不与其合作的人。这已形成一种普遍精神，而太太团是这种普遍精神的具体体现。女人的不少心理和男人一样，或反映了男性心理，反之亦然。张梅的写作由女性世界写男女同一的世界；由非城市化情景写城市生存。既有对都市的热爱，又有一种都市逃亡情结，在张梅的小说中，城市和女人都不是地狱，也不是天堂。

睡眼惺忪的张梅和一座忧郁的城市

张 柠

一

常常在一些文字聚会上遇到张梅。她说得不多，总是一副睡眼惺忪的样子，目光中似乎有一种十分迷离的东西。如果她对"睡眼惺忪"这个词不满意的话，我可以给她换一个——"目光炯炯有神"。我想，她更不会满意的。老实说，"炯炯有神"这个在过去的肖像描写中频繁出现的词，如今已经有滑稽色彩了。三十年前，就是那些"炯炯有神"的眼睛常常能在一点蛛丝马迹看出"阶级斗争新动向"。今天，也是"炯炯有神"的眼睛能在哪怕是一堆垃圾中看出哗啦哗啦的钞票来。长得漂亮的小歌星大多都有一双毫无内容的、炯炯有神的眼睛。如果一位作家也有着一双"炯炯有神"的眼睛，那还成什么体统。

其实，"睡眼惺忪"的状态对于张梅个人也许并不重要，关键在于它可能是一种观察都市的最好方式。我曾经被陀思妥耶夫斯基肖像上那双梦幻般的眼睛，还有波德莱尔那忧郁的眼神所打动。我似乎感悟到，陀为什么能在大都市彼得堡的小市民忧心忡忡的目光中，发现那个时代的忧郁；波为什么能在巴黎街头的拾垃圾者身上看到诗人的影子。

都市是什么？这恐怕是19世纪中叶以来的世界文学所面临的一个难题。商业化的都市是文明风暴的中心，又是罪恶的渊薮；它催生着各门类的艺术，又将它们埋葬；它培育着个人主义和自由精神，又无时不在将这些精神剥夺；在井然有序的街道背后，隐藏着无数混乱和诡秘的契机。施宾格勒甚至说：世界的历史就是市民的历史、就是城市的历史。20世纪的作家很少会像梭罗和华兹华斯那样，完全拒绝都市文明，而隐居到湖畔去对着自然吟唱。都市是可以逃避的，都市精神却无法逃避。它已经渗入到农村，乃至儿童的遗传基因中了。作家们都以各种方式介入都市文明，用各种方式去表达都市，形成了一种风格独特的"都市文学"。

在"都市文学"这一宽泛的概念中，常常混杂着军人式的和农民式的都市文学。前者的源头是古老的军事政治城堡，而不是商埠。它总想将都市里的每一个景点都当作街垒战的掩体，当作胜利的纪念碑；后者的根源在于一种土地情结、它会将博馆前的台阶、街房花园当作田埂和放牧的草地，爱坐就坐，否则便受到伤害，便诅咒都市。所以，我们常常看到作家一方面迷恋于都市文明——文学沙龙、艺术博物馆、书市、报刊、电视、作家协会等等，宁愿四处流浪最后死在人行道上，也不愿回到乡村去；另一方面又厌恶都市文明，批判它没有人情味、对人性的异化，或者空气太差、太脏。所以，20世纪文学的典型风格就是"反讽"，翻译成口语就是"口是心非"。这种尴尬同样伴随着都市文学。都市文学的另一种尴尬是它时时受到新技术的冲击。印刷机和报纸断了作家用新闻体写作的后路；电视机让作家们"如实地展示生活的客观场景"的美梦破产。因此，真正的都市文学的表现方式永远是不断变化和创新、并拒绝新技术就能操作的表现方式的。

都市区别于乡村的本质在于，它有一种都市"心灵"的存在。这是靠记者所谓客观的眼睛，靠摄像机镜头无法发现的。中国的都市文学之所以不发达，就是缺少真正的都市心灵或精神，和能发现这种心灵或精神的眼睛。今天，都市的新的精神、新的文化语言就像巨大的磁石一样，时时在吸引着农民，同时也使广大农民受到伤害，感到狼狈，而常常诅咒或缄默无语；但当他们开始由农民变成市民时，他们便会渐渐地形成真正的都市体验，眼睛也可能会由开始的贪婪到后来的精明和豁达，许多忧伤和遗憾也会与对都市的爱交织在一起。至于能不能变得朦胧就很难说了。不过，没有一种对都市的真正的爱，就没有对都市的真正的体验和批判，更不可能有真正的都市文学。一种真正的都市经验的获得，是要付出数年乃至数十年生命代价的。当一个新的都市人回到乡村，家乡那没有污染的、纯净的空气令他咳嗽、哮喘的时候，他才可以说开始有些都市的经验了。

三四十年代的上海曾经出现过都市文学的苗头，但都因外在原因而中断。同时，张爱玲的目光太怀旧，而刘呐鸥和穆时英的目光太贪婪，徐纡和无名氏常常见神见鬼。今天也出现了许多所谓的都市文学，但那些"炯炯有神的"目光，总是看到欲望、金钱和那些摄像机也能发现的东西。他们并没有真正表达都市，无论其作品被安上什么样的与都市无关的名目。

二

在当代作家中，张梅是少数有着真正都市体验、并能用自己独特的艺术形式表现出来的作家。这得益于她有一种独特的观察视角，或者说有一双区别于"盲视"和"炯炯有神"的"睡眼惺忪"的眼睛。张梅的视角是散点的而不是焦点的透视方法、它不是批判和诅咒，也不是占有之后的卑微的满足。它适合于瞬息变化、混乱无序的都市；同时它还能将都市的一切充满欲望的事物虚化，交织到市民心灵变化的过程之中。在这样一种都市文化语言的背后，一座都市的忧郁像灰色的雾一样弥漫着。

张梅生长在广州这座远离政治中心且商品气息浓郁的大都市。她无疑有着地道的都市情感方式和生活方式。我敢肯定她很爱这座留下了自己青春激情的城市。她早期曾写过一篇叫《殊路同归》的小说，可以看作是她青春激情的一座方尖碑。但是，这部小说并不是典型的现代都市小说，其中的都市带有浓郁的军事政治城堡性质。一群身份不明的人躲在烟雾缭绕的小酒店（小铁皮屋）里密谋着、争斗着，有点像19世纪中叶巴黎左岸区。他们喝酒、吟诗、争女人，就差没有发动街垒战。值得注意的是小说的后半部，写到了都市的文化和市民的力量、精神的颓废和欲望的膨胀如何像一场雨一样将他们的激情熄灭。小说最后的结局是，这些热情的青年无论以何种方式，都告别了"军事城堡式"的都市，而走进了真正的现代都市，也就是说"战士"变成了市民。我可以断言，这是张梅早期生活的一个总结，也是她新的创作生涯的开始。

张梅后来的小说依然是在写都市；其小说的大多数场景也都在广州，但基调有了很大的变化。她常常以一种独特的笔调写到广州的茶楼和小点心、酒店和菜的名字、花市和花的品种、时装店和名牌服装、老城的骑楼和街道、大排档、夜总会、保龄球、桑拿浴……废话，谁不会写这些？有人在嘀咕。你当然能写这些，但你不能睡眼惺忪地写，你不能以地道的老广州市民的方式写。

你可能是一个暴发的新市民，除了你的住宅区之外，你对一眼望不到边的大都市一无所知；你不知道珠江南面的南面是什么，西关的西面怎么样。你茫然而恐惧，你觉得这座城市时时都会将你吞食，你急于想抓住什么，你离它太近、太实、太功利，你只会睁大贪婪的眼写欲望和金钱，你的写作只是为混乱的都市增添混乱、为都市的欲望加油。

你可能是一个很有学问或很有人文精神的人，你爱睁大批判的眼写乞丐写贫富差别写污染写一切都市的罪恶和痛苦。那是因为你假定了一座没有乞丐没有污染没有贫富差别没有痛苦的都市。于是，你爱写汹涌澎湃的激情，爱写小酒馆里的哭泣；你爱抒情，而不愿叙事。

正因为张梅对现代都市有着深入的体验，她才渐渐地放弃了抒情而学会了叙事，并开始沉着冷静地讲述都市的故事。因为她清楚地知道在商品化的大都市里缺少的不是"激情"，它的下水道里都流着"激情"。她甚至不惜用忧郁、虚无和厌倦来压制那盲目的激情。这种选择的无奈，或许正是她的作品中忧郁情调的根源。她在一篇叫《区别于大众情感的情感》的创作谈中提到：

我的精神状态一直是虚无的。有人说我是散淡，其实更准确地来说是虚无。我有一段时间很希望能像卡夫卡和巴赫金那样地生活，但自知没有他们的旷世才华，像他们那样生活会十分的孤独。而人生每时每刻，世俗的狂欢节夜以继日地在你身边举行，你又如何去抵制这些诱惑呢？

而且当你愈来愈无法抗拒地成熟时，你能遇到和产生的激情就愈来愈少……你又因为激情的破灭而感到无奈……

而一旦回归现实，我就发现写起小说来更得心应手。你在去掉幻想的激情之后，世界正以她的本来面目向你招手。形形色色的人生和欲望以各种形式表现在你面前，当你深入进去，你会感到温暖和生动。

（《作品》1996年第6期）

张梅以一个真正的都市人自居，并认为自己的"思想和生活习惯也是都市化的"，所以，她能在许多人厌恶的、自己也感到郁闷无奈的都市里发现"温暖和生动"的故事。张梅的确越写越好，也越来越机敏。在《老城纪事》（《钟山》1996年第4期）中，她不只是纪实性地写写广州人的饮茶，而是写出了他们的灵魂。在饮茶的态度上，我们可以看出一种古老的民俗在如何暗暗地抵御现代文明的侵蚀。崔健的摇滚、狂风暴雨也不能改变他们的饮茶时间。饮茶中隐含了这座古老城市人的全部激情。他们也因此而没有让商品交换异化冷漠的都市动物。面对污染的灰尘时，许多市民都纷纷去寻找没有灰尘的地方。回来后他们失望地说："那里灰尘是没有的，但其他的也没有。"他们不愿离开这被污染的城市，于是霓虹灯越来越暗，女人的脸越来越黄。"这一切都是灰尘的缘故"。张梅还写了老城区的人对不断地失去的骑楼、青石铺就的街道、花市的迷恋之情；也写了防盗网、房产证等现代文明的产物，如何通过伤害的途径积淀到他们心理经验之中的。心灵的重负对都市居民的压抑，是远远超过环境污染的。在讲述都市故事的过程中，张梅总是极力地控制住自己的情感，并力求将抒情的念头控制在叙事的尺度上（《酒后的爱情观》是很抒情的。那是因为主人公在北方出差时喝了北方的酒的缘故）。《摇摇摆摆的春天》中那一边吹彩泡一边行乞的小男孩消失之后，她写道："那孩子是个神，他制造一个幻景催你醒悟。"这光怪陆离的都市的一切，不是神的显示是什么呢？请千万别用"宿命论"这个怪词来纠缠了！但它无论如何都是对迷途于现代生活的都市人的一种警醒。

三

在文学史上，常常推动着文学思潮、艺术观念、作品文体和语言变化的，就是都市文学。其实，都市在本质上并没有太大的变化，变化的是作家的观念。最初的都市文学迷恋于新奇的事物，并把它作为表达自由的个人主义和材料。19世纪的都市文学把新奇事件当作震惊体验的源头来处理，震惊体验就是对人性的异化，是有人道主义情怀的作家批判的对象。19世纪下半叶出现的自然主义思潮，则对都市的新奇事物放弃价值评判，而追求所谓科学地观察和客观地描写，包括都市里各种离奇事物和欲望。20世纪的都市文学则把都市的新奇和震惊变成一种浓缩的心理经验来表达，并在自我意识的层面上加以夸大，形成了一种与浪漫主义有别的新的拒绝态度。作家们颠来倒去地摆弄着都市，但最终还是在都市这个"如来佛的手掌"里翻跟头。

张梅似乎对这些思潮和流派并不关注。她的写作一直是忠实于自己对都市近距离的体验和远距离的冥想。从《蝴蝶和蜜蜂的舞会》（1990年）到《吃喝玩乐的日子》（1997年，刊《花城》1997年第6期，改名为《随风飘荡的日子》），张梅的写作状态一直比较稳定，写作风格也没有大的改变。尽管这两年有人将她与一批后来者一起列入了"新状态"，但这并不一定说明张梅是一个领潮流的作家，而可能是潮流跟上了她吧。有那么一天，潮流跑得快了，远她而去，我猜想张梅还会这样写作、这样观察、这样体验。这不是我有多高的判断力，而是张梅的都市小说中有了她自己独具风格的视角、语言和观点。这一切都不是做出来的，而是她全部生命的日子和写作的岁月的果实。张梅那些独特的视角、语言风格在《老城纪事》中表现得比较明显。她写道：

老城的上空有一只眼睛。那只智慧的眼睛就常常浮现在晴天时的云朵中。当这只眼睛不满意时，晴空就会下起一场暴雨。王二小时候在自己家的平台上看见过这只眼睛。它当时隐藏在一朵马蹄状的云朵里。当王二看到了它，它也不躲避，甚至和王二对望。王二看到这只眼睛里有些忧愁，而它的忧愁也影响了王二后来的人生观。

王二有一天在茶楼见到一个长着和那只智慧的眼睛一模一样的人，特别是他眼里的忧愁……王二定眼看他，他也不回避，甚至和王二对望。此情此景，都和他小时候在自己家里的平台上发生的情景一样。

如果张梅仅仅是个多愁善感的作家，那也不算独特。但是，她所表达的忧郁与多愁善感无关。我感到张梅的敏锐在于她凭着多年来对都市的体验、观察和写作，发现了都市的瘟疫、有传染性的瘟疫——冷漠！在《爱猫及人》《没有鲜花的恋人》等许多篇章里，她都表达了"冷漠"这个典型的现代都市的主题（这些小说中的人物多是些青年暴发户，而不是那些有着狂热的饮茶习惯的老市民。）

充满欲望的、混乱不堪的都市里的人，常常表现出一种充满才智的狂热、急躁和贪婪。但是，所有这一切都可能被一次通货膨胀，一桩意外的事件掩埋得无影无踪，唯有随之而来的冷漠，像瘟疫一样弥漫着，挥之不去。激情熄灭了的都市人，对一切都熟视无睹，天桥上的乞丐、夜总会的小姐、凶杀、车祸、眼泪……于是，这个一心渴望着现代化都市生活的时代，变得连一点儿"震惊"体验也没有了，剩下的只是冷漠、无聊和厌倦。都市的这种品质，成了张梅那忧郁的小说的布景。

我完全理解张梅为什么常常会突然离开熟悉的都市，去写一个西北高原的神秘故事（《红》，《作品》1996年第3期），或迷恋于记录那保持着古老"女权"遗俗的顺德"自梳女"的生活；为什么常常宁愿去写"吃喝玩乐的日子"，去写狂欢的舞会（她甚至说："许多真正优秀的人是隐藏在卑琐狂荡之下的。"）；为什么面对都市常常既不愿闭眼熟视无睹又不愿睁大眼睛，而保持一种"睡眼惺忪"的姿态。

读了张梅的一本小说集《酒后的爱情观》（作家出版社，1995年12月版），还有一些最近发表在各家杂志的小说之后，我突然好像染上了忧郁症。我又想起了张梅小说《摇摇摆摆的春天》里的那段话，不禁打了一个寒战。都市里的激情与冷漠、善良与罪恶、享乐与折磨，电网一样的立交桥、情人般地向你招手的商品，等等，等等，所有这一切难道真的是神的启动不成？都市或许就是一座倾圮了的"巴别塔"，人与人之间不可能有相通的语言；也许是佛祖幻化出的种种魔障，目的是让人们能借此练习"幻眼法"而醒悟过来。否则，我们便无法解释人们为什么对它恨之入骨又不忍离去，被一种爱极恨极的两端情感折磨终生。

当然，都市是产生作家的摇篮，不要轻易地嚷嚷着要离开、要隐居到深山里或湖边上去。但面对着这无边的诡秘的都市，一位作家的职责也许不是来下判断，而是来做一个见证吧。

张梅：早醒而忧郁的灵魂

黄景忠

　　几年前一个偶然的机会我读到了张梅的《爱猫及人》[1]，便隐隐觉得她的小说有一种特别的韵味。张梅的小说当然是城市小说，而城市小说原是可以有许多写法的，或者像新写实小说那样描摹城市底层民众的艰窘的生存状态，或者像新历史小说那样抓住具有价值的色情和暴力作为小说的叙事焦点，或者学习港台小说，在明争暗斗的商业竞争中穿插男欢女爱的浪漫故事，这些都是很容易得到大众认可的话语方式。而张梅，在我阅读了她大多数的作品之后，便渐渐地觉出了她比较独特的写作姿态：她是把自己孤立于喧哗的人群之外，以忧郁的、微弱的声音去言说掩盖于都市狂欢嘈杂的表象背后的生存之痛，去言说人存在的孤独、脆弱、虚无和对爱和美的盼望。对都市覆没一切的物化表象下灵魂的安顿的关怀，是她的小说一以贯之的主题。

一

张梅是在1988年才开始她的小说创作的。80年代末期写作的《月圆之夜》《摇摇摆摆的春天》《酒店大堂》《少女娜娜》《紫衣裳》《酒后的爱情观》等大致上是她前期较有代表性的作品。其中，《月圆之夜》写知青生活中一个令人伤感的爱情故事：自小父母双亡，善良柔弱的女知青梅丽，爱上了有着同样身世，在知青点四处流浪的阴悒吉他手陈辛。在那个贫困的年代他们谈恋爱、偷情，有了身孕之后茫然无措，最终双双服毒自杀。在早期的小说中，张梅大约是比较偏爱这个短篇的，她曾经说过："我至今还非常喜爱梅里美的作品，他的作品中的宿命和激情滋养了我的少年时代，并影响了我的人生选择。"（2）而《月圆之夜》的写作，特别是那种神秘的氛围和宿命的色彩，显见是得益于梅里美的。但是小说令我震动的是，那种对于爱情的纯粹态度以及在这个爱情悲剧中展现出来的人存在的孤独和脆弱，这一切奠定了张梅早期小说理想主义的主旋律和凄美的基调。在张此后的都市小说中，我们往往可以看到这一情节模式：主人公在与周围世界的对立中，在不被理解的孤清环境里，追寻或者留守着某种纯粹、美好的理想和感情。比如《摇摇摆摆的春天》中的草鸣，她就常常在现实世界处在错位的状况之中，她经常沉溺在自己充满灵性的世界里，在那里她感受到万物灵魂相通的惬意，而一旦回到现实世界，她就会"经常出差错"。还有《酒店大堂》中的"他"和"她"，在都市浮华的背景下显见也是和草鸣一样孤独，他们大约都感受到欲望化和功利化的生活对于心灵的挤压和扭曲，竟然不约而同地浮现了三个光头和尚在山道上背着酒囊唱歌的幻觉，这幻觉暗示着主人公对自由洒脱的生活的潜在欲望。事实上，在张梅这个时期的作品中，大都存在着一个贯穿始终的象征着美好的理想和感情的意象——在《摇摇摆摆的春天》中是吹着七彩泡泡的小乞丐，在《酒店大堂》中是背着酒囊唱歌的三个光头和尚，在《少女娜娜》中，是喂着鸽子的美少年；在《红花瓣》中是象征着纯洁爱情的红花瓣……正是这些牵引着人物去超越现实，追求理想。张梅是写散文起家的，因此初期的小说也就有着散文笔法的痕迹，注意意象的描写就是一个明显的例证。

二

谈及张梅前期的小说创作的时候，我有意地漏掉她1989年创作的中篇小说《殊路同归》。我并不认为它是张梅最为成功的作品，至少它内容的深刻性和艺术表现的稍嫌稚气所形成的反差破坏了小说的整体圆融感，但是这部小说却无疑是张梅创作历程中具有里程碑意义的重要之作，它预示着张梅小说精神走向的转变。关于这部小说内涵的深刻性，邵建有极为准确的描述："它是南方那个最大的城市的精神变迁史，它记录了那个城市从形而上到形而下、从精神到感官、从'教父'到市民、从意志到欲望这样一种无可逆转的沉降过程……"（3）其实张梅记录的不仅是一个城市，也是一个时代的转折史，而且，更为重要的是，她让我们看到，这个时代是如何转折的。作为小说的主角，那一个以"教父"圣德为中心的思想群体，本来是以理想主义者和启蒙者自居，他们之所以要高扬新思想，创办《爱斯基摩人》杂志，"就是为了把理想和文化灌输给市民。"可是一旦他们面对一个全新的商业化时代的到来，而且发现十几年来的思想探索在新时代似乎已无意义和价值之后，他们马上变换角色，"将自己曾经有过的骚动、苦恼和追求交给冥冥"，然后"跨入新一代的行列中：抽三五牌香烟、穿宽身时装、喝可口可乐、跳迪斯科。"在这里我们可以探究到这个时代转折的本质：先是理想和信念的贫困和失败，而一旦理想和信念被消解和失落，人的内心便会走向空洞和虚无，欲望于是乘虚而入。张梅90年代的小说创作表现的正是人在失落了理想和信念之后，如何走向迷惘和虚无，如何在欲望的支配下走向堕落。

这种精神走向首先是从她笔下的人物体现出来的。她笔下的人物，比如《爱猫及人》中的慧芸，《蝴蝶和蜜蜂的晚会》中的萍萍、珊珊和翠翠，《孀居的喜宝》《冬天的大排档》中的沈鱼，《保龄球馆13号线》（4）的那个男人，他们的名字各不相同，却有相同的生存方式和状态，他们不再像张梅早期笔下的人物那样去寻找什么或固守什么，他们无目标也无方向，因而内心呈现空缺和虚无，这种内在的空虚，促使他们在都市浮华背景下寻求外在的热闹、慰藉和刺激；慧芸因为内心的空缺而养猫，因养猫而加入了陈夫人的麻将桌，而爱上了潇洒的皮蛋三。

其实她之爱皮蛋三，只是像猫那样为了寻找依托和慰藉，为了填补内心的空缺，因此她面对皮蛋三，才有了"那我来做你的猫吧"的心理冲动（《爱猫及人》）。萍萍、珊珊和翠翠则是一群自甘堕落的女性，她们成天忙于参与、操办各种各样的舞会，或者化好妆，然后等着男孩子来接她们去游玩、看电影、吃宵夜，与这些男孩子调情甚至主动要求做爱。她们的生存状态不像猫，但像蜜蜂和蝴蝶，"快乐而飘忽"（《蝴蝶和蜜蜂的晚会》）。来到保龄球馆的那个男人显见是来寻求刺激的，似乎对经历的一切包括婚姻都已厌倦，而保龄球对他而言还是陌生的，但打了几个球之后，"他开始对这个玩意感到不再新鲜，厌倦再次袭击他的心头"（《保龄球馆13号线》）……总之，这些都是无所求的都市闲人。他们无所求，因而也可以说是失去生存本质的影像模糊的一伙闲人。

　　游闲者不单无所求，也无所信。比如爱情，在这些人中是不存在爱情的，更不存在梅丽和陈辛的殉情。当灵魂从肉身上失落之后，爱情剩下的就是诱惑和勾引，是欲望的满足。喜宝刚失去丈夫，不久一个健壮而陌生的男人便马上"潜入了她的寂寞"。白萍萍可以把爱从朱力移到萧三身上，又可以从萧三身上重新回到朱力的怀抱，这足以证明她寻找的不是爱情，而是欲望的满足。其实这些人不仅不存在爱情，也不相信友情。《各行其道》中的子美与淑华是好朋友，却背着淑华偷偷约会她的前夫；《蝴蝶与蜜蜂的晚会》中的珊珊竟为了自己的利益把朋友齐靖诱骗给一个男人。游闲者的悲哀也就在这里：因无所求被逐出精神的家园，因无所信又失却了现实的家园，因而他们便只有在孤独和寂寞中自怜自叹。

　　我觉得，张梅在这里言说的是另一生存之痛，不再是前期那种理想受到挤压的"存在之重"，而是人生太空虚无聊，人生的本质太轻飘以至于人无法承受的"存在之轻"。张梅对她笔下人物的空虚和无聊是抱着讥讽的笔调去描写的，但常常又夹杂着理解和同情，夹杂着疑问和困惑，这融注在作品的体验似乎暗示着作家本人的精神也经由着从理想主义而走向虚无的过程，张梅自己就说过："我的精神状况一直是虚无的，有人说我是散淡，其实更准确地来说是虚无。"⁽⁵⁾我想，张梅在这里道出的不仅是自己真实的心态，而且是一代知识分子在这个社会转型期的一种普通精神状态。当早的已然崩溃而新的尚未到来，于是人们

177

在精神上便处于一种无可归依的虚无状态。当然，我觉得还有必要指出的是，张梅骨子里是一个理想主义者——我想这大约是生长在50年代的人几近宿命的限定，而一个骨子里是理想主义者的人是不能长久地忍受虚无的，张梅新近的创作就似乎暗示着这一点，比如去年发表的《这里的冬天》，这部中篇写了一个从内地到广东闯世界的打工妹红，尽管红在生存环境的挤压下常感到苦闷和无奈，尽管红在现实中还找不到出路和方向，但红毕竟不虚无，她有理想，哪怕是关于老板关于丈夫房子的世俗的理想，而正是因为有这理想，她最终才得以守住自己的人格。再比如发表于今年《作品》第1期的《红》和《乌鸦与麻雀》，尽管生存背景仍然是灰色的，但作者让他笔下的人物在生活中顿悟到温情的宝贵，人生也因此有了一丝亮色。张梅骨子里的那种理想主义的特质，使她与更为年轻的韩东们区别开来。而正是基于这种理解，我以为把张梅归入"新状态"似乎不大恰当。

三

在描述了张梅小说的精神走向之后，我想谈谈张梅小说独特的滋味，单独地阅读她的某一篇作品未必能强烈地体会到这种滋味，可是读得越多，你就越能感受到那种从作家生命深处散发出来的，因人生的孤独、脆弱和无常而生发的沉郁和悲凉。这种人生的悲凉感几乎可以说是她的小说的精神标记了。

读过张梅散文的人大致都知道张梅的身世。在《仁爱的母亲》和《清明》[6]这两篇散文中，她伤感地记叙着自己的家庭：11岁那年失去母亲，20岁失去父亲，23岁的时候大姐又去世。人在这样的年龄阶段，是已懂人事了，而心灵却是最为敏感和脆弱的，因而我们就可以想象这接二连三的打击在张梅的心灵留下多么深刻的印痕。这种凄凉的身世感既给她的人生烙下了忧郁的底色，又培养了她对人生悲剧境遇的异常的敏感，催生了她早熟而忧伤的灵魂。因而我们也就不难理解张梅日后的小说为什么总是散发着那种忧郁和悲凉的气息了。

张梅小说的悲凉感首先是源于她人生孤独的体验和言说。在张梅的小说中，"孤独"是一种弥漫性的生存氛围。她几乎所有小说的主人公，不管是男人女人，不管生在偏僻的乡村还是繁华的都市，"孤独"是他们共同的生存体验和生命表征。在她前期的小说中，孤独更多的是因为"现实之家"的残缺和生存环境的挤压。在张梅后期的小说中，孤独不仅因为"现实家园"的残缺，更因为"精神家园"的失落。在"游闲者"那里，现实家园的残缺更多的是体现在夫妻的同床异梦，朋友的互相猜疑，人与人的难以沟通。就如《爱猫及人》中的慧芸，最终觉悟到了："猫儿才是她的朋友"，她与陈夫人、皮蛋三人之间，只有"爱猫及人"罢了。我觉得这最后一笔真是精彩，非常深刻地写出了人与人之间的无法对话，写出了人在这个世界的陌生和孤独。"游闲者"不但在现实找不到家，在精神上也处于无家可归的状态，也就是说，他们不但与世界、与他人隔绝，而且也与自我离弃，这种孤独也就不能不是彻骨的了。总之，在张梅的小说中，我们看到的是一群无"家"的个体生命在都市的空间四处飘游，孤独、苦闷、厌倦、虚无交织成一曲人生的悲剧旋律，张梅的小说也因此散发着忧伤、悲凉的气息。

张梅小说的悲凉感还源于对世事沧桑、人生无常的感悟和言说。张梅写都市的深刻之处，在于以自己忧郁的眼睛，透过都市表层的狂欢景观，透过喧闹的社会生活场景以及人生的底蕴，感悟着人生的脆弱、人生的无常。在《蝴蝶和蜜蜂的晚会》中，我们看到白萍萍们如何在各式各样的游玩中尽情地享受着生命的欢乐，挥霍着过剩的青春，但狂欢之后呢？小说里有这样一段描述：

"一过秋天，我们四人明显地老了。女人的容貌真是一场秋雨一阵凉，一阵时间明艳如花，然后突然就老了，然后又固定一阵子，又突然衰老。就这样一点一点地老下去。"

类似的场景和体验我们在诸如《爱猫及人》《记录》《各行其道》《乌鸦与麻雀》《老城纪事》[7]等小说中可以感受到，作家通过这样的场景所要传达的，是一种喧闹过后的寂寞，繁华过后的凄凉。这可不是一般的容颜易老的感慨，而是作者对于整体人生的深刻感悟，从中我们可以窥见自小已埋葬在张梅心灵深处的沉郁的人生悲凉感。这种悲凉不是浮在作品的表面，而是作为一种"底色"打印在她的每一篇小说之中。

四

读张梅的小说常使我联想起一个意象：水。这首先是因为张梅的小说所采取的是一种主观化的叙述姿态，她一般抛弃那种纯粹描摹事象的客观描写，尽管她后期写得冷静和节制，但是，我们还是能体味到悲凉的感情如水般漫延在她的叙述中。当然，如水的感觉也和张梅的小说叙事结构和节奏有很大的关系。

张梅的小说不太注重故事性，她曾经说自己不太擅长讲故事。她的叙述兴趣和能力体现在对人物心理的描写和场景的描绘上。她善于对女性隐秘的内心世界进行细腻、绵密的描写和铺排，她善于敏锐地捕捉人物微妙的心理和瞬间的感觉，而她对女性独处的场景和氛围的描写也很有创造性。我有时觉得，她不注重故事性情节性是一种策略。可以把我们的心智引向场景和氛围，引向人物的内心世界。这样，张梅的小说的结构大多不是紧张严密的，而是随意松散的，多是在一种平淡、松弛的叙述中展开，我想这与她是以写散文登上文坛有很大关系。

与这种松散随意的结构相联系，张梅小说的叙述节奏大多是叙述平缓的。本来，她的小说主要表现的就是都市"游闲者"闲适的生存状态和虚无的心境，和这种人物心态相协调的就应该是一种平缓的节奏。比如《乌鸦和麻雀》，作者似乎是与主人公沉浸在同样的心境中，写得不急不躁，不厌其烦，而就在作者细致得近乎琐屑的缓慢的叙述中，那种优美、闲散而又冷清的生活场景，那种孤寂、空虚、无聊的心情，便如水般弥漫开来。我有时觉得，张梅的艺术功力恐怕就是体现在这从平淡、琐屑中去写出人性，这与张爱玲的小说有异曲同工之妙。当然，张梅的小说有些因为不避琐屑而显得过于沉闷，这也是事实。

主观化的叙述姿态，松散随意的结构，平缓舒徐的叙述节奏，这一切使张梅的小说散发着南方潮湿的气息，使她的叙述，给人一种如水般舒徐漫延开来的感觉。

我喜欢读张梅的小说。对存在的执着使她常常能透过都市浮华的表层景观去企及人生悲凉的底蕴，而对于人物心理的细腻绵密的描写和从琐屑中写出人性的本领又充分显示了她相当的艺术功力。但她的小说也有缺陷，那就是委婉细腻却缺乏对生活的深广的概括力，这大约是女作家大都会有的弱点，而且这两者又似乎像鱼和熊掌难以兼得。但是在现代文学史上，大凡具有经典意义的女作家，如萧红、张爱玲，又确实既能对人性进行深切细致体察，又能把所描写的女性命运推进到一个时代的大背景中去表现，因而作品读来也就比较厚重。事实上，张梅的个别小说，像《殊路同归》，已能看出她具备这样的潜力，所以，我们有理由期望张梅写出更为深厚的作品来。

注释：

（1）见张梅小说集《酒后的爱情观》，作家出版社1995年版。后面引用张梅作品，未加注释者均出自本小说集。

（2）引自张梅的《区别于大众情感的情感》，此作刊于《作品》1996年第1期。

（3）引自邵建《南都女性"浮世绘"》，该文被收入张梅的《酒后的爱情观》一书中。

（4）该作刊于《人民文学》1995年第1期。

（5）引自张梅的《区别于大众情感的情感》，此作刊于《作品》1996年第1期。

（6）见张梅散文集《此种风情谁解》，上海人民出版社，1995年版。

（7）该作刊于《钟山》1995年第4期。

舒缓语气之中的尖声锐声

——评《成珠楼记忆》

李大鹏

这是一篇很"独特"的小说。

小说没有什么完整的故事，没有那种"发生——发展——高潮——结局"式的情节模式；它的全部故事只是一段抚今追昔的回忆，以三十年前珠珠去成珠楼买鸡仔饼的经历开始，以三十年后的珠珠再去成珠楼作结，广州三十年的历史沧桑呈现在回忆之中。

小说的特色表现在叙述上。虽然是常见的第三人称叙述，叙述人的口气一般是作家，或旁观者，但这篇小说却让读者几乎认定，叙述者就是珠珠本人，至少是一个对"成珠楼"和女主人公珠珠非常熟悉的"知情人"。因为，小说文本中的"记忆"非常个人化，尽管在总体上是一位中年妇女的口气，充满了对女儿的宠爱和对广州三十年沧桑的感慨，但她的某些记忆却是模糊的，例如珠珠父亲的死是什么政治原因，他死前曾受过什么迫害，有怎样的精神状态等等，这些在成年人看来非常重要、绝不可以忽略的事情，"记忆"中却只字未提，而对另一些记忆，却明晰得近乎灿烂——居住地、环境、行走的路线，甚至花草的气息等等，交代得那样清楚，就像讲述昨天刚刚发生的事情。这种口气透露出的信息只能做这样的解释：叙述者当年还是个小女孩，当时还没有某些方面的注意力，孩子的注意力当在她所能理解的事物上。

　　叙述者当年的孩提身份决定了回忆内容的单纯和美好：珠珠在盘福新街旧居大院里的米兰树、紫色的桑葚、在一块玩的小朋友……即使是父亲让珠珠到成珠楼去买鸡仔饼的那一天，她的记忆仍然是美好的世界：和蔼可亲的父亲、干净的空气里飘浮着白兰花的香气、可以当哨吹的凤尾花的花瓣、连新路上的花园和电影院、乖顺的黑猫、小朋友妹头的歌头，等等。所有这些，都闲适地徜徉在平和、舒缓和漫不经心的叙述语气中，这种娓娓道来的语气，与它所勾勒出的一幅童话般的孩子的世界，构成了作品散文诗般的意境美。但就在这种美好与和谐的叙述之中，突然插入了一句话："如果她记起来了……她就不会看到对她影响终生的那骇人的一幕。"使原先美好的叙述立即显出一种要出什么事的凶兆，直到满地的鲜血充满幼小珠珠的眼帘。

　　然而，在叙述口气上，小说并没有出现人们阅读期待中的大波折、大声势，而是只说了一句话，依旧是平和的语气："珠珠的父亲死于割脉。"然而，小说这种看似平和的语气中正包蕴着一个孩子不理解和被惊呆的目光，珠珠美好的童年世界顷刻之间就无声地崩塌了，三十年后珠珠再去成珠楼之前的一声撕心裂肺的叫喊，证实了这种精神创伤的深刻性与严重性。而在珠珠发出这一声叫喊之前和之后，仍是她平和、舒缓口气的叙述。小说的这种叙述语气似乎在说明一句反置过来的旧话："武器的批判，不能代替批判的武器，精神的创伤，必须用精神来弥补。"珠珠内心世界的创伤，并不因广州市容的沧桑巨变而得到平复，它亟需的是心灵上的抚平和宣泄，亟需对极左政治的深入清算，否则，不论过去了三十年还是五十年，珠珠迟早会发出这一声心灵的叫喊，非此不能化解"三十年的郁闷"！无论生活变得多么平静或多么疲惫，也终不能止住感情波澜从心灵深处涌起。小说用了一个譬比，说一个类似珠珠的叫喊送了一个盗贼的命，虽则荒诞，却说明了这种潜在的、感情波澜的力度是何等之可观。这使人不禁想到，"文革"虽然已经过去了近三十年，虽然有过"伤痕文学"，但迄今这一段历史在文学中的依然不能说正得到较充分的反映，甚至在一些人眼里，"文革"几近禁区。难道，文学不该帮助像珠珠这样的人发出一声久滞于心的叫喊吗？

小说叙述上的这一特色，造就了小说的别一种味道——反差。平和、舒缓的讲述语气同所讲述内容的凶险、沉重形成的逻辑性反差，小说叙述的纪实风格与神秘、荒诞效应的反差。这种叙述上的"反差"效应，看似信马由缰而无意识，实际上是作家刻意于此的小说艺术创造。

（李大鹏，天津师范大学文学院教授）

一剪梅

荆　歌

　　周星驰一部电影里的某句话，用在张梅身上是非常的妥帖："很久不见，你还是那么妩媚！"这句话虽然是周星驰的台词，却是戴来提供的。由此可见，张梅的举手投足，都是妩媚的：纤细的手指间夹着香烟，小指头微翘一张张摸着纸牌……甚至喝酒的动作，甚至只是坐在那里发呆。我曾对这位高蹈于文坛的女作家如此评价：张梅的身上，有一种风尘之美。立刻有人纠正，说应该是"风情"，而不是"风尘"。风尘是什么？风尘与女子组合在一起，叫做风尘女子，确实不太好听啊。但我不是这个意思。我的意思是，张梅是一个经历过风雨也见到过彩虹的人。风雨和彩虹，在这个人的身上留下了烙印，使她变得大气，使她的美脱去了艳俗和肤浅。

　　颂扬一个人的外貌，是否正是一种肤浅的表现？如果真是这样，那我就由表及里，改而赞美她的小说。在

185

认识她之前，我居然没有读过她的作品，这真是我作为一个读者的天大疏忽。张梅的小说，有着极高的艺术趣味，有着极精当的叙述，有极度的松弛。读它，我会想起侯孝贤的电影，那种平静底下涌动着大气，那种广阔和舒缓，令人荡气回肠，在文坛上真的是非常难得。世界上有许多好东西，我们不能接触到，那是我们做人的局限；世界上有这样的好小说，我居然从前没有读到，那是我阅读的局限。

到鲁迅文学院参加高级研讨班，这本来是一个很弱智的举动。拿张梅的话来说，都是老江湖了，还能在教室里坐下来学什么东西？只是因为平日里在家待着，也想出去活动活动了，踢踢腿呀，弯弯腰呀，脖子扭扭股股扭扭，正好有这个机会，就上北京玩它个几个月吧。对我来说，是要感谢这个机会的，因为是它让我认识了张梅，并因此走进了她的小说世界。那天深夜，我在房间里读她的《成珠楼记忆》，那是我接触的第一篇张梅的小说。我像是顺着一张奇妙而拙朴的地图，在一个既陌生又熟悉的城市徜徉。又像是牵着一只美人手，轻轻地跟着她走，我很想立即打一个电话给张梅，告诉她我的阅读感受。但是，一看表，已是凌晨3时了。算了，还是别打扰她吧。

一个外表和内心都那么美好的女人，她的身体和作品，构成了张梅这样一个动人的符号。你的小说不主流，也不流行，不会被很多的人注意，但是，它会让一些人感到真正的惊喜。有我这样的读者，你为什么还要抱怨前途无知己？时代再怎么物质化，能开拓人精神新境界的作品，还是像宝石一样尊贵和神奇。

我正在看你的长篇《破碎的激情》，那是一种不绝如缕的华丽而崇高的体验。但愿以后凡是读到你的作品，我都不会失望。但愿以后再见到你，我还是会想起那句周星驰的话：很久不见，你还是那么妖媚！

一条更为宽阔的女性写作道路

——评张梅的创作

黄 莺

一、城市女性

城市是女人的天堂，城市里有专为女人设置的眼花缭乱的时装、目不暇接的金银首饰、五花八门的化妆品，还有女人们宠爱的形态万千的布娃娃。某种意义上可以说，是城市创造了真正的女人（乡村的女人和男人从外表看，穿同样的衣服，干同样的农活，几乎没有任何性别差异）。城市解放了女性，丰富了女性，与此同时，婀娜多姿的女性也装扮了钢筋混凝土堆砌的城市，冷冰冰的城市因为女性而靓丽多彩，因为女性而栩栩如生、朝气蓬勃。风情万种的女人，为城市抹上一层最靓丽的景色，应该说没有城市就没有现代女性，而没有女性也就没有现代城市。

城市与女人，犹如两个孪生姊妹，任何一个高明的作家都无法在作品中让她们骨肉分离，自然张梅也不例外。张梅的小说集《酒后的爱情观》刻画了一群从城市文明高度发达的南方都市——广州——走来的女性，她们年轻不一，风格各异：有"爱猫及人"的少妇慧芸（《爱猫及人》）；有一步步走向城市化的少女——白萍萍、珊珊、齐靖、翠翠（《蝴蝶和蜜蜂的舞会》）；有生活在错觉、幻觉中的敏雨与少女"她"（《错觉》《酒店大堂》）；有心态各异的孀居的喜宝与沈鱼（《孀居的喜宝》《冬天的大排档》）。她们虽然身份、地位、年龄各不相同，但都处于城市浪尖，俨然是城市中女性的"新新人类"。张梅的这部小说集就像一张生活照，把这群女性的日常生活、思维活动、潜意识等等，无论大小巨细，概收眼底，一一定格，从而勾勒出一幅多姿多彩、栩栩如生的都市女性众生相。

城市稻草人

在《酒后的爱情观》中，找不到林白、陈染等女性作家笔下到处弥漫的那种幽闭、怨恨的情绪，女性"私人化写作"中常见的那个与城市格格不入、愤世嫉俗的孤独女性个体，在张梅笔下似乎已为一群尽情歌舞、拥抱世俗的新一代城市女性取而代之。

与陈染、林白笔下女性一意寻求精神支点不同，张梅笔下的女性自豪地宣称："我们都抓住了世界的本质，我们都爱物质文明，我们都不作茧自缚。"（《孀居的喜宝》）的确，她们已经解除了一切传统和现代的束缚，成为一只只嬉戏在城市中的"花翅膀的蝴蝶"（《蝴蝶和蜜蜂的舞会》）。她们穿最时髦的露背时装，享用最新潮的化妆品——"我们常常把胭脂在脸上横着扫竖着扫，我们用蜜丝佛佗牌的定妆粉，用金鱼牌粉条，又用韩国的仙女牌湿粉。"——把自己扮成最美丽的天使，出入城市最高档最繁华的娱乐中心，无拘无束地打牌、喝茶、看电影、吃大餐、开家庭舞会、唱卡拉OK，享受城市中无边无际的快乐：这群都市女性与城市水乳交融，合二为一，发达的物质文明让她们如鱼得水，她们俨然是天才的狂欢族。

徜徉在物质海洋中的城市女性，作为城市的宠儿，她们不仅可以无拘无束享受物质文明，而且还可以肆无忌惮地"否定传统"（《蝴蝶和蜜蜂的舞会》）。爱情、婚姻在她们那里已经不再神圣，她们把爱情当成一种游戏，而且"勇于学习和玩弄爱情游戏，并对这种游戏如痴如醉。"（《蝴蝶和蜜蜂的舞会》）萍萍徘徊在男友朱力与有妇之夫萧三的所谓爱情圈不能自拔；珊珊身边走马灯似地换着各式各样有钱的大款情人；翠翠则使出一切手段勾引男人，甚至连好友萍萍的男友朱力也不放过（《蝴蝶和蜜蜂的舞会》）。她们喜欢男人，但从来不想结婚——"她要结婚了吗？多傻呀。"这些城市女性与19世纪20年代的"自梳女"一样染上了"对婚姻的传染病"（"自梳女"是广东南番顺出现的一大批女性，她们为了逃避公婆的折磨，而把头发盘起来，住在一起，宁愿自食其力在缫丝厂做工，也不愿出嫁。张梅甚至有一篇小说《记录》就是专门写这一独特的女性群体形象的。）但是与"自梳女"拒绝男性的禁欲主义完全相反，她们的身边从来不缺少男人，随心所欲地与男人们跳舞、调情、同居几乎成为她们生活的全部内容，即使哪一天很不幸地结婚了，她们还可以有婚外恋，有情人，《爱猫及人》中的陈夫人就堂而皇之地在屋里藏着一个有钱的情人。婚姻不能锁住她们的欲火，她们可以"结了又离，离了又结"（《记录》），在肉体欲望的享乐方面，她们完全自我放纵：当双勇斥责姐姐太多欲望时，作为姐姐的萍萍甚至反唇相讥："你这个正人君子晚上靠意淫过的吧。"（《蝴蝶和蜜蜂的舞会》）——这种对自我欲望的毫无节制，很难说就是女权主义制造"新女性"的一个标识，但这种性意识的全面苏醒，至少对传统两性欲望关系中的男性中心主义霸权是一种大胆的挑战。

不过，任何事情都是物极必反。当这些女性们在繁华的都市中无拘无束自由狂欢的同时，她们也无法逃避为"否定传统"后的"飘忽"与空虚所捕获的命运，因而，在享乐的间隙中，她们又情不自禁地怀念着往日被她们抛弃已久的人间真情——一向视爱情为游戏的萍萍，在听《罗密欧与朱丽叶》时，竟然"突然醒悟到自己的生活中没有爱情"，并为此"动了感情"，"眼睛开始湿润"，于是小学、高中生活似乎成了真诚、清纯的同义词，她时时回忆"曾是少先队的大队长，喜爱蓝色的天空"的小学时的自我；回忆高中时玉洁冰清的模样；回忆民兵集训时，四个女孩年轻、友好、热情的情景（《蝴蝶和蜜蜂的舞会》）。现代都市女性的生活中似乎只剩下永无休止的爱情游戏，在这种游戏中，她们错过了自己的青春、纯情，但是当她们蓦然回首，顿悟到这一点时，已是物是人非、沧海桑田了。他们俨如被抛出了常人的生活轨道，不断被他人（包括自己）冠之以"女疯子""人渣""寄生虫"等等名号（《蝴蝶和蜜蜂的舞会》《孀居的喜宝》），尽管她们在内心里本能地排斥这种代码，排斥那种爱情游戏式的生活（《蝴蝶和蜜蜂的舞会》），但她们已陷得太深、太深，已经无力回天了，只能抱着"谁能为我们这些不合规范的人找到出路？"的疑问，不断地痛苦、彷徨——她们犹如一个个在丰硕的田野中盛装的稻草人，无穷无尽地享用着大自然的阳光、雨露，但却永远内心空虚、面无表情。

都市求索者

然而，在狂欢的背后，城市留给人们的还有无尽的空虚与寂寞。这份无奈与迷茫在《酒后的爱情观》中无所不在，每个狂欢者醒来似乎都能清清楚楚地感觉到它的存在。

《冬天的大排档》本是一篇灯红酒绿、热气腾腾的都市小说，但出人意料的却是每个人物心理地像乌云一样笼罩了一层寂寞的冷色调，一句"真寂寞呀，我的心都被寂寞淘空了。"被嫖客和一个在大排档喝酒的中年男人反复默念着。守寡的沈鱼、沈鱼的朋友、上司以及沈鱼在大排档中认识的外乡男子，都以不同方式讲着同样一个词："寂寞"。"寂寞"像瘟疫一样传遍城市的角角落落，就连活跃在男人、舞池、酒吧中的狂欢者齐靖，也在情人被抓后感到极度的寂寞——我想一定是寂寞了，因为已经有好久没有想朱力了。（《蝴蝶和蜜蜂的舞会》）

寂寞、空虚的都市女性自我在内心无法找到归宿，便疯狂地把自己交给城市，试图用物质的享受来填补心灵的空白，但美丽的城市却令她们更加失望：城市如一个盛大的舞会，它有着蝴蝶一样美丽的外表，同时又有着蜜蜂蜇人般狠毒的实质，它是"一个五颜六色快乐的大陷阱"（《蝴蝶和蜜蜂的舞会》），在这个陷阱中，每个人都像一个舞者，"女孩子编些很美丽的名字，男孩子造些很高尚的职业。"都不自觉地戴上了假面具，从来不以真面示人，于是人与人之间本应有的真情、友情、爱情统统不见了，取而代之的是隔膜、猜忌、怨恨、算计，在这些争斗之中，人无可避免地逐渐成为一个寂寞无助的孤独个体，城市也逐渐成为冷酷无情的冰窖——怀孕后的燕玲与丈夫离婚后，众叛亲离，生计艰难（《冬季里的燕玲》）；"顾华丽因为憎恨有外遇的丈夫，而袁和平是需要顾华丽的身体和庆丰的钱"，二人联手把庆丰杀死了（《蛛丝马迹》）——在残酷的现实面前，不仅是爱情、友情，就连人的生命都变得不堪一击。

这样，现代都市人一方面面临着一个冷酷而又残忍的外部世界，另一方面则又不得不正对自己一颗孤独寂寞的心，内忧外患令他们无处可逃。然而值得欣慰的是，在这几近绝望的都市人群中，仍然有那样一些女性，对真情、爱情仍然保持着一种执着的热情，尽管对真情的渴盼使她们常常陷入幻觉与错觉之中：《酒店大臣店》的少妇，"她"生活安逸、富足，"无一事须挂心"，但过分安适的生活反而让她感到空虚和无聊，在她的内心深处，掩藏着一些不为人所知的隐秘渴求，于是，在看完电影《得克萨斯州的巴黎》后产生了幻觉："三个背着酒囊拍着手唱歌的光头和尚"，行走在山道上。这种幻觉跟随她经历种种现实生活，华丽的舞会、美味的点心丝毫都不能影响她对三个和尚的牵挂，她常常身临其境般操心三个和尚的冷暖安危——"山道上那三个背着酒囊拍着手唱歌的光头和尚是否要拿一块芭蕉叶来遮住那个聪明绝顶的头颅呢？"；"他穿着草鞋走在雪上不会冷吗？她这么一想，脚底板马上变得冰冷，寒气升上心来。"——一个奢华的酒店大堂因为有这种美丽的幻觉而变得温情脉脉，感人至深。无独有偶，《错觉》中的敏雨认为"错觉是一种很美妙的感觉"，它可以让人把"人生乏味之说看作是一种偏见"，从而在枯燥无味、寂寞无聊的生活中产生"许多想入非非的念头"。敏雨在某个下午把红玫瑰看成深紫色的玫瑰，忧郁的深紫色使她"一时间竟回忆起自己美艳如花的少女时代的种种乐事"。错觉似乎总与某些美好的意象相连，当敏雨把一个穿一件灰色长袖衬衫的男人错觉成一个穿雨衣的男人时，这个男人便为敏雨这个渴盼真爱的大龄女青年带来了一段美好的恋情。但美丽的恋情、忧郁的紫玫瑰都只是一种错觉：穿长袖衬衫的男人只是一个钓色的骗子，紫色玫瑰也只不过是一朵普通的红玫瑰。在现实与错觉的交替处，孤独寂寞的敏雨宁愿生活在虚无缥缈的错觉中，也不愿意女友珠珠揭穿这个骗局，把她拉回到现实中。毕竟，在错觉中她还有美丽的遐想，有难得的爱意与温柔，但在现实中她却一无所有。

世间的温情只能存在于幻觉、错觉中，这似乎是城市人的莫大悲哀。不过弥足珍贵的是，在这个人情、温情已杳若童话的城市，这些现代女性在淡淡的绝望、迷茫之中，似乎又有着某种锲而不舍的追求，她们那看似漫不经心的目光，时常能够穿透令人眼花缭乱的物质表象，回归到心灵的最深处，在那里寂寞地守护住一道似真似幻的情感风景线。尽管她们赖以自慰的是那样的缥缈虚幻，但毕竟她们是在用自己的心灵去捕捉、去追寻着，这对于一个求索者而言，已经足够了。

城市精灵

张梅在小说集《酒后的爱情观》中塑造的女性似乎都有这样一个特点：她们对世界、对生命总是保留着一颗十分敏感的心灵，世界上每一次不经意的生命律动与人生辉煌都会触动她们那根易感的心弦。在她们看来，"世间万物都有灵魂"（《摇摇摆摆的春天》），她们用敏感的心灵与万物的灵魂握手，为冷酷无情的城市、凄凉孤寂的人生守住那最后一抹温情。《摇摇摆摆的春天》中的草鸣是"一个有灵性的女人"，她对世界保持着一种细腻的直感，"她看到春天里到处萌发着生命，丰富的感觉膨胀着她每一个毛细孔"。一个能感悟生命的人，自然会对世界、对任何生物都怀有一份真挚的爱心：天桥上吹泡泡的乞丐、商店里各种各样绿色的裙子、博物馆中古色古香的文物等等无不让她怦然心动、爱不释手。小乞丐"身上的肮脏对比着他脸上的笑容和在明媚的春天里飞扬的七彩泡泡"，让她真实地体会到这个男孩是"一个感到了美和欢乐的生命"。出于一种对美好生命的"崇敬心情"，她感动不已地向丈夫、保姆、同事讲述这份美丽，但无一例外地遭到了嘲笑。敏感的她感到极度的愤怒："难道这个世界就是这个样子，没人体惜……"——现代都市正以它的喧闹驱赶着万物的灵魂，灵魂缺乏的都市只是一片心灵的废墟。为了给这片废墟守住那最后一丝春意，草鸣把小乞丐在天桥上吹泡泡的一幕镶进了油画，它的背景是一座沙漠中久废的城镇。油画存放在美术馆中，给人以永恒的启迪。

如果说草鸣试图用一幅苍凉的油画去为这个精神废墟的城市留一片最后的绿色与温情，那么《爱猫及人》中的慧芸、《酒后的爱情观》中的"她"、《紫衣裳》中的"我"与紫云则以另一种方式为这个城市作最后的守候。《爱猫及人》中的慧芸是一个孤独的少妇，她没有朋友，也不想有朋友，人间真情于她是一片空白。一次偶然的机会，她收养了一只母猫，温顺可人、善解人意的母猫"迷糊"开启了她尘封已久的爱心。"迷糊"产下七只小猫为慧芸带来了极大的快乐，在养大小猫和分送小猫的过程中，慧芸结识了许多意想不到的朋友，并且还有了许多"猫亲戚"——这样，猫以其生命独有的灵性而成为人类"真性情"的启蒙者。在《紫衣裳》中，扮演着同样角色的是美丽的大自然山水风光：它给紫云带来了新生的勇气，给"我"带来了源源不断的诗情。而在《酒后的爱情观》中，"酒"充当了情感的天使：常言道，酒后吐真情，"酒"是过滤虚情假意的最好用具，主人公"她"就是在酒后找到了她渴望已久的爱情，同时也找到了人间的真情。

在张梅看来，这样的女性必犹如都市精灵，她们穿行在都市的尘嚣中，用一颗易感的心去发现和留住城市中仅存的点点温情、滴滴爱意。通过她们，张梅不仅书写了都市女性存在真相，更表达了她对现代都市新女性形象的全部理解和希望。

现代意义上的女性写作自上世纪诞生以来，便一直是名家辈出，但无论是二三十年代的冰心、丁玲，还是90年代的林白、陈染，她们的作品最终似乎都走不出某种固定的模式——冰心的小说避不开泛爱论的主题；林白、陈染的小说离不开憎恶男性社会、幽闭自我的主体倾向。张梅的小说则与此不同，她当然也有自己偏好的主题与题材，但更重要的是，她有着对当下都市女性生存真相的深入了解和体会，因而她能够在《酒后的爱情观》这样一部篇幅并不算长的集子中，刻画出如此之多形形色色的女性形象，呈现出如此众多而丰富的现代女性生活图景。

张梅对现代都市女性生活实感的拥有与表现，在当下的女性写作群体中可能是独一无二的，从这个角度上来说，张梅尽管似乎不是当下女性写作的潮流领导者与风头人物，然而在某种意义上，她的创作却正可以说是暗示了一条也许是更为宽阔的现代女性写作道路。

二、孤独的玫瑰

记不清是哪位哲人曾经这样讲过："一首好诗如一杯酒，给人以热烈与激情；而一篇好散文却是一杯浓茶，让人回味无穷。"好的散文有茶的芳香与清洌，在澄清自己的同时，还给人以一份平静如水的心情。

置身于尘土飞扬、噪音如雷的商业城市，大街上花花绿绿的时装、高档的家具、名牌的小车、豪华的住宅等等，无一不散发出某种诱人的气息，令疲惫不堪的都市人躁动不安而又身心憔悴。在这种物欲横流的天罗地网面前（尤其是置身于像广州这样高度商业化的现代都市），张梅的散文集《木屐声声》无异于夏日炎炎中的一杯清凉茶，不仅清火减热，而且能令人超凡脱俗，沾上一点张梅所独有的"仙气"。

张梅是在广州城长大的纯粹的都市人，"都市"是她创作的总体主题，在用小说传达出她对都市生活印象的同时，张梅还用散文尽情地抒发出她的都市情怀。对都市文明，张梅没有贾平凹、张炜等80年代作家们的那种本能的抵触心理，虽然现代城市生活的快节奏以及机械化，的确是日渐夺去了夏日中悠闲的木屐声、手工炸制的各味各异的油角等等遥远的记忆，虽然怀旧的张梅对此不无遗憾，但是在都市面前，她并未因此而掉入到软弱无力的现代怀乡病中："在你去掉幻想的激情后，世界正如它的本来面目向你招手。形形色色的人生和欲望以各种形式表现在你的面前，当你深入进去，你会感到温暖和生动。"（《区别于大众情感的情感》）对于纷扰的城市生活、对于源源不断的世俗物欲，张梅不是一个刻意强调其"抵抗投降"姿态的"勇士"（这样的"勇士"，在当下混乱的知识分子阵营中，似乎已成为"高尚""洁净"的代名词），相反，她甚至毫不掩饰地亮出了她个人的姿态——"深入进去"：拥抱生活，拥抱这个世俗的社会，这样坦然的姿态，这样坦诚的语言，除了在某些刻意迎合世俗的知识分子那里（这种人的数量在当下似乎正越来越庞大），我们似乎久未见过、听过，然而这也许正是张梅的可贵之处。

不过，在张梅那里，拥抱世俗社会，深入世俗生活，并非意味着被世俗社会所左右，为物俗所拘绊，"君不见，多少人费尽心思去占有一两件价值极为有限的物体，却把眼前活生生的快乐放弃了，不能随意在街上吃美味的小吃；不能买你喜爱的绿头发的布娃娃……新生活在向我们招手，四周是美丽广阔的世界，我们为什么要因为占有去耗费我们的生命呢？"（《拍手无尘》）洒脱、自如、不拘一格、富有个性，这便是张梅的生活，她爱猫、爱旅游、爱沉思、爱品各种风味小吃等等，翻开她的散文集《木屐声声》，不用看内容，仅凭那一份光怪陆离、五颜六色的目录，我们就能看见一个多姿多彩的张梅，正徐步向我们走来：木屐声声、猫趣、初恋情怀、风景、大宁河、贪杯、酒逢知己千杯少、家与汽车……简洁明快、丰富多彩的标题接踵而至，把张梅这个城市女性的情怀装点得春意盎然、栩栩如生，让人感到枯燥窒息的城市生活原来也可以如此生动撩人。

也许正如张梅所说："出口罐头一样的现代人，罐头一样的大小整齐，罐头一样的包装美丽，罐头一样的定价。幼儿园学画画，小学学英语，中学学数学，大学学吸引异性。然后一起崇拜某个歌星影星，穿他们的服装，留一样的发式，然后每个人都在讨论品味。"（《讲什么身世和飘零》）现代都市人已被日益商品化、类同化，很难再在他们中间找到什么称作"个性"的东西：他们人云亦云，"已没多少人肯承认被世俗不屑但确实是属于自己的东西。"然而，张梅却与众不同，在《家务》中，她敢于在众人面前"大大咧咧地说自己经常要买菜煮饭"，尽管"回家之后马上感觉到在男士女士的不屑"，她认为不愿承认或否认自己做家务的女人都是"对娇生惯养有一种幻想，以为是身份的象征"，但恰恰相反这其实是"智商低的表现"，"因为她们所倾慕的女人当中，除了尊贵还有许多特点，例如教养、智慧、幽默，可她们偏偏就看中了富足。"在张梅看来，真正有个性的女性应该是"能够磊落做人说话的女性"，她认为作为一个女性应该有"她的独立和自尊"，"出身由不得我们去选择，相貌由不得我们去选择，际遇由不得我们去选择，但人却是自己的。我们实在没必要去讨好别人，迁就他人的趣味。"（《家务》）。从《木屐声声》中，我们随处都能看出张梅的这一个性。

在为人方面，张梅强调做人的独立，"做女人，大概是应该时时提醒着自己，不要做一件穿在别人身上的衣服。""男人是男人，女人是女人，互相都是独立的人，你要'穿'在别人身上，必然就免不了给'换'掉。"（《女人如衣裳》）为了避免被"换掉"，在《私房钱》一文中，张梅主张女人存私房钱，"那些存了私房钱的男女，其实是不用为金钱而维系着婚姻"。如此一来，男人女人也彼此独立多了。另外，关于女人的独立性，还有一点十分重要：女人在这个世界上天生就被归于一个被看的位置，而男性则理所当然地占据着主动的看者与裁判者位置，在这一方面，女人似乎毫无平等、独立可言。对此，张梅又作出了一个十分新颖的女性主义提议——要求男人化妆。（《说男人化妆》），她认为，女性"对自己的面目进行化妆，把以前"男性对女人的化妆指指点点，或欣赏或不屑"，改成女性对男性的品头论足，把一向作为评判者的男性变成与女性一齐行进的人，世界就公平多了，女性自然独立多了。——这貌似怪谈，其实正反映出张梅对女性处境的真实体认，以及对女性独立人格的吁求。

在个人兴趣上，张梅从来不会因为世俗的任何价值取向而扼杀自己的兴趣爱好。"很多人说，女人不要喝酒、喝酒会失态的，失态就不美丽。"可张梅却偏要喝酒，她认为：喝酒对宣泄很有作用，可以解闷，可以去烦（《贪杯》）；喝酒可以体会"酒逢知己千杯少"的豪情，可以结交真正的知己，可以让自己不再孤单（《酒逢知己千杯少》）；喝酒可以知道生命中的另一种美丽（《关于女人喝酒的格言》）。张梅不仅喝酒，而且还是一个酒中豪杰，为了给老主任"解围"，她一连喝了六杯北京六锅头（《北京六锅头》）；为了解救脸色发青的男人，"我又挺身而出"，连喝八杯啤酒（《海岛上的辉煌》）。女人会喝酒的少，会喝酒，同时又有这种豪侠之气的就更少——会喝，有酒中豪气，同时对酒有多种品味，并且形诸文字多达十多篇的，在当代女作家中，我看除张梅就再无第二者了。张梅应该说是一个品酒大师，她不仅能品出酒中的好味，而且还能在这形形色色的酒中品出不同的文化意味；由绿薄荷酒想到了媚俗，想到了米兰·昆德拉的小说、香港的通俗小说，建国初期文学（《绿薄荷酒》）；由伏特加酒的冷遇想到了它的产地苏联的没落（《伏特加和青柠》）；由红酒想到了故乡的甜酒，由甜酒想到了女人希望的温暖与爱情，想到了终身伴侣（《红酒》）——这样的一位女性，也许会令不少"绅士"大皱眉头、大跌眼镜，然而它却正是张梅真性情的流露。

"真性情"需要"真"的文字。与此相应，在散文创作上，张梅十分注重文章的"真性情"，她把散文视为"表现心灵的所"（《乐趣》），所以读她的散文，就等于读她这个人，她的散文从来不给人以舞文弄墨、矫揉造作的感觉，每篇文章都是出自生活中的点点滴滴，她用一颗超乎于物我之外的"柔软如水的心",感受身边的人情百态,把一些习见不察的生活风景定格成一幅幅韵味无穷、耐人寻味的画面,让人为之心动不已:登山远望,"平淡无奇的城市在我们面前鸦雀无声,就如一幕放大了的无声电影中的一个风景"。(《暴雨将至》)即使是已被人写滥写腻了的童年,当它出现在张梅笔下的时候,依然令人怦然心动:"每当回忆起我的儿童时代,眼前总是出现一张缀满了深绿色苹果的白底的棉布被面,然后就出现母亲坐在床沿上,右手的无名指带着一只铜做的顶针缝被子的情形(《棉布和花鞋》)。"而都市中不经意间的一瞥,有时也让人"感觉真好":"有一天坐着出租车走过二环路,一树一树的桃红色的榆叶梅开着一簇簇的花在窗两旁飞驰而过,而阳光透过车窗照在你的脸上,你就在异地的鲜花和阳光中打盹,那种感觉真好呀"。(《花季》)。这些看似平淡无奇的画面,似乎随处可见,但唯有以这样一种平静的心态把它呈现在你面前,让人在细细地品味之后,你才会恍然大悟:原来生活中并非没有美,而只是因为我们太不经意、太行色匆匆,或者是太缺少那种柔软如水的诗一样的情怀。

如果要给张梅的这本《木屐声声》归类的话,似乎确实有点为难,什么"小女人散文""文化散文",统统都与它相距遥远。这些散文每篇都从不同的侧面写着同一个人——张梅,而在城市同一化的背景下,偏偏张梅又是如此一个富有个性、充满热情的女性,面对如此生动的"这一个",怎么可能、又怎么忍心把她归类,让她类型化呢?如果真的要给她命名的话,我看不如借用她的《孤独的玫瑰》中的一段话:"再没有比一株孤独的玫瑰更能体现我对生命的感受了,如此艳丽,如此孤独,如此短暂。"张梅和她的散文,就是这朵艳丽无比同时又孤独无比的玫瑰。

三、"垮掉的一代"

每个人都有一段属于自己的最珍贵的记忆,历史许许多多的辉煌片段,对这些人生记忆和历史片段的反复咀嚼便构成了怀旧——而这似乎是每个时代、每个人的通病。站在世界末的高地,在世纪老人凝重而又迟缓地回首凝眸的一瞬,逝去不久的80年代无疑是一个这样会让许多人去怀旧的时代——在今天的视野中,那是一个激动人心的激情时代,它在文化上的狂放不羁至今仍令人怀念不已——谁会忘记崔健的摇滚，如此铿锵有力、义无反顾而又带着令人感伤的个人英雄主义色彩，就像北岛的诗一样；谁又能忘记先锋小说那淋漓尽致的叙事狂欢，赛跑般的创新与形式探索，每一个从那个时代过来的读者，谁不曾感受过它所带来的那一份震惊？还有那花样翻新、层出不穷、想象离奇的行为艺术，以种种骇人听闻的革命手段逼迫我们重新改变对世界的理解，重新书写现实的概念……那个时代，思想者的持重与时不我待的危机感写在每个人的脸上，拒绝平庸、张扬个性、反抗传统的种种讨论遍布在大小城市的角角落落，就连空气中都漂浮着哲学的气味。

那个时代的过来者——尤其是青年——都无一例外地在他们的记忆中留下了最闪亮的一笔，张梅自然也不例外，在她的长篇小说《破碎的激情》的第一部"殊途同归"中，就有着这种青年的群像：

当时，集结在《爱斯基摩人》杂志周围的男女撰稿人都是广州一些追求先进思想的青年。他们多是刚从十年灾难中走出来，社会随随便便给他们安排了一个不称心的工作。他们当中有工人、小学教师、车间检验员、银行小职员、秘书，等等。他们有许多理想和愿望没有实现，而又热衷于理想，他们急需一个地方说话和施展才能……

小说主人公圣德主持的《爱斯基摩人》杂志成为这群思想激进青年的圣殿：

《爱斯基摩人》杂志的撰稿人每月集中一次，地点本来就是在铁皮屋外的那块空地，可后来撰稿人愈来愈多，有的撰稿人还带来了新人谒见圣德，最后的一次连围墙外面的马路也站满了人，使当街道居委会主任的屋主十分恼火。

规模宏大的聚会，激动人心的演讲，让无数"爱斯基摩人"激情澎湃，欢欣鼓舞：这无疑是激情时代（80年代）随处可见的情景——它们在物质至上金钱第一的90年代，成为弥足珍贵的记忆。从这个意义来说，张梅的这一小说与其说是对激情时代的一次恋恋不舍的追忆，莫如说更像是对它的一份挽悼，一份献祭。

正由于有这一深层主体创作心理，小说对90年代文化的描写便具有了另一种深刻的含义。这是个崇尚务实的时代，在消费时尚与官能享受的刺激下，80年代为真理争得面红耳赤的表情，已被一层闪闪发光的金属色所代替——这种冷冰冰的金属色，似乎是某种幸福的象征，然而却随时给人以一种拒人千里之外的冷漠感。在《破碎的激情》中，对这种人际冷漠症有着深刻的描写：米兰在黛玲的美容院上班，但整个美容院竟然没有一个人知道米兰的地址——在这里，每个人都以冷漠的表情为自己装上了一张"安全"的"防盗网"，从而自觉地为人际交往制造了一堵冰冷的墙，于是，所有的人都只需按着金钱社会的游戏规则，在自己的轨迹上不断地机械运行即可：开公关公司、做美容院老板、给酒店打工、傍大款、做二奶等等。尽管他们来自80年代，但那一时代的文化象征——自我、主体、理想批判、人文情怀等等，则早已被弃如敝履；标新立异、鄙弃世俗、展示个性等等80年代的个体主义特征，已变为千篇一律的言谈、千人一面的表情，以及更为致命的千人一致的价值选择：男人无论成功与否，名片上一律印的是"经理"；漂亮的女士如果发了财，肯定在做二奶；就连公关大赛中的佼佼者"短脖子女孩"——这样一个"优秀者"，与其他人一起接见贵宾时，也情不自禁地成为一个"与别人有同样笑容的没有标志的人"。面对这个时代金钱、名利的诱惑，现代都市人争先恐后地抛弃自己的独异个性——如果这能使他们获得成功、跟上时尚的话。这似乎已成为一种城市病，于是，我们便看到，行走在大街小巷的都是一些面部表情一致的"卡通人"，就连外国人在参观中国幼儿园时，看到的也都是"整齐的、可怕的、成人的、统一的笑容"。

这种时代文化特征的转换已经暗示了某种精神危机，丰富的感官消费与富裕的物质生活并不能保证生存意义的同样充盈，对有着80年代文化经验记忆的"爱斯基摩人"来说，尤其如此。这是一群对时代新潮非常敏感的一群青年，对90年代这一新时代的冲击，他们积极予以回应：在领袖人物圣德"更新自己、重新人生"的号召下，他们以无比的热情投入了新角色，成为物质世界的弄潮儿：圣德成了名噪一时的"蓝箭公关学会"的会长；黛玲凭着她的美貌成了腰缠万贯的美容院老板；莫名则摇身一变，成为靠有钱女人生活的花花公子……在金钱与物质的海洋中，他们是当之无愧的佼佼者：开公司、洗桑拿、泡酒吧、吃大餐、做美容，无所不能。然而，这种意义匮乏的物质刺激在最初的兴奋过去后，很快就让他们陷入了一种极度的虚无与烦躁之中。在官能消费的漩涡中，他们逐渐成为一个丧失了本己感知、身不由己的木偶，变得迷茫。回望来处，那些象征着激情时代的意象——《爱斯基摩人》杂志、江南小曲《茉莉花》、铁皮屋的灯光（又名"延安窑洞的灯光"）、木偶剧等，早已烟消云散、不知踪，留下来的是花花绿绿的杂志和解构一切永恒的思想——"不在乎天长地久，只在乎曾经拥有。"他们所曾经执着的价值如今早已是明日黄花："现实社会中的一切标准都以飞快的速度改变着"，这种相对主义最后带来的必然是一片意义的荒原。于是，在随波逐流的空虚中，怀旧变得不可避免，似乎只有往日的那些激情的回忆，才能让这群"爱斯基摩人"维持仅有的对生命的热度，重温意义丰盈的生存。他们怀念80年代的激情昂扬、意气风发，但又无法改变当下的虚无与贫乏——无论多么努力，多么执着，他们寻找和拼凑的都只是一些激情的碎片——他们只能在回忆与现实的裂缝之中，无法自拔，从而成为永远无法救赎的"垮掉的一代"。

主人公圣德便是个这样具有某种悲剧意味的典型。这是个对激情时代念念不忘的人：在身兼广州十大杰出青年、青年企业家、广州市蓝箭公司经理等多个头衔后，他坚持的依然是"永恒地对社会不满，永恒地抗争现实"。这或许是个喧闹市当中不无怪异的清醒的思想者，在这个流俗的时代，他依然以某种英雄的姿态去对抗世俗，这注定了他的悲剧之所在：为了重新唤醒、唤回曾有过的追随者，他四处演讲、四处呼吁，但一次次耗尽生命与激情的讲演，换取的却是极具调整意味的"另一个流派的歌星"效应。商人们甚至把圣德一句富有哲理的讲演词（"我们的生活是浓缩的。我们用了十年，就走完了西方一百年的心路历程"），改成具有商业价值的广告词（"为什么我们十年就走完了别人一百年的路，因为我们有了某某某移动电话。"）；而年轻一点的学生则只欢迎圣德讲"关于目前男人'包二奶'的笑话和联系工作实际的'企业文化'"——这就是市场的文化逻辑：它将一切存在物——包括思想——无情地转换成为商品，从而泯灭其内在的文化个性、文化深度和文化批判力。这种无人喝彩却又一意孤行的救世主精神，让圣德苦闷彷徨、孤立无援。

小说中的另一个人物黛玲，与圣德似乎有几分相似：在她的身上，留下了激情时代深深的烙印，因而这是一个离不开激情的女人，甚至只有激情的生活才能延续她的美貌，波澜不惊的枯燥生活则可能让她痛苦和绝望；即使她在物质时代的奋斗，也与此有关——与她的美容院老板生涯相伴的不是养尊处优，而是一系列寻找激情与制造激情的冒险：在男人身上、在贵妇人的角色里、在旧日的回忆中、在女作家的读书声中，她像一头嗅觉灵敏的猎犬、不断地搜寻着激情的踪迹。然而，在非激情时代，激情稍纵即逝；而为了延续生命、甚至哪怕是为了保住美貌，黛玲也只能不知疲倦而又机械地拾掇着这些激情的碎片。这注定了黛玲必然的悲剧结局：激情的碎片又如何能栖身呢？最终，她只能在一片永无休止的琴声中疯去，与另一个"爱斯基摩人"米兰走上了同一条路。这在圣德看来，并没有什么值得惊讶的，因为在这个疯狂的拜金时代，"确切地来说，我们所有人都处于半疯癫状态"。

莫名则是另外一类人物：这是一个热爱现实生活的享乐主义者，为了能够经常出入高级消费场所，享受高级物质待遇，他不惜付出生活激情的"以身相许"，靠有钱的贵妇人生活。然而就是这样一个几乎失去任何生命激情的"爱斯基摩人"，也依然无法坦然地面对往日的那份记忆，无法拒绝那面挂在变形的90年代面前的象征着激情时代的镜子。他在自我逃避和自我麻醉中生活，故意不去回忆，但内心深处那无法排遣的痛苦与失落，却常常令他惘然不已。

最后，值得一提的是，《破碎的激情》中运用了许多超现实主义的手法，这些几近怪诞的超现实现景，就像海滩中美丽的贝壳一样，在张梅的这部小说中随处可见：黛玲额头上那块象征着激情与美貌的紫色唇印；米兰邂逅保罗时，那富有戏剧性的一幕；下班高峰期，保罗在马路上与司机们一起跳热情的桑巴舞；女作家口吐黑血怒吼出来的一句"我们是垮掉的一代！"顿时响彻了整个广州城……面对这些一反张梅以往的创作风格的离奇且富有幻想的细节，我们怎么能不肯定它们就是张梅在写作中寻找"激情"的另一表现形式呢？

张梅真不简单

戴洪龄

　　认识张梅是我在上世纪最后几天的一个意想不到的收获。在认识张梅之前，我就读过她不少的作品，在《花城》杂志上。我对广东生活的印象，来自两位南国的张性作家，一个是张梅，一个是张欣。张欣给了我许多关于广州与广州人的生活故事。那些故事多是线性的，有头有尾很好看。

　　我印象里的张梅，以为是一个很新潮很年轻的南国女子。她的小说也都是呈现广州的当代生活。她描绘出了80年代改革开放以来的广州的真实生活状态。这种生活状态就不只是一些线性的故事了。在张梅的小说里，通过那些在行为上、灵魂上放逐自己的现代人，让我更具体更真切领略到当代人是以怎样的心态、怎样的观念，投身到正在变革中的现实生活里的。对这一时期的当下生活，张梅有自己独特的发现和表达。她在呈现种种繁荣时，能把表相后面的东西，也给你清醒地呈现出来。

在哈尔滨见到的张梅，虽然年轻漂亮，却是一个大个子，身高一米七二，说起来她还打过篮球的，绝非南国女子娇小玲珑的模样，也不是亚热带型的长相。她抽烟，抽的不多，却是很凶的外烟；也能喝酒，自称敢死队；谈吐有孩子般的率真。再想到她的小说竟有别人所不能有的深刻，这就使我对她大感兴趣了。这个张梅到底是怎样的一个人呢？

跟她有了接触以后，我说起她一身看起来总是满不在乎懒洋洋的雍容气质，像是从宫廷出来的，像是一个很古典的人，怎么小说写得很现代？她就笑了。

在谈到小说的时候，我们很谈得来。有许多一致叫好的小说，我只读过作品，却不认得作者；而张梅多半都认识。后来，张梅给了我一本她的小说集子《这里的天空》。

这本书是由小说选刊编辑部选编的"名家三连发"，共收入当代比较有名的十多位的作家的作品。张梅的集子收入了《蝴蝶和蜜蜂的舞会》《这里的天空》《随风飘荡的日子》三个中篇小说。

这三个中篇都写了广州当下的生活。

用文学作品关注当下生活是不容易的。如果写过去的事，可以任由你胡编乱造。写当下生活的作品就难以蒙人。因为写得是不是那回事，写得真不真、像不像，人家一看就知道。

读张梅的小说，总使我想到她本人。在改革开放搞起来的这二十多年，面对不断涌进的五光十色的新生活，像她这样年龄的年轻人，正好无所顾忌地、全方位地投入进去。广州又紧邻香港，又是国内最先开放改革的地区，从那里涌进来的新生活，是以新潮的衣服、发式、化妆品、邓丽君的歌，各种各样的舞会，还有全民性的经商做生意，及大大小小的超市和更为随意开放的择偶观、婚恋观、贞操观、金钱观等一系列不同于以往的令人眼花缭乱的生活方式为标志的。这股开放进来的潮流很强大，有力地冲击了过去那种死气沉沉、千篇一律、毫无个性的生活方式，这也使许多过去的传统观念和生活方式，在新涌进的潮流面前，一下子失去了抵御的能力，甚至迷失了方向。我们的生活就这样迅速地从计划经济时代跨入到消费时代。

写小说的张梅对这一切看得很明白。她之所以能在小说里表达这一切，确是因为她对这样的商品经济和消费时代的生活是熟悉的。这并不奇怪。你若想在小说里寻找到进入当代生活的门户，那么你必须在现实生活中成为当代和当代生活这个门户里的人。

对于这样的生活现状，张梅小说的叙述里布满了清醒的讽刺和批判性的评点，这就完全不同于那种迎合商业化炒作的媚俗姿态的小说了。

张梅用小说告诉我们，人是没有力量从根本上来对付生活变幻的，只能被生活的巨流裹挟着，顺应潮流。在生活的潮流面前，人是渺小的，生活也无理智可言，充满了荒谬感。小说的现代性就是从这些内容这种生活的实质性的层面上透出来的。这样，小说在表现现代人的境况时，就不是一般地状写现实，而有了人文的哲理和深度。张梅的小说里有不少富于哲理的语言。比如"婴儿和外婆的宁静都带有哲学味道。婴儿期待未来，外婆期待来世。"这些富有哲理的语言，表达得十分自如恰当，绝不故作深刻。更难以想象的是，这些哲理是从一个看起来经常是懒洋洋的，有时像被人宠坏的贵妇人，有时又像个天真任性的大孩子似的张梅的笔下写出来的。张梅这人怎么看都不哲学的，可她的小说里愣是有哲理，而且表现得恰到好处。

我很赞叹张梅关注生活的能力和展示生活的能力，这是当一个好作家首要的条件。在她的小说中，"我"的表达欲望很是突出。这个"我"常常是叙述人，又是小说中的角色。作为叙述人，她表达了作家的主体意志；作为小说中的一个具体人物，她又游离于主体叙事。这样"我"在表达时就十分随意，恰好把她小说里那种当下生活的多彩多姿与人物内心的微妙复杂全部和盘托出了。

张梅写小说，看起来清澈如水。她写得很顺，她不作过多的时空切割。她的叙述是干干净净的，好像没有什么曲折波澜，不惊不乍而是一泻千里似的。但读后细品，却深感张梅实际上是很注重小说技法的。比如那篇《蝴蝶和蜜蜂的舞会》在结局那一段，一下子回复到前面第一次参加舞会时的情景里，读后直觉意味深长。这样写，既强调了六年里他们这些人的生活变化之大，并把从前与现在的生活作了对照又混合成一体，呈现出一种如音乐般的回环覆沓的节奏感。

张梅写小说，还常常会把现实生活与幻想、幻景融成一体。李陀在评她的长篇小说《破碎的激情》时就指出，说她可能对超现实主义的东西更有兴趣。超现实主义的小说叙述，会把现实生活之外的一般逻辑所不能理解的怪事、形形色色的荒诞不经的念头和小说里的人物故事纠缠在一起。不过在张梅的小说里，总是能把幻觉与现实处理得很清晰，很清晰地混合在一起，而不是让人读后云里雾里一片混乱。在《这里的天空》里，红在路上、在车子的晃动中所产生的幻听幻觉，在小餐店昏暗灯光下的幻想幻觉，其实都加强着现实与想象之间的差距，加强着现实对人的压抑，也把人的欲望放得更大了。张梅小说里的幻想幻觉，也是人物的主观意志的延伸和扩张。这种手法的艺术效果是很鲜明的，它让本来平平淡淡的人与事，一下子变得不平淡了。用李陀的话来说，这种似真似幻的写法"使小说有了诗意，给叙述带来一种抒情散文的格调，还使故事获得了一种梦一样的气质。"

每个作家都有自己的语言特色，也有他们自己独特的使用语言的方式。张梅也不例外。张梅的语言是以口语为主。因而在文字上她是不修饰的。读她的小说，我的感觉就像听到她正在用普通话与人交谈讲述一样。她用她的笔墨使语言具有生活的魔力，她把语言转化为具有自己创作特色的工具。

也许因为张梅写小说起步较晚，那时各种新潮、先锋的尝试已经为后来的小说提供了许多有益的经验，张梅的创作是在这样的基础上开始的，这使她一出手就有了一个比较高的起点。但她没有玩任何形式游戏和语言游戏，从结构和语言上来看，她是写得比较随意比较自如的，流畅好读。但她用她的小说关注现代生活。她拥有一个独特的创作领域。李陀对她的评价是"张梅尝试以一种有她自己特色和创造的超现实主义写作介入社会现实。使文学和当代社会变迁发生关联。"我不知道那种把现实和幻觉浑然一体的写法就可以叫作超现实主义，但张梅的创作，就其内容来说，她的确是密切关注当代社会变迁的。她鲜活地写出了当下的生活。这是80年代以来广州地区开放改革后的生活和现实，她也写出了活跃在这种以商品经济为标志的现代生活里的形形色色最富代表性的人物。在这些方面，张梅真不简单。也可说是难能可贵。

真实的快乐与悲凉

陈志红

我拿到张梅这叠似乎漫不经心地从各类报刊剪裁下来的稿件时，已是潮湿的南方早春的午夜。然后我们在这个城市的日夜闪烁的霓虹灯的光影下挥手告别。张梅高挑的身影在雨幕中渐渐隐去，那情形很像某一类古典影片中的经典镜头。这类镜头通常是用来述说那些已经过去了的年代和过去的人，那气息是古老而又浪漫的。

然而那只是张梅的背影，欣赏一个人的背影需要心境和时间。而我们现在大多是来去匆匆。我们匆匆地与很多人会面，匆匆地与很多事情相遇，所有的感觉，几乎都是一闪即逝，难以积淀，难以停泊。我们经常像一群傻呵呵的赶路人，眼中只有目的而忽略了路旁撩人的景象和一个又一个不可能再重复的过程。我们开始变得粗糙，从感觉到心灵。

这个时候，张梅优雅地转过身来，为我们捧出了这堆闪耀着灯红酒绿的文字。瞧瞧张梅给她这堆文字所起的每一个色香味俱全的标题吧。那就是环绕着我们的一部分生活。快乐、忧郁、悲情而感伤，有点儿醉生梦死，有点儿伤春悲秋，在对最世俗的生活描述中，我们读到了我们的处境，读到了那种可以被称之为"心情"的东西。

在朋友中间，张梅大致是快活的。极少见到她皱着眉头闷闷不乐的样子。但她会在众多很喧嚣的时候燃起一支烟发呆，说好听点便是隐入某种沉思。她的眼睛在那一瞬间是定格的。当然，这种时候往往很短，短到几乎可以忽略不计，起码在众人眼里那不是张梅的主要风格。

我想，这本集子在很大程度上是那种定格的产物。我们通常以一种漫不经心的态度对待我们的正常生活，我们看着日子和事情像流水一样在我们身边潺潺而过，很多时候我们无动于衷。我们不仅粗糙，我们同时还冷漠和淡然。

这个时候，张梅便开始用一种温润的笔调给我们讲故事，讲一个几乎随处可见的场景。在我们看来几乎不值一提的地方，在张梅手里变得生动可爱、情趣盎然。她是如此不嫌弃地、温情而又细致地注视着、抚摸着这个说不上有多么好也说不上有多么不好的世界。她的脱俗在于她的平常心。那是一个常被我们挂在嘴上而又多么不容易达到的境界。我们常常挖空心思去寻找美丽和诗意。现在，张梅用她的锦绣文字把一个如此浅显的事实告诉我们，美丽的诗意就在你我身边。

我们曾经有过容易受感动的岁月。但偏偏也是岁月这种东西，让我们渐渐地变得心硬如铁。张梅的文字，让我们的心再度变得柔软，让我们产生一种拥抱和抚摸的欲望，请原谅我在这儿采用了这么一个很不中性的词语。如果不是一种热爱和迷恋，张梅又怎么能够将我们习以为常的世界写得如此质感和动人！在依然寒冷的南方早春的午夜，在温暖柔和的灯光下捧读这些文字，听着窗外的风声雨声，我突然想到了"感恩"这个字眼。

是的，感恩。这个多少带有一点宗教色彩的字眼，大概可以解释张梅的这种热爱和迷恋。当我们被上帝无意中放逐到人世，我们便也同时进入了一种无可选择的宿命之中。过去和未来是那样地遥不可及，我们能够亲身体验和品味的，只有今天，今天，无论是灿烂还是平淡，无论是幸福还是苦难，都将烟云飘然而去，但是我们毕竟经历过，付出过，享受过，承担过，我们有幸品尝生活的酸甜苦辣、五光十色，我们有权倾泻我们的许多不满以至怨愤，但若对我们所经验过的世界常怀感恩之情，便见出了一个人不同寻常的质地和品味。

当然这种感恩之情并非张梅这类文字唯一的角度和情感取向，否则张梅便不会为她的这本集子起一个如此忧郁伤感到近于煽情的书名。这样一个书名以及由此可能产生的联想，都几乎不可能与快乐有关。然而这几乎又是一本以快乐至上的书。读这本书，你不必担心自己会痛苦，但你却时时能感受到一种无言的忧伤，它透过无数热闹繁华的场景一次次地、既柔软又顽强地撞击着你的心房，在所有的快乐后面隐藏着的，是一种真正的悲凉。正是源于一种对未来日子的预感，张梅一再地教导我们，热爱生活吧，因为生活总有一天要离我们而远去，到那一天，即使是痛苦和忧伤，也将不复存在。

在一个朋友相聚热闹场合，张梅突发奇问："到我老了，你们还会请我吃饭吗？"顿时笑倒一桌人。笑完之后终于发现这的确是一个问题。然而这个问题与请不请吃饭基本无关。

张梅在一篇关于自己创作的文章中有这样一段话：

"我热爱世间上一切美好的东西：阳光、鲜花、音乐、舞蹈乃至少女的缎子般的黑发。而我害怕孤独。每当我想到年老的自己独坐在冰冷的床沿上，看着窗外永远不会衰老的阳光，心就一点点地冷下去……作为过程的生命真令人感到心寒。"

这段令人心悸的话大致可以被视为张梅几乎所有作品的基本底色，我如此认为。这个物质时代的骨子里的悲观主义者，在快乐地拥抱这个世界的同时，留给我们的是那样一个残酷的悖论。快乐是真实的，悲观也是真实的。我们所有的人，都将在这样的悖论之中继续地生存下去。当我们深切地了解到我们真实的生存状况和我们的前景之后，我们或许才能真正理解张梅这些文字的力量，才能感觉到在清澈的水面下，涌动着的是怎样一股潜流。

也许我们不必杞人忧天。所有的欢乐或者痛苦，也许早在前世已经注定，我们所能做到的，就是尽情地领略或享受它。就像现在，在南方的淅淅沥沥的雨季里，在你的卧室柔和的灯光下，细读张梅不经意写出的《此物最伤情》。

雨季过去之后，就是夏天了。

我读张梅的《殊路同归》

石　娃

八年前的春天，就像小说《殊路同归》上说的，是个满街满巷飘荡着夹竹桃气息的日子。我们参加完一个文学讨论会，小说里的"圣德"和一个女孩约我到酒馆喝酒。那女孩是张梅。初次见面，闲聊间方知她与我竟为近邻，步行往来不过三五分钟。

当时的张梅是机床厂描图工，我则在偏远的军工厂当文化教员。我们都缺乏可抒发胸臆、激扬文字的环境，没有顺乎潮流地进入大学，注定了我们当时的风华、蓬勃与敏感只是加倍地孤独。于是我们便常常互相叩响对方的门。或白天，或夜晚，或穿着短裤，或趿着拖鞋，很无奈的样子。我们谈小说，谈电影，谈服装，谈男人女人。我们这时的生活里，没有爱情。

贯穿小说《殊路同归》中的《爱斯基摩人》杂志的原型，远不如张梅想象的生动，它的名字平淡、直接——《青年文学》。70年代末、80年代初，伤痕文学、知青文学在文坛大行其道，它就像一片阳光下的沼泽地，沉重、凄迷。正当许多人伴随这股文学潮流对以往进行无休止唠叨、反省时，《青年文学》却以另一种激情、冲动出现。一如这本薄薄的册子，这股冲动的力量很单薄，但它的尖锐、它的情绪却感染了很多彷徨、迷茫的青年。它很快成了大学这一当时很具代表意义外的另一颇具代表意义的社会团体中心。年轻人借着它讨论外地的舒婷、北岛，讨论广东杨小彦的《孤岛》，讨论美国的艾伦·金斯堡、冯尼格，法国的加缪。这些作品所散发的气质迎合了他们的犹豫、焦虑、愤怒和绝望情绪。而那时的我们又都朦胧意识到：对于文学如此狂热地讨论、争执已经是一种形式，事实上，我们所争论的是我们所处时代的思想和文化动向。因为这时西方现代派文学、西方学术思潮的大量渗入，以及广东人对外界信息接纳的直接性，都使我们认识世界、认识历史、认识人类自身的视觉从一点瞬间拉成一个广阔的面。青年人开始审度的是这之前我们所有的情感、意识和态度。这实际上是对固有文化的一次挑战。张梅小说《殊路同归》中的圣德、子辛、莫名等人物均出自《青年文学》周围最彻底、最激进、最怪癖的一群。他们中有的正在大学研读西方哲学，有的纯粹浪人一个。圣德、子辛、莫名们总以一副放荡不羁，忘乎所以、狂热迷乱、萎靡不振的面目出现。除了文学、音乐，他们公开狂热地迷恋酒、性和污秽语言。这种常人视为嬉皮垮掉，堕落粗俗，毫无社会责任感的言行却恰恰隐含着他们对传统意识、情感、态度、道德、虚伪迫不及待的蔑视和破坏。

记得认识张梅时，《青年文学》的方方框框已开始动摇。偶尔读过她的诗和小说稿，还挺稚嫩，可贵的是，这么些年来，当时许多已小有名气的作者都掷笔改弦易辙了，唯张梅对文学始终孜孜不倦，并写下了深刻、生动的《殊路同归》。我以为，一些朋友对《殊路同归》作出的晦涩难懂、才气横溢、都市味浓等评价都显得偏狭和浅显。小说《殊路同归》的可贵之处在于它记录了一段历史，生动反映了80年代初青年们面对新经验方式、新意识、新情感所产生的种种复杂、微妙心态和悖于常规的行为方式。而当一个充斥着可口可乐、广告海报、出国护照的全新时代接踵到来时，这些"历年经执"的年轻人又是如何面临江河日下，被弃之一旁、淘汰出局的可能，最终又都殊路同归于一个现实、冷静、漠然世界的心路历程。作为一个女作者，能在作品中如此大角度、大气度地把握一个时代，这在广东文坛近十年，乃至近几十年几乎寥寥无几。张梅自认为小说是对她三十年生活最彻底的总结和提炼。这或许是小说何以读来柔韧自如，回肠荡气的根本。

小说《殊路同归》发表后，就其意义和成绩，似乎还未引起文学界的重视。这使我联想到张梅那略带传奇色彩的坎坷身世，做人的简单、无所谓和对名利的迟钝，以及常常飘忽在她清丽的容貌上的哀怨、冷漠、怅然，都仿佛是一个神秘的符号，预示着她不可能如刘西鸿般一出道便大红大紫，扶摇直上。

不知为什么，读了《殊路同归》，我的脑海一直交错着两个场景：一是反越战后的美国青年，二是"红唇吐舌"的摇滚歌手。的确，就像60年代"滚石乐队唱出的那一堆歌曲，那一堆凄美迷离、浪漫激情却又带点污秽暴力的故事"，曾经陪伴着无数青年成长，并为他们留下渴求和幻梦的回忆一样，文学、朦胧诗、《爱斯基摩人》里的人和事亦曾经深刻地左右过我的成长，由此，我进入了世俗社会，并学会在选择新生活时绝不作茧自缚。近十年来，就文学作品而言，令我亲切而又真切地回忆起当年的叛逆、激情、热烈似乎有两部小说。一是几年前北京徐星借给我的美国50年代末克鲁吉亚的《在路上》，再就是张梅的《殊路同归》。仅就这点，无论于张梅的女朋友或张梅的同时代，我都真诚地感谢她。

此种风情

——话说张梅

艾晓明

　　我认识张梅，是在一个热热闹闹的场合上。电视台里搞节目，我被朋友约去做嘉宾。那天的节目是个读书知识竞赛，我们这一组叫做书生队，都是学校老师、报刊主编、社科院夫子之类。张梅那一组名人队，才子佳人荟萃。我是先到，过了一会儿，一位佳人娉婷而至，长裙袅娜。交换了名片，知是张梅，可又不知此妹是哪方面的。倒是我们这一队错插了一位黄爱东，名声赫赫。黄小姐站起来，长发垂腰，艳惊四座。看她嫣然一笑，不禁想起，是有狐仙道一说的。

　　那天散了场，得了一堆东西，与各路友朋分过，已要道别，有人叫我去喝茶。也不知是谁叫的，总之，一行四人，再去"新君悦"。这家有日本茶食，寿司之类，又有广东点心，爱东请我们，张梅吃自己的。她们都是风姿绰约的女子，爱东笑容如花，张梅戴两枚指环的手，手里轻弹的"剑"什么的，我白吃白看，欢喜都在心里。

后来读了《夕下的小女人》，有几篇写过去的日子，花布衣裳、在小县城的球队打篮球，还有听一位法国作曲家的火车，看过后难忘了，细细想，是什么使日常的风景难忘呢？是那种叫孤独、或者说忧伤的东西。这几篇东西并不是写作者自己的孤独，我动心的是她对别人的孤独、忧伤的注视。某个角落、某个倾听和意会的姿态、某种沉默无言。这是张梅，她注意了。

再后来，我给香港三联编一本《中国女性小说新选》，读了几百万字的女性作品，也读了张梅的小说集《赴爸爸的婚宴》，我从其中选中了她的中篇《殊路同归》。近两年张梅的散文集《此种风情谁解》、小说集《集后的爱情观》，我也都读了。作品印象嘛，怎么说呢？

先说大处，张梅比较大气的作品，当属《殊路同归》了。这篇小说有浓浓的南方气息，不过，什么是南方呢？中国小说中，有过南方小说吗？美国小说中是有的。中国，历史上，诗词曲赋乃至菜系，亦有南北之别。当然小说中，《北方的河》《红高粱》《白鹿原》都让我们想到北方，想起山河、景物、农民、历史、厚重等等。

南方是什么？笼而统之，是城市和女人，是红尘绿酒、坑蒙拐骗、大款二奶……敢说不是？看张梅写的《老城记事》，她以童话寓言风格写现代都市风景，其中有一则《窗子》，写"防盗网像细菌一样飞快繁殖"，这正是张梅长大之城，我们现在的栖身之城——花城的特色。还有漫长的雨季、有毒的夹竹桃、大排档和数不清的酒店。

但《殊路同归》展示的是南方的另一面，心灵的、激情的一面。这是张梅的南方，是如我这样的外省读者陌生的南方。人们都不会怀疑，北京、上海是大都市，但说到广州，就有犹疑。广州有它暧昧的面孔，花城的注解是花钱的地方。外省人，尤其是中心都市的来客，常常理所当然地指斥，这儿没文化。

《殊路同归》里的青年形象会证明，那种想当然恐怕是一种偏见。南方何尝没有精神向往，何尝没有激昂的求索。小说中写了一群胸怀理想的青年，出于对文学或某种优秀品质的热爱走到一起。同时，整个社会急剧从封闭走向开放，青年男女在情欲、理想、集体价值和别人价值的碰撞中经历觉醒、作出选择和受煎熬。我欣赏的是，作者采取了一种犬儒的、游戏的态度，写那种情感上的大起大落。这种佯谬的书写，消解了某种貌似神圣崇高之物，令其暴露出虚假。希望成为偶像，这确实是那个理想主义年代留在年轻人心中的最后的余音。张梅没有如前一个时期的虚构成分，故而她调侃，戏谑又佯作不知的。但她也不是那种大叙述式的批判姿态，她把她的忧伤的女主人公留在迷茫里了，道路在哪里呢？那该由读小说的人去寻找吧。

张梅此后写的小说与这个作品都不同了，说明她已在寻找。她找的是写作的道路，人物、故事、感觉、语言。怎样开始一个南方的叙述呢？广州写得好的女作家还有一个张，是张欣，二张可有一比，张欣是快的，作品节奏快，人物对话唇枪舌剑快，快刀斩乱麻，还有，张欣笔下的女人多是白领，上班的，诸多的搏杀型，一不留神就遍体鳞伤。张梅慢，而且，她写诸多的闲，闲人、闲情。张梅写出，在那样一些闲散无事的场合，茶聚、舞会、郊游的晚上，竟是有些生命本相隐藏其中的。那有待于去捕捉的、蜜蜂与蝴蝶一般翩翩飘忽的东西。

比如，《绝代佳人》《小宝的夏天》《礼物》，写对一款时装裙子的痴迷，写一群小妇疯疯傻傻的闲话，写关于一堆礼物的遐想……看似都是无关宏旨，可是，谁说我们的生活不是因此而叫人牵挂。不能释怀于各种美丽而有趣的形式，这莫不是女人的本质？张梅笔下的都市女人多是执着于物，对衣着、服饰、食品有讲究，是世俗的女子。你看了，会觉得都市如水，如水的女人浮游其中，物只怕是她们唯一抓得住的东西，比男人牢靠。

《酒后的爱情观》中写了种种都市的故事，在醒与醉的边缘，男人和女人的迷失。寂寞、雨、玫瑰、空气或芬芳唤起的幻觉。幻觉的世界有奇迹，五光十色，比醒了好。张梅会用很慢的节奏写梦幻中的景物，还有男人与女人的接触，实际的、肉与灵脱节的。

还有在闲处，偶有一刻，我们不得不面对自己，与久已干涸的灵魂相遇。如《保龄球馆十三号线》《乌鸦与麻雀》，无论你的人生如何平淡，你得明白，活着是好的。多少沧桑，莫若尽付笑谈中。

张梅的散文，是更接近她内心的，让人看见她的多面。斗酒的女子，有过"要喝就喝八杯"的壮举；闯江湖的女子，走过云南高原，听过喀什清真寺悠远的钟声；浪漫而质朴的女子；是的，浪漫已不是今天风行的情感，可她坦然承认对那些异地的风雪和激情的心仪，她依然写一些简单而美好的人和事。她是心里装有许多如水的眷恋的女子，有时候，这些把文字漫透，文字就飞扬起来，充满了如水的灵动，"是呀，风景就像这样渗进我们的眼睛和皮肤。等我们老了，走不动了，把皮肤掀开一层，就可以看到风景了"。这样的文字，只有心灵所至，不是写出来，是涌出来的。

我们生活在同一个城市，凭文字彼此相认，读出我们的过去，拾回热烈敏感的年轻时光，那些纯净的友情。有人对一个异乡人说，何时你才可以说这里是你的家乡呢？除非你有一个亲人死在了这里，永远地留在了这里。但像我这样的一个外省女子，岂可以等到那样一个遥远而凄凉的时候。在我的经验中，找到了一种亲切的文字，那就是家园。当我在张梅的文字中徜徉时，我多么想对她说，你是我遗失多年的那个朋友，从遥远的异乡启程，我们终于重逢。

你那酒汪汪的玫瑰色女狐狸眼睛

徐　坤

　　跟张梅第一次见面，是在1998年世界杯足球赛开
赛前。她们一行人出访欧洲，集结于京。饯行的酒席宴
上，我叨陪末座。正是薄暮时分，喝酒的好氛围。别人
喝啤酒，我们两人要了一瓶北京醇。酒一喝上，就有了
感觉。张梅说："我就是喜欢像你这样见面烟酒不分家
的。"张梅引用别的女豪杰的话这样说。我也是酒逢知
己千杯少的感觉。但因时间紧迫，她要出行，我要看
球，不敢畅饮，只能将一瓶酒垫垫底，相约等她回来时
再喝。

　　从欧洲转来时，她却因旅途劳顿，在首都机场直接
转飞了广州。

　　又一年夏天，不知什么名目，大闲人和大忙人张
梅竟能在京有一段闲散的滞留。于是免不了每日觥筹交
错，再续前缘。却说那日，艳阳高照，两人被朋友拉去
京郊某部队养鱼场钓鱼，其间免不了一场军民相见欢似

的酒宴交战。喝的是京酒，度数低，小战士好不容易遇到两个女酒鬼，姐一声妹一声相劝得急。几个人很快干掉三瓶。当即小兄弟们或去吐或倒头睡，我们继续去池边钓鱼。晚上回来，又是一个朋友宴请。酒却无论如何喝不动了，头痛欲裂。方知是中午的酒劲泛上来，喝了快酒，外加逞能，犯了喝酒时的大忌。于是散了歇息。说改天重喝，一定要把感觉喝回来。

两天以后，终又有了机会，名目是给她饯行。长城酒家，聚了一干好友。敬泽兄拎来了家藏多年的两瓶茅台，兴安兄端来一瓶窖藏的上好葡萄酒。茅台毕竟是茅台，况且又是深藏多年世风不曾日下时的醇厚，先一入口中，就是绵软，渐而清洌，渐而强劲，渐而暴戾，渐而深长，渐而欲仙欲死，渐而不知今夕何夕，今年何年……迷离醉眼，望眼前张梅，但见一张30年代旧上海的洇黄月份牌：兰花指，酡红脸，二郎腿，水蛇腰，摩尔烟，一副酒汪汪的玫瑰色女狐狸眼睛，电光闪闪。唯我还维持与她推杯换盏，一杆座下人等，都早已是支持不住了。

几瓶白的红的下肚，仍未尽兴，给喝得挂了起来，是喝酒进程里最讨厌的阶段。于是又喝掉一瓶小糊涂仙。意犹未尽，驱车到三里屯酒吧，落座，将泛着泡沫的新鲜啤酒斟上。一小口一小口地呷着麦芽冰啤酒，有一搭无一搭地说着体己话，伸着长长的懒腰，迷蒙倒伏于桌上，醉猫和醉狐狸一般，缓缓转动手中酒杯，听隔壁女孩子咿咿呀呀唱：莫道年少，今朝秋来早……蓦地明白，不知不觉，喝的，却已是中年的酒了呵！少不更事时，总看别人醉，觥筹交错之中，总见别人高潮，虽不知其所以然，却还要陪出二付良家妇女的端庄傻笑，惨啊！

这酒，却只有到中年时，才让妖精美眉们品出了一点意趣。

于是，挥手作别，带着朝闻道夕死足矣的酣态，各自登程，冲进城市夜深处茫茫的繁华与荒凉。今朝有酒，莫问前程。今夜有酒，无论路上有什么，也就当是，殉了罢。

闲人老张

沈宏非

　　"老张"，许多年来，我一直这样与张梅打招呼，除此之外，再也想不出有更得体、更准确、更传神的称呼，来喊像张梅这样一个人，无论在我们聚散无常的小圈子里，还是在风起云涌的大时代中，张梅基本上都算一个闲人。

　　在受到读者欢迎的几位广州女性小品作家中，张梅在个人阅历和从事写作的时间上，都比较深也比较久，同时，也只有她是广州作家协会的专业作家，因此也就最闲。黄爱东则忙得不得了。编报纸、赶截稿，还要捧这个歌星、贬那个歌星、领奖、签名售书及其他；黄茵好一点，虽然写了一本书名叫《闲着也是闲着》的书，不过这个题目明显地意味着黄茵实际上是企图利用闲着的时间来干点什么，不忍荒废闲着的时间。此外，黄茵还要忙着约稿、发稿、天天修改她的"进藏"计划，应酬她那些数不清的南来北往、三山五岳的朋友，不可开交，只有当专业作家的老张闲着，闲得执着、闲得美丽。

只有老张闲着。

老张家的客厅，巨大得可容一圈沙发从容不迫地摆在中间；从容不迫的沙发里，懒懒散散地闲坐着老张。正所谓"江山风月，本无常主，闲者便是主人"。在当专业"闲者"的散淡日子里，老张坐怀独有的闲情逸致，回顾过去，展望未来，渐渐地对江山风月、人生际遇和世态炎凉，生出了一份微妙的情感和领悟，于不知不觉中"闲"出了境界，"闲"出了《此种风情谁解》。

我与闲人，向有不薄的缘分。闲人不会令你失望。闲人不会和你谈一个计划。闲人不会忘记洗头。与闲人相处，彼此都能清晰地感受到时光的流逝。闲人不会忽视你微妙的情感。闲人的思想永远健康。闲人真诚，如老张。有好几次，我们谈起喜爱的作家，当着众人的面，作为一个青年专业作家，老张居然不忌落伍、不怕老土、不假思索地回答："梅里美"。

在我最好的朋友中，也是闲人居多。我也有一些朋友，本质上明明是闲人，但是偏偏不认命，闲不住，其实并不快乐。只有老乡闲着，闲得透彻。闲着是一种态度，是摆正少数人与外部世界之间位置的标尺。

既闲，就难免培育出种种的慵懒，比如懒得下楼、懒得结交新朋友、懒得出席各种有饭局或没有饭局的"作家——企业家联谊活动"、也懒得说文人圈子里的是非。

有空是闲人最宝贵的财富，也是最危险的敌人，有的时候，慵懒是一片无言的海洋，有的时候，足以消融生命中不能承受之轻。

不过，老张难得地也有十分不懒的时候，比如故意挑过旧历年最热闹的那几天，从广州跑到湖南到衡山去看雪。那一次，老张在写一篇痛斥自己和某些人（包括我在内）"勤于提议而懒于行动"的文章之后，便伙同一干男女集体报名参加一个"春节衡山观雪团"，由老张的男人带队，告别沉浸在世俗的欢乐气氛中的广州，趁着大年夜，头也不回地直扑衡山而去，不过从山上下来以后，疲惫不堪的老张再也懒于提起那次究竟是否真的等到了下雪。

事实上，老张也曾经真正地忙过，满怀激情，从70年代末至80年代中期，张梅一如我们许多的朋友，曾全身心地用文字、用青春的激情拥抱生活，苦苦地思索人生。她用自己的话来说，那种状态，是在"阴雨冰冷的天气里，困坐在沙发上"，不断地"想着还有什么来宣泄我们对生活的热爱"，虽然老张较我年长，那时我们也不住在同一个城市，但是都没有闲着，在张梅的小说集《赴爸爸的婚宴》（收入13篇早期作品）中，处处弥漫着这种湿热的气息。

老张是一个理想主义者，无可救药的那一种。我猜想，做一个理想主义的闲人，却不是那么快乐的事情，不管奇迹会不会出现，平淡而琐碎的日子一天天流水般地从我们身边淌过，世俗的狂欢节正夜以继日地举行，像老张这样一个女人，于是只好选择去做了这样一个闲人，老张在一篇短文中，也只好以"给我未来的孩子"为借口，说出了她要对自己说的话："在形式上，我们无法与既定的世俗争斗，而在内心，我们都是自己的国王，如果你的脸上出现谄媚的笑容，我将会羞愧地掩面而去。"

只有老张闲着，闲得无奈，闲得干净。

老张并不是那种愤世嫉俗、眼里容不得一粒沙子的理想主义者，对于难以接受的现实，她只是"羞愧地掩面而去"，"去"了哪里？去闲着，宽容地、有原则有勇气地真诚地闲着，方显出闲人本色。

《此种风情谁解》基本上是一个闲人对日常生活、人情世故的感受和参悟。在老张那日臻通透的平淡和练达的背后，隐约浮现着这种理想主义者"深知人生浪漫辉煌之短暂"却又不愿相信没有天堂的潜然倦容。老张是真诚的。大前年的夏天，老张的领导、受到我们尊敬的广东作家岑桑先生，曾以《文章以真为上乘》为标题，替张梅的第一本散文集《千面人生》作序：作为老张的"闲友"，在她的第二本散文集的开头，我其实也没有更多的话好讲，只是愿意再一次地说，老张是真诚的，无论为文，还是做人。

写下这些文字，是希望有助于读者更愉快地阅读这本书，就像老张在送自己写的书给朋友时爱题的两个字："闲看"。我想，这也是作者本人对本书读者的最真诚的愿望。

这为序，并权当是老张的"帮闲"。

红尘梦醒自知归

钟晓毅

张梅左手写散文，右手写小说，不知不觉间，12本书已摆在我们面前：六本小说，六本散文，不偏不倚，很平均。

只不过散文的张梅和小说的张梅体现出完全不一样的风致，虽然都同时显示出一个作家的生命动姿。如果说，她的散文是此岸的，那么，她的小说就是彼岸的。这很有趣，也显得特别的有意味：就好像一个人，同时做着两份不同的工作，但都能游刃自如，这挺难得。

开始写的是散文。《木屐声声》《暗香浮动》《此种风情谁解》《讲什么身世飘零》《肚皮上的宝贝》……看集子中的题目，似乎都是"浅醉闲眠"的比兴，实质却是对当下都市摇滚乐般喧哗所造成的和谐与不和谐的一种旁白与阐明；其中之佳作，就如同高品位的流行歌曲，旋律轻快得要命，但歌词却很悲哀，仿佛每一篇都对应着某种情愫，蕴含着某些故事，在达观知命中与现实构成一种内在的对抗和批判。

南方的忧患是另类的忧患，南方的都市人文状态相对北方的大江东去、浩浩荡荡的豪情，更有中国儒家哲学取其情理中平庸的遗风在，既求合于人情又合于常理，两者协调中和以保持某种稳定状态。张梅的散文，就只有生活在其中的人们才能感受到的那种熟悉，那种亲切，以致成为一种典范：不温不火、圆润莹然，像瓷器一样流转着迷人的釉色。

世故优雅的地域风情，由张梅的散文发出，吸引着我们的视线，一点一点流淌下来；这风情里很有会意的，它包含了地理、气候、历史、人性与现实关系诸多的因素，一些鲜活的生气在一种繁华与繁闹中被遮蔽了，但它们似乎还停留在张梅所营造的氛围里，行使着其最初本意，相对变迁了的环境，延缓了文化与文明的交流融汇，得到了自生自长的时机；再努力下去，谁说就没有无限伸展的弹性与空间？

张梅无疑是红尘中人，却又是一个心中藏着无数梦想而且不能忘怀自己梦想的人；只是在散文中，她更多体现的是在对日常诗意的细细体察中抱朴守真。日常感兴与那些迎合意识形态的宏大抒情相比，是琐屑的、破碎的，却又是容易直抵人心最柔软之处的。尤其是那种不缺少向生命本源与根底的返回，那种感觉，就好像正当她踌躇于进与退之间，却不经意触到了自己站立的位置；粗糙的石阶在目光中温润如玉，于是，就有了顿悟的刹那，平和亲切的日常诗情中亦带有了若即若离的禅意。

人是需要一个彼岸世界，需要梦醒后踏上归途的；所以，张梅就去写小说。

小说中的张梅，目光的温和和激情的沉潜被笔尖的沉重和灵性的飞扬所代替。悲剧与热情，沧桑与清澈，沉思与想象交织其中，有助于其变幻多姿、繁复瑰丽的艺术风格的确立。

很早时，她的小说就曾很深刻地去表现了迎风飞扬、激情迸发后骤然变为困惑与焦虑、迷惘和失落的情感和经验，只是这种精神上的焦躁不毒、无所依托的惨痛，在当时被人认为过于夸张兼有点矫揉造作，说它缺乏合理性，因为人们觉得产生这种情感的土壤在那里还没有形成；可今天看来，这一切都显得极为自然与必然，与当下也并无隔阂；为此，我们被张梅的先见之明与洞察力所震慑。

其代表作《殊路同归》，今天重读，依然有触及雷电之感。

《酒后的爱情观》《破碎的激情》《随风飘荡的日子》《女人、游戏、下午茶》，几乎每篇作品都不缺少翘首未来的憧憬与激动，但结果又如何？张梅实在太明白，在貌似热闹繁盛的都市背后，是谁也不会为谁停留的。经济骤变下形成一个一切为金钱为第一的天地，置身其间的一代，自然而然地商业化了，注重物质，自私自利，对属于精神性的东西都不沾边，事事只为自己打算，不管是在爱情，或其他事情上，总是先把自己保护好，即使有争吵不安，有哭哭啼啼的眼泪，但很难动心和动真情，他们的世界闹闹哄哄，充满声音动作，骨子里则是孤寂冷漠的。

张梅把这一切尽收笔底，这些作品是她生命内在光源的外财，其中闪烁的人性光芒无疑投射着作家深入骨髓的生命体验。"破碎的激情"也许是抽象的，但却具有人生哲学的魅力，因为张梅的小说到底仍是一种比喻：关于人生精神苦难的普遍范式的比喻，关于人类在苦难中提升情感范式的比喻。

孤独的魅力

——读张梅《保龄球馆13号线》

陈淑梅

米兰·昆德拉说过这样的话："也许是沉重的负担同时也是一种生活最为充实的象征，负担越重，我们的生活也就越贴近大地，越贴近真切和实在。"关于"轻"，他则说："完全没有负担，人变得比大气还轻，会高高地飞起，离别大地亦即离别真实的生活。他将变得似真非真，运动自由而毫无意义。"轻以至于虚无，这是商业社会里人所面临的精神危机。当一切都变成消费性的东西，在一次性使用之后被抛到脑后，转瞬即逝如过眼云烟时，生命的意义便变得轻盈而淡薄。欢乐随处可以购买，如泡沫一样到处飘荡。这预示着狂欢节的来临吗？它指生命的真切和实在，这是仅仅指出"欢乐"本身？

《保龄球馆13号线》的主人公带着一身孤独走进了这样一个充满了声音的洋溢着集体欢乐的世界。这个男人不是大款，不是富翁，他来历不明，我们仅仅知道他片断的过去，但据此我们足以看出如下结论：他年轻时很风流，他从前曾有过婚姻，有过妻子和儿子，后来他的生活里肯定发生了某种变故，这使他身上充满浓重的感伤色彩，使他在咀嚼生命的酸甜苦辣的漫长岁月里成为一个背负着沉重记忆的并不快乐的人。

保龄球馆。这是购买快乐的地方。作者强调了它的三个方面：周围的人大呼小叫所表现的喧哗，身穿白色网球短裙的女子所表现的优美，还有就是一次性的白袜子。现代性的娱乐设施的诱人之处是制造了潇洒美丽，使人们在特定的游戏规则中感受快乐，但这种快乐是文学研究的世界性的一般准则和坐标系统。从中国文论的传统看，"我们属于自己的可以大展宏图而且具有民办性的普遍意义是意识形态理论的建设和批评实践。"因为我们的人文传统和现时的人文氛围是中国的，而中国文学中的意识形态批评远远没有获得它正常的科学功能，历史注定它要重返舞台。在"东方视野"已成为我们的文化宿命的前提下，我们必须首先确认中国思维的现实性和科学性。在此基础上，建立以传统中国文化为依托，以现实中国的文学创作与社会生活为生长点的中国当代文学理论——意识形态批评。

几乎与此同时，批评的"东方视野"问题同样受到许多先锋批评家的关注。1994年《文艺争鸣》第2期就推出一个栏目——"东方视野"。在这里，张颐武等人提出了"中华性"的概念，郑敏重提了"中华文化传统的继承"问题。陈晓明提出了"后东方"的概念，"话语建设"及"后殖民主义"再一次成为讨论热点。

我认为以上四个方向（当然实际情况远不止这些）是先锋批评转向本土的重要证明。当然，除了理论建设上的努力外，在实践上，先锋批评也逐渐跳出原来狭窄的文本圈子，转向更为广泛的文学创作。一些当下的俗文本（现实主义小说）如竹林的《女巫》、张炜的《九月寓言》、贾平凹的《废都》，以至于金庸的武侠小说及电影、电视，都成为先锋批评家的评论对象。另外，连一向受到忽视的十七年文学也纳入了他们的批评视野。如李扬对"社会主义现实主义"的研究，王一川对50、60年代新人典型的研究，都是极有意义的。这种批评视野扩大虽然不是从西方转到东方，但它说明先锋批评的立场已从原来的贵族化转向民间化。因而我也称它为"本土转向"。

从以上事实看，这种转向的具体内涵已越来越清楚地显示出来：即在批评精神上追求现代性转向人文精神；在价值取向上，从认同西方中心转向确立东方视野。批评的本土性和民间性已日益突出了。

"视点"之外的影像
——读张梅《保龄球馆13号线》

陈伟军

托多罗夫在《文学作品分析》一文中指出："构成故事环境的各种事实从来不是'以它们自身'出现，而总是根据某种眼光、某个观察点呈现在我们面前……视点问题具有头等重要性确是事实。在文学方面，我们所要研究的从来不是原始的事实或事件，而是某种方式被描写出来的事实或事件。从两个不同的视点观察同一个事实就会写出两种截然不同的事实。"可见，视点在叙事作品中有着决定性的意义。视点的更换、改变，将影响到整个故事的面目。小说创作找到一个合适的视点与拍电影时决定摄影机位置的重要性可以相提并论。透过不同的视点，我们可以看到各种迥异的影像。

正因为文本中叙述的发展受制于"某种眼光"、"某个观察点"或"某种方式"，我相信发生在保龄球馆的故事肯定有许多种讲法，像《保龄球馆13号线》的叙述方式只是这许多种讲法之中的一种。

"当时那个男人走进保龄球馆"。读者用不着去追问人物的姓名、身份、外貌特征乃至行为的动机，因为文本把这一切都隐匿了。故事叙述的重次性的快乐，与一次性的白袜子，一次性的爱情同类，它们意味着迅速的遗忘和消失，意味着虚无和厌倦，意味着不会在生命中留下痕迹。

而在这个男人身上却带着太多的回忆，太多的沧桑痕迹。在保龄球馆，他看到他的街坊，他的小学同学，他初恋过的英文教师的女儿，还有他父母的亡灵，他们带着保龄球馆的冷气与他擦肩而过，宛如陌路，这使他气馁；球和瓶子的撞击声让他想起小时候家乡的鞭炮和田野上的九台大戏，这使他因怀旧而迷茫；在他感觉兴致勃勃的时候，他想起了一度使他兴致勃勃的从前的婚姻，想起从前的妻子和儿子，这使他的情感陷入低潮，使他面对被软化的心不知所措。这些都是他的过去，他的历史，是他生命河流中无法消泯的沉积之物，是他的内在真实。它们牢牢扎根于他身上，成为他自我力量的一部分，无法否定，不可移易。

这注定了这个男人与保龄球馆的隔膜。这种隔膜是轻和重的隔膜，是平面和深度的隔膜。如果不彻底遗忘过去，就很难与保龄球馆融为一体。男人知道这一点。他为此做出了努力。他一开始就试图否定自我，"假装不是第一次进保龄球场，并决定自己不要东张西望"以免被柜台小姐嘲笑。事实上他做得不错，他看别人怎样交钱、租鞋、领取白袜子，如何握球，如何走步，他依法而行，成功地掩盖了自己对陌生环境的怯懦和无知。但也仅仅是表面上的掩盖而已。实际上在努力学习游戏规则的过程中他的内心饱尝委屈。一次次的紧张，一次次的放下心来，然后又要以自省的冷漠和没来由的粗暴压抑回忆所引起的气馁、感伤和茫然，以此使自己摆脱过去的缠绕回到现实，融入一次性的集体欢乐。这些起伏跌宕的情感变化不能不说是对心灵的一种严峻考验，一种折磨和耗损。在这样的时候他想起小时伙伴和父母的亡灵，实际上是一种内心的需要，他需要唤起它们以之支持和慰藉——如同他一再想起《黄玫瑰》里的独行侠一样。但它们除了加深他的孤独之外并没有其他的作用。

在努力观察与学习，不断克服内心的感伤与软弱之后，"他看上去和此时在保龄球馆里的人是浑然一体的"，他很快学会，并且"对这个玩意不再感到新鲜"。最后他差一点被这个一次性欢乐的海洋所淹没，但关于从前婚姻的回忆轻易地粉碎了这个轻盈而美丽的欢乐泡沫。他终于意识到这里的欢乐不属于他，而是属于那些年轻的没有负担的人。他把剩下的三个球让给一个声音叫得最大的男孩去打，像来时一样孤独地离去了。与来时不一样的是，他这是自动的退出，是一种自主的选择。对孤独的否定和逃避在此转化为一种对生命重负的别无选择的承受和担当。

这个文本没有告诉我们什么故事，它只有境况的展示。一切起源于逃避孤独，它使男人作出隐藏真实自我这一决定。这一决定造成了表层现实和深层心理之间的差异、错位和裂痕，而意义恰恰从这一缝隙中产生。男人一开始便努力认同环境，以达到在特定语境中叙述自我的目的。表面看来叙述合乎规则，没有差错，但真正的自我一直不曾在这一语境中落实，它不断被否定，掩盖和压抑，但又根深蒂固无法排解，厚实沉重的生命内涵无法为单薄轻飘的一次性集体欢乐所容纳和负载，因而加重了人的孤独，使孤独成为一种深刻的宿命。从这一意义上讲，这篇小说是关于生命孤独的一个现代寓言。

回到米兰·昆德拉。"最沉重的负担同时也是一种生活最为充实的象征"，在这一本文中，这个男人就带有这样的象征色彩。他的孤独不是遗世独立，孤芳自赏，不是不食人间烟火。恰恰相反，筑成他的孤独的是真切而实在的生命体验，是难以忘怀的生命沧桑。在孤独的硬痂之下，受压抑的情感呈现出人性的所有柔软和脆弱，散发着触动人心的暖色。在作家不乏同情的注视里，这个男人自动地离弃了一次性欢乐，无可逃避地承担了他的孤独宿命。他的离去不乏感伤，不乏悲壮，也不乏魅力。这是贴近大地的沉实生命的魅力。

张梅笔下的另一种人生

程文超

张梅的一本小说集《乌鸦与麻雀》即将问世，嘱我作序。其实早想为张梅的小说写些文字，因而欣然从命。

一直觉得张梅的小说有特色。张梅带着她的人物往那儿一站，就是一道鲜明的风景，在五光十色的当下文坛展示着异样的姿彩。90年代以来，都市文学成为一个受到广泛关注的文学热点。张梅自80年代便着力写当代都市。她的《殊路同归》曾产生大的轰动。近年来，张梅对都市的书写越来越显现出独有的匠心。这"独有"成为她对当下文坛不可取代的贡献：她写出了都市女性里特别的一群。这一群以其独有的人生方式、人生态度、人生情感，与时代发生着特有的关联。她们的故事给人以别样的启迪。

这里的五部中短篇正好较为鲜明地表现了张梅的特色。

张梅笔下的女性既不是今天叱咤风云的企业家，也不是艰苦奋斗的打工妹，她们是这个激烈转型、变动不居时代里的闲适一族。如果社会、时代是条大江，她们便既不是拍岸的惊涛，也不是炫目的浪花，而是江湾回流处的一泓闲水。她们大都因为某种原因而有着较为优裕的生活条件，同时又都因为各种不同的原因失落了、远离了、放逐了宏大的、崇高的人生目标，或者干脆，这一目标还未形成。总之，她们过着一份闲适的人生。或者说张梅喜欢刻画过着闲适人生的女性，并着力书写她们与闲适相关或被闲适铸造的人生侧面：或孤独寂寞，或平淡无趣，或空虚无聊。《爱猫及人》里的慧芸没有朋友，与猫产生了难舍难分的感情。以至于家里已有大小八只猫还把邻居家里的公猫"波比"偷偷关在家里养了三天。陈夫人项戴金链、手戴钻戒，整日以打麻将、找情人消磨时光。乌鸦与麻雀（《乌鸦与麻雀》）是两个更为年轻漂亮的少妇，她们的消遣方式也许更为高雅：听音乐。但她们的大部分精力花在时装的质地与式样、香水与脂粉的使用策略上。从故事的发生时间看，《蝴蝶和蜜蜂的舞会》要更早一些。故事里的主人公白萍萍和她的朋友齐靖、珊珊、翠翠们还没有条件过上陈夫人们般的优裕生活。作者把她们放在那个可怕的年代刚刚结束的过渡期，由于信仰的失落、目标的迷失，她们近于迷狂的以各种方式去寻找着的人生的享受。

这样的一群人物在张梅独特的叙述中展示着无穷韵味。张梅一般不太追求故事性，吸引读者的，是她那细腻、精彩的心理描写——正是在这里，显示了张梅深厚的艺术功力和与众不同的艺术特色。张梅善于深入到人物内心最为隐蔽的角落，敏锐地捕捉人物最为微妙的心理活动。张梅的本事更在于，她长于把人物细小的心曲昭示出来、铺排开去，放而大之、张而扬之，写得绘声绘色、曲尽其妙、仪态万千。闲适一族的人生便在这心理描写里洞开。两位少妇相约去听音乐，各自因虚荣而害怕对方对自己的挑剔，于是见面前各自围绕着如何打扮进行精心的准备。猜测对方、衡量自己。如何掩饰自己的短处以不被对方看轻，如何张扬自己的长处以胜过对方一筹？及至见了面，又处处暗藏着较量的心机（《乌鸦与麻雀》）。在充满笑声约会的背后，原来有如此精心的筹划权谋、如此细致的钩心斗角、如此周密的鸡毛蒜皮。你发现，一对漂亮少妇的温馨聚会，绝对不亚于敌对双方的一对将军于沙场相逢，令你忍俊不禁而又惊心动魄。四萍（《红》）住到医院里后，甚至会为一个小小的水瓶而得意，因为它能显示她比别人的优越。张梅十分了解她笔下的女性，了解她们的一言一行与其隐秘欲望的关联，她的人物也就被写得入木三分。

正因为进入到人物的内心深处，张梅的人物也就展开了她们的丰富性。她们不是作为无聊、虚无的一种符号而存在，而是活生生的人，有着鲜活的、多侧面的人生欲望和追求。她们确实过着平淡、虚无乃至无聊的人生，她们并没有远大而崇高的人生目标，但她们却并不满足平淡，她们渴望激情、渴望温情，对人生飞扬的一面有着向往。然而在她们的人生轨迹上，如何能满足她们人生这一面的追求？于是她们便以变态的方式去寻求非常态的满足。白萍萍与她的朋友跳贴面舞、比男人、比化妆，玩感情，从暗地里为男友争风吃醋，到不管不顾地争夺男朋友，都因为她们不堪忍受平淡、寻找刺激，希望在某些方面能高人一筹，让自己的人生感觉能够飞扬一回。张梅笔下的这一群，其生活方式注定了她们不是社会注目的中心，然而她们希望她们被人关注、被人看重。这关注和看重当然更多地表现为关心、关怀、爱、爱意或者爱的表示。《爱猫及人》里陈夫人找情人并为情人与慧芸绝交，当然有情欲的因素，但更多的恐怕与麻雀（《乌鸦与麻雀》）在酒店里为钢琴师的目光得意相差不远。麻雀对钢琴师是否有情欲要求或者他们之间今后是否能产生某些故事在这里并不重要，重要的是，麻雀在钢琴师的目光里得到了某种满足。她们需要在男人的目光、男人的爱意、男人的讨好、男人的追求里找到自己的价值。男人是她们的镜子，照出她们人生中飞扬的一面。正因为她们孤独寂寞，她们才特别重视被关注，正因为她们缺少人生的飞扬，她们才特别重视飞扬。她们是都市里一群高傲的弱者。

可悲的是，她们对激情与飞扬的追求，不仅不能满足她们寻找激情与飞扬的欲望，而且更透彻地表现了她们的空虚与无聊。她们越无聊便越追求刺激，越追求刺激便越无聊，其人生就这样陷入怪圈之中。她们既追求闲适又追求飞扬，然而在她们的心灵深处却既失落了闲适，又失落了飞扬。

张梅不无讥讽地书写着她们的故事。

然而张梅对她们的态度又不真的如此简单和单向度。在张梅的叙述中，我们不时能看到，张梅有时自觉不自觉地偏离讥讽的文笔，对她的人物流露出某些同情乃至理解。有时甚至泄漏出某些有欣赏的把玩。

张梅笔下的人物并非平面的。评价张梅笔下的人物，涉及的问题就更为复杂。因为她们的故事具有超出某种特定人生的意义。我们在她们的无聊与空虚里看到了可悲、在可悲里看到了可叹，而在她们的可叹里却能感受到与我们自己生命某种关联。

人生是复杂的，但人内在的追求却有相通的地方。从具体人生里抽象出来，我们会看到，人，都有对闲适与飞扬的追求。而二者却在很多时候不能在人生中同时得到满足，它使人生处于永远的张力之中。

张梅是渴望人生的激情、追求人生的飞扬的。她往往调动多种艺术手段来表述这一渴望与追求。除了对空虚人生的叙述语气之外，张梅有时运用情节的转化来促使她的人物走出无聊或走向温情。《乌鸦与麻雀》里的二位少妇从暗中较劲终于走向友谊、走向美好而充实的情操。《红》则因为一本书在情书中的出现，四萍获得了人间需要温情的道理。于是温情成为四萍观照人生的过滤镜。当四萍用温情的眼光去看周围时，人、事、世界在四萍眼中展现出了另外一种风貌。有时，张梅则利用整个构思去呼唤激情。《记录》特别典型。"我"陪着香港的一位文化人和一位导演去广东顺德寻访历史上的"自梳女"。"自梳女"反抗命运、团结奋斗，是有激情的一群。时光流逝，"自梳女"的历史结束了，那股激情也在历史上消失了。由采访者与被采访者联系起来的现在与过去、平淡与激情形成一个夹角、一个对比。被采访者成为一道昔日的风景，成为一种渴望对象，甚至这种"渴望"也蜕变成为"观赏"。因而，寻找"自梳女"实际上是寻找、追忆昨日的激情。

然而张梅又是追求闲适的。张梅经历过那个疯狂的激情年代和激情破灭的年代，她活出了几分通透、几分禅意。这在她过去的小说、散文里都有诸多表现。如果不走向无聊，闲适并没有什么不好。在中国文化里，闲适是一大人生境界。陈夫人等人的可悲不在于她们的闲适，而在于她们的空虚与无聊，在于她们的闲适里缺少深厚的文化底蕴和高雅的文化品位。雅者与俗者的闲适之间相差万里，不可同日而语。因而张梅在讥讽陈夫人等的空虚无聊时，又往往给闲适和平淡留下生存的空间。张梅的叙述并不拒绝世俗的诱惑，有时多少有点情不自禁地分享着人物对人生的享受。甚至在她寻找激情时，其叙述也充满着张力。《记录》里的"自梳女"当年是满腔激情的。但激情的代价是什么？作者没让一个自梳女有着美好的晚景，都是一片凄凉。

张梅的叙述是有意味的。她为我们提供了富有张力的文本和叙事态度。它恰恰展示着这个时代人生和文化的张力。是啊，激情，人之欲；闲适，也是人之欲。我们不能因为有过激情的破灭而放逐激情走向平庸，我们也不能因逃避空虚而否定闲适。人，既要有成熟高雅的品位，又要有青春活力。一个时代、一个社会不也是这样？既享受世俗的诱惑、享受精神追求的煎熬；既追求闲适，又不堪忍受平淡，既要释放社会的活力、又要维持社会的秩序和文化精神，不正是今天的人生和人文景观？通过"特别一群"的故事，张梅用她的叙述在揭示、思考着一个既有永恒意义、又有现实价值的难题，昭显着社会、人生的某些本质方面。

张梅找到了一条独有特色的艺术之道，给当代文坛开出了一片别样的天地。张梅是幸运的。当然，成功之后的路还很长，张梅会努力走下去，我想。

那天去看张梅

韦映川

张梅的房间一眼看去显得有点零乱。旅行箱开着，衣物什么的散放在床上、椅上。她高挑的个子，很柔和的长相，穿着也很随意，动人的是两只银白色的大耳环，一晃一晃的。我的心一下轻松起来。坐下后说了些闲话，才知道她马上就要回广州了。

茶几上放着一小篮我送来的新鲜玫瑰花。

张梅的散文和小说里时常提到玫瑰花，就猜想她可能会喜欢玫瑰花的。虽说玫瑰花现在已是很平常的花了，但我们不也是很平常的人吗？

拿出一本书请张梅签名。想想有点俗，但还是拿出来了。这本书书名叫《木屐声声》，我就是从这本散文集里认识了这个很遥远又好像很亲近的张梅的。这本浸有不少水迹的书中还藏有一个惊险恐怖的故事。我也告诉了张梅。是吗？她吃惊地瞪大眼睛，看着我。

那是一场车祸，很惨的车祸。

做了几年一家困难国企的负责人，身心非常疲惫。那次独自出差在外，情绪低落。舟车劳顿中，手边只带这本张梅的书。看张梅十几岁便插队，边打篮球挑水边拼命读书沉湎于文学天地。同龄的我也曾到农村插队做代课老师当孩子王，边劳动边啃小说、诗词，同样有过许多纯真梦想。可惜时光匆匆世态炎凉，那纯真与梦想已一点点远去，只好置身于一个冷冷漠漠也热热闹闹的现实世界。虽然忘《燃情岁月》《讲什么身世飘零》《孤独的玫瑰》《心情不好》《拍手无尘》时便《看山看水看人看情》……于无意之间，看到了一个清爽忧郁的张梅站在一堆锦绣文字那边，悄悄生出来一些《如水的眷恋》。但，《此种风情谁解》？

车祸就在那里发生。书染上了不少杂色：那是血，是雨，可能也是缘。要不然，今天怎能在这里真正见识张梅呢？

问张梅为什么这么快就要走，这次柳州散文年会不是还没有结束吗？

张梅幽幽地说，身体有点不适，心情也不太好。

想起昨天市文联的一位朋友告诉张梅，柳州有一位很投缘的读者朋友想见见她，张梅立即就跟我通了电话，满声音都是欢喜。原来还设想过带她去看看罗池夜月，访访柳宗元，走一走古老的西门寿板街。张梅好像说过她最感兴趣的，不是现代高楼和喧嚣，而是那个城市历史文化的悠远韵味。可现在说走就要走了，乘兴而来，尽兴而去，真真正正的性情中人呐。

不过这其实也很不错。哀伤，绝对是属于个人的。张梅曾经在书中这样写道。我便送张梅去机场。

一路上依然很平静地说些闲话。

到了机场她去办好登机手续，又走出来，两个人继续很平静地说着话。

在一片空旷荒芜的野地里，你一个人孤寂疲惫地走着，走着。困惑、无助慢慢会变成绝望，慢慢会把你包围。你快走不动了，可无意之间，眼前出现一串同路人的脚印，清晰，生动，心就会变暖起来。你有了脚印做伴，就随着这脚印继续走吧，走吧。不想，有一天，终于你看到那双优美脚印的主人了。她就在前方，就在路上。你忍不住叫了她一声，她回过头来，对你笑一笑。你觉得路好像挺宽的了。

就是这样一种心情，那一天的我。

机场来人催促张梅赶快登机，我们才站起来。张梅说：到广州一定来看我。轻轻握了一下手，她便快步走向候机厅。

平平静静的，没有回头。相识了，又何必在乎分手。

新颖嬗变

——读广东青年女作家张梅的小说

谢望新

在广东20世纪80年代末期新进的青年作家中，张梅是突出的一位。

青年女作家张梅的小说，就其总体面貌而言，是在完整的改革开放氛围笼罩下以现代都市生活的形态和都市文化意识做出反应的。

读她的小说，你会亲切地感受到作家人生与写作心态的松弛、自然。她是真正有感而发，不作无病呻吟之状。我想，她也一定十分厌恶矫揉造作，不太可能容忍作假。

她写得十分诚实，货真价实，既不敷衍生活，也不演绎生活，更不会用欺诈与伪证来愚弄读者。是自身人格与文品的映照与升华。

没有情感的丰硕收获，没有感悟的激烈碰撞，张梅是不愿用空白的思维来填塞空白的稿纸的。

气质带有天性，也是一种天分。倘若先天不足，完全靠后天的修炼是难以归"真"的。

张梅的艺术质地特别，首先缘于她的先天气质。

可庆幸的是，张梅人生经历的准备，艺术功力的准备与思想理论修养的准备也比较充分。她不属于那种只凭借天分，而思想与精神格调幼稚甚至苍白的类型。

据知，她的童年与少年时代十分缺陷。过早丧失母性的抚爱，简直生出寄人篱下的离愁别绪。童年与少年时代的体验，是人生宝贵、丰富而又有特殊价值的财富。它将影响一个人一生的情感、性格与心路历程及其特征。

诚然，张梅在她青春的年龄就获取了沧桑感。

高中毕业后，当了三年知青。体恤了同一代青年许多极端重要的人生经验与人生判断。在工科中专毕业，又当了七年工人。1985年报考出版社，凭自己的实力走上编辑岗位。

生活中的张梅爱好广泛。读了不少书，尤其还能潜心读一点理论书籍。我一贯的观点是，作家涉猎书籍要宽阔，甚至大可读一些杂书、奇书，除外，还要有理论、理性意识。具备这两条，并非为了炫耀，为了给自己的作品涂抹油彩，而是自然融入创作全过程的每个环节，不只是一种指示意识，更是整体的诱发意识与溶注意识。这样，思维的起跑线就有了相对高度。

张梅不纯粹模仿西方现代派，也不简单地模拟生活，或只作形的粗糙改装，缺乏想象与概括的中介，写法又十分老式、陈旧、一成不变，而是试图将艺术做出某种变革，也注重形式美。近期，她的小说生活化、世俗化成分加重。如中篇小说《蝴蝶和蜜蜂的舞会》。这与她前期发表的中篇小说代表作《殊路同归》鲜明地烙印上"先锋""实验"小说的品格，是不尽相同的。

我依然希望看到张梅的小说，精神实质是现代观念、现代思维与现代价值取向，但在文化渊源上，又让你领略到民族性、国民性的内蕴与氛围。

张梅近期获奖短篇小说《温教练》不足1500字。居然可以写得这么短，居然可以写出一个有性格、有神韵的人物，居然还可以将你的思索与情绪引入文化思考与生命价值的层次。

《温教练》是对知青生活的一段回忆，却没有知青文学惯常的粗犷线条，但你又可以从小说人物的生存状态与精神状态中十足地感觉到那是怎样一个时代！张梅并不以抑郁的叙事形态来把握人物，她的笔触依然那样轻盈，那样简洁，不刻意渲染，艺术感觉上又布满表层明朗而内里失落与痛楚的氛围。尽管这是一个小短篇，但很有立体感与层次深入感。小说中对现代意识的观照，如同一支火炬，将一股往昔近于平淡无奇的生活，映照得光彩夺目。

　　张梅潜质很好，潜力十足，只要不断处于人生与心理健全的状态下正常发挥，也还可以写得更勤勉些，完全有可能在广东作家中引领风骚。

生命中的精灵

——读张梅散文集《千面人生》

伊 童

以前在读书的时候，听到过一首歌，叫做《生命中的精灵》，是台湾音乐人李宗盛写的，里面有一句这样写道："你是我生命中的精灵，你知道我所有的感情。"我为之感动多年，一直希望有这样一个精灵，生活在现实中，排遣世俗的浊气，展示心灵的爱意。后来在报纸上看到一篇文章叫《父亲的苹果》，脑海里那个小精灵又隐隐约约浮现出来，及后的《棉花和布鞋》《珠宝集市》《风景》，那个精灵逐渐清晰起来，幻化成一张干干净净五官细致的脸，那就是张梅。在《白色的魅力》里，张梅写道："做人以真为上乘，做文章以真为上乘。"纯真像一条丝线，把她自己近十年的作品穿结成集，集子叫《千面人生》。每篇文章都以纯真为底色，可以是抒情篇章、生活随笔，也可以是哲理小品、山水游记，万变不离其宗。

喜读张梅的文章，不止是因为清新自然，更感于她对文字的敏感，平平淡淡几个词，经她组合后，显得活灵活现，呼之欲出，令人拍案叫绝。如："卖珠宝的商人也颇为浪漫。腰缠万贯，风尘仆仆，风餐露宿，眼观六路，耳听八方，然后为一颗旷世珍宝流血牺牲。令人想起《月亮宝石》里的印度商人。那些英国贵族，那些黑夜，那些流言。"（《珠宝集市》）"每当回忆起我的儿童时代，眼前总是出现一张缀满了深绿色苹果的白底的棉布被面，然后就出现母亲坐在床沿上，右手的无名指戴着一只铜做的顶针缝被子的情形。这个画面一旦定格，温暖便像雾一样从被面的每一只苹果上散发出来，弥漫在天地之间。"（《棉布和花鞋》）"没有一处没有粥和咸菜，连血管也流淌着粥。咸菜生长在头发里。这就是文化。装模作样的太太和绅士因为没有粥和咸菜而全身浮肿。小丑风头出尽，天才沉没在尘埃中。"（《边走边唱边鼓》）等。每一篇文章里都跳动着精彩的词句。

岑桑老先生在为张梅作的序中这样写道："印象中的她，以色彩而言，是淡素的，以性格而言则平静而平和。"张梅的文章是恬淡的，但每每流露出她执着的理想主义情怀。在《给我未来的孩子》一文中，她这样写道："你的心要如溪水般柔软，你的眼波要像春天一样妩媚。你要会流泪、会孤身一人坐在黑暗中听伤感的音乐。你要懂得欣赏悲剧，悲剧能丰富你的心灵。""希望你不要媚俗……在形式上，我们无法与既定的世俗争斗，而在内心，我们都是自己的国王。如果你的脸上出现谄媚的笑容，我将会羞愧地掩脸而去……"孩子虽然是未来的，但这份希冀却是作者与她未来的孩子所共享的，作者正像期待她未来的孩子那样期待自己，并且努力按照这种精神模式塑造自己。平凡生活的乐趣在于有笑有泪，有爱与哀愁。张梅在享受生活的同时，也领悟到生命的悲怆和茫然。《叮咚的早晨》写的是作者在清远当知青时的一个镜头：17岁的她在某个清晨拎着一个铁桶去打水，赤着脚，无忧无虑地踩在落叶上，空荡荡的铁桶发出清脆的吱吱声。随着岁月的流逝，这个普通的场景如一块精美的浮雕驻刻在作者的生命里，以后每逢初秋，只要忆起这个场景，眼睛就会慢慢润湿。对于这一情结，作者初而茫然，继而憬悟："我爱极了那个叮咚的早晨，所以它就来回报我，澄净我，纯化我，熏陶我。一样东西不管是人是物，只要值得你去爱，那就是感激生命。"

日本有句禅语叫："逢茶吃茶，逢饭吃饭。"用来形容张梅最为合适。不论是在做知青时的艰苦日子里，还是在自己的客厅，穿紫花睡袍与女友们打麻将，张梅都时时透现着这种平常心，将平常心赋予灵性，通过文字表达出来，就成了这一本《千面人生》。

塑造女人

罗　宏

　　张梅是孤独的。不是听表白，是看作品。孤独这毛病有点像感冒——说流行就流行了。作家尤然。可我总缺乏同情，去死吧！不过对张梅倒难启齿。人家有些动真格的，你就不能太尖刻。只是奇怪：平素怎么就看不出？精神学称之为人格分裂。

　　《殊路同归》该是张梅得意之作，与其说是塑造了一组迷乱的当代青年群像毋宁说是倾诉出一种绵远峭峻的孤思。个别地看，圣德、米兰、莫名、子辛们不过是一笔笔斑斓的油彩，很难也无须深究其社会定位的。他们的组合则形成了一种疏离于世的孤愤与顽伤，此色调作为主旋流贯于作品。从共时角度，这是心高气傲者对俗世的永恒敌意，也是俗世对圣徒们的永恒揶揄。真正的超脱是随俗。而张梅作品的主人公们总是抗俗。白萍萍质问："谁能为我们这些不合规范的人找到出路？"出路是没有的。因此，白萍萍及其女友们只能堕落。在眩晕的舞步情欲的宣泄中存活。在少有的宁静中，这些抗俗的男男女女们就感受着孤独的抚慰。抽象地说，这是人类精神世界中最富人性的情愫之一，也是人类生存境遇中最高美感的一种姿态。

读张梅作品如果缺乏对于孤独的体验，那么无论对张梅还是对读者都是一种遗憾。带有遗憾的阅读当然也是遗憾的。

或拙于概括，只好听任女性特有的细胞牵动文思。听经式的生活小景构成作品的基本单位。舞会、咖啡厅、起居午间的晒场、都市的街巷成为张梅痴迷的风景散发着闲散、迷茫的气氛。蛰居于空间里的男女们可能的种种情忧，都被制得精妙而简洁。要在张梅作品中去寻找性的主题即使不算荒谬也至少是笨拙。张梅只在于对生活流面的截取，无提炼、无指向，自然也就蕴含到一种苦心。张梅是否读过新小说的中译本，但她确定了客观主义的信念，让原生态的知觉体现生活的多义性与现象感。

张梅说："我从未想通过写作来达到目的，这种写作姿态卸却了文学的重负，接近了艺术的天性。张梅作品因之具有纯艺术的品位：将感觉还给了读者。对于困顿不堪的理性人格，这难道不是一种健全性的补充吗？无判断本身构成了判断。似乎生活的多义性所完成的生动现象更直接地揭示了生活的本质。在此意义上，张梅倒于无所用心中摆脱了浅薄。

如果现象不过是一切人都能觉察的现象，我们也就无须谈论张梅。

《殊路同归》有这样一段描写：

"穿裙子的女人说自己名叫娜娜，亦声明自己虽然是个大官的女儿，但视权力为粪土，她走进铁皮屋是为了追求真理。虽然是温暖的春天，但她还是戴着一双有一圈染了黑色兔子毛的尼龙手套。在声明自己追求真理的同时，她把手稍稍抬起，先从中指开始，一只只地慢慢把手套褪下来，在所有男人的目光之中，把头高高昂起，再次暗示自己的高贵血统。

掩卷多少天后，那神气女人褪手套的场景仍嵌刻脑际，由于这个细节，傲慢才不是干瘪的概念。

张梅对人际微妙情愫的把握往往通过极屑碎的举止就韵致毕现：

他一手提着桶，一手抱着装替换衣服的小红塑料盒。两人一见，都飞红了脸，急急躲闪，急忙中双方的铁桶碰了起来，咣当一声，两人又羞又好笑，相互看了一眼。进了浴室，我好久不敢打开淋浴的喷头，怕他听见水声会想到我光着身子的情景。我静静站在喷头下，光听见自己的心在怦怦作响。

诸如此类的情境轻提而洗练，令人回味。使你觉得作者有一双极富灵性的眼睛。张梅的风景也就有了特殊的神采。

就张梅结束出版的文字而言，其成熟的语言意识是不该忽略的。所谓成熟并非指其语言境界的完善，而是指其孜孜以求语言格局的精美。读张梅小说如读散文，这是最直接的感觉，说明她在文学间蓄下苦心。张梅小说篇幅不长，这是在整体局面上追求轻巧。于遣词造句，则格外克制而清纯。调侃并不律反而温情脉脉：

当他喝完酒回来时，他看见铁皮屋灯亮了。推开房门后，他看见米兰正倚着在床头，就着灯光读报后，闷热的铁皮屋因为有个女人在灯下读报纸竟变得清爽起来。

张梅的刻薄也是有节制的：

女诗人长相丑陋，还经常有几根鼻毛伸出鼻孔。为了避免看到她的鼻毛，子辛从不敢正面看她的脸，但后来发现侧看更糟，于是只好不看了。

读这段文字我想，那几根用"只好不看"就解决了的鼻毛，王朔会如此轻松地放过吗？

整体来说，张梅作品都努力坚守着一种情：忧郁的格调：

秋天愈来愈深了，广州的秋天短暂得令人伤感。大概所有的广州人都意识到了秋天的短暂。于是许多人都早早起床，走到阳台上欣赏那万里无云的明朗的蓝天。刚好这个时候"雀巢"咖啡公司在某部电视剧的开头大做广告，许多市民便以喝"雀巢"咖啡为荣，而西方广告片中渲染的情趣又使得他们知道在喝咖啡的时候最好要有美妙的音乐。这样，秋天的广州和清晨到处弥漫着伤感的音乐；这样，这个早晨圣德都看见米兰在潸然泪下。

这种稳定整伤的语言定格显示出作者对语言艺术的文字有着内在的禀悟。

文章以真为上乘

——读张梅散文随想

岑 桑

　　曾与张梅共事几年，印象中的她，以色彩而言是淡素的，以性格而言则文静而平和。也许是早年"知青"生活之所赐，她随遇而安，不拘小节。有一次，我走过她的办公室，见她一边看稿子一边竖起脚板修剪脚趾甲。她看见我走来，丝毫也没有改变原来的姿势，对我笑了笑，算是打过招呼，便又我行我素，继续修剪她的脚趾甲。我点头回应了她，暗暗笑着走开了。论礼貌，这个她自然得不着高分；然而那个有点儿滑稽的情景却透露了这年轻人的某种与众不同的气质：她率真，不媚俗，不矫饰，总是示人以自己的本来面目。人如此，文章亦复如此。

　　过去，我读张梅的文章不多，读过一篇题为《给我未来的孩子》的散文，印象深刻。她"未来的孩子"不知什么时候才会出世？文章无非借题发挥，其实是一种理想，一种希冀；或者毋宁说是一份人格宣言吧！她对"未来的孩子"这样说：

　　　　"我首先希望你自始至终都是一个理想主义者……

高尚的情趣会支撑你的一生，使你在最严酷的冬天也不会忘记玫瑰的芳香。

你的心要如水般柔软，你的眼波要像春天一样妩媚。你要会流泪、会孤身一人坐在黑暗中听伤感的音乐。你要懂得欣赏悲剧，悲剧能丰富你的心灵。

在形式上，我们无法与既定的世俗争斗，而在内心，我们都是自己的国王。如果你的脸上出现谄媚的笑容，我将会羞愧地掩面而去……"

说得好。人正是应该如此塑造自己的人格和心灵的。我相信这位未来的母亲正像期待"未来的孩子"那样期待自己，并且努力按照这样的精神模式塑造自己；因为我觉得她在生活中就像是自己理想中的那个"未来的孩子"的影子，从她笔端之下流泻出来的无一不是那个"孩子"特具的心性：纯真，正直，善良，懂得爱和恨，还懂得忧伤。

张梅的散文集《千面人生》（广东人民出版社）要出版了，那里面有展露胸怀的抒情篇章，有信手拈来的生活随笔，还有哲理小品和游记。恬淡清纯，恍如晶莹剔透的款款溪流。作者写得自然、随和，如数家常，给人以闲适之感，却又能从那许多平淡不过的事物中透现出哲理的意味，营造出浓重的氛围。《棉布和花鞋》就是一篇这样的精品。棉布和花鞋这两样似乎早已不合时宜的土里土气的东西有什么好写的呢？作者不紧不慢，娓娓道来，竟然不着形迹地让读者不知不觉沉浸在中国古老文化氛围的温馨里。《潮阳之夜》写的只是粤东滨海地方某个节日之夜的见闻，然而写得淋漓尽致，撼人心魄；作者以自己忧伤的情怀表现出某种没落的文化传统的苍凉。那些近似回忆录的文字和平和之极、毫无矫揉造作之处，但却写出了如此真挚的情怀。《叮当的早晨》写的是作者自己在清远当"知青"时的一个平凡不过的镜头——17岁的她在一个清晨拎着一个铁桶去打水，赤着脚，无忧无虑地踩在落叶上，空荡荡的铁桶发出吱吱的声音。在日后，每逢到了初秋，那个"叮当的早晨"的情景竟仍如同一块精美的浮雕那样展现在眼前。作者这样写道："眼前只要浮现在这个场景，我的眼泪就会流出来。"这是为什么呢？她最初感到茫然，然而终于得到憬悟了："我爱极了那个叮当的早晨，所以它就来回报我，澄净我，纯化我，熏陶我。一样东西不管是人是物，只要值得你去爱，那就是感激生命。我们从娘胎出来时都是水一般的纯净，都是爱极了生命中的一切。而长大以后，世俗逐渐销蚀我们对世间的爱情。我们慢慢变得怨天怨地、自私和刻薄。而每逢这种恶劣的情绪来临，那个叮当的早晨便会来拯救我，把生命中最原始最生动的美展现在我面前，使我排除世俗的种种假象，使爱意再次充满我心。"这是多么寻常而又真实，人人都应该有的一种体验啊！我十分喜欢这篇文字，因为这确实是一种心灵的倾诉，是情怀容不得世俗尘垢的一种自然流露。这就是所谓纯真了。心灵也好，文章也好，还有什么比纯真更为可贵的呢？

我说过，张梅是个随遇而安，不拘小节的人，她活得洒脱，活得自然，所以她并不是正襟危坐、郑重其事地去命题作文的，往往想到什么便写什么，记下自己的印象，留住自己的心思。猫，高跟鞋，火蒜，五福甜汤……或者是装修家居吃了包工头的亏，在路上与不老实的长途汽车司机共进午餐等等，她都可以信手拈来，写出一篇篇生动别致，充满幽默感或哲理意味的文章来。她在《叶子》中写出了这样的警句："并不是所有的花都是香的，所有的叶子都香。"她从阳台上的分盆花的芬芳中得出了这样的体会："植物是另一类生命，每天都在抽芽、添叶。每当夜深人静，你的心就会听到来自植物发出的言语。这时，伤心孤寂的人，为什么不会感觉到来自另一类生命的情义呢，而我们又为什么不能变做一棵草、一朵花儿来完成我们的生命呢？"她写红色，也写白色，自然也写天地山川和缤纷色彩。她交给读者的并不是一幅画布或是一个调色板，而是一份份沾着各种颜彩的顿悟。红色的时候，她说："红色的伟大不仅在于统帅的时候。若把它配作衬托，它也依然闪闪发光……"写白色的时候，她说："没有人能抵制白色的魅力，世界上最难达到的境界便是纯真透明。所有思想家和哲学家所信奉的最高境界白色都能概括：庄子的无为，西人的反朴归真。因为白色的纯洁往往含有一种哲学的意义。做人以真为上乘，做文章以真为上乘，赵丹教他的女儿说，纯真便是大家。

对于纯真的礼赞、讴歌和呼唤，贯串于各个散文集的几乎所有篇幅，尽管作者往往不是着意为之的。

这个集子收编的作品时间跨度前后将近十年，前期的几篇稍嫌单薄，但早已有着素淡清新的韵味，这韵味贯彻始终，成各个集子耐人寻味的特色。

"做人以真为上乘，做文章以真为上乘"，读罢了张梅这书稿，这话使我久久难忘。我为之作序，我遂以这话的半截为题，写些文字。

激情和写作

——张梅小说印象

陈　虹

在这个时代，大家已羞于言说某些所谓bigword，而我仍愿意用下列字眼来拼合张梅：理想主义者、浪费主义者、激情主义者，同时，我想她还是一个享乐主义者，不过这是一句闲话了。

如果说都市文字仅仅是一系列都市特有符码的排列组合，张梅的小说并不合格——在她的文字中我们很少能找到花园、汽车、洋房、男男女女之类，从技术的层面上，张梅的小说占不了多大便宜。应该说，她的小说不如一些五光十色、绚丽多姿的城市题材小说那样使人觉得好看、好玩。

也算是有缘。记得有一天深夜里随手翻到了张梅的两篇散文，读了一遍，怔了老半天，又读了一遍，然后在灯下唏嘘不已，而窗外是一片黑漆漆的夜。

自此开始留意张梅——一直以来认为张梅的小说太不热闹，而我们这些寂寞、单调、乏味的人是多么地渴望看热闹啊。滚滚红尘铺天盖地，自己没有资格上演倾城之恋，看看别人也好啊——这以后读到了她的《短发为君留》《殊路同归》《乌鸦与麻雀》《红》等。

但张梅偏不让你看热闹，在火热的都市一隅，她口吐青烟、微眯双眼、彻骨冷清地独坐着，就如一个诗人和哲人一样对看这个世界兴趣不大。确实，对于诗人和哲人，从某种意义上说，什么人没见过、什么事没经过、什么情感没体验过呢？于是诗人和哲人面对这个世界关闭上了自己的眼睛，当我们偶尔在市俗的狂欢节上见到诗人和哲人的身影，那一定是他们的行尸走肉，他们的心在哪里，我们并不知道。

弥漫在张梅小说中的这种诗哲的虚无几乎叫我震惊——一个生活于欲望蒸腾的都市中且懂得享乐的女子，但是这又能说明什么呢？或许越是在欲望的漩涡中浮沉，越能参透人生的虚妄。

所以我愿意用"智慧"而不是一般女作家所拥有的"聪明"来表征张梅。是的，张梅是通透的，说句或许抬高她的话，我不知道这个世界的人、事、情有什么是张梅不明白的。不过，明白归明白，那么，接下来的问题是：明白的人如何存活下去呢？如那些伟大的诗哲一样自杀？发疯？或让孤独一辈子啃啮自己的心灵？

平凡如张梅者回答说："我有一段时间很希望能像卡夫卡或巴赫金那样地生活，但自知没有他们的旷世才华，像他们那样生活会十分的孤独。而人生每时每刻，世欲的狂欢节正夜以继日地在你身边举行，你又如何去抵制这些诱惑呢？"（张梅《区别于大众情感的情感》）

这里又显出了张梅或说中国人的聪明。

人生如此苦痛和无奈，明白的人对此又太过了然于心，而如果他们又不想一世孤独的话，他们就会拼命寻找那些使他们能赖以生存下去的东西。

张梅找到的是激情和写作。

张梅在她的散文中表示过，我们能够忍受苦痛、孤独、寂寞、无奈，不就是为了那激情汹涌澎湃地到来吗？

真的，除了激情（我想应该主要指爱情），还有什么能使我们活下去呢？

而激情又是如此短暂和瞬间，但短暂和瞬间的激情足以滋润，我们度过漫长的季节来到又一片绿草地，足以支撑我们完成又一次全新的生命冲刺，足以让我们在激情破灭以后仍满怀温馨和感动。

这就不难理解，冷眼看世界的张梅，在她的小说中有那么多的温情和爱恋，浪漫和感伤。

她的近作《乌鸦和麻雀》《红》再次重温了这种温情和爱恋、浪漫和感伤。

在她早先的小说《这里的天空》中，以一个打工妹的眼光看世界，尽写外省人到广东"捞世界"的辛酸、人生的挫折、青春的残酷、价值的震荡，叙述却别具温馨氛围。

《乌鸦与麻雀》像一幅工笔画，写尽了小女人之间处处别苗头、争高低的心理态势。从丝袜是否紧贴皮肤，脸上的雀斑是否被粉盖住，是否涂了适合的口红和香水，到是否吸引了年轻男人的视线等等女人之间说不清道不明却又时时刻刻像山峰一样横亘在女人们之间的问题被张梅笔下的两个少妇"乌鸦"和"麻雀"展览了个遍。张梅虽笔带讽刺，却又充满温情和善意，尤其最后笔势一转，两个争强斗气的小女人冰释前嫌，"她们两个再也不会因为那些粉呀、口红呀、衣服是不是进口货呀、保养得好不好呀这些小女人的问题而心存芥蒂。那些东西，怎么能比得上生命中的友谊宝贵呢？"

读到这里，我鼻子一酸，几有柔肠寸断之感，既为"乌鸦"与"麻雀"这两个女人，更为张梅那颗爱女人的心。

是的，看得出来，像几乎所有女性作者一样，张梅是爱女人的，她爱她们的优点和缺点，善良与邪恶、美丽和丑陋、优雅贤淑及狂荡不羁……总之，她爱她们的一切。张梅小说充满温情和爱恋、浪漫和感伤，与她多写女性及热爱女性是不无关系的。

在近作《红》中，张梅干脆以"红"作为标题，并借小说中人解释说，"红"代表温情。《红》可以当作城市寓言来读，四萍所住的医院——这个死神和生命拉锯的白色恐怖地带，几乎浓缩了我们这个时代的某些阴影：患绝症的患绝症，腐朽的腐朽，美丽被恶魔吞噬，青春渐渐变质，人们自私自利，对他人漠不关心……唯少女四萍和"5床"还在谈论温情和激情的话题。懵懵无知的少女四萍浑然不觉周围的恐怖和痛苦，一门心思只想再看一眼美丽的米脂女人。稍知人事的少女"5床"即使在病床上也整天幻想着遭遇爱情，她之拼命读书是"为了今后能与我爱的和爱我的人对话。"

在一个早已不大可能有激情的时代，张梅仍不死心，她仍在那里用笔幻想、呼唤、渴望、制造着激情。

《短发为君留》是一个颇有点扑朔迷离的故事。两个女人看中了一个年轻、英俊、温柔万分的发型师。"年轻男人"永远是张梅笔下成熟女主人公的渴望和向往，在这篇小说中，"年轻男人"表征了新奇和激情、冒险和刺激。小说明写一个女人的失踪，暗喻她对规范、平庸生活的逃离；实写一个女人对另一个女人的追寻，虚写另一个女人的脱离常轨的激情生活。

而《殊路同归》则是对激情消失的感伤。

《殊路同归》在对城市及某个青年文化群落进行的反讽性描写中，隐藏着对这个激情年代及那群令人心痛的理想主义者的巨大怀想。那个年代里最后一批生机勃勃的理想主义者在那个城市里就如夏日里最后一朵玫瑰夸张而荒诞地怒放。之后由于环境、情势使然，他们不得不纷纷放弃自己曾经苦苦追寻的东西。时代的列车呼啸而去，谁不怕成为赶不上趟的人呢？于是这群青年理想主义者停止了他们的精神探索，加入了新一代的行列中：抽三五牌香烟、穿宽身时装，喝可口可乐、跳迪斯科。

对于激情年代的远逝、理想主义者的衰落，张梅无疑是感伤的，但她又深知没有谁能拉住时代的巨轮。就如生活和生命中的激情，它命中注定的短暂性和瞬间性及不可挽回的破灭，又有谁能阻挡呢？激情破灭后，写作成为第一要事。"而一旦回归现实，我就发现写起小说来更得心应手。在你去掉幻想的激情后，世界正以她的本来面目向你招手。形形色色的人生和欲望以各种形式表现在你面前，当你深入进去，你会感到温暖和生活。"（张梅《区别于大众情感的情感》）

我想，写作对张梅真的是一种救赎，彻悟人生的苦痛和悲凉，世界的虚无和荒诞，人性的可疑和脆弱后，我们能够怎么样呢？"而激情又是如此的短暂和瞬间，如此的可遇不可求，如此重要漫长的积蓄和等待，在等待生命燃烧的间隙写作无疑成为最好的救赎方式和手段。

正因彻悟人生的苦痛和悲凉，才满怀温情和爱意，正因彻悟世界的虚无和荒诞，才满怀理想和激情，正因彻悟人性的可疑和脆弱，才满怀温馨和感动，这是在虚无基础上的理想主义者、激情主义者，这也是我所理解的张梅。

张梅印象记

江南藜果

作为理想主义者，生活在现实中的张梅，
定是非常深刻地孤独着的……

初次"认识"张梅，是看了她发表在《钟山》1989
年第2期的中篇小说《殊路同归》。

第二次"认识"张梅，是看了她在《广州日报》上
发表的《我为什么要写作》。我从字里行间看出张梅的
那些话不是为了装模作样才说的。在"环境污染"日趋
严重的今天，说这样的话的人内心一定保留着一块圣洁
的地盘——

"我们不能给自己什么借口来随波逐流，不能因为
受商品大潮的冲击就放弃自己的理想。这些话听起来有
些正气凛然。但是凛然一点又有什么不好？我们常常处
在某种潮流中，身不由己地做事，身不由己地说话。当
灵魂跳出躯壳，常常发现这副躯壳是现实的傀儡。我们
不做傀儡好不好？当然，这需要勇气。"

快人快语!

张梅说她是个理想主义者，"尊敬那些正直而有理想的人"，但这种理想主义并不是对现实和未来的盲目乐观。平时尽可以在一些场合周旋、苟且和"厮混"，但在关键的一些地方该固执的还是要固执。理想和现实之间的距离毕竟是永恒的，理想永远高于现实，因此理想主义者在获得一种批判现实的崇高感的同时，也就感受到了深刻的孤独。作为理想主义者，生活在现实中的张梅，定是非常深刻地孤独着的。

《殊路同归》表现的正是一种理想主义。在思想刚开始解放的那些年头，这种如火如荼的世俗新理想主义是不少人亲受冶炼的，但为什么我们在小说中看到了理想幻灭的阴影呢？也许这正是渐渐成熟起来了的人们已经毫不痛惜地抛弃了那种盲目的乐观，所以张梅能够把狂热写得那么冷静。

今年32岁的理想主义者张梅，中学毕业后曾下放在清远的一个农场里3年，后来考上粮食机械学校，再后来分配到广州机床厂技术科干了7年，这期间她读了4年业余大学，专修中国语言文学。1985年张梅调到广东人民出版社，现在还在那里的《希望》杂志当编辑。她80年代初便开始写作，主要写散文，1988年开始发表小说，至今已发表了16篇。

张梅说她小时候的遭遇对形成如今并不盲目乐观的理想主义肯定具有无法磨灭的影响。她出生在干部家庭，又是幼女，本该有幸福的童年的。然而11岁母亲去世，父亲又丢了官，从此家道没落。这样的处境迫使张梅必须自己一步步艰难前行。因此张梅解释说，她的理想主义者是那些"永远处在行进中的人物"。

对于《殊路同归》的评论，有人说小说内容没落，形式荒诞。但我认为，张梅都可以一笑置之。我认为，小说的成功之处正在于手法上的那些非现实主义和本质上的现实主义的契合。那只孤独于头脑中的绵羊和那条盘踞在腹中的蛇，说明张梅具备着一种独特的感觉和灵气。

所憾的是，后来我读到的张梅的小说和散文并没能给我以大的惊喜，但这没有什么，因为我们首先把自己看成是普通人而不是天才，就像张梅本人在《我为什么要写作》开篇所说的：

"在现代社会写作也好，不写作也好，始终把自己当作普通人，我想也许就不会受到莫名的重压，写作也会变得轻松愉快起来。"

我的写作成熟期还没到来

龙迎春

一个理想主义者：形式妥协并不重要

记者： 你的散文《给未来的孩子》转载得特别多，文章的主题，是希望未来的孩子是一个理想主义者，并具有很多优秀品质。这是你上世纪80年代的作品，能够得到这么多呼应，是因为那是一个理想主义的时代吗？

张梅： 对，那是我1987年写的，的确转载很多，但它之所以受欢迎，倒不仅仅在于上世纪80年代，即使现在，也会有人认同，因为文中提到的那些优秀品质，任何一个时代都会有人认同。我个人认为两个年代最有激情，一个是上世纪30年代，一个是上世纪80年代，但也不是说现在物质丰富了，就没有理想主义了，但从个人写作上来说，那的确只能是上世纪80年代的作品，里面那种纯净的心态毫无杂质。

记者： 看过一些评论，你自己也是一个理想主义者，一个理想主义者与这个物质世界是会发生冲突的

255

吧？而冲突的结果，是不是要么逃避，要么妥协？

张梅：我是一个理想主义者。理想主义者是以各种形式出现的，我倒一点都不担心物质社会对他们的改变。事实上我觉得形式并不重要，重要的是他们的精神世界是不是独立和昂扬的。是不是物质丰富了就会压抑理想主义，或者说贫困的时代就一定出现理想主义，我看都未必。

记者：这让我想起你的小说《破碎的激情》有两篇不太一样的评论，一篇是李陀的，他说你在小说中对主人公圣德从青年精神领袖蜕变成蓝箭公关协会的商人充满了反讽，但谢有顺却认为，对于圣德的变化，你没有讽刺的意思。你自己更认同哪一种评价？

张梅：单从文学评论来说，我觉得李陀的评论更清晰，但在这一点上，我觉得谢有顺更理解我笔下的知识分子。李陀可能因为长期处于知识分子精英阶层的原因，他对于像圣德这样出身于贫民的知识分子并不熟悉，我写的不是学者，只是普通的知识分子，谢有顺可能更熟悉这一类人。我的小说中没有反讽，就像我刚才说的，形式并不重要，知识分子住豪宅或住小巷都不是问题，重要的是个人精神品格的丧失，中国人对自己的认同太社会化了，这才是我担心的。

作家：关注人的精神层面

记者：你30岁才开始写作，想问一个很老套的话题，你为什么写作？

张梅：我的写作是从上世纪80年代才开始的，而且一开始也不是写小说，就是写点散文什么的。选择写作对我来说有两个因素，一是我们在"文革"中没受到什么教育，而我在"文革"所有的教育都是看小说得来的。其次我是一个对文字比较敏感的人，对文字的这种敏感到了一定的时候就会有需求，对文学或者说对文字的这种特殊的注意力能让你在文字中感到愉快，我想是这种需求促成了我的写作。我的写作是因为需求和个人在这方面的天赋，而不像很多新时期的作家，是为了表达对这个社会的想法。

记者：也许你一开始写作只是为了个人对于文字的喜爱和内心的表达，但我记得阎连科有一次接受采访的时候说，一个作家，到了一定的时候就会有一种使命感，你觉得呢？

张梅：是这样的，这就是所谓的成熟期，当然，完全成熟是不可能的。我还没到成熟期，但我感觉快了。一个作家是否成熟我觉得要从两个方面来理解，一是他对写作的技巧已经成熟，另外是写作对他而言大过一切，他的注意力全部集中在写作上。但我感觉自己成熟很慢，因为注意力太容易分散，太不努力。在文字上我还是有点天赋，但这两年我几乎成了空中飞人，而且还做很多别的事，写专栏、写影视剧、游历什么的。

记者：提到写作技巧的成熟，李陀评你的《破碎的激情》的时候说，你既然摆出的不是为赚钱写作的态度，为什么不把活做得细一点，他说你的小说无论是从整体的结构上还是细节的描述上都有些粗糙，但谢有顺说你花了10年来写这部小说，可见着力之深，你怎么看待这种评价？

张梅：首先10年是指写作的跨度，不是指真的写了10年。小说的两个部分《殊路同归》和《破碎的激情》不是同时完成的，1989年我写了第一部分，1997年才又开始写第二部分，1999年才合起来出版。至于李陀说它粗糙的说法，我觉得可以放在任何一部小说上，因为所有的作品都是不完美的。当然，我也特别想把它写成一部巨著，就像《洪堡的礼物》那样60万字的巨著，但一来每个作家的情况不同，我不是索尔·贝娄；其次，《破碎的激情》是实验小说，在写作的时候，我就感觉到传统的写实手法很难在其中运用，而尚未成熟的先锋小说的笔法并不容易掌握。但其实这部小说有一点被所有的评论家都忽略了，那就是这是一部唯一写当代知识分子精神层面的长篇小说，而且是用先锋小说的形式来写的。当代是很难写的，因为你没有走出来，还身处其中，不像写从前，比如1942年，1942年对现在的人来说是一个完整的形态，而当代却在不断行进当中，所以我真是觉得写得很辛苦。我最关注的是人的精神层面和行进中的人的变化，我是喜欢变化的人，即使是我的短篇，也没有一篇是重复的。

一个丰富的剧作家

记者：孙周的《周渔的火车》曾引起很大反响，你作为编剧，将北村的小说从一个奔走在两个女人之间的男人变成奔走在两个男人之间的女人，难不难？

张梅：不难，我写的其实就是一个女人在两个男人、两种爱情中的选择。剧本其实很简单，后来很多人说电影太晦涩难懂，是因为巩俐在里面一人扮演了两个完全不同的角色，一个前卫的诗人和一个陶瓷艺术家。而事实上我们原来设想前卫诗人是由周迅来演的，可见这是多么不同的两个人，但最后都由巩俐来演，而她又没能将这两个人区别出来，所以造成了混乱。另外，电影其实是导演中心制的，编剧在其中是很次要的，王家卫的片子根本就不用剧本，只管拍出无数镜头，最后剪辑出来就行了，所以剪辑也特别重要。拿《周渔的火车》来说，他是孙周的作品，北村的第一稿我迄今也没看到，我开始写的时候就是和孙周开始讨论，他有很多想法，最后电影呈现出来的也是他的想法，和剧本的关系好像已经不大了。

记者：《非常公民》也是你编剧的，关于溥仪的影视作品很多，《非常公民》的不同在哪里？

张梅：我一共写了10集。中间的5集和后面的5集。《非常公民》和其他同类题材不同的地方在于，它是纯粹从溥仪跟女人的关系来写的，其他的作品都是从他作为一个皇帝来写的，是权力中心，但《非常公民》却是把他当一个男人和丈夫来写的。我自己对溥仪特别感兴趣，他的悲剧之处就在于他是一个很文弱的人，根本就没有皇帝的那种霸气，适合做教师的人却被推上皇位，又是在那样的动乱时代，他实在承受得太多了。而从他的感情生活来看，和那么多女人结了婚，也是很痛苦的。

记者：现在很多作家都跟影视挂钩，你怎么看这种现象，会不会专职做编剧？

张梅：写剧本是赚钱的事，对别人，我觉得做或不做都没什么，我自己不会做职业编剧，小说对我来说，吸引力才是最大的。

南方故事的两种讲法

——张欣和张梅小说新论

徐　岱

[摘　要] 在当代中国小说创作中，广州作家有着与众不同的特征。两位女作家张欣与张梅的艺术风格同中有异，审美趣味异中见同，前者热衷于长中篇的叙述，后者擅长小中篇。她们的小说实践不仅为我们提供了把握中国女性写作的一种视角，而且也向我们敞开了认识当代中国小说实践的一扇窗口。通过她们笔下的"南方故事"，我们能够进入到当代中国的诗性文化的氛围之中，领悟人情世事的变迁与感受精神世界的迷茫。

[关键词] 张欣与张梅；南方故事；女性写作

广州在当代中国的文化版图中具有特殊意义，不仅因为它是"改革开放"最前沿的地域，也因为它毗邻香港，与海外联系较其他地方密切。所以，广州作家对当代中国思想观念与生活方式的改变似乎也特别敏感，充分发挥这种地理环境上的优势，成了他们在小说世界里攻城掠地、屡试不爽的常规武器。其中有两位女作家尤其引人注目。比如籍贯江苏、生于北京、长在广州城的女作家张欣，她的小说对商业大潮里人心不古、真情不再的世态炎凉，做出了准确真实的近距离展现。与她殊途同归的还有张梅，从1988年登上文坛以来，迄今已有多种著作出版，虽说并没大红大紫，却也在小说园地里悄悄营造起自己的地盘，形成了具有特色的叙述个性。对这两位女作家小说实践的审美考量，不仅有助于我们把握当代中国女性写作的一种精神面貌，而且也能让我们借道问路，对当下中国小说创作的艺术走向和心路历程有所认识。

一、失落的家园：论张欣

张欣迄今已出版中篇小说集《此情不再》《浮世缘》，以及长篇《一意孤行》等，另有四卷本的《张欣文集》。按照当代中国文坛的行情，拥有如此规模作品的张欣当然能跻身于"著名作家"的行列。虽然她的写作生涯滥觞于1978年，并且得过"中国作协"颁发的"庄重文文学奖"，但她得以真正引人注目仍只是近几年的事。时至今日，一些涉及"90年代的中国女性写作"论题的评论文章，已不能不为她的作品留下一些篇幅①。但相对而言，张欣的小说创作其实并未为批评界所真正看重。因为她的作品显然既不够厚重，更远离先锋。好在张欣本人对此也并不以为然，对自己的创作定位心中有数，没有自命不凡的"巨匠意识"和"诺贝尔情结"。她在"一意孤行"的后记里曾表示："我写得很用心也很辛苦。不管打多少分，对读者应该是可以交代的。"这句话贴切地反映了她的写作心态，也道出了她的创作特色与文学追求。

一言以蔽之，张欣是当今中国文坛一位勤奋称职的从业人员，一个优秀的文字劳动者。虽然这听上去似乎不怎么显眼，但在一个英雄退场、大师陨落的时代，当急功近利之风在中国各行业日渐盛行、假冒伪劣已成社会公害，面对一个能够洁身自好地对待工作、熟练地掌握自己的手艺向我们提供货真价实之作的小说家，我们没有理由过于苛刻。张欣无意加入当代文坛的华山论剑，并不意味着她不是一位好作家。张欣

---

① 参见陈晓明《剩余的想象》，华艺出版社1997年版；徐坤《双调夜行船》，山西教育出版社1999年版。

对于小说这门手艺的纯熟，首先表现于她对语言有着良好的调度能力。简练的叙述加上一点小幽默，三言两语地抓出事物的某种实质，构成了张欣小说的一大特色。糅合了女性的体悟与北方人的"侃"的娓娓道来的语言文字很能"来事"，属于话里有话、话外有声的这类表达，本身就已具有一种可读性。这为她进一步展开故事做了很好的铺垫。

比如："蹿红是很难的，成千上万的人经过不懈的努力，却像废彩票，被揉成一团或撕碎抛得满街都是，成为芸芸众生。"（《变数》）；"其实青春最让人留恋的不是紧绷的皮肤和苗条的身材，恰恰是犯错误的专利"，"没有功利的爱情似乎比利益的结合更脆弱，它说有就有，如疾风骤雨；说没有就是灰飞烟灭，两不相欠"；"世俗并不可怕，可怕的是世俗上面还要披上清高的外衣，时间一长还真以为自己卓尔不群与众不同，是别人不理解你，欠了你的"（《缠绵之旅》）；"不要相信所谓定力，有定力的人无非没有碰到更吸引他的诱惑而已"（《拯救》）；"爱情在生活中仅仅是一种装饰，一旦生活暂时蒙上一层阴影，它总是最先被牺牲掉"（《爱又如何》），以及体现其女性写作视野的一些议论："男人多半是希望女人漂亮，有能力，但又不公众化"（《致命的邂逅》）；"男人和女人不同，女人是只认准自己的最爱，其他人全不在眼里。男人是希望全世界的女人都爱自己，只不过把她们控制在不同的层面罢了"（《此情不再》）；"在恋爱和从政之间，男人永远选择后者，不是恋爱不甜美诱人，但从政毕竟是男人的正餐，爱情仅是餐前小食"（《缠绵之旅》）；"不管有家没家，女人失去自我是注定的，因为女人所有的期待、向往和兴趣是爱情与孩子，从来都不是金钱、地位和名利。金钱、迷恋成就感无非也是在选择爱情失败之后"（《拯救》）。

虽说这些意思大多属大众化与常识性的见解，未必微言大义；那些涉及男女间性别文化的思想不仅更为俗套，现今来看也有偏颇浮浅之嫌。尽管如此，这些见地至少仍未过时，仍能促使读者继续这些没有答案的思索。因此，在笔者看来，比起那些形形色色的名为追求"诗性"、实为文字排泄的呓语文本，张欣的作品更具有意义。伍尔芙认为："作家比别人更有机会与现实共同生存，他的责任就是去寻求它、收集它，然后转达给其余的人"[1]（P135）。张欣的小说便具有这一特色，她采用的是传统的"说书"式的讲故事手法，毫无"实验"的姿态，既没有观念上的哗众取宠，也无文字方面的虚张声势。快节奏的叙述与高密度的情节使张欣将故事讲得十分结实，没有一点水分。虽然是些道听途说的虚构，但由于有实际生活素材为背景，有连贯的叙述逻辑做支撑，使她的小说不仅有很强的可读性，也经得起推敲。

所以，张欣的成功可以看作小说艺术对那些热爱故事者的奖励，以及试图以别出心裁的花样来掩饰其缺少讲故事才华的行为的惩罚。在此，"真实"这一古老的美学原则依然成为张欣小说的成功担保。她的作品的最大魅力主要在于有一种与当下生活的"贴近"性。她所表现的，是那些每天都与我们相遇的人，随时都会让我们自己碰上的事。没有来自穷乡僻壤的离奇神话与来自上层结构的曲折传说，只有主宰着当今大众文化的都市人生。张欣拥有与其本家张辛欣相似的对自恋文化的超越，但在后者那里多少仍保留着的一份诗意的底色和无奈的感叹，在她笔下则已荡然无存，取而代之的是一种平心静气的展现：诸如良知、爱情、信仰等高尚意识，如何在当今拜金主义浪潮与欲望火山的冲击下分崩离析、泯灭沦落。"什么人在这个世界上都有个价"（《浮世缘》），这是张欣小说世界里的男男女女所奉行的最高法则，也是当今中国社会的芸芸众生所默认的一个游戏规则。

"没有钱，不仅没有自尊而且也没有生活"，这是张欣小说所表现的基本主题。尽管这些道理并无新意，但真正领悟仍需细细体味。曾几何时，作家们表现了以性爱为代表的人类精神生活，以及在政治权势的威逼下的脆弱；时至今日，作家们一直在不断地向我们显现，这种精神需求在以商业为主导的经济围剿下显得何等苍白。张欣的小说是这一旋律的重奏，基调的明确使她的小说在丰富多彩的故事与不断变换的场景下面，有一种内在的重复感。张欣小说的不容轻视，在于这些故事蕴含着一种直面现实的严峻性。她的叙事话语里几乎都回响着这样一种声音："年轻过，憧憬过，幻想过，正直正义过，最后以年老、现实、失落失意而告终，这就是人生。"（《此情不再》）她的故事大多是对这样一种两难的生存境况的面面观："无欲无求，在疯狂的物质诱惑面前保持一份散淡，并非就能保证日子过得开心、舒畅，生活本身就是这么麻烦。有时候喧嚣和浮躁恰恰体现了一种亢奋与进取，无非泥沙俱下罢

了，而退避、委顿的生活更叫人受不了。"（《你没有理由不疯》）

总体来看，张欣的这些作品大都是以与香港和深圳相毗邻的广州为轴心的南国文化为背景，以现代都市男女情感纠葛为主线，以写字楼、歌舞厅、大饭店等为舞台的"欲望写真"；她所营造的都市传奇具有鲜活的现实感与当下性，其叙事视野和关注重心常常落实于形形色色的现代职业女性。虽然南国风情在中国的地域文化中向来具有一种特殊的色彩，但张欣向我们呈现的，则是一个只有赤裸裸的欲望交易，没有一丝一毫浪漫温情的灯红酒绿的世界。"'忆苦思甜大杂院'也好，'老三届'也好，饭店开得火火的，仔细一想均是温柔一刀，更不要说豪华旅游和激情夜总会了，哪儿哪儿不是你要温情我要金钱。"（《缠绵之旅》）

现实中物欲与精神的较量，如今总是以前者的凯旋而结束。在《爱又如何》里，"可馨想不到自己见到一大包钱和见到初恋时的沈伟一样，脸红、心跳、额角冒汗，莫名其妙地紧张"。金钱的胜利体现于它对人们价值观念的彻底颠覆，那些曾经为人们所不齿的行为，如今早已作为现实的一种而为人们心安理得地接受。《浮世缘》里的落虹只是请小姐妹阿珍和她的男友小区吃了一顿自助餐，并享受了一晚总统套间，就让这位穷姑娘热泪盈眶，再三要求落虹去"跟林大花说，我做三奶四奶都行"。金钱的力量也体现于人们行为方式的改变。《爱又如何》里的爱宛在得知自己的初恋情人由一名普通的烟酒供销员成为财大气粗的个体烟老板后却要甩掉她时，并没有痛不欲生，不仅痛快地答应了这个男人的要求，而且还心甘情愿地继续充当其姘妇，通过仍与他合作来稳定自己所经营的商场的财政状况。

金钱的胜利还体现于对人们生存环境的污染。在《致命的邂逅》里，章迈与寒池虽然是一对一见钟情的恋人，但彼此还是在"现实法则"下分手。能干的杜拉拉以她的关系化解了老同学章迈16年的牢狱之灾，又以25万元钱让寒池在明白了个中利害之后，同意结束这段浪漫之旅。卑鄙的不是人，而是环境。两年多的监禁让章迈懂得了生存对人的限制："如果他真的为心中的爱情坐足16年牢，不是可能而是一定成为废人一个，锐气全无，再感天动地的爱情对他也毫无意义。"在张欣的小说里，早已没有了刻骨铭心的故事和地老天荒的牵挂，也无从去发现思想体验的新大陆；但它们能让我们对现实人生有这样一种新的认识：如果说在过去那种政治专制时代，人们至少还能对美好的精神生活保留一份深切的憧憬与期待，让为世俗社会所不容的那种人性的追求在想象的空间里安营扎寨；那么，当我们身处如今这个经济独裁和商业主宰的时代，这种美好想象与期待正在被彻底窒息。

这样的故事具有强烈的现实感，但张欣小说里最有意味的，是以此为背景对当代人的情感困境的真切表现。《窑艺》中的曹天际与叶一帆是一对大学生恋人，彼此不仅才貌般配，而且情深意切，志同道合。但情感的山盟海誓终究还是未能抵挡住来自实际生存压力的围剿，尽管一帆本着女性的勇敢为爱情做出了自我牺牲，放弃自己所喜爱的事业与已适应的工作环境来到天际身边，最终还是劳燕分飞，各奔东西。作者艺术处理的成熟在于：一方面没有回避这个故事在美学上的价值体现，另一方面并没简单地进行是非评判，而是如实地表现出生存环境的严峻与生命过程的变化。如小说里写到天际开始移情别恋于新来的女孩萧晓云的一段文字："首先是她不怕苦，每天都高高兴兴的，不是坐在瓜堆里吃瓜，满脸的瓜汁瓜籽，就是去跟老乡学骑马，胆子特别大，当地的老乡都很喜欢她。其次是她很随和，不因美丽而给人造成压力。从她身上，天际感觉到简单的魅力，很自然地将她与一帆相比，尽管一帆比晓云有思想内涵，负面是让他觉得累，他真不喜欢这种累的感觉。"短短一番话，不仅写出了这个女孩的可爱以及天际情感变化的真实缘由，而且还让我们看到了一个年轻男人接受现代生活的挑战的艰难。

在故事里，一帆终于第一次向天际承认自己"可能是太任性了"。虽然天际"也知道，在这个世界上再不会有女孩像一帆这样地爱他，待他，为他而死"，但他们的爱情还是未能进行到底。因为生活让天际感到，"他要找的，首先得是一个生存伙伴，要能脚踏实地和他一块面对生活。可能萧晓云也并不是最合适的人选，但他已不相信爱情，他是真正付出过，爱过，结果并不美好"。结局也就别无选择。虽然"分手是两个人的切肤之痛"，而且"伤心是一样的，肝肠寸断是一样的，成为记忆中的那一份苦也是一样的"，但毕竟"时代不同了，爱情不再简单、纯情，更多的时候已超出对错的层面，变成越来越难以把握的东西"。

这样的场面无疑让人深感遗憾，作者所塑造的这个叶一帆，或许已是奉行"不求天长地久，只要曾经拥有"的现代人类里，最后一拨仍残留着愿为爱情献身的"古典主义"的一位女性了。但残酷的不仅是这种结局，还有所爱之人对她这种献身精神的瓦解：在小说里，天际对着如遭灭顶之灾的一帆表示："永远也不要轻易地选择死亡，那只会让曾经爱过你的人离你更远。"不言而喻，故事里的这位年轻男人是一个不折不扣的凡夫俗子，在这样的故事中，对"大丈夫"神话的解构早已完成。作者写出了一帆姑娘的魅力与难能可贵，也让我们由此而找到对天际的行为作出指责的一些理由。但真正体现了作者成熟的女性写作立场的，则在于她并未如此这般地将曹天际放在一个被告席上，而是尽力地给予了这个小男人以理解，由此而将思考引向更为广阔的领域。就像叙述者所说，在生活中变得实际起来的曹天际渐渐意识到，一帆的聪慧和才华伴随着她的敏感、偏执，她的专情与体贴她的清高和任性，这一切是不可分割的。

问题是在生存竞争中如今已身心疲惫的曹天际，现在宁肯选择简单，而不再有资本扮演大丈夫的角色。常言道：从来就没有什么救世主，也不靠神仙皇帝，要创造美好的世界全靠我们自己。政治斗争如此，爱情生活也不例外。在现代社会，要指望男人们继续像古代勇士和侠客那样去替天行道已不现实。虽然前景未被看好、当下的日子也不尽人意，但退路却早已全无，张欣的小说将此境况尽收眼底，让我们面对一种没有"场外指导"、也无法"暂停"的人生。因此，尽管存在着模式化的缺陷，但毕竟体现着一种"现实主义"的魅力与威力，对此，当代批评如果能放弃吹毛求疵，便理应给予其掌声鼓励，因为我们需要这样的能够直面当下的文学故事。

张欣小说擅长宏观的谋篇布局与对生活的概括，注重的是符合生活逻辑的各种"事实"。但由于缺少细节、也很少进入到人物的内心世界对其复杂的生命体验做出必要的把握，让张欣的小说"好读"而不"耐读"，虽有意味但缺少回味，读久了容易疲惫，读多了便会产生似曾相识之感。这个缺点在她的长篇《一意孤行》里表现得十分突出。长篇小说看似需要以合理的情节转折为支撑，更讲究故事性，但其实离开了对人物内在精神结构的透视和生活细节的表现，就会失去叙述的张力，成为一种"仿历史"的新闻纪实和对芸芸众生的人生经历的"报道"。在张欣的这部表现从"文革"前至今的时间跨度里的一批"大院子弟"的人生起伏的小说中,有着叙述干净利索,场景切换频繁,历史投影逼真,人物群体丰富等优点,其中的几位主角也塑造得性格鲜明。但其意义很大程度上在于以文学的形式对一段历史的形象保存,文献价值大于艺术价值。因为在这个文本中,作者没能以对社会变迁的关注为框架,对生命的内在时空做出多维表现。这方面的不足如今无疑已成为作者自我超越的一大障碍。

故事虽由人物的种种经历所构成,但其艺术价值却在于对人生的丰富经验的表现。虽说没有外在的"经历"便没有内在的"经验",但并非有了前者就一定能拥有后者,如何以故事来把握生命现象,这一直是小说家所要操心的。就像美国著名黑人女作家艾丽斯·沃克所说:"作家所关心的是生命的问题。不管我们属于'少数'还是'多数'作家,这是我们权力之内的事"[2](P52)。所以,能否将关注重心由一般的社会层面真正落实于个体之中,使叙述话语进一步细小入微地让故事更具有立体性,这对于张欣小说艺术的提高是一种挑战,因为真实的生命问题只能是个体性的。

二、破碎的激情:论张梅

与张欣的擅长于长中篇的叙述不同,张梅创作热衷于小中篇的经营。她的几个最具代表性的作品主要表现走出了青春期的年轻姑娘在当今这个利欲熏心的社会风尚里,如无根的浮萍般随风飘荡的经历。

如《蝴蝶和蜜蜂的舞会》,讲的是在一家机械厂当描图员的白萍萍与她的三个女伴无所事事的生活。她的父亲虽然是南下干部,家里有一定条件,但也没有足够的政治背景和经济实力让她进入更好的生活圈子。小说以她的视野观察这批生命力正处旺盛阶段的不甘寂寞青年人的社会活动。在当时的中国社会,刚刚兴起的舞会文化是一个中心,但我们却看到,这其实是"一个五颜六色快乐的大陷阱",来自各行各业、四面八方的各路人马都怀着一个共同的愿望,那就是寻求快乐,期待发生某种美丽的意外,获得生命的刺激。所以,当"神秘的黑夜异性的身体撩拨着春心而喘息声此起彼落"时，欲望的诱惑就陡然升温。这其实并没什么可惊诧的，也并不是什么过错。问题是并没有真正免费的午餐，也很少有想象中的那种美丽的惊喜。传说中的奇闻逸事固然早已显得千篇一律，现实生活里的情形更缺乏新意。当序曲终了，帷幕揭开后，一切其实是老方一帖。没有白马王子和仙女，没有神奇遭遇，没有可以超凡脱俗、与众不同的玩意，有的只是赤裸裸的欲火中烧的举动和粗鄙麻木的欲望的贸易。但没"见过世面"的女孩们为此付出了代价，不仅是被欺骗的失落，还有受欺侮的痛苦，被轮奸与出卖，被转手与出让等等的不幸与沮丧。

不过也就这样了。虽然掉了泪但并没有痛不欲生的体验，更没有苦大仇深、鱼死网破的心态。这就显出了社会的改变和时代的进步，这是从小就懂得审时度势以利为重、绝对遵循好死不如赖活着的人生规矩的一代。贞操已经不再是问题，情义更是不被当回事，"出卖"与"欺骗"这样的词汇也被取消。她们很快就接受了既成的事实，懂得这是个不信眼泪只认权势与金钱的社会。既然你无法选择生活并掌握命运，那就干脆让生活和命运来选择并掌握你。有道是识时务者为俊杰，一旦见了世面，大家也就抓紧时间地快活，充分地利用好各自的青春年月品尝醉生梦死的感觉，以一种很开心的样子过日子。肉体的享受自然是重中之重的东西，以人工手段不断地突破老天爷设下的限制向极点进军再进军，心中铭记着伟人当年关于"无限风光在险峰"的教导，让生命消失在无边风月的海洋，这被当作了这些新人类的最高境界。

故事里的白萍萍"曾是少先队的大队长，喜爱蓝色的天空"，和她的姐妹们一起奋不顾身地投入到了生活的浪潮里。酒、音乐、美色、高档汽车和"高尚小区"里的别墅构成了这种生活时空，权力、金钱、阴谋与交易是其中的基本内容。虽然喜新不厌旧，但最大的乐趣仍在于一场又一场的爱情游戏。于是上班就惦记着下班，姐妹们互通情报一起赶场，无伤大雅地在暗地里为男人们争风吃醋，其实也没有太丰富的活动，无非也就是抽点烟、打打牌、跳跳舞、弄个聚会凑个份子，颠鸾倒凤的时刻再美妙，也做不到乐此不疲。所以，故事很破碎，情节无起伏，说来说去也就那么点套路。叙述者那一副平心静气、司空见惯的姿态，渐渐让人觉得索然无味。但这不正是当下生活的真实情形吗？在那种风风火火、忙忙碌碌的活动下面，其实并没有什么让人真正动心的值得一提的故事。自作聪明地认为这些人智商低下、感觉迟钝是浅薄的。在某一次高潮过后或某一个夜晚的寂静里，久经沧桑的白萍萍们会像所有发育正常的善男信女一样，在审视自己的感情生活时，"突然醒悟到自己的生活中并没有爱情"。但这又如何？问题不仅是从来就没有什么救世主，还在于谁也不能全靠自己。

不管怎么说，能让我们耐着性子逼近当下中国灯红酒绿的现实，去认识那些刚解决了吃的问题的年轻人是如何将全球化的现世主义与享乐哲学同中国的"小康理论"相结合，成功地形成具有中国特色的现阶段大众文化，这就是张梅小说的一种意义。她以不长的篇幅让我们领略了眼下那些好玩事儿的不好玩的实质，解构了人们心目中对现代生活的一些不得要领的想象。另一个小中篇《随风飘荡的日子》，可以看作是叙述者白萍萍故事的延续。故事的主角同样是一个"经常待在家里，具有吃喝玩乐的品性"的年轻女人，凭借三分姿色交往有钱又保留一份绅士德行的男人打发时间。除了关注青春的流逝速度，不为任何事情操心，除了守株待兔式地留心着锁定一位能够让自己享受生活的现代男人，再无目标。她们的激情与物质的丰硕成正比。《这里的天空》稍有不同之处，叙述者是一位小镇上的16岁贫穷姑娘，考不上高中又没有工作，最后随着隔壁的女人阿秀一起，来到"找不到一张诚实的脸"的南方城市打工。虽然她尝到了谋生的艰辛与创业的困难，在偏僻小店当女招待却被当作卖淫女抓进公安局，但仍痴心不改地抓紧攒钱，心中装着的理想，是有朝一日同她中学里的那个美术老师一起，到"南方的海边买一套房子，开一个小餐厅"。

这个故事由于题材离作者自己的生活距离过大，讲得不够完整。由此进一步从整体上打量张梅的小说实践，可以认为她的作品不够深刻，缺少点想象力的生动与创造性，可以不喜欢她略显矜持的叙述话语和表现方式以及故事也太单薄，甚至还可以批评她的创作视野不够开阔，缺少更为醇醇的艺术魅力；但不能不承认张梅的小说是真实可信的并拥有了自己的审美价值，她对她周围的生活和同龄人心态的把握是相当到位的，尤其值得肯定的是，她无疑具有对一位职业作家而言十分重要的诚实的写作态度与社会关怀。她的小说能够触动我们审视当今社会的现实问题，向人们摆出了到"何处去"的思考。这份思考在她的由两个中篇组成的长篇小说《破碎的激情》里，被强调得更为鲜明充分。

为什么昔日那些规格标准的好姑娘们，如今都会没商量地跻身于候补二奶的行列？张梅小说里经常浮现的这个问题在《破碎的激情》里被全方位地展开。这两个部分的写作间隔有十年的小说，讲述了以一个同仁刊物《爱斯基摩人》杂志及其主编圣德为中心的青年文化艺术人群体，在20世纪八九十年代的广州长达十多年的时间跨度里的人生轨迹。故事开始于一个云雾初开的日子，该季节广州城第一个穿裙子的女人娜娜，手里拿着小说《谁是第三者》的单行本走进了《爱》杂志所在地的那个铁皮屋，郑重其事地向诸位声明：她"虽然是个大官的女儿，但视权力为粪土"，来这里的目的纯粹"是为追求真理"。这个开场足以让我们对这部作品的所谓"超现实主义"叙述方式，做好相应的心理准备。在这个与我们的当下社会若即若离的故事里，主角们被确认为一批理想主义者。用小说叙述者的话说："他们当中有工人、小学教师、车间检验员、银行小职员、秘书等等。他们有许多理想和愿望没有实现，而又热衷于理想，他们急需一个地方说话和施展才能。"[3] (P7)

这些来自五湖四海，但都以"艺术人生"为共同归宿的"追求先锋思想的青年"，视爱情女神为抵达这一目的地的最佳媒介。所以，"理想—艺术—爱情"便成了这群信仰者的"三位一体"。这群人里有会弹钢琴的莫名，会写诗并懂得以金庸的《射雕英雄传》来超越萨特解构弗洛伊德的医科大学生子辛，热爱文学并因此而误把自我感觉超好的文痞当才子、又将才子当英雄来。崇拜的两个女人：丑陋聪明的胖妇"皮囊"与美丽多情的少妇黛玲，还有会背诵宋词并用60岁女人才有的忧郁"来唱《夏日里最后一朵玫瑰》的少女米兰，以及各式各样"因为屁股没肉而坐不稳凳子的男孩女孩"。后来的"新潮发型师"和"现代西门庆"保罗曾扪心自问，"不知道自己这一生除了谈情说爱还能做些什么"，这颇能代表他们的共同心声。他们的精神"教父"圣德擅长于做永无休止的人生布道，他借此对他的信徒们实施思想催眠来获取昂贵的精神与物质方面的生存资源。

这是些从"理想主义年代"走过来的"过渡青年"，他们自小所受的世界革命教育无疑使他们具有和少年毛泽东一样"指点江山，激扬文

字，粪土当年万户侯"的抱负与渴望。所以，在故事的后半部分，作为
"自由撰稿人"的圣德曾分别打算同两位爱国的香港商人合作开办一所
信仰学校或贵族学校，为铸造完美人格打算让学生接受军训，并读《毛
泽东选集》或《格拉瓦传》，此外他还接受一家中外合资企业的邀请
去讲"革命传统"等等，也就一点不足为奇。问题是时代不同了，告别
革命之后需要的是稳定压倒一切，以"劳动人民"的名义打下的江山容
不得任何势力轻举妄动；再加上这些上进青年自小的娇生惯养，又只能
满足于室内方面的操练，扮演口头革命派的角色，最多也就是和平方式
的全民大游行之类，玩一把有惊无险的游戏。所以，玩艺术、搞哲学、
谈思想成了他们最合适最便捷也最安全的选择，所以，待时机一到或者
新鲜劲一过，他们也就作鸟兽散，从政经商当女婿做太太，各奔远大前
程。虽然在最后的时刻到来之前，他们也会有感于芸芸众生的愚昧和文
化英雄们的无所事事，而认真地就"是否还要坚持做一个理想主义者"
和"文人能否可以去做一个避孕套推销商"等问题展开讨论，但私下里
其实都已心照不宣。

　　这个故事让我们看到了"理想主义"这面旗帜的暧昧和自我标榜
为"理想主义分子"们的动机的可疑。那些自以为"站起来是矮子，坐
下来却是巨人"的人，其实是居心叵测的偏执狂。最后成了演讲大师圣
德形象的生动表明，挥舞伦理情操的旗帜只是他们牟取世俗利益的一种
手段。他们对世俗权力的鄙夷是为获得更强有力的精神上的控制，他们
对世俗享受的不屑只是为了获得更大的物质财富。就这个目标的远大而
言，他们是当之无愧地将青春期里的"力必多"发烧转换为个人奋斗的
核动力的理想主义者。所以，对他们不存在言行不一、欺名盗世、装腔
作势等等之说，因为他们的目的和手段其实十分统一。产生错觉的是一
直捧他们为文化英雄的人们，当人们被他们的种种有口无心的言辞所打
动，很容易一厢情愿地将他们移情为殉道者。张梅的这部小说对曾几何
时在中国大陆的文化圈子里十分密集的"理想主义"分子们，做出了虽
无情但准确率与清晰度都极高的剖析；她以微带调侃的叙述语气与略带
夸张的形象造型，揭出了当代中国社会里的那些试图以无所事事的方式
牟取人生暴利的候选真命天子们的真实面目。

　　虽然爱默生曾经说过，一个诗人的诞生是人类历史上的大事，但在

如今这个物欲横流的社会，批量出产的骚人墨客早已沦为思想领域的拉皮条者。虽然我们都清楚，真正感动过我们的那种伟大理想终于在地平线沉没；但《破碎的激情》再次显示出这样一个事实：堡垒其实是从内部攻破的，对当代社会日益严重的精神贫困起着毁灭性作用的，并非来势汹涌的商业浪潮和消费文化，而是那些或者将"理想主义"阉割为虚伪的伦理说教的师爷，或者借鼓吹"人文精神"来出入名利场的文化英雄的所作所为。因而，在这么一个"天下熙熙皆为利来，天下攘攘皆为利往"的人间世界，何为诗人和理想？诚然，张梅这部小说在写作上显得稚嫩，故事叙述得一如既往地破碎与随意，人物也如梦游般地若隐若显。正如一位评论家所言，活儿做得还不够细，手艺过于粗糙，许多地方"给人以意到笔不到的感觉"。尽管如此，她对当代中国所作的文化概括值得肯定，让我们向作者在这部篇幅不长的小说里流露出来的时代关怀，表示一份敬意与感谢。

[参考文献]

[1]伍尔芙.一间自己的屋子[M].北京：三联书店，1989.

[2]玛丽#伊格尔顿.女权主义文学理论[M].长沙：湖南文艺出版社，1989.

[3]张梅.破碎的激情[M].上海：上海文艺出版社，1999.

先锋女性和传统女性的内在冲突

对话人：

张欣： 作家，广州市作协主席

张梅： 国家一级作家，广州市文学创作研究所所长

李丹丹： 暨南大学心理学研究生

张欣： 张梅是个很有才情的女作家。我认识很多女作家，有的非常有才华，但在生活上她会和很多规律上的东西制轴，总是磕磕碰碰的；还有一种是生活上游刃有余，才气又比较有限。我作为一个旁观者，觉得张梅的小说是比较先锋，前卫的，但在生活上，她又是很传统的，不论是在社会上的位置，作家中的位置，还是人际关系都是比较传统，游刃有余的。这就让我突然觉得，这个话题是可以聊一下的。从心理学讲，会有那样高度矛盾又高度统一的人吗？

李丹丹： 首先，我们都怀有非理性的愿望，希望自己同时既是孩子又是成人，既是男性又是女性，既是同性恋又是异性恋，既老成又年轻，既独立又依赖，我

们还希望长生不老。接着，既然是非理性的愿望，就会产生心理冲突，比如：自我将被另一个自我压抑和吞没并感到自我不再存在而产生的恐惧，在这种情况下产生的焦虑使人无法忍受，但又极少被意识到。我觉得作家的心理冲突应该是比一般人要大的，因为那也正是创作的源泉。

张欣： 任何一个人都是两瓣的，两种情况的结合体，表面传统，典雅，内心狂野，只是有的人表现得不明显，张梅是属于很明显的。

张梅： 那我是不止一次听到有人这么说我了，黄茵总调侃我说："伟大的作家，原来你是这么焦虑的！"

李丹丹： 但作家在写作的过程中，可能就把自己给治疗好了。一是得到了宣泄，二是无意识的强烈愿望通过白纸黑字会浮现出来。

张梅： 比我要焦虑的作家大有人在，但他们出来的作品未必就是好作品。往深点讲就是，心理冲突能让人出作品，但不一定是好作品。

张欣： 有的人在生活中，你都可以感觉到他的焦虑了，但作品里却没有冲撞。

张梅： 顾城在后期就很典型，他已经无法和这个世界相处了，但却没出什么作品。

张欣： 我自己比较喜欢传统的东西，写的东西也是传统的，这方面是一致的。再比如，一些写政治大题材的作家，他相对就会粗犷一些。可张梅的写作是很先锋的，生活上却是传统的，我一直想不明白这些冲突是怎么在她身上融合的。

张梅： 从男女的比率来说，女性具有先锋意识的会少一些。所谓先锋在人类文化中是比较超常的，它貌似感性，但其实是理性的。所以女性的先锋主义在文学史或近代文学史都比较少，出名的也就是获诺贝尔奖的写《钢琴师》的女作家，她的写法很先锋，但她关注的内容并不先锋，她要表现的欲望也都还是基于平时生活的。关键是，我没觉得有什么矛盾。人的创造意识都是很隐秘的，像对性的看法，就算是同性恋者，在人群中都不会是很与众不同的。

张欣： 我正是想谈这些矛盾同时又是统一的东西，若已经分裂了，就是没调和好，我见过不少女作家是高度焦虑，高度矛盾，特别想出好作品，事实上却变得非常平庸。

张梅： 目前的先锋写作，我认为主要是个审美的问题，就是你个人的审美去到了哪个层次，像我就是接受超现实主义，但平时的生活方式来源于从小的教养和个人经历。我们都见过粗暴的人，他们有一部分原因是因为不自信，就像两只狗打架，叫得大声的那只一定是害怕的。所以，越自信的人毛病就越少，起码他不需要表现。

张欣：我觉得不管从事什么职业，都有一个内心和谐的问题。

张梅：我们从小受的教育是崇拜天才的，当时觉得凡·高和高更简直就是超人，关于他们那些割耳朵呀，和妓女的风流事呀，感觉就是神话。当然，那些是真的英雄，还有些假的英雄，像牛氓。我觉得人要从英雄境界回到平民境界是不容易的，需要很长时间的磨炼。人在年少的时候总是让人看不起，因为他心里还存在着很多英雄。但在这过程中，审美有没被磨灭呢？我觉得大部分人都被磨灭了。

张欣：从事艺术的人或是相对成功的人，就是这方面保持得比较好的人。还原并不是简单的换算，不是说最后就只会做饭和喝茶了。

张梅：前几年看的都是大片，像《英雄》《天地英雄》，但为什么我们看了以后会失望呢？就是因为他们没有说出尘世中的英雄，全是造出来的英雄。这并不是几个导演的问题，而是整批中国人的问题。我们总也拿不到诺贝尔文学奖也是这个问题，真正的文学是对人性最彻底的解剖。

李丹丹：我觉得完美化是一种回避，把人物塑造得像神一样就把各种矛盾回避掉了。其实，在现实生活中，富人和穷人肩上的担子一样那么重，老板和打工的都一样受着煎熬。

张梅：我们建国后对人性的压抑太厉害了，你觉得我的外表是属于很规矩的，也是因为在教育时期被磨得太厉害了，特别是对艺术人性的压抑。

李丹丹：但正是因为那段时间的压抑，我们改革开放后，文化的进化非常迅速，现在年龄相差10岁的人就会感觉有代沟。

张欣：很多事情都不是现世报的，不是说今年做的事，明年就会有报应，特别是文化艺术。现在中医还讲冬病夏治，或是夏病冬治，讲的就是过程，连续性。刚才提到了英雄主义和越来越苍白的艺术形象，我觉得更可怕的是，我们离文学艺术越来越远，都不是别人承不承认的问题了。

张梅： 韩寒和白烨闹成那样，我都觉得有点可笑，他们完全是两种人，两股道上的，却拿一个标准来闹，这肯定是没有结果的。我的意思是，建国后的文化隔断，真是很恐怖的，特别是对民族的艺术。我们这代人受的教育就是很苍白的，孔孟没有了，所剩下的一点点文化营养就是苏联的。去年我去了趟俄罗斯，有一个叫叶卡节林库的城市很魔幻，对我很震撼，我们这代人的根就是在那样的地方的，那里有我们小时候坐的电车，中间有过道，晃来晃去的那种。下午五六点钟时，天有点冷了，所有人挤在破公共汽车那里，眼神全是绝望的。就是我们中国改革前的情景，但我觉得非常亲切，甚至想到那个城市去居住。还参观了苏联最大的兵工厂，蒋经国、江泽民那一代人都是在那里留学的，我一进去就想起了小时候去广州造纸厂学工学农，简直一模一样。中国整个国家形式，城市建设就是按照他们那样建出来的，我马上就觉得找到了根一样。原来想象中的俄国是彼得堡，莫斯科红场，时髦男女，安娜·卡列尼娜……

张欣： 在国外找到了文化的根。

张梅： 我们小时候没什么生活品质，全都是一样，家具都是公家的，都打着印章。我第一次认识到生活品质是下乡回来，到了一个朋友家，在那我闻到了很浓的花香，第一次看到有人家里是插姜花的，一下子引发了我关于生活品质的潜在意识。前年英国领事馆举办了一个中英作家研讨会，接着又在广州开了一个讨论会，是关于女性受压迫的问题，我发言时说：我从来没觉得女性受压迫，我们这代从小就是男女平等的，如果说有问题的话，就是我们很晚才有性别的意识。我好像到结婚都没有性别意识。

张欣： 你结婚也是因为英雄崇拜。

张梅： 是啊，当时我那么发言，英国人觉得很奇怪。

李丹丹： 从发展心理学中可以知道，儿童进入俄狄浦斯期（3-6岁）就有性意识了，但因为教育和时代的局限性，我们会认为那是不对的，不纯洁的，于是压抑它，假装它不存在。所以，小时候受传统教育的人，总会有"对本能力量的恐惧"，具体表现在生活中，就是总觉得自己会受到惩罚，下场不堪设想。

张欣： 过后总结会比较清晰，但我们是处于那个时代的人，在很年轻的时候，真的是对性别不清楚，完全是一种缺失，我们的衣服都是一样的。

张梅：外人觉得你很怪，但本人一点都不觉得。

张欣：我在写作当中，写到两性的时候，就真的不知道怎么写，所以我的作品中没有这些，最多是点到为止，那感觉已经是冲破了自己的封锁线。当我看到别人的作品能很自如的，很到位的描写时，就会觉得这完全是作家自身的问题，正因为他没觉得这是个问题，所以才能那么自然。还有个作家曾经和我说过，他的作品里不能出现情书，因为他不会写情书。

李丹丹：不光是文学上，我觉得在影视作品中也有局限。激情戏中，中国演员都表现得很尴尬，看的人也会觉得很尴尬，有时脱口而出："中国人就别搞这些了。"

张梅：其实从传统来看性的问题，中国是最有发言权的，像春宫图。我们现在是还没找到能准确诠释中国人的性的方式，基本是模仿西方，但我们从身体到各方面都不是那样的，肯定是不自然的，人种不同，对性的幻想也不同。

张欣：在现代化、后工业化长驱直入的情况下，大部分的人的意识都飞奔得很快，但灵魂还停在原地，这就会产生一种不和谐。像我，已经觉得自己是比较开通的了，绝对不会认为"沉猪崽"，祠堂，家法，乱棍打死等等是对的，但也没找到其他的办法。时代发展了，你也跟着发展，流行色之类的都非常清楚，但人的内壳却是原封不动的，甚至是有了霉点的。

张梅：人的外在生存形式是很容易改变的，多笨的女人只要用心学几年都能变成个时髦女郎，问题是核心没变。有人问过我：为什么你的短篇，中篇都没有谈爱情的？自己这才意识到，真的，别说性了，连爱情都没有，主要是还没有出现真正让我们感觉美的东西，有的只是混乱。

张欣：就算是在生活中，我们也是处于一个高度混乱的状态之下。比如，当所有人都不认为一夜情是问题的时候，当自己生活的基点都动摇了的时候，当所有坐标都没有了的时候，我们的学识、个人品格等方面，其实都没做好准备。

李丹丹："我应该……"和"我要……"总是冲突很大。前者是从婴儿期开始就被灌输的根深蒂固的东西，后者是紧贴时事的改革创新。我不相信谁能彻底解决这个冲突，只要是能具备爱的能力和工作的能力就可以了。

张欣：我也是这个观点，是好不了的，永远存在，超越是相对的。在乱世中，需要一种感性以外的理性。

李丹丹：有不少人在焦虑中丧失了爱的能力，特别表现在对亲密关系的恐惧，担心自身的独立存在将受到威胁。我们不难发现有些人与他人要建立亲密接触时会迟疑彷徨，甚至落荒而逃。

张欣：话说回来，除了爱的能力，工作的能力，我觉得还有一个，就是从泛英雄主义的意识中解脱出来。因为过不好的人，一般都是期望值太高的，我见过很多各方面条件都很一般的人，但他们的心高到你无法相信。

李丹丹：其实没什么好坏之分，适合自己的就是对的。前几天，一个80年代的朋友和我说，他拒绝了一次一夜情，我的反应是：为什么不呢？但若是70年代的朋友那么做，我就会表示支持，从小受"杜绝色欲"教育的人做了那么开放的事，只会给自己增添更多的痛苦。

张欣：50年代的人，那就去死吧。我原来在部队当兵，那里是把个性变成共性的地方，衣服都是一样的，凉鞋是后来才有了女式的，所以我对性别的差异也感觉不大。说到美，我们也会烧筷子把头发卷起来，但立刻就会受到压制，所以对美的启蒙，品味的启蒙也是非常严重的缺失，直到现在都没有一个很理性的途径。

张梅：不少名人也是乱穿衣。我也看过很多关于品味的书，但对我的震撼真没有当年那把姜花那么大，那是启蒙式的。目前小资们热爱的生活品质都是特别相似的，永远都是咖啡呀，旅游呀，但在这一片叫嚷中国生活品质的状态下，你会突然觉得他们其实没有什么生活品质，因为我觉得那应该是很独特的，很个别的东西，就是要让人感受到你可以个人去做一件很美的事，那你才具有生活品质。好像说，德国一个女导演，60多岁还去学海底摄影，我觉得她是不论在任何潮流下都会有创造性的东西的。

张欣：选择多有时也是个灾难。当年刚出的确良的时候，我简直不敢相信世上还有这么好的东西，又不皱，又鲜艳，那是对我的美的启蒙。那时的我们家的家具上还盖着"办公室1，2……"的印，都是公有财产，但我妈妈告诉我："我们家有两个樟木箱。"那是对我的私有财产的启蒙。现在总提礼貌，包括穿衣，待人接物，我觉得这还是浅层次的，为什么我们总要强调品质，强调审美能力，就因为这些会映照到你的工作中，人际关系中。我也见过满身名牌的女孩讲粗口，但是一个优雅的，比较统一的人，比如说亦舒、董桥，这些都映照到了她们的作品中，反射出来的就是和谐，她们在生活中也不会是突兀的。反过来说，在交往中令人不舒服的，在审美上也都是可以挑出毛病的，比如年纪很大了装嫩的。

李丹丹：有不少人都给过我这样的感觉：不论我怎么做都是错的。这同样会反映在他们生活的其他各个方面。

张梅：他们其实对生活还存在很多幻想，像有的人会对我说："哎呀，像你的条件应该找一个特别棒的男人。"我就会反问："首先，你有没碰到过？"然后大家都说没有。所以说，大家都是在设想一种东西。

张欣：几乎所有人都碰到过这种问题，也有人对我说过："你应该是教哲学的博导。"这反映出人对生活的期望值是如此的不同。

李丹丹：而且总喜欢把自己的愿望投射到别人身上，不好意思说："凭我的条件，应该……"，就变成了"你应该……"。

张欣：我还觉得有不少女人是很喜欢崇拜的，她们觉得和自己崇拜的人在一起生活很好，她们害怕平庸，但我就会比较提倡平等。

李丹丹：3-6岁的时候，我们感觉父母是万能的，无所不知，无所不会，和父母在一起是最安全，最幸福的，那就是一种崇拜，有些人在成年以后，仍然固着于儿童时期的愿望。

张梅：我是属于那种人，就是永远期待的是自己，我这一生都是这样，从来不曾期待别人会怎么样，只会对自己有期待。所以，我们早就是女性主义者了，最看中的是自己。

张欣：前段时间，香港有位作家发表了篇文章，大概是说老夫少妻一定有不少问题，杨振宁就立刻公开说：我们的生活很幸福。其实任何夫妻都会有问题，任何情感都不全是正面的，但杨振宁反应得那么激烈，他们觉得生活得特别好。

李丹丹：可能就是特别好，当你的幻想和愿望与现实吻合的时候，自然感觉是很幸福的，旁人不觉得好，是因为那不是他的愿望而已，就像异性恋的人会觉得同性恋的人很不和谐，但实际上他们很和谐。

张欣：这里也有一种传统的冲突，就是条件好的人就应该找个更好的，实际上，我从来不这么看问题。

李丹丹：人总习惯拿自己的标准去衡量别人的事，好不好其实是很个人的感受。

张梅：也有世俗的东西在里面。

张欣：对，当你很理性地分析，会发现我们所受的教育，接触的媒体，甚至所有能接收到的东西，几乎都是巨人意识。我个人觉得这挺害人的，让人无法从英雄豪杰、巨人意识中走出来。你能做什么，做什么能快乐，这是人必须要意识到的东西。

李丹丹：在生活中，有不少女性扮演了男性的角色，而男性扮演了女性的角色，并且他们不一定是同性恋，这其实是很正常的，但用传统的眼光就会看着不顺眼。

张梅：我们这代人起码是没什么性区别的，劳动的时候，男的挑100斤，那女的也要挑100斤，不会少的。

张欣：有一次我去香港，接待的人一边和我说："香港的女人是很娇贵的。"一边就安排我睡在沙发上了。这说明除了自己意识不到自己的性别，别人也意识不到，就把你当男的了。他们觉得大陆人就是人，没有男人和女人之分。

张梅：我们没得神经病就不错了。

张欣：乱世是非常需要定力的，多数人都是比较盲目的，我自己也有这种体会，比如清明的时候，所有的媒体都在报道这个节日，什么禁车呀，严禁烟火呀……我突然觉得自己怎么没地方去，于是就想着一定要去看我家婆。从众有时是不知不觉的，泛化到其他地方也是一样的。有时候发现自己想的和别人想的不一样，都觉得挺可怕的。

张梅：从众才有安全感，我到了俄罗斯特别有安全感。

张欣：那里的亲切盖过了它的落后。另外，我觉得还有一个原因，就是你对当代文化的绝望。张梅曾经说过，她觉得到香港都会比在这里有活力，穿衣打扮也会积极很多。

张梅：在中国的五个大城市里，香港还是排第一，这不是我们几十年就能赶得上的。

张欣：必须承认港台对我们的影响。

张梅：特别是改革开放开始启蒙的时候，港台起了很大的作用。

张欣：像颜色的搭配什么的，有时就是硬道理，有的人超有悟性。相对成功的人肯定不应该是最绝望的人，但文化领域里，常常是成功的人看得比较透，甚至产生绝望的情绪了，悲观主义者比较多。

张梅：目前文化领域是既混乱又没什么发展。

张欣：面临的问题只比以前多，而且复杂，但是作品却越来越少了，有大量的作品是完全相同的。

张梅：原本以为问题越多，作品会越好看，但其实是越来越苍白。《断臂山》若放在20多年前，那真的不算什么特别好的，现在它获那么多奖只是因为别的更苍白。

张欣：现在基本上属于中世纪，黎明前的黑暗。

张梅：现在对《无极》总是嘲笑，但还没人去认真剖析它，它绝对不是个偶然事件，它是用一个超烂的形式说出了很多人心里的东西。我觉得他们缺乏的是原创，文学。

张欣：是，恶搞一个"馒头"是比较容易的。

张梅：《断臂山》起码是有个小说在那里的，原创是个很重要的根源，一个主题不是偶然产生出来的，是需要多少年的洗刷，积累啊。光是几个编剧在那里编是不行的。

张欣：这已经是个尖锐的问题了，还有就是我们怎么认识"大众"和"小众"。

李丹丹：洪晃倒是挺先锋的一个女性。

张欣：在宁瀛的专栏里写到，洪晃的男朋友吃醋大闹，洪晃在大庭广众之下就给他跪下了。她这一举动显然就是传统的一面，要解释，剖白嘛。

张梅：我觉得洪晃的经历还是传统的，只不过高人一等，比较优越罢了。

张欣：她骨子里还是个文化人，但文化人的一个很重要的特征就是：说的不做，做的不说。文化人为什么招人喜欢？因为他们比较会搞笑，说白了就是能脱离出生活固有的规范，"与众不同"是最容易先得分的，但你若深究下去，他们还原到生活中一样碰壁。

张梅：我理解的先锋，是创作性的，就是在艺术上要有创作性。

张欣：你指的是内在的，简单说，我们绝对不会认为裸奔的人是先锋的。

张梅：对，生活采取怎么样的形式不重要，最多是离经叛道一些，如果是真的先锋，就不会出来《无穷动》那样的作品了。所以很多创作大艺术的人，他们的生活是很保守的。而大部分人都是哗众取宠，像大野洋子在当年仿佛是最先锋的了，她和披头士还拍了全裸的封面，但后来很多人都指责说，披头士的音乐退步了，就是受了大野的影响。说到生活品质也一样，现在流行喝咖啡，所有人都在喝咖啡，但这其实不等于拥有生活品质。我认为懂生活品质的人，是像《沉默的羔羊》里面那个变态杀人狂那样的，生活中大多数的人只不过是从众罢了。

张欣：你说的是一个境界。好比现在流行喝咖啡，那么哪怕你的咖啡是一滴一滴蒸馏出来的，也还是从众。

张梅：像三毛，从她的个性，经历……种种迹象都显示她是个我们大众认为的先锋的人，但你看她的作品，简直是一丝先锋的痕迹都没有。我认为真正崇尚精神的人，生活都是很简单的，人的精力是有限的，如果你的一生要做那么多离经叛道的事，哪里还有时间去思考，创作。你想想，首先我们的悟性是天生的，然后要受那么多教育，再从教育中分辨，重新感受，最后还要创作，这个过程是非常痛苦的。《麦田的守望者》的作者后来选择了隐世，他能一辈子忍受那样的生活，我觉得那就不是哗众取宠了。其实很成功的东西归根到底是很简单的，现在的电影、连续剧都是希望在一个作品里讲一千个道理，那永远是不会成功的。

张欣：所以，当所有的东西都坍塌时，坚守反而变得格外重要。很多大片不好看，就是他们总想做些老百姓没见过的东西，但其实老百姓什么没见过呀！《断臂山》绝不是故事上的高人一等，它还是讲到了一颗尘世之心，这就让人有种亲切感，突然感到你不是孤立的，你的尘世之苦是有人知道的。

张梅：有的人选择避世是正确的，有时真是见得越多就越受干扰，越失望，并且打击你原来的特有的东西，所以很多理性的人早早地就选择避世，这种人不仅聪明绝顶，内心也要足够强大，足够他撑到最后一刻。文艺复兴以后，经历了那么多次的文艺运动，还有那么多的派别，到现在，不是说我们没有进步，但好比音乐，听来听去还是觉得以前的歌剧、交响乐好，这证明有时候所谓的发展，其实没有提供什么本质上的东西。我们个人从事艺术，真是想写东西的话，这点就必须想清楚，做不做得到是另一回事。

张欣：我们自然无法成为红衣法师，但大隐隐于市，消极中会有积极的因素，包括独处，反省，这些都是现代人比较缺乏的。

张梅：我也见过不少人是上了山（出家），下来以后更焦虑的。有些人当了3年和尚下来，变本加厉。弄得我现在听到别人说信佛就害怕，现在信佛的人大多数都是最焦虑的人，在功利面前立刻原形毕露。

张欣：就像戒烟没戒成的，再抽的时候，吸一口整支烟都没了。还是要将内心的冲突想清楚了才行。

李丹丹：有些情况是，面对很大的创伤性事件都哀痛有节，而在经受轻微刺激后却濒临崩溃。这其实是生活的轻微刺激激发了某种内在的、潜意识的易感内容，但你并没意识到这与自己以往经历的重大事件的时间有关，或认为两者并无必然联系而根本不加注意。例如，某妇女在发生意外流产后，于每年的这一天都会突然感到抑郁。人会潜意识地计时。

张欣：我觉得真正意识到什么的，或是信什么的人是不会讲的，他完全是没有什么宣言的。比如说赵波跳楼自杀，就有媒体说她是作秀，这听起来很冷酷，谁会拿自己的命作秀呀，但出来的效果就是这样的，所以有些事要不你就不要做，要不你就不要说。

张梅：当年大家都多盼望出国呀，一个个借着债，把命搭上都干，然后真出去又失望得一塌糊涂。

张欣：再回来发现国内的人发展得都不错，就又开始焦虑。

张梅：心里想自己岂不白出国吃苦了。

张欣：我们是赶上了低谷和巅峰，接受的教育可以说是倒退的，特别是"文革"后，性别、审美等等都是缺失的。再上一代还起码有舞会，有布拉几，有革命浪漫主义，当时上延安就特时髦。可我们这代是，那些好的全摘干净了，剩下特别单薄的，在那样的状态下长大，目前面对的又是一片混乱的，我们需要和80年代的人面对同样的问题。不要说时代混乱了，我们本身就是混乱的。

张梅：还要搞写作，写作是个最焦虑的行业。

张欣：写作说白了就是语言陷阱，你想讲什么都有另一个东西在等着你。

李丹丹：写作应该能有助理清思路吧？我觉得是，哪怕写的时候还是混乱的，但随着故事发展，直到你赋予那个故事一个结局的时候，自己也就想通了。

张欣：那还是表象的，故事的结局不是自己的结局，只能说写作的过程是种宣泄。

李丹丹：想不通的人写不出来，大彻大悟的人干脆就不写了，只有处于这之间的有冲突的人才会有作品。

张梅：中国这20年真是很有意思的，我们的意识远远落后于生活。日本处于我们这种时代的时候出了好多大师和大量的作品，现实主义的像《砂器》《金环四》《野山》等等。

张欣：如果你不是有意识坚守一些东西，那分分钟就变成主流了，你是喝那种奶长大的，所以驾轻就熟，不管外衣多么华丽，讲的事是多么的奇怪，但你还是回去了，这是个人创作力的问题。

张梅：这是最可怕的，若是出版的问题反而好办，你看苏联在共产党时代出了多少大作家，流亡了还能创作。我们一些写"文革"题材的作家，那都是有切肤之痛的，但最后作品还是没有创作力。

张欣：这就是一个事实，谁都能看得到的。

张梅：我一直对江青挺感兴趣的，总想写本《江青传》。因为我觉得在她身上带有太多时代女性的烙印了，先是在上海滩当演员，然后放弃豪华生活去延安，接着主动吸引毛泽东的注意，当时还是叫共匪呢，建国后完全变成个政治工具，但她的艺术修养还在，所以样板戏到现在你都不能否认。最后在监狱里，李娜去看她，她问："还有没吃珍珠成分呀？"居然还没忘记美容。她比丁玲有意思，后者是完全从大学生成了女革命家，脱胎换骨了。

张欣：她是一直活在自己的世界里。

张梅：是啊，只关注她自己，很注重生活品质，真是挺女性主义的。

张欣：有个导演和我说过，她特别注意形象，在延安的时候女的梳奔儿头是很少的，那是有现代意识的。建国后，一到天冷就来广州住在珠岛宾馆，隔一两个月就给主席打电话说想主席了，主席就坐着火车也来了广州。这些事我听了好感动。

李丹丹：不管你喜不喜欢，我就是我。这句话说起来简单，但能做到的没几个人。

张欣：一般是最后成为自己当初最讨厌的那种人。

张梅：你现在看那些像大妈一样的人，总会惊叹：怎么会变成这个样子！但其实所有人都是从这样变成那样的呀，都是有规律的，没有定力的话，到时都是大俗人。

张欣：我们谈到了这么多的事件、现象，其实都属于个人内心的分裂。

张梅：从大观来看，现在就是个男性的社会，我们再怎么组织女性俱乐部，谈的还是老公，孩子，那有什么意义呢？超无聊。现在所提倡的女性主义在很大程度上还是按照男性视角去注解的，比如说，反男性就是女性主义。我觉得那是不对的，起码应该是指独立的，能守住自己的。

张欣：最重要的还是精神的独立。我们其实并不怎么羡慕那些女老板，女高官，经济上的独立还是不能等同于精神上的独立。我有时候就是按照男性社会的标准来要求自己的，因为我赞同中医所说的：小的东西可以逆，大的东西只能顺，不然就是玉石俱焚，所以我是很顺从这些东西的，比如说，不要太抛头露面，不该说话的时候不要说。这个世界已经这个样子了，你看所有杂志的封面，怎么会登个男的呢。包括对女人的要求，你看所有的服装，模特，最出名的女演员，绝对都是按照男性视角的。但李敖说："性别本身就是一种武器。"就是说，我根本就和你不是一个性别，你想当女的还要做变性手术呢，这本身就超牛。

李丹丹：弗洛伊德强调女人的阴茎羡慕，通俗地说就是女人有想当男人的愿望。而后精神分析家Bettelheimg感到，弗罗伊德作为男人，他自己的心理盲点使他低估了男人具有更深层次，更矢口否认的愿望，这是一种超越了任何特定文化背景的愿望，即希望成为女性并生儿育女（生育嫉妒）。

张欣：女性角色做得特别好的时候就会有力量，就是一点都不觉得自己比男性差。

斯人幽雅独立

文/夏坚德

　　2月13日下午，我正在博优特书屋与童年的朋友达达喝茶，张梅的电话就来了。她用慵懒的广州普通话问我，在哪里啊？干吗呢？我说，哎，你明天打来多好。张梅就哎哎地叫，声音哑哑地笑起来。还给电话那端的另一个人在说，你看她让我明天再打电话的。那个人就和她一起笑起来。然后张梅才问我为什么要明天？我说西安明天上映你编剧的《周渔的火车》啊。她说是吗？我还以为你说明天是情人节咱们再通话才好呢。张梅又说，打电话是告诉你，让我带给你朋友方文的古埙，我还没给呢。我说你就留下吧，去延安我也没给你带什么，你自己定好了。张梅就又笑起来。

　　我初来鲁迅文学院上学最高兴的事情就两件，一是可以见到张梅；二是可以从徐坤同学那里要到市面已经脱销了的她的小说《春天的第二十二个夜晚》。最后这两件事都如愿了。

我在开学典礼时才见到张梅：时髦短发，圆头长脸，细眉细眼，小鼻子小嘴，宽肩窄臀，修长的身材，衣着随意而讲究，你看不出她的年龄到底是35岁了还是40岁了。

一个中午在食堂，我讲了这段感觉，张梅笑得很浅。我看她很像电影《家》中梅表姐的扮演者——年轻时期的黄宗英。她回412号房间要路过我所在的407房，就先到我屋里小坐聊天。讲到她那已经去世曾在国家田径队的大姐，她早逝的父母，还有她少年时期参加过省队篮球集训的经历，张梅说她是打中锋的。我们互问年龄，我仅年长她一岁。体育，同龄，使我们亲近。她给我讲广州的汤，我讲了陕西的羊肉泡馍，还有北京烤鸭。我们相互交换作品。张梅给我的是小说选刊选编名家三连发她的中篇集子《这里的天空》。我又要了老师在课堂上讲的她的长篇小说《破碎的激情》，她在书上签名赠言。那天是9月15日，我们入学的第五天。

一下午一晚上，我都在看张梅的小说。那是一个个当代人在都市现实理想迷失粉碎的故事。看完后，我就去了张梅的房间。她正在打电脑赶一个20多集的电视剧本。短发一把抓墩在脑顶上，样子很可笑。我说啊呀，你在房里像什么样子？美发捆成稻草，就像头上放着个黑鸡毛毽儿。张梅低头一笑忙站起来去卫生间照镜子。然后一边梳头一边解释，头发老挡住眼睛就随便一搞，没想到让你看见了。我给她取了个黑花夹子，往她头上一夹。她说好看方便多了。第二天没课，她来我屋串门，捧着DVD的碟机给我看。中午张梅要请客，让叫上青海的男作家光头风马，我们三人就去团结湖吃烤鸭。我问为什么？张梅说，不是你说你每次来北京都没吃过烤鸭吗？就是为你呀！我很感动。吃饭一直听她和风马讲在西藏看天葬的奇遇与危险，他们有着许多共同的朋友，讲得很热闹。我们相约国庆节不回家，我带他们去怀柔玩。可到了国庆节，张梅还是坚持要赶回广州，说是又想家了。很难分身。我只好与风马又约了宁夏的陈继明，百花文艺出版社我那本散文集《鹤望兰》的责编高艳华四人去怀柔玩了两天。住在王宝森得势时盖的小宾馆里。秋天的雁栖湖风景如画，人说小活佛最近在湖中的小山上。登上龙山远眺，在红螺寺里漫步，慕田峪长城当好汉签名照相，蹲在道路边吃着山野人家的饭和生攒红鳟鱼片……有同学在等饭菜上桌时念诗道："长城外，古道边，芳草碧连天。"这都让我想起了张梅。如果她来该更加热闹了。什么叫朋友？那个得空直往你心里扑腾的人就叫朋友。

玩回来时是2号中午，在鲁迅文学院门口我们的车与一辆出租车擦肩而过，一晃眼中有熟人。谁呀？风马说是张梅！她奔机场回广州了，我们就差一分钟没能赶上为她送行。这个节日就感到有些空落。看完了徐坤的《春天的第二十二个夜晚》，我在想一个能和我聊天的人，张梅的面孔就又浮现在我的脑海。盼到她真的回来，就是来抽抽烟，品着她带给我的一瓶青梅果坐在我房间，各看各的地方，各想各的心事。张梅还有一下没一下地拉开我的抽屉在看在翻，也不知在看什么要翻腾什么。遇到友人请她去酒吧一条街她就邀我前往。她的高贵凑趣随和也就赢得了大家的亲热。告别总是有人要盛情拥抱张梅小姐。她就很高兴地笑纳，一副什么风雨都见过的雍容泰然，推门而去，了无痕迹。

北京正在风行的扑克牌玩法是两副打对家的双抠，也叫"拖拉机"。男女生玩起来，男要数罗望子、衣向东、吴玄，女就数张梅、徐坤、戴来。罗望子严格，衣向东猴急，吴玄精明，徐坤深沉，戴来随意，而张梅是集大家之所长者嘻哈笑闹，不焦不躁的，同学们一玩起来就把她当第一人选。但是张梅不来。只有好友张懿翎来了或者同学荆歌要几遍地邀她，张梅才能被约到。既到之就能战之，既战之就能胜之。

张梅的玉豆蝴蝶耳环，口红含金的纽约橘红巴黎夜玫瑰韩国无色，冰美人鞠油膏，国际名牌紧肤水，大红洗浴珍珠，加拿大紫晶浴盐，美国透明口香含片，还有各种品牌的民服闲装，都令我欣赏，让人大开眼界。我们为此出双入对，上街做美容焗油染发，臭味相投。我以为女人的女性修养很重要，像张梅这样修炼到人体合一，气韵合一，更不易。有一天，张梅约我外出去为她两年前在北京日本名店SOJU购买的"木真了"牌缎装配一个扣子。光车费来回就是50多元。在二层"木真了"专卖店，我看见那扣子也就黄豆大点儿，裹着雕花金衣，挺精致的。张梅说掉了一颗也就穿不成了。但她对这个还是有点不满意，又问服务生哪里还有店？我说行了大小姐！但是张梅很认真，又去新东安和王府井挑换，直到般配。

我们一起去看我的体育界朋友信兰成、孙立平和高雪梅。中国篮管中心主任大信不在办公室，高雪梅去主持拍摄电视高尔夫节目回不来。

立平说，咱们去吃饭吧？孙立平是中国体育经纪公司和体育影视公司的总经理，一个有雄心肯吃苦又很乐观的人。我们就在体育馆路上的咸亨酒家坐下来。餐罢我们出门，信兰成和姚明还有篮管中心副主任胡加时就立在门口。大家都喜出望外。我说怎么这么巧呢？张梅更高兴。她仰视姚明，头就在小巨人的腰间。我带了相机，让张梅与姚明照一张。她又不好意思。犹豫中，大信就对姚明说，那你们先回吧。姚明和胡加时离去。我与信兰成说话。信兰成回头对张梅说："你不照就真没机会了。明天姚明将飞去美国火箭队报到，这一去将是五年。"

张梅马上就换了一副很后悔的表情。我认真问她是不是真为没能照合影很遗憾呢？张梅说不是啊！她玩笑地戏说，如果能去姚明宿舍，要一件球衣就可以了。我大笑起来。心想张梅她真是和别的女人差异很大。她的幽默可以随机征服任何事任何人。

南都女性"浮世绘"

——评张梅小说《酒后的爱情观》

邵　建

　　这是一本城市小说，而且是南方那个最港气的城市；这又是一本女性小说，而且是那个城市中最港派的女子。城市是人类文明最瞩目的景观，女性又是城市文明最生动的风景。观看城市，其实就是观看女性。城市可以没有男人，但绝对少不得女人。没有女人，城市黯然失色、目不忍睹；女人越多，城市越发明亮鲜丽、光彩照人。女人是城市最夺目的广告，最美丽的时装，最漂亮的美容，是城市的气息和性灵。当然，女人不仅是城市上空微拂的清风，也是城市的下水道。城市的一切，无论美好的、丑恶的，还是明亮的、阴暗的，几乎都关系着女性。女性已经成为城市本身，是人人向往进入之地。

　　因着这份"谬见"，我读完了张梅的小说集《酒后的爱情观》。作为一部南都女性"浮世绘"，作者把那个最欲望的南都和多姿多彩的女性生命结合得颇为完好，小说的画面充溢着都市与女性之间的混和气息。北国也有"派对"，但不会有《冬天的大排档》，北国女性也不会有如此甜糯的名字"喜宝"。《这里的天空》下，是《蝴蝶与蜜蜂的舞会》，那些"有毒而又美丽的夹竹桃"作为背景怒放着，合成了一个《摇摇摆摆的春天》。面对这种类似"鸳鸯蝴蝶"的都会场景，昔日的"海派"似乎轮转为今日的新粤派。然而它是市民的，但并不提供市民们礼拜六的消遣；就像它是女性的，却并非以"女字号来卖钱"赚钱。它以摹形写神之笔，描绘着都市浮华背景下的"丽人行"，倾听她们的叹息，窥视她们如寂的内心。于是，小说的每一篇，几乎都是一方南都女子写意的水彩册页。

不妨扫描一下这个南国大都会的妇女生活的情景。

那是一群亮丽的青春族少女，放荡迷人的"姗姗"，不漂亮却又极爱虚荣的"翠翠"，从纯真滑向堕落的"我"（白萍萍）、忧郁聪明的"齐靖"（《蝴蝶与蜜蜂的舞会》）。不负青春花季，她们的日常生活；参加或操办各种各样的舞会，互相化好各式各样的妆，然后等着男孩子们来接她们出去玩，看电影、吃宵夜、野餐、游泳、调情。她们尽情地享受着生命的乐趣，又大度地挥霍着过剩的青春热力。她们像是"无根的浮萍，快乐而飘忽"。一味地姿情任性，结果"姗姗"被男人在酒里做了手脚，并且怀孕，然后她又把女友齐靖骗了去满足男人；而"我"一头栽入情网，挂上了个有妇之夫，这个男人后来却因不法生意而入狱；翠翠呢，在一次黑夜游泳时，居然主动央求和一个男孩发生性关系。美丽而有毒的罂粟呵！小说中姐弟俩的一段对话颇耐人寻味："姐姐，你太多欲望了。"姐姐反问："你不爱女人吗？"弟弟说："我爱水一样的女人，可现在的女人个个欲火烧身。"

这是一个既漂亮又有钱的休闲族少妇，《孀居的喜宝》住在一座华丽的复式公寓里，因先生有大把大把的钱，便免去了上班之劳，"泡在家里，天天看时装杂志和言情小说"，每天在大厦的泳池里游游泳，然后跟先生出席各种各样的酒会。先生车祸罹难，喜宝一下子失去了重心。想重新生计，却又茫然无措，黄金笼锁住了一只金丝鸟，欲破笼而出，但"广州就像一个巨型的桑拿浴室"，蒸腾发散的都是欲望的热气，几乎令人窒息。那直销"福来宝"床垫的推广餐，无异于当年红卫兵的盛大集会。激情与盲动劫持了人的心智，人人都成了梦想发财的"寄生虫"，彼此"与虫共舞"。喜宝有悟："我们都抓住了世界的本质，我们都爱物质文明，我们都不作茧自缚。"城市没有理想，只有幻想，然而幻想又像肥皂泡般破裂，于是喜宝只好决定开个"士多"打发日子。

这是一对白领族生活片断的缩影，《把艾仁还给我》的开头，"芒芒和芸妮永远都在丽都百货大厦五楼的咖啡厅喝咖啡，以度过漫长的下午。"多么闲雅，又有点百无聊赖，于是无事生非。芒芒事业红火，忙于应酬而疏忽了男友，男友耐不住寂寞，移情于芸妮，芸妮就势倒入其怀抱。一幕情场纠葛就此展开，昔日好友，反目成仇。结果，两败俱伤。那个男人"艾仁"其实谁都不爱，唯独爱他自己，女人只是他的欲望满足对象。一场爱情的滑稽剧，为无聊的城市添上一道新闻花边。

城市，欲望的沼泽地，人类沉沦其中而难以自拔。《酒后的爱情观》以女性为落脚点，从不同侧面展示了城市当下的存在状态，同时以城市为背景又浮雕般地凸现出形色纷繁、姿彩各异的女性生存形态。然而，张梅似乎并不满足于在都市与女性之间仅仅作一些"浮士绘"式的表象描画，把笔透入女性的内在世界、透入城市的深度现象界，从都市与女性的生态存在楔入其心态存在，乃是这本小说集一个鲜明的书写特色。在某种意义上，人的内心深度便显现了一个城市的深度。城市与人、城市与女性，并非仅在于城市是人的居所，其实人也是城市的居所，城市与人是彼此对象化的互示关系，是人的精神面貌涂抹着城市的面貌，也是由人的欲望煽动起城市的欲望。反过来，城市作为人的欲望的对象物，又把人狠狠地抛入自身那深渊般的虚空之中，从而使人沉于一种生命不能承受之轻。于是，人在城市面前，成了自己的弃儿，成了孤独的个体。

寂寞。寂寞是欲望的延伸，也是弥布在小说中女主人公们心头上挥拂不去的阴影，

它甚至成为小说里非常突出的一种情绪主调，在众多的篇什中水银一般无声蔓延。那《冬天的大排档》看起来是如此红火，世俗化的氛围给小说罩上了一层亮黄的暖色调。然而热闹的背后却是冷浸入骨的内心荒芜。孤独的个体寂寞的心，沈鱼失去了丈夫，内心之寂无以排遣，

她想寻回以前快乐的生活，便来到了大排档，回到了朋友之中。但是喧闹的聚会并不能抚平孤独的心。喧闹本身就是孤独的一种掩饰。当沈鱼说："虽然丑，但不要老。"她的朋友却接着说："虽然老，但不要寂寞，一说到寂寞这个字眼，所有的人都放下手中的杯子，齐声说，真怕呀。"城市人怕寂寞，可城市的人却偏偏寂寞。寂寞是城市的流行感冒，寂寞是欲望的副产品。寂寞始于欲望的过度膨胀，当欲望占据了人的身心，精神的立足又在哪里？然而当人一旦受控于赤裸裸的欲望而没有一种精神的依偎和精神的陪伴，它又怎能不孤独、又怎能不寂寞！

忧郁。忧郁不是寂寞，寂寞是灵魂的空虚，忧郁显示了心灵的凝重，尤其是莫名的忧郁，似乎更能给女人平添一种内凝的美。城市生活的欲望化和功利化，像飞速急转的漩涡，要么把你疯狂地吸卷进去，要么把你无情地抛晾一边。忧郁正是从后一种境况产生，也是后一种境况的写照，它发生于人与世界的无法沟通。《摇摇摆摆的春天》里的草鸣，正是这样一个女子。"我是一个有灵性的人"，这是她的自诩，然而她却与这个没有灵性的世界格格不入。她如此相信世界万物都有灵魂，问题是"现代都市还以它的喧闹驱赶这种灵魂"。当她看到天桥上一个乞丐男儿对着蓝空吹那七彩泡泡，顿有所悟"这是一个感到了美和欢乐的生命"。当她把这"美和欢乐"的情景不厌其烦地讲述给自己的丈夫、小保姆以及同事们听时，他们的冷漠、那种久浸势利而导致审美钝化的冷漠令她不寒而栗。她不知，城市需要的不是美而是刺激，美是一种理解和感悟，而刺激却是感官的应急。草鸣不无忧郁，"难道世界就是这个样子"？难道世界不是这个样子？那么，是忧郁的草鸣自绝于这个世界，还是这个世界拒不接纳草鸣？这篇小说写得是那么恍惚，人物是恍惚的，故事是恍惚的，氛围是恍惚的，结局也是恍惚的。然而，恍兮惚兮，其中有象；惚兮恍兮，其中有意。

错觉。迷乱的都会生活不仅导致人的恍惚，还频频使人产生错觉。女子本性耽于幻想，这更是错觉发生的契机，而城市生活看似丰富其实单调，空虚而又一味追求感官的满足，又助长了女性幻想的需要。敏雨正是这样一个生活在错觉中并把它当作一种很美妙的感觉的女子，然而无情的男性世界还是让她狠狠碰了壁，一个美丽的错觉遂演成一段"美丽的错误"。敏雨在一个错觉的晚上接待了一个为她修理冰箱的男子，若干日后，她又留下一个帅气的男子一道过了夜。殊不知这个男子正是数日前的修冰箱者，更不知他居然还是个钓色的高手，而且他还钓过自己的好友。当好友珠珠向敏雨揭穿了这一点，敏雨却依然"想不起那个修理工的脸"。小说的开头写错觉的美妙，结尾对开头却构成了一种反讽，然而敏雨并不感念好友的揭破，相反却"无端对珠珠疏远了许多"。这是很有心理深度的一笔。城市本来就是一个巨大的假面舞会，即使面对面，谁又能识得对方真相，真作假时假亦真，万事道破，岂不断了一切企念。人有时需要错觉欺骗自己。

……

以上，我以散步的方式在张梅的小说中漫游，一边浏览、一边描述，事实上，我是有意把放在头条的《殊路同归》压到了最后。这倒不是我读它迟，而是我固执地认为，这是一篇压卷之作，它不该当头，而应垫后，由它作底，更能显出小说集"最后的分量"。严格说来，这已不是一篇女性小说，但它是地地道道的城市小说。它是南方那个最大的城市的精神变迁史，它记录了那个城市从形而上到形而下、从精神到感官、从"教父"到市民、从意志到欲望这样一种无可逆转的沉降过程，而体现这一过程的，恰恰是一群以新思想新观念自诩的青年激进者。这是一个以《爱斯基摩人》杂志为中心的群体，被朋友们称为"教父"的圣德是其精神领袖，在80年代的思想解放运动中，他们以"弄潮儿"的形象大出风头，圣德甚至决心把自己的杂志办成当年陈独秀的《新青年》。然而，日去月来，"新青年一成了"后现代"。昔日激扬文字意气风发，今朝则"跨入新一代的行列中：抽三五牌香烟、穿宽身时装、喝可口可乐、跳的斯科。"爱斯基摩人"终于风流云散，激进一步跨入了颓唐。这是一个城市的堕落史，它逼真地描绘出这座城市在媚俗化的道路上如何越滑越远，并且以它自身巨大的惯性，不容抵制地使所有的人殊途同归，在它面前就范，就像浮士德向靡菲斯特就范。不幸，这一城市人文鄙俗化的状态，正被无情地体现为一种"必然的"历史进程。

"圣德"这个人物值得注意，他是个落魄的思想者的形象。他有着一种敏锐的时代嗅觉，当一些朦胧诗人来到这个城市，居然没人出钱请他们吃顿饭，"对于圣德来说，他是意识到这种现象中的超前因素的"。在一次集会中，他窥见子辛拿着一本《射雕英雄传》马上又意识到，对方"是用手中的通俗小说来表示自己的超前"，果然，圣德看准了，大众社会根本不认什么朦胧诗，大众文化也胜利地围剿了精英文化。自己的时代一去不复返了，圣德悲矣！然而更可悲的是，几经挣扎，圣德重新入世的计划破产后，终于给他一种彻悟，于是他大声向路人宣称"我们是殊途同归"。这是应验的巫语、还是兑现的谶言？绕了一个偌大的精神弧圈，最后还是落入"无聊、彷徨、绝望"。"殊途同归"既是小说的题目、又是小说的结穴，这在张梅看来，它是否意味着一种无可奈何的律定？

读完这篇小说，我很真切地感受到了张梅的写作实力和才气。如果说以上我们漫步过的女性篇什已经显示张梅作为女性作家的细腻与敏感，那么这个中篇至少在这个集子中表现出张梅同时又是一个不让须眉的超越性别写作的作家。尽管这篇小说因其底色不同，而与其他的女性小说形成风格上的反差；但它恰恰给小说集注入一种别样的生气。这种生气使张梅作为小说家的形象更加立体化了。说实话，这样一篇极具"当代性"风格的小说，文化视野开阔、城市意味丰富、笔墨老道、叙述用功，它出自广州的一位婉约女子之手，对我来说，是个小小的意外。现在我不得不承认张梅把它放在第一篇自有她的道理，毕竟是全集子中的"榜首"。这样就不妨说到我的遗憾了，遗憾它在张梅的集子里竟是独一无二的。

不过，我为什么不相信，我的遗憾会在今后张梅小说的阅读中得到弥补呢？

这就要看张梅的了。

天空有云才真实

梁秀辰

初读《这里的天空》（以下简称《天空》）确实给人一种很灰的感觉，难道我们改革开放的窗口——广东就是这么一个阴暗的世界吗？然而掩卷之后，又隐隐觉出了另一番滋味。这就是特定环境下"这一个"的真实感觉，它在沉闷的表象下，透出了社会生活的多面性，透出了人们对改革开放的向往和面对改革的"另一顷"的理解和做法。

"我"是《天空》中的主要人物，小说围绕"我"从向往广东到奔向广东，从置身广东又到寻找新的理想境地这样一条线，写了这个过程中主人公的所见所想，其重笔是"我"对这一切的感觉和思想。这感觉是真实的，是"这一个"打工妹在现实生活的各种纠缠中所产生的感觉，是一位自山沟沟到广东打工的年轻姑娘中的世界。有人认为小说把这里的天空写得乌云密布，看不到一点蓝天，我倒认为有云的天空才是真实的，没有一丝云彩的天空是不存在的，或者只是某一地面上的天空。

红（即"我"）生活的天空上尽管乌云朵朵，但她并没有失去对光明的信心。她厌烦父辈那种只会发牢骚，没有创新，缺少生机的生活。她向往外面的世界，为了寻求新的生活：她不嫌弃每月45元的工资而去打工；她见到那个汕头男人阿强，就"有一种振奋的感觉"，因为"他毕竟是从那个自由快乐的地方来的"；她听到阿强建议她去广州做生意就兴奋得翻来覆去睡不着；秀芝要带她去广东，她立时就觉得这个曾令她厌烦过的女人像菩萨一样可爱，至于到广州去干什么，她连想都没想。这一切说明了什么？说明她向往新生活的迫切心情。当然，新生活对她来说还是个未知数，但不管前面是挑战还是问题，只要是新的，就对她有着诱惑，这不正写出了一位十六七岁少女的真实心态吗？这不也是人们向往改革的心态写真吗？红之所以这样，是因为她坚信，"再怎么说，也比待在原来的镇子好"。

是的，红在闯生活的过程中，周围布满了各色各样的性骚扰，红看到的感到的这个问题，也正是一句很有些容貌的少女常遇到的问题。红是一名情窦初开的少女，对这个问题自然十分敏感，加之本来就存在的客观现实，似乎满眼看到的尽是这些，但事情就是这样，这样才真实。如果让"红"感到的是改革开放的大形势，是商品经济的激烈竞争，那反却假了、那她就不是打工妹"红"，而是市长、省长，或更高层的领导了。

值得一提的是少女红面对这些色男的所作所为。《天空》中很是写了几起男人对红的挑逗和无礼：对那些强行的无礼者，红都将他们"用力推开"或打开；对那些想用钱来购买她肉体的男人，她曾动过心，因为她"长这么大也没见过这么多的钱"，但最终她是"咽了一口口水"，坚定地——像个老板一样坚定地说，"我不要"。想想看，一个从山沟沟里出来的打工妹，一个处在社会底层的小人物，一个正值豆蔻年华，有着一颗骚动不安的心的少女，一个在男人世界里的弱者：能做到这一点是多么的不容易！她不仅抵御住了来自外围的金钱诱惑，抗争着生活的压力，更战胜了自身的那种青春的骚动不安。尽管她的做法是忍，是躲避是妥协，但她没有陷进去，没有屈服。仅这一点已足以说明红的坚强和追求理想的毅力。

现实生活不是理想王国，它有美也有丑，有进步也有落后，在改革开放的前沿阵地更是这样。人们生活在现实社会中，不仅要看到美，进步和光明，也要正视丑、落后和阴暗。看到了丑，人们才追求美；看到了阴暗，人们才向往光明而追求进步不易，战胜落后更难。红在追求美好，同时也在战胜丑恶。面对纷杂无奈的现实生活，她能保持沉默，坚持追求，已经难能可贵，难道我们还能要求她什么呢？她要闯世界就要敢于面对生活，就要想方设法在现实中立稳脚跟，否则，只有重新回到一切都"没有"的家里去"闷"死。她面对了生活，没有被丑恶吓倒，尽管她感到了无奈，她换了一处又一处，但她始终坚守着一块净土——理想，理想中的铺子，理想中的经理，理想中的男人和丈夫。她出"色"地而不染，仍保留了自己洁净的处女身。这是红"引以为骄傲的"，也是小说《天空》可引以为骄傲的。

　　如果硬要说几条什么意义的话，我倒觉得，这《天空》向世人展示了真实，向广大的打工妹们提了个醒，告诉她们不要只看到"光明"，也要学会正视阴暗。若打工妹们都因了红的形象而提高了警惕，学会了自珍自爱，能够避"色"于外，那可是意义深远了。

　　不经过磨难的人是不会成熟的，但并不是所有的人都有机会经历磨难，或者说并不是所有的人都敢于正视磨难，那么写一点磨难、写一点如何正视磨难不也很有意义吗？红并没有因了周围的阴暗而悔恨初衷，反因了这现实的磨炼，使她更明确了自己的目标，她的理想更清晰了。她由一个不谙世事，处处想依靠他人寻找新生活的少女，成长为一个有明确理想知道靠个人奋斗去创造新生活的走向成熟的女孩。这样的形象不是也很有意义吗？

　　红的形象还向我们揭示，作为女孩，只要自己珍惜自己，懂得自重自爱，那么周围再恶劣的环境，那些事事想沾女孩便宜的臭男人也奈你不得。遗憾的是，现实生活中很有些女孩缺少这种自己珍惜自己的自重感，她们不想奋斗就想得到幸福。她们不相信自己的力量也能创造幸福，她们一门心思在男人的怀抱里寻找，到头来悔恨的只能是自己。只有像红这样经过奋斗，才能真正寻到属于自己的幸福。《国际歌》中说："从来就没有什么救世主。"在个人生活中也是这样，别人施舍你的，别人还可以轻易地拿走。只有自己奋争到的才真正地属于自己。这一点对很多打工妹都很有启迪意义。红是她们的榜样。

《天空》中的红不是一个单面的人，在她的身上包容着政治、道德、伦理、法等等异常复杂的生活现实。由于人物的生活化，我们从不同的角度就可以看到不同的东西。《天空》到底怎么样，读者还是去读小说后再说吧。

激情起落　相关何处

——读张梅长篇小说《破碎的激情》

马相武

长篇小说《破碎的激情》（张梅著，上海文艺出版社1999年版）中有两个既相连接又具不同风貌和精神的时代，并由几位主要人物特别是二三位女性人物来贯串。小说里的70年代末至80年代前期，正是涌动时代浪潮和人物激情高涨的峥嵘岁月。而90年代也正是精神落差的季候。物质条件的反差是从"铁皮屋"到"美容院"，而精神的反差丝毫不逊于这样的环境的"级差"。读这样的小说，不禁想到茅盾的《蚀》三部曲。那部小说以广阔的场面和宏大的气势，迅速、真实地反映了刚刚过去的大革命的历史和正在发生着的大革命失败后的社会心理。而这部小说当然不是什么大革命小说。但是，表现大时代的浪潮起伏给都市青年女性的精神世界的侵蚀和留下的印痕，抑或反过来的反映，却是两部小说所共同的。一部不太长的长篇小说，却以足够的力度，表达了时代在变迁中的绵延和断裂。而将焦点对准一代青年的精神和灵魂的裂变，通过她们的情感经历来折射时代的主脉并且获得成功，如同80—90年代的丽人行，延续的是对于大潮中和大潮后的青年女性的命运和心路历程的思考和表现，则更加值得读书界的重视。

小说中由作者命名为米兰、黛玲等几位青年女性，同那位她们曾经仰慕过的精神的"教父"圣德不同，从来也未占据过中心位置，无论怎样活动，也不曾改变过身处社会边缘的境地。她们终于不知不觉地从真理的追求转向对商品的欲求，进入了不自觉的"单面人""消费人"的状态。这是时代的残酷，也是她们的无奈。虽然似乎是在过往时代的前慑下，实际上更多地处于潮流的裹挟下，个人总是被冲退到边缘。她们始终没有正常的家庭生活，因为理论上建立家庭之前必须的婚恋经历在她们都是异乎寻常的。更致命的是婚姻恋爱家庭的概念和价值观，对她们来说都已经过"革命"的洗礼，她们也不可能脱胎换骨，重新生活。激情随着精神的消退而破碎，同时进入生活的混乱而又日常的状态，这是一种表面正常的非正常，表面无大悲的哀伤："伤心的黛玲自言自语地重复着海明威的话：'我们都是垮掉的一代'。""圣德感到听众的口味变了，特别是年轻的"，"这一代人完结了"。这也是思想解放运动的无形而又后慑的代价或遗物。女主人公们的共享情人从思想先锋圣德到发型师保罗，社会主体由观念共同体的解体到消费共同体的形成，从思想辩论会的狂热到美容演讲会的筹划，从灵魂的洗礼到肉体的桑拿，从"坚守思想的大本营"到"享乐主义"弥漫"的城市，一切都见证着一个时代的完结和另一时代的展开。人物在那里会偶尔瞻仰过往时代庞大而又依稀的背影，负载着过往时代的精神残留和人生情感经验，继续痛苦地走在没有激情的时代里。对于作者来说，这恰好是一个值得反思的时代——无论是那个时代，还是这个时代。这里也许需要隔离一下；书中的女主人公或许是所谓时代女性，但基本上不代表或不包括那些嚼着口香糖顺口就是Byebye的新人类。

小说在叙事方面表现出一种与看似张扬而表现性很强的语言浑然一体的适度前卫。浪漫性的故事，叙述起来又带着语言的漂浮感。叙事距离始终保持得很好。阅读中，能体会到作者一如既往的平稳心态。叙事适度变形，偶尔来点黑色幽默，说明小说里确有一种无可奈何的理智在穿透流行着的时代精神。叙事语言是那么流畅以至于似乎不太经意。阅读效果是化前卫为可读。作者在这部小说里，使用一种有"教养"的叙事语言，带有比较华丽甚至"欧化"的装饰性。这样一种留有可读性的前卫意识，当然是在期待或召唤素有文学修养的潜在读者。《激情》体现了一种小说价值取向，这是80年代中后期开始崛起的先锋实验小说作者及其后继者在90年代的新的生存方式和写作策略。语言的适度超越性，不限于对事物、环境的描写，而是有意识地对语言的描写。语言上的前述所谓"欧化"，实际上是拉美化，确切地说是马尔克斯式。语言的反讽性，使得小说似乎总体上就是反讽的。当然，实际情形并非如此。然而，反讽的距离效果某种意义上让我们看到了反思的距离。所以，如果读者既从中获得可读性的快感，又提升出理性的感觉，那恐怕就对了。

张梅在语言上的适度超越性，往往是借略带荒诞和变形的细节、行为甚至绰号来完成的，大量的梦中或幻觉中产生的意象，或许多提炼自生活的隐喻，对之也有帮助。它的现实和文化根据是十分显然的：历史与当下的反差，人物命运的曲折，社会与心态的浮躁，精神世界的苦痛与乖张。当然，还有马尔克斯的楷模或拉美化语言黑洞的引力。无论是精神向前物质不向前，还是物质向前精神不向前，都会让人难以长久保持心理平衡。由理想的失落，留给精神以遗迹。在借书写来凭吊时，往往只能以语言的膨胀和普遍的变形来弥补。张梅的语式富有提炼和兼并的驱动力。高科技同日常生活的广泛拼贴，同敏锐的艺术触觉相关联的通感化的生活细节，造成其语言的信息量大，知性和直觉的因素也较多，适合于包容当下文化，提取精神内核。在充满怀疑气息和反讽语调语言的张力中，甚至过往时代的理想都自然地带有虚幻性或非现实性。那么，为之附丽的激情当然也总是难以落实。而完整的语言包裹着破碎的现实，施行了不断的摔打。这更是让我们看到了强大的无所不在的受到追逐的物质，既在腐蚀着精神现实，也在为精神现实所腐蚀。旧的激情已经破碎，那么，新的激情是否有可能在破碎中诞生呢？

现代都市人的心灵描述与透视

——读张梅的小说

游焜炳

张梅的小说多写南国都市女性，即使是女性小说，透过那些富有女性气息的心理与行为，更还揭示了无论男女的现代都市人的一种颇具普遍性甚至带有必然性的精神流变趋向、过程及其潜在的危机。

《殊途同归》中那群围绕着《爱斯基摩人》杂志的编辑和撰稿人，曾经是那么蔑视世俗，满怀理想，热衷于探索灵魂，追求真理，传播新思想新观念，但面对滚滚商潮"新世界"的巨大诱惑和压力，他们终于"彻悟""看清了形势"，于是他们决计"重新入世"，"要像所有人那样"去经商赚钱，去出国淘金，去及时行乐。名噪一时的"爱斯基摩人"分崩离析，各各殊途同归于世俗化实利化欲望化的社会潮流。那位被他们尊为"教父"的主编圣德，曾立志将杂志办成如陈独秀的《新青年》，而今为筹集资金经商不得不受尽屈辱到富人家充当食客，真令人不胜唏嘘。作者冷眼看透了他们脱离大众与现实、自命不凡、夸夸其谈、浮躁摇摆等致命弱点并不留情面地予以辛辣的讽刺，对当时炒得正热的"新观念"之类也进行了质疑和揶揄。但一旦这些青年才俊走出象牙塔随波逐流，放弃精神追求一心赚钱且弄得十分尴尬之时，作者又深感痛惜和同情。作者早早就捕捉到了现代都市人精神流变的某种必然趋向，并通过一群文人的经历，以夸张、变形乃至荒诞的笔法，将这一流变过程十分醒目而又典型地表现出来，使人印象深刻又耐人寻味。

如果说《殊路同归》主要表现了现代都市人"无法躲避"的实利化潮流，那么另一代表作《蝴蝶和蜜蜂的舞会》（以下简称《舞会》），则主要提出了现代都市人同样甚至更加不容回避的灵魂问题，或者说实利化之后的精神问题。《舞会》的女主人公们其实可以看作正是《殊路同归》中的青年文人"入世"后想成为的那种"新一代"，那种善于寻欢作乐赶时髦的新生代。那么，她们的境况又如何？她们成日穿梭于各种舞会，沉溺于吃喝玩乐和玩弄"爱情游戏"，"日子像花翅膀的蝴蝶一样快乐和飘忽"。然而结果却大不妙：堕胎、被强奸、被单位除名、被公安拘留、情人被捕等等，声名狼藉，连自己都怀疑是否成了"人渣"。"由于否定传统，我们变成了无根的浮萍"，之所以无根，首先自然是由于否定传统，丧失了文化根基和道德规范，而新的规范又远远未建立起来，价值观处于真空或紊乱状态。但更重要的是，"太放任自己"，"太多欲望"，"个个欲火烧身"。欲望的无节制膨胀和泛滥，势必挤压驱赶理想、信念、道德、理性、情感、灵性等一切精神性的东西。无根，是张梅对现代都市人的一个独到而深刻的重要认识。这也表明张梅对现代化都市化并未盲目地全然认同，而是保持着自己敏锐而清醒的警觉和批判。而对因"无根"而形成的都市人的空虚迷惘、孤独寂寞、百无聊赖等心理和行为状态，在上面提到的以及如《爱猫及人》《冬天的大排档》《保龄馆13号线》《随风飘荡的日子》等众多小说中，都有细致入微或淋漓尽致的描写。这还成了张梅小说的一大特长。不过，有时也让人觉得过于琐细了。

针对女性，张梅首先特别张扬了人格的独立与尊严。例如《这里的天空》，由打工妹的守身如玉、宁折不弯，彰显了女性的自尊自强精神；《女人如衣裳》极力渲染女人对时装的嗜好，最后笔锋一转，却是昭示人格高于一切。对于现代都市人，张梅则特别张扬了精神的价值和精神的丰盈与自由。《摇摇摆摆的春天》女主人公见到小乞儿吹七彩泡泡的情景兴奋不已，感受到了在"正以它的喧闹驱赶灵魂"的现代都市中难得的生命美感、乐趣、激情和灵性，进而唤起了自身灵魂的苏醒和新生。这些，显然是作者特别珍重的精神品质，是作者所崇尚的人生理想。同时也表明，针对物欲横流的都市陷阱和无根状态，作者特别热切地提出了现代都市人的守望或重建精神家园问题。这确是个急迫而又重大的时代课题。

有意思的是，作者在表现现实时笔法往往是写实的细腻的；表现理想时，则往往简约写意或虚拟象征。且那理想境界，往往不是在现实当中，而是在主流都市人之外的别处，如在打工妹、小乞儿身上或在图画、大自然当中。还常常采用对比手法，使二者间形成巨大反差，给人以强大冲击。可知作者深切地感受到现实与理想间的巨大鸿沟以及理想之遥远难求。总之可见作者骨子里又是个痛苦的理想主义者。

张梅小说量不算多，质量参差也较明显，但总有些自己特别的东西。视角、取材、体验、思考直至表现手法，都较独特，且多有变化和探索。她叙事轻松自如少拘束，基本写实又不失空灵机巧，还带点幽默和诡谲。这都显出了她的悟性和灵气，今后若再多些大气，就更上层楼了。

于随缘处看张梅

程　鹰

张梅出任《广州文艺》主编之后，每当我以《广州文艺》编辑的身份向外组稿，常常会遇上朋友这样问我："什么？张梅当起了主编？"言下之意，似乎对张梅当主编颇感意外，甚至大惑不解。在他们的心目中，张梅是不应该被俗务缠身的，她做一个纯粹的作家更合适。从她近年来连续发表的诸多优秀之作来看，在这样的创作旺势下突然练起了"分心术"，恐怕亦非明智之举。

朋友们问得多了，就把我也问糊涂了，我也不明白张梅何以要当主编，只好就这一问题请教张梅本人，张梅斟酌了半天，一挥手说："谁知道啊？学雷锋呗！"

在我看来，张梅是个极具感悟力的作家，似乎天生就属"性灵派"的，和"苦吟派"不相干。张梅具有极好的艺术感觉力，这使她的作品显露出飞扬跳脱、才情逼人的特质，同时又不乏透骨入髓、直指心性的慧光。

无怪乎有评论家在读完其早期成名作《殊途回归》时这样说："读完这篇小说，我很真切地感受到了张梅的写作实力和才气。如果说……女性篇什已经显示张梅作为女性作家的细腻与敏感，那么这部中篇至少表现出张梅同时又是一个不让须眉的超越性别写作的作家。"而又有评论家这样概括张梅："所以张梅小说给我们的直观印象同时也是最深刻的印象便是随意、漫不经心地涂抹生活，但在这种近乎慵懒的涂抹中，我们看到了来自人物心灵深处的无奈与挣扎。"

张梅很钦佩那些视写作为生命的人，但她不愿意因写作而痛苦，她坚定不移地认为写作应该是一件让人身心愉快的事，至于当不当作家，或当多大的作家，倒是浑不在意，她很赞同金庸先生的创作意旨，那就是："先娱自己，后娱他人。"正如她自己所表白的："一旦回归现实，我就发现写起小说来更得心应手……形形色色的人生和欲望以各种形式表现在你面前，当你深入进去，你会感到温暖和生动。"

能写则写，不能写则歇，可谓是张梅的写作态度，然而正是因这种写作的"随缘性"，使其作品往往是由心而发，文随意转，左右逢源，浑然天成，了无雕痕而尽得风流。

古诗云："文章本天成，妙手偶得之。"从这个角度看，张梅应该堪称当今文坛女作家群中的一流妙手了，这首先基于她是个地地道道的妙人。

张梅洒脱而不显张狂，飒爽却隐含婉约，漫无机心偏又善解人意，大大方方似还影影绰绰……张梅爱玩，但首重情调，每每"发乎情而止乎礼"；张梅爱吃，大有"食不厌精，脍不厌细"之遗韵；张梅爱静，想来也是遵循了"知静而后能虑"的训谕——可惜这一点鲜为人知，人们大都以为张梅是爱热闹的。所以，每临极热闹的场合，张梅难免常常走神，独自神游到一个她可以意会的地方去了。细心的人不难发现，这一刻，张梅的心是很悠远的，给人一种缥缈的感觉。我不禁疑心近年来她在《人民文学》《钟山》《大家》《作家》《山花》等刊物连续面世的小说精品，正是孕化于那每一个神游的片刻。

张梅似乎天生就具备那种"色不异空、空不异色"或"无可无不可"的人生境界，这使她能够从容地对待一切人和事。有一次我试着问她："这大概就是所谓的'极高明而道中庸'？"不料她习惯性地一撇手，笑着冒出一句："没那么复杂，我是认认真真做人，不认认真真做事。"我听了，不禁莞尔。

然而当张梅"挂帅"《广州文艺》之后，我发现她做事也是极认真的，只不过她的认真和她的文章一样，常常是不着痕迹而使人难以察觉。幸亏卓有起色的《广州文艺》正在为她的认真作证。

热闹是张梅的表象，静虑是张梅的内质，那个被称为作家或主编的张梅，恰恰介乎两者之间，最真实的往往是不可解释的，张梅因此而不可解释——这一点她自己清楚，借用她自己的话，叫做"此种风情谁解"？

又听说张梅以前是颇能喝酒的，可惜现在极少喝了，朋友们都大呼遗憾——

据说，微醺后的张梅格外美丽。

激情，一生可能只有一次

——广州女作家张梅访谈

杨宛星

虽然"女作家没有几个长得好的"已经是过时的论调了，但我见到张梅时，还是多少有些吃惊。张梅长得像王文娟，瓜子脸，眼不大，但有些吊。难怪，多喝几口酒，人家就说她"你那酒汪汪的、玫瑰色的狐狸眼"……为着这长相的缘故，我还特意在提纲中加上这个问题："您是否多愁善感？"她说不是，应该属于大大咧咧类。再看张梅的着装，牛仔裤、羊毛衫、薄呢长衫、平底鞋。的确随意、洒脱得不行。

思维马上在空灵柔弱的米兰、恣意诡秘的黛玲那里逡巡了一圈又回来，落在她的毛边短发、吊耳环及左手小指戴的一枚银色戒指上，本能地去为某种绮丽的牵扯找答案：作者与她笔下的女子，谁比谁更蓬勃不羁、长袖善舞？

可惜，只能正襟危坐。

将第三只眼藏起，我问题如潮。张梅的回答似乎表明她的确如她所说是个散淡的人，有点儿逻辑性不强的意思。说着说着，会忘了我的问题，然后再来问我："你刚才问什么来着？"搞得我也时时改换题目。整个采访因此显得散淡。

整理采访稿时，人开始气馁：张梅的回答稍嫌冷静，找不出"酒汪汪的、玫瑰色的狐狸眼"的那种香艳。

以下是访谈摘要：

我觉得奇怪的是，写到最后，就像是有一只无形的笔在帮我写。手下打出来的情节，都不是我预先想的那样。

——关于作品

记者：前不久，在广州市作家首次在京举办的作品研讨会上，您的首部长篇小说《破碎的激情》（后简称《破》）引起与会的首都及广东的文学评论家、学者、教授的强烈反响。有人说它智慧，有人说它深刻，有人说它感性，在该书的序中，李陀又说此小说给人"意到笔不到"的感觉，那您自己是怎样认为的？

张梅：这部小说被公认创新的东西比较多。李陀的原意是说这部书完全可以成为一本巨著。"意到笔不到"的意思是指我没有把这本书再做好一点。有点可惜。不过，在讨论会上也有不同意见。他们不觉得这部小说粗糙或不够紧密。因为从我的小说的写法来说，写得长是不可能的，因为它基本上没有对话，故事情节也基本上没展开，都是思想性、象征性的细节。如果变成长篇叙述，也不是不可能，我估计工程相当大，起码要再等五年才能出来。而且它需要作家的积累更多一些。我自己对这部小说不是很满意，没有达到我预期的效果，这可能还是功力的问题。另外我觉得奇怪的是，写到最后，就像是有一支无形的笔在帮我写。手下打出来的情节，都不是我预先想的那样。

记者：你在《破》的后记中说，上半部《殊路同归》，写出来时反应平平，倒是在过了几年后人们才领悟这部小说真正的意义。这是为什么？

张梅：陈晓明是1996年才看《殊路同归》的，他看后就写了一篇关于它的评论。他当时很吃惊，怎么这部小说在刚写出来时没有出名？他的意思是说，小说作者已经完全超越了当时的一批作家，当那些人都在搞活经济搞什么新写实时，作者已在做独立的思考，而且非常克制和冷静地刻画出80年代的这帮狂热的理想主义者群像。

记者： 文坛上有种说法，认为女作家的首部长篇小说常常是自己感情经历的写照。但我看《破》，觉得您似乎是一个理智的远观者，而且书中的感情纠葛描写是为凸现人物精神世界冲突而存在的，完全没有落入俗套，是这样吗？

张梅： 对这一点很多评论家也说，我表现得非常克制，基本没有把自己摆进去，他们甚至认为我对那种理想主义的狂热表现出一种质疑的态度。这一点也让他们吃惊。因为女作家的很多小说，不光是自己感情的大写实，有的甚至很夸张，自己像明星一样在笔下尽情表演。因此一个评论家说，这部小说最大的好处是写得不傻。

记者： 相对于短篇小说和散文，您对长篇小说的创作态度是怎样的？

张梅： 相对于中短篇小说或散文，我对长篇小说的创作非常谨慎。因为长篇创作最能体现你这个作家对世界的看法，而且我认为长篇小说更应该关注人的精神状态，而不只是人的生存状况。

记者： 有人认为下半部分叙述较显成熟，而我个人似乎更喜欢上半部分。在看这一部分时，我突然想起一个朋友，在我翻看他早先写的诗集时，他气恼地将诗集扔到一边说，那只不过是堆臭狗屎。我现在有点理解这种情绪了。作为作者本人，您怎么评价这两部分呢？

张梅： 第一部是我1988年写的。我那时整个人就基本上生活在书中所写的氛围中，没有经过多长时间的酝酿，写得很快。1997年我开始写下半部分。这之间的七八年间，我越来越觉得在当代社会这帮人很典型，能够体现很强的文学性。而我的前半部分还远远不够，不能完整地表达出新时代里这样一种思想和激情的命运。不过，当代小说写得好非常难，俗话说当局者迷。所以我的《破》肯定也有这个问题。但最可喜的地方也在这里，它是对当代生活进行思考的一部小说。所以评论家牛玉秋说过一句：对这二十年的思想进行回顾的小说目前是一部也没有，所以他说我的小说写得怎样是一回事，但我起码做了这件事。而且是一个女作家做的，觉得挺好。

我相信，肯定每个年代都会产生激情，但对于人一生来说，有时激情只有一次。21世纪唯有艺术才能使人与人区别开来。

——关于激情

记者： 你在《破》中表现出对享乐主义与物质主义的某种抗拒和对过去激情的某种留恋，您本人是这样吗？您怎样看待激情？

张梅： 应该说我本人就是。所以，我在后记中有一句话，就是说对于80年代的理想主义者来说，90年代这个物质时代是一场灾难。我有一个朋友，托人给我带过一句话，他说告诉张梅为什么我的激情没有消退。我的意思是，《破》并不单指这一代人，或者这两代人。而是指这种理想主义时代产生的激情在物质年代的破碎。而且我相信，肯定每个年代都会产生新的激情. 但对于人一生来说，可能激情只有一次。所以也没有必要说我很抗拒物质年代。而事实上，我确实不抗拒。我很早就用电脑写作；BP机、手机我也统统都要。

记者： 小说中圣德是办杂志的，您现在也是杂志主编，您对现在工作的意义怎么看？您在工作中有激情吗？

张梅： 意义肯定是有的。但与80年代编杂志的状况完全不同了。80年代有大量追求真理、理想的人在社会上浮动；那个时候，文学杂志发行量可达六七十万份，现在不过几千份。文学在今天只有真正爱好的人才会读。它已经成为很个别的东西，所以，如果说我的工作有意义，那就是我还在坚持办一份纯文学的杂志。我觉得，特别是到了21世纪，机械化、电讯、互联网把人与人之间的差别缩小了，唯有艺术才能使人区别开来。文学在21世纪的意义可能就是这一点。要说激情，在看到好作品时还是有的。

一个真正有思想的人，任何生活的细流从身旁过，他都可以留意得到。70年代出生的女作家们，她们的反叛不是骨子里的、那种叫人吃惊的反叛。

——关于写作

记者： 写作对您意味着什么？您如何看待现在文坛上那种以创作的态度生活，以功利的态度写作的状况？

张梅： 写作对我意味着创造力的满足。那种把自己的生活变得像写作的状况，我觉得已经丧失了写作的基本点了。我认为，搞写作的人，不需要刻意过任何一种生活。像普鲁斯特，病得出不了门，还不一样写作？一个真正有理想的人，任何生活的细流从身旁过，他都可以留意得到。那种为了写作而去过某种生活的人，越是这样．越写不出东西来。他其实是迷惑的。当然．这一点也很难强求。

记者：70年代出生的女作家作品您看过没有？您怎么看？

张梅：首先，我觉得她们的作品太一样了。有时，我都分不清谁是谁写的。这说明一个问题，说明她们这批人所受的教育与她们的成长背景非常一致，这对于一批作家的出名和受到重视是一个有利因素。但对我自己的经历来说，作家的成熟是有一个过程的，我不知道她们到了成熟期没有，应该还没有。如果还没有的话，如果这些写作对于她们还只是前奏的话，她们小说中那些光怪陆离的生活只是一种形式上的东西，我认为没有什么要紧。也许她们认为现在的写作已经是她们最成熟的写作了，能代表她们的风格或创作的深意了，但我觉得那些作品还远没有表现出特别的意义。其实，最反叛的人是成长在六七十年代的人。70年代出生的人，90年代已提供给她们太丰富的舞台，她们已经没什么好反叛的，她们的反叛是表面的，而不是骨子里的、那种叫人吃惊的反叛。如果这样持续下去的话，我觉得她们的作品会缺乏生命力。不过，她们还年轻，也难下结论。

到了差不多的时候，她们就会受那个时代的摆布，最终走到社会为她安置的位置上。

——关于女性

记者：在您的小说中，对女性有这样的评价："许多优秀的女性其实都是些素质良好的女演员，她们聪明而又受到时尚摆布，她们的热情和坚贞常常被人生的痛苦所击退。"您真的这么认为吗？您自己是否也包括在内？您的女性主义观是怎样的？

张梅：我的确是这样认为的，我本人应该不包括在内。我基本上没有受时尚的摆布。不过，再怎么说，中国还是个男权社会，到了差不多的时候，她们就会受那个时代的摆布，最终走到社会为她安置的位置上。因此，我觉得女性起码应该独立，最重要的是要有自己的思想。我很喜欢以前的女子学校，在女子学校里受男性观念的影响比较小。

我是一个婚姻的悲观主义者。我觉得人要真正找到一个彼此很合适又很相爱的人，简直像童话一样。

——关于婚姻

记者：在前不久的某本杂志上，您在一篇名为《非常男女之不婚妈咪》中直接说您是一个婚姻的悲观主义者。您是吗？能否简单谈谈您的婚姻？

张梅：我觉得人要真正找到一个彼此都很合适、又很相爱的人，简直像童话一样。所以有人离了很多次婚，也找不到，最后还单身一人。像张洁就是一个明显的例子，苦恋了多少年，一结婚，两个人一天吵到晚。所以对这一点，我保持自己的观点。文化层的人，这个观点如果说出来，大家可能都会比较同意。但我就是个结了婚的女人。

记者：您先生是什么职业？他看您的小说吗？

张梅：我先生是搞教育的，他也看我的小说，看得不是很多。

记者：您在外面的言论，您先生会不会计较？

张梅：他不会计较，他比我还前卫。

记者：在家中，您是否占主导地位？您做饭吗？

张梅：我应该不是占主导地位吧。在家买菜做饭基本上是我。但我们很少在家吃饭。因为我们没有小孩，应酬也较多。

记者：您会不会为所爱的人，放弃事业？

张梅：不可能。因为人能够热爱一样东西并且能够从事它，这已经是幸运的了。对你的人生来说，那不可能有什么外在的力量让你放弃的。

我喜欢广州。有人攻击广州为文化沙漠，我觉得简直是扯淡！

——关于广州

记者：据说您有一半是上海人，您长得也像。那您对广州的感情是怎样的？

张梅：去上海时，发现很多餐馆里挂那种发黄的老照片，他们很多人说，张梅可以去当活招牌。但我的性格更像北方人。因为我的父亲虽然是广东人，但他是客家过来的。所以我倒觉得与上海人相同的地方不多。我就出生在盘福路。我喜欢广州，我觉得广州是一个比较平民化的地方。有人攻击广州为文化沙漠。我觉得简直是扯淡！广东出了多少文人、思想家和革命志士！还有30年代的明星、导演。正是因为这里的平民意识培育出一批有自由精神的人。我个人认为，在广州生活比较舒服。

记者： 从您的小说中觉得您对西关好像有一种特别的感觉？

张梅： 是，非常特别。我一直想以西关为背景写一本东西。西关的氛围若写得好，非常美妙。我的很多朋友都是西关大家出来的，他们家的那种典型的广东人的生活环境，气氛，吃的东西，用的东西和西关的民俗，整个儿浮现出一种旧式的、过日子的氛围。所以我有一篇文章写张爱玲，说，大陆的作家，再怎么学，就是没办法学到张爱玲。一两句行文还可以，可骨子里没有那份东西，那份慵懒，那份情调。

别人说我过得悠游自在，比较散淡。我喝酒也喝得厉害。比较大大咧咧。

——关于性格

记者： 您在生活中给人什么印象？性格怎样？

张梅： 别人倒是说我过得悠游自在，比较散淡。不喜欢折腾。我比较恋家，认为家是一个干净、令人放心的地方。性格不属于多愁善感类，比较大大咧咧。

记者： 您吸烟吗？酒量怎样？

张梅： 我以前吸烟挺厉害的，现在少了很多。我喝酒喝得比较厉害。因为晚上吃饭时间比较长，又经常跟喝酒的人在一块儿。最近的《青年文学》杂志上，就有徐坤写我的一篇文章，题目就叫《你那酒汪汪的、玫瑰色的狐狸眼》。那次在北京，她喜欢喝酒，我也喜欢喝。每次跟她喝，差不多都有点醉醺醺的，她说我酒喝得差不多的时候，狐狸眼就出来了。

我觉得现在才进入创作的成熟阶段，想法很多……以前还想过，现在不怎么想做妈咪了。

——关于现在

记者： 您去过哪些地方？喜欢哪些地方？

张梅： 中国差不多都去完了，西藏我都去了两回。我对云南、西藏还有新疆南部印象很好，就是说可以再去。欧洲也去过好几个国家，喜欢法国、奥地利，觉得欧洲都还不错。

记者： 您现在手头上看什么书？看不看报？

张梅： 前几天在看奥尼尔的剧作全集，想写话剧。还看一些旅游散文。看的报很杂，很多八卦新闻很早就能知道。

记者： 有何创作打算？

张梅： 我觉得现在才进入创作的成熟阶段，所以想法很多，写作真是件累人的事。计划写两三个长篇。

记者： 想什么时候做妈咪？

张梅： 以前还是想过的。现在也不想了。

记者： 做dink一族吗？

张梅： 就是，做dink一族。

张梅和她的紫衣裳

石　明

　　我认识张梅是在草暖公园有音乐喷泉的舞厅楼上。那天我应《广州青年报》邀请前去参加青年文学座谈会。我特别高兴是因为有机会能见到几位朋友。大家可以一边谈，一边欣赏不断变幻着的音乐喷泉。当那五颜六色的灯光、水柱随音乐不断跳闪时、我总有一种光怪陆离的感觉。仿佛是在恍恍惚惚之中来到这个世界的。

　　这时，我的朋友要介绍我认识一个人，说是写小说的。于是我随他走到了一位女子面前，彼此作了介绍。从一开始，张梅的神情就给我留下了印象。她坐在一个弧形的沙发上，以一种优雅的姿势面对着我。也许是舞厅里灯光和音乐的缘故，我总觉着她被一种什么霓霭环绕着，使她那略有些苍白的脸浮现着几丝忧郁的笑靥，像是已经被某一种梦幻所期待和沉迷。我不知道这一切来自何方。我只想看看她的作品。

　　不久，我收到了张梅寄来的《作品》（1988年第2

期），上面有她的一篇小说《紫衣裳》。

这几乎是一篇散文化的小说。写的不过是"我"一次偶然的机会结识了一位叫紫云的少女，并从紫云那忧郁的情绪中意外获得了创作灵感，写成《紫云集》一举成名。若干年后，"我"再次见到紫云时，那个晶莹透明的少女已经消失了，不过当"我"和紫云再次交往后，又重新发现了紫云，同时也发现了自己。实话说来，这里描绘的是一个简单平凡的故事，而且结尾也显得过于浅显俗套。但是，奇怪得很，这篇小说却使我再次想起了张梅坐在草暖公园舞厅的那种神情，想起了围绕着她的那层淡淡的霓霭和淡淡的忧郁……紫色的，这大概是属于张梅自己的一种颜色、一种情调，现在我在她的作品里重新读到了。

我无法证明自己的感受是正确的。当我怀着一种试探、考察、体验的心情，重新读这篇文章的时候，我已经不再穿梭于"我"与紫云之间，而是沉思于萦绕和贯串于整个作品的那种情绪氛围之中，开始追逐于作者的失落和追求之间，期待着作者自己创造的梦幻可能变成现实。在这里，我突然发现，作品中的"我"与紫云越来越难以分开了，他们彼此创造了对方，发现了对象，实际上也正是创造和发现了自我。在这里面，寄寓着作者在迷惘和失意中的探索，这种探索分明带着一种对枯燥、平庸、浅薄、徘徊不前的抗争，影射着对于活的感觉和活的生命创作的一种期待。

于是，张梅带着她的《紫衣裳》走来了，带着丹霞清亮的露珠，少男少女的敏感、神秘、纯情的梦幻，渲染着谁也说不清楚但无法逃避的紫色，把自己的失落和期待携裹在里面……

这就是我所知道的张梅和她的"紫衣裳"。

以南方的标准生活，以北方的标准写作

黄　茵

黄茵：两年前，我做过一篇你的专访，题目很南方——《张开的张，梅花的梅》，记得当时摄影师还让你站在广州西关的青石小巷和木趟门前拍了一组特具南方风味的照片。你觉得自己算不算一个很典型的南方（广州）女人？

张梅：从外形来看，我并不是一个典型的广州女人，因为我长得高大，用广州话来说，就是牛高马大的，经常在出租车里会被司机用普通话问话。我的脸相也不像广州人，经常会被各种人提出疑问。"你是广州人？不像，不像。"这时我就会很困惑，还去很傻地辩解。在思维上，我也不像典型的广州女人，典型的广州女人一般是指西关女人，她们的思维都很敏捷，有弯弯肠子，用广州话来说，就是很"精灵"，而我却比较呆。属于呆头呆脑地。在生活习惯上，我却是一个典型的广州女人，如爱干净，讲究生活的细节和质量，喜欢闲适的生活。而我也喜欢广州女人的朴素，我自己也是朴素的，那种淡淡的、细细的朴素。

黄茵：时间过得真快，我觉得你这两年样子没变，但做事的方式和做事的内容跟过去都有很多不同了，可以说说你的变化和近况吗？

张梅：我这两年辞去了《广州文艺》主编后，就把精力放在了写作上。去年写了三个短篇和三个中篇小说，其中一个短篇小说《成珠楼记忆》还进了排行榜。有许多人跟我说喜欢那个短篇，其实那个短篇有我个人的经历，所以写起来和读起来都有感情。当了三年主编，占去了不少的时间，后来还是觉得自己适合于搞创作。这两年我开始涉足于影视，参与了电影《周渔的火车》的创作，该片现在放映，后来又写了电视剧《非常公民》，一部写末代皇帝的人性生活的电视剧，现在手上还有一连串的电视电影计划，正准备把自己的长篇小说《破碎的激情》改成电影，总之是陷下去了。做了影视之后，感觉到这个领域很新鲜，有很多很新的想法，而且有挑战性。毕竟现在纯文学已经是非常个人的东西，而且标准也十分模糊。我这个人还是属于好动的人，喜欢涉及不同的领域，由此获取不同的灵感。而我觉得不能老在一个地方待着，这样会失去张力。

黄茵：你在广州出生、在广州长大、在广州成名成家，你有没有想过——如果你不是在广州而是干脆就在北方生活，你的一切会不会很不一样？也许成就会更大些？或者其他？

张梅：如果我在北方生活？那我可能会被那漫长的冬天窒息了。我怕冷。而且特别怕长时间的冷。 北方的冬天基本上是不能在户外活动的。这我无法忍受。但如果在北京生活，可能成功的机会会比在广州大些，因为广州毕竟还是离中央太远了。

黄茵：我看北方出名的女作家很多，南方尤其是广州似乎情况不妙，你怎么看？

张梅：这确实有一个语言霸权的问题。中国的语言霸权一直都在北方，连我自己也经常会不由自主地讲普通话。而且文学艺术的标准基本都是以北方为基点，这个问题我看不会有大的改变。我在日本时，常常会被问道："你会用广州话写作吗？"当时觉得这个问题有点好笑，其实并不好笑。这是一个问题。

黄茵：去年和今年，你好像经常在北方走动，对你来说，北方有更多机会吗？

张梅：这段时间我确实经常待在北方。因为写剧本的事情。对于任何搞艺术的人来说，北京是一个很大的市场，机会要比广州多得多。广州现在的音乐人基本都去了北京。湖南的写剧本的人也基本结集在北京，在那里，稿费什么的都比广州多得多。有时想这不公平，广州什么都贵，凭什么就稿费低？但没办法，谁叫你是"文化沙漠"呢？（笑）。但我不会去北京。北京去玩玩挺好的，但太闹，弄得你筋疲力尽。没办法思考。（笑）人类一思考，上帝就发笑。

黄茵：比较一下南方和北方给你的影响吧！两处的生活你都有体验，感觉如何？

张梅：我受的影响都是南方的，南方的夏天，南方的冬天，南方的秋天，南方的春天，而且我真的爱听和爱说广州话，我说广州话时的声音也比说普通话时的声音好听，唱粤语歌也比唱国语歌好听，这真奇怪。北方基本没有给我任何影响，这很奇怪，虽然我认识很多北方的人，也到过许许多多北方的地方，但北方就是影响不了我，这真奇怪，这简直可以用来做讨论。我是一个彻头彻尾的南方派。

黄茵：有人说，精致和颓废，是典型的南方气质，北方鲜见。而将精致和颓废演绎得最为地道的是两个香港女人——精致的张曼玉和颓废的梅艳芳，看她们演的《花样年华》和《胭脂扣》，你会觉得南方女人真是要比北方女人更风情和更撩人。而没有精致和颓废，风情和撩人是无从谈起的。你同意这种说法吗？你觉得自己的味道更接近哪一种？

张梅：我觉得风情和撩人与精致颓废没有多大关系。应该这样说，南方女人有风情，但北方女人撩人。而我自己，则属于颓废的人，很小就颓废，但没办法，要生活呀，只好每天打起精神，把颓废压下去。但这会使自己处于内心分裂的状态，但没办法。估计某个时候，这个恶果就会体现出来。

黄茵：北方男人和南方男人，你喜欢哪一种？为什么？

张梅：应该来说，我还是喜欢南方的男人。这没办法，从小是在南方长大的，而且南方的男人有颓废感，而在某种时候，颓废会变得很迷人，这有点像毒品。

黄茵：描绘一下你的南方生活吧——从衣食住行到你的白日梦。

张梅：我在广州基本就是吃饭一族。每天晚上都在外面吃饭，一到下午5点钟，就会有各种电话打来说去哪里吃饭。然后一吃就吃几个小时，所以有许多许多的电视剧我都没看过，因为演电视剧的时间我都基本在饭店里。我基本不熬夜，有时和朋友打麻将会熬一下夜，但马上又很后悔，因为熬一次夜好几天才能恢复。有时我连我自己也不知道在什么时候会写作，一般来说都是白天吧，但没什么耐心。我喜欢躺在床上看书，特别是下雨的冬天，外面很冷，手上有一本好书，真是愉快。我也喜欢和女朋友吃饭逛街买衫，我买衫基本是乱买，没什么准头，买了一大堆，钱也没少花，但要出场时总找不到合适的。我喜欢和女朋友在一起，这样人很放松，不用顾忌什么。和男人在一起就不行，他们总要说你不爱听的话。人到了这个年纪，就不想听那些自己不爱听的话，凭什么？凭什么要让他来破坏我的好心情？连白痴也会说不。天气暖的时候，街上的花特别便宜，就会买各种各样的花回家。家里有阳光有鲜花，心情就会好。但还是要去工作，对于目前的我，就是写作，写小说，写散文，写剧本，电影电视，写专栏。经常会到外地旅行，但现在没有从前那样热爱旅行了。我喜欢舒适的生活，有质量的生活，人不能对自己不好。

白日梦？从来就没有过。真的没有过。我们这辈人，都是在提心吊胆地过日子。有一句成语是可以用得上的，就是"如履薄冰"。从来就没有过梦想。想想真可怜。太可怜了。

黄茵：可以谈谈你近来的创作计划吗？

张梅：我现在手头有好几个长篇小说的创作计划。明年我就会开始实现这些长篇小说的计划了。如果精力好的话，应该是一部接一部。

都市欲望中的浮沉与挣扎

——张梅小说中女性形象的心灵特征

齐 红

到目前为止，似乎还没有一个女性作家像张梅这样集中而深刻地展现大都市女性的心灵景观，或者换一个角度说，张梅为我们提供了一幅世纪末现代都市女性在无所不在的欲望冲击下的浮沉与挣扎的迷离图画。从第一次拿起张梅小说开始（这篇小说就是《这里的天空》），我就认定将有一种全新的素质出现在世纪之末的女性写作中，这种素质是包括小说表现内容和小说形式在内的全面概括。

一

从表现内容上讲，张梅的小说是地地道道的城市小说，这似乎不足为奇，因为就整个女性文学的题材选择来讲，城市表现远远多于乡村表现，但是几乎没有一个女性作家能像张梅这样将一个城市的神髓给予如此全面的展示，应该说她抓住了一个现代都市的本障。在这个意义上，我个人认为张梅和另一个男性小说家邱华栋是新一代真正的城市小说家、作家。邱华栋选择了北京作为他叙述的中心，对应着这个北方都市的风景，张梅立足于广州并开始了对这个南方大都会的观察。

跟同时代的其他女性作家相比，张梅的独特在于，她是在认同城市、接受城市的基础上对广州这个大都市的精神面貌和生活在其中的女性精神特征以及心灵特征进行展示的，正因为此，她才真正贴近并了解了一个城市。而其他女性作家，她们虽然身居城市并且也选择了某些城市题材，但她们的情绪却排斥着城市的特征：喧嚣、拥挤、冷漠、环境污染、道德沦丧……（尽管这并不能代表城市的全部）所以，就题材而言，在女作家的笔下出现了这样几种分野：身在闹市却不停地为乡村（乡镇）的风物人性唱着一曲悠远的牧歌，比如迟子建、铁凝；或者将自己与城市隔离，在一个封闭的个人空间里面对自我的心灵，比如陈染；还有的是并不放弃对城市形态和城市特征的把握，但在精神上却以一种超凡脱俗的姿态凌驾于都市的世俗生活之上，这方面的典型代表是广州的另外一个作家张欣。

拿同在广州的"二张"做比较也许能够更清楚地说明问题。不能说张欣小说中有关这个南方都市的描绘不多，在她的笔下我们同样以看到广州的歌舞厅、广州的百货商场、广州的房地产生意、广州不知疲惫的夜生活、甚至广州的物价与广州的服装潮流，以及在这个城市中为生计奔忙不堪的人们，但是在张欣笔下那一个个寄托着她的理想的女性形象身上，我们看到的却是与这个城市格格不入的精神特征：洁身自好，不为物质利益放弃个人的生命原则，尤其突出的特点是这些女性对于爱情近乎固执的追寻与捍卫（尽管张欣也曾叹息"爱又如何"，但她最后仍然让故事结束在误解消除之后对爱情胜利的暗示上）。在一个"不谈爱情"的时代，而且是在一个物质欲望很大程度上挤兑了精神操守的城市，这样的女性以及她们的行为显然成为一道极不入流的风景。可能也正是因为这一点，张欣的小说带给我们只能算是这个都市的外貌，而不是它的内在精神。

张梅的小说显然不同。她也清楚并且不加遮掩地描述了这个城市的堕落与狂欢：欲望像流水一样浸染着这个城市的每一个缝隙，人们的心灵在富有的物质生活的掩盖下已经空虚透顶，道德感的丧失在无形中继续传染着下一代少年的心灵《最后的奖赏》，城市上空弥漫着不安全的感觉《老城纪事》，虚假的应酬、甜言蜜语、逢场作戏取代了真诚的面对，"真爱"的追求成为一种无聊的行为而遭遇嘲讽与愚弄（《把艾仁还我》）……但是即便如此，张梅小说中的人物也并不排斥她们所生存其中的这种环境，她们不像张欣笔下的女性那么清高脱俗，淑女风度，她们接受甚至安于这个城市提供的一切，并且自得其乐：在寒冷的冬天的深夜里仍然有热闹的大排档可以解除她们内心的寂寞，她们庆幸并感慨自己生存在这样一个南方的都会而不是某个北方的冷清城市，更不是乡村（《冬天的大排档》）；她们密切注视着这个城市的服装潮流，迎合着某种流行色，不甘落伍（《小宝的裙子》）；她们乐此不疲地购物、开家庭舞会、喝下午茶、跟某个自己欣赏的男人发生性关系（《蛛丝马迹》《老城纪事》等）。与张欣相比，可以肯定的是，"爱情"这样奢侈的情感是张梅小说中几乎不可能出现的言说话题有时偶而流露（也显得不合时宜，大煞风景），所以，张梅小说中的女性不会像张欣笔下的女主人公那样总是陷入爱情的困境而无力自拔，也不可能像她们那样在爱情的挫折之后获得"除却巫山不是云"的沧桑心态从此不思改变。张梅小说中的人物不会为捍卫某种情感的纯洁性而固守孤独。这些女性已经摆脱了城市里面一度流行（也许还将流行下去）的"怀乡病"，放弃了对于宁静、古朴的"故乡"的诗性而浪漫的缅怀，变得清醒而现实，她们清楚地知道自己已经无法离开城市为她们提供的繁华、娱乐、信息、霓虹灯……因此，尽管"红"在离开家乡后历尽艰辛、饱尝屈辱，但她仍然执着地在城市中寻找着生命的可能性——"读过的书一页页在我面前翻过，它们鼓励我更好的生活"，这无疑体现了这样一种理性：即便城市在它的现代化进程中出现了许多负面效应，但从根本上讲它仍然是文明与进步的象征（《这里的天空》）。

二

但是这并不意味着张梅小说中的女性因为对城市的认同而变得没有困惑也没有困境，甚至没有了精神上的痛苦，只知道日日在浅薄的享乐与欲望的沉迷中打发时光，事实上，她们感受到的绝不仅仅是幸福和满足，还有在日常生活中无觉察但实际已深植内心的浓重的失落感。张梅总是喜欢给她的女主人公安排这样一种"孤单"的生命境遇：或者是守寡的女人（《嫠居的喜宝》《冬天的大排档》），或者是正在离婚或已经离婚的女人（《各行其道》《冬季里的燕玲》），或者是不明原因的独身女人（《乌鸦与麻雀》《错觉》等），而且这些都市女性有条件或能力满足个人的物质消费水平：有一定数量的钱，有或大或小的一套居室，有一份固定收入的工作……甚至，在这些物质意义上的吃、穿、住解决之后，她们还可以凭借自己的先天条件在某个需要的时候吸引一个男人，以获得性爱的满足，那么，当这些基本的生存问题不成其为问题的时候，她们的失落来自哪里？"人并不仅仅为了面包而活着"，"即使人的饥渴和性追求得到满足，他还是不会满足。和动物正好相反，那时，人最迫切的问题不是解决了，而是刚刚开始。"①显然，对于这群都市女性来讲，她们所面临的问题正是这个时代所面临的问题，即精神的傍依问题。但是很难用"孤独""绝望"这类形而上的词汇来概括她们的心灵特征，她们并不因为这一问题的存在而感到焦虑，而且她们不会为精神的某种境界做出世俗幸福的献祭，正如喜宝所言："我们都爱物质文明，我们都不作茧自缚。"（《嫠居的喜宝》）。她们失落感是喧闹与物质满足背后产生的寂寞与百无聊赖。寂寞像一场瘟疫，袭击着这个南方大都会的男人女人们，他们发出"真怕呀"的感慨，拒绝着，躲避着，寂寞啃啮着沈鱼的心——一个声音在她的耳边絮叨着：真寂寞呀，我的心都被寂寞掏空了。寂寞终于将沈鱼逐出了家门，来到那人声鼎沸、热闹非凡的冬天的大排档（《冬天的大排档》）；百无聊赖的感觉时刻追随着这些无衣食之忧的女人们，她们不愿意一个人"老待在一间闷的房间里"（《各行其道》的淑华），她们追求着这个城市可能提供的一切消遣：喝下午茶，买时尚衣服，做双眼皮，参加各种各样的假面舞会、鸡尾酒会，她们的话题多半是街谈巷议、明星轶闻、穿衣、化妆、情人，她们似乎正急不可待地赶赴一场末世的狂欢。但这样的逃避并不能消除她们内心的寂寞与无聊，她们仍然无法获得精神的慰藉和心灵的满足感。于是她们在物质的充实之外尝试追求一点灵魂的震颤，比如喜宝，她的命运有如她的名字，巧合了一个贫穷女人被有钱男人所养、后又失去男人、空守一幢房子和一定数量的钱的故事（亦舒《喜宝》）。喜宝试图在这个城市遭遇男人并且遭遇爱情，"红鳄鱼"带给她的最初的吸引与激动使喜宝几乎确认了自己的寻找，但当她得知"红鳄鱼"即是她的中学同学大卫并且正在充当着可以跟任何一个女人发生性关系只要她们付款的男妓角色时，喜宝顿时从精神上拉开了与"红鳄鱼"的距离。

这样的选择又使张梅笔下的女性并不完全等同于那些彻底将灵魂交付给欲望的人，她们无法消除的寂寞感意味着物质意义的享乐之外，必须有一种精神的支撑，所以她们有时又对世俗与庸俗进行着某种抗拒，比如淑华——"全城只有我一个人为婚姻的质量而离婚"，比如喜宝，终于阻止了自己迈向"红鳄鱼"的脚步。但是，问题在于，单身而寂寞的淑华能否拒绝逢场作戏的包工头亚坚的引诱？喜宝能否抗拒"红鳄鱼"文雅潇洒的男性气质，会不会最终屈从于个人的欲望冲动？或者即使坚守了精神领地，那么在一个欲望的城市中，婿居的喜宝究竟能坚持多久等等，诸如此类的问题正是张梅的小说留给自己也留给我们的问题。

三

从更高的角度来看，这个问题事实上是整个城市甚至这个时代的问题：当物质与欲望的诱惑构成不可抗拒的力量，人将怎样安排灵魂的归属？或者，人为什么无法在物欲的沉迷中获得完全的满足？我们怎样走向这样一个时代又将以什么样的方式终结这个时代？这几乎是张梅小说一以贯之的求索主题。这样的问题之所以成为张梅小说不停地向我们揭示的问题，是因为她个人或者说她笔下的人物是最具切身感的都市精神变化的目击者。小说《殊途同归》提醒着我们一种信仰图景的存在：人们怀着对真理与神圣的追求热望聚集在简陋的铁皮屋中，吟诵诗歌、畅谈理想、寻找爱情；窗外飞来的一张诗笺用夏日玫瑰的热烈意象将一个女孩从沉睡与抑郁中解脱出来；人们像拥戴精神教父一样拥戴着圣德和他主办的《爱斯基摩人》杂志……这样的图景在一个南方大都会出现似乎显得相当虚幻，但它的曾经存在却是毋庸置疑的，这使得《殊途同归》成为张梅个人认为的有激情的作品的代表："……因为那一个三万字的小说是浓缩了当时那个激情年代。有一些人怀疑当时的广州是不是有着那样的一帮人和那样的激情生活。我觉得这十分可笑。因为我当时就是在那样的生活中成长的。"也许正是因为这样的原因，如下的问题才成为必要：这样的图景什么时候、为什么不再存在？同样是因为这样的原因，这些曾经拥有激情、拥有理想的女性们才会在物质富足而精神苍白的今日都市中产生无可消除的失落感。

这种失落感在感性层面上指向对平淡、无聊的现状的不满，所以这些都市女性总是渴求新鲜与刺激的发生——小到身体的某些细微变化（比如割双眼皮、做头发以及用时装打扮自己），大至对于情感的希冀与寻求——她们渴望一觉醒来一夜之间一场巨变（大痛苦或者大欢乐）裹挟了自己。另外这种失落感在更深一点的层面上还将最终指向对精神荒芜、麻木状态的一种不自觉的反抗，可以说她们对自己生命状态并没有（也不可能有）一个理性的认识，她们只是在无法消除的落寞感中本能地抗拒着现有的生命境况，有时为了发泄内心对平淡与平庸生活的不满，她们甚至人为地制造一些对精神构成极大刺激的玩笑，以此来宣示一种反抗姿态。在《蛛丝马迹》中，顾华丽在生日宴会上接到的"丈夫被人杀死了"的电话竟然是一个恶作剧；而随着事态的发展，当顾的丈夫真正神秘地死亡了的时候，不是痛苦、恐惧、忧伤而是好奇与兴奋弥漫了在场的每一个人的心灵：每一个在场者都将成为凶手的嫌疑，每一个人都在推测凶手是谁，每一个人都在期待一种结局。我们无法对这些人给予道德的谴责，他们期盼的并非别人的灾难与痛苦的发生，而是过程本身对生活所注入的刺激。

张梅的小说无疑在提醒这样一个事实：在南方这个港味浓郁的大都会中，人们的精神正面临着苍白与枯萎的危险，尽管有一部分平凡的生命在进行着一种本能的抵抗，但是这样的挣扎究竟能够持续多久？正像她自己在一篇创作谈中所感慨的那样："……人生每时每刻，世俗的狂欢节正夜以继日地在身边举行，你又如何去抵制这些诱惑了呢？在你去掉幻想的激情后，世界正以她的本来面目向你招手，形形色色的人生和欲望以各种形式表现在你面前，当你深入进去，你会感到温暖和生动。"[3]这也许可以帮助我们理解作为一个作家，同时是作为一个"思想和生活习惯也都市化了的"[4]女性的张梅之所以选择一群都会女性作为表现对象，并且对她们的心灵特征进行如此深入细腻的把握的原因之所在。

可以说，张梅提供给我们的正是一群女性在都市欲望中的浮沉与挣扎：她们追逐只有在大城市中才有可能获得的热闹的气氛、欲望的满足、物质的享乐，却又总是排遣不了一种落寞感；她们认同、接受、甚至依恋都市，但同时又无法忍受心灵的荒漠状态；她们朦胧地试图寻找一种精神的归属感，可面对风云变幻的城市社会又一片茫然。应该说这种心灵景象的出现不是偶然，而是一种必然，它是城市发展过程中必经的临界点。从这处意义上讲，张梅的小说便具有了某种现实意味，同时也将具有一定的历史意味。

四

我前面已经提到过，不可忽视的还有张梅小说的叙述方式。在那篇我个人以为最具张梅小说叙述特点的中篇《这里的天空》中，张梅用这样的语气告知了我们主人公"红"的生命情态："我当时就住在一个叫做香的镇子上"，"我的名字叫'红'，"我们家有五个女儿，我是老大，唯一有幸穿新衣裙的人"，"我十六岁了，考不上高中，又没有工作，正有而且还将会有很多男人会来挑逗我""……"这就是我目前的状态。我穿白色暗花半透明上衣，天蓝色裤子。我出身贫穷，我读了许多浪漫的小说，我想挣钱，我对男人并不渴望，我对出门有暗藏的欲望。这是一种典型的对于人物状态的叙述：不加任何修饰地将一种客观事实呈现在文本当中。在"状态小说""状态电影"之类的概念风行一时的今天，我想这样的小说叙述方式可以在此概念的启发下权且被命名为"状态叙述"。这种叙述的最大特点是语言上不掺杂感情色彩，带有极大的随意性和散漫性，以一种看似疏懒的语气将人物的生命状态展示出来，同时叙事所带来的信息却相当密集。诸如此类的叙述在张梅的小说中随处可见："我叫白萍萍。住在……""我是路女，下面有两个双生弟弟，一个叫白双勇，一个叫白双智。家里的房子有三层……""父亲很喜欢我""我在一家机械厂的装配车间里当描图员。"（《蝴蝶和蜜蜂的舞会》）……张梅并不仅仅选择第一人称作为小说的叙述者，她的第三人称的叙述同样具有这种疏淡而客观的特点："喜宝最近受了点挫折。""她的丈夫……车毁人亡"，"喜宝在大学里是念生物系的，毕业后在药厂工作。一结了婚，先生有大把钱，就叫她不去上班了。""喜宝属于那种腰身软软、脚趾细细的女人"……这样一种返璞归真的叙述方式恰恰契合了张梅小说所选择的题材表现——城市女性的生命流程：一个个女性在都市的欲望中飘荡，她们在物质的追求中心满意得，或者在满足之后又生出空虚和落寞，她们在都市的河流里挣扎，有时浮出水面。又迅即沉下，或者仅仅是顺流漂泊，她们是城市中极其平凡的个体，但又恰恰是这些个体体现着一个都会丰富的精神特征的某些侧面。

用不带任何情绪色彩的语言去展现人物的生命状态，这样的叙述方式并不多见，尤其是在女作家中间。尽管"新写实"小说曾经以"感情的零度介入"而著称，但是我们同样有足够的证据去说明在其代表作家池莉、方方的语言中所运用的智慧与（黑色）幽默以及因此而不可避免地带来的叙述的情感色彩。张梅在她的创作谈中曾经说："我是不擅长讲故事的人，我的兴趣放在人的内心世界上。而我常常下笔时，并不知道笔下的人物会发展成为什么样的人。"⑤所以张梅小说给我们的直观印象同时也是最深刻的印象便是随意、漫不经心地涂抹生活，似乎没有高潮亦不会出现戏剧性的结局，但在这种近乎慵懒的涂抹中，我们看到了来自于人物心灵深处的无奈与挣扎。也许正是这样的写作个性和小说观念造就了张梅小说的叙述特点，同时也为女性小说提供了一种新鲜的小说品质。

注释：
① 弗洛姆《为自己的人》第61页，北京三联书店，1988年版。
② ③④⑤张梅《区别于大众情感的情感》，《作品》1996年第3期。

南国都市的喧哗与骚动

——评张梅的长篇小说《破碎的激情》

朱育颖

[内容摘要] 论文对小说所展示的80—90年代广州的文化语境进行了深刻透视，对小说中处于社会转型期的都市人尤其是女性的生存状态予以关注和考察，揭示了市场经济发展的负面效应——急剧膨胀的物欲对人的精神的挤压。重点探索了女性人物精神上的迷失与成长，并为都市女性话语注入了更具活力的新质。

[关键词] 破碎的激情 生存状态 救赎

[作者简介] 朱育颖：女，35岁，本科，安徽阜阳师范学院副教授。

在世纪之交多元共生的都市环境中，广州女作家张梅的长篇小说《破碎的激情》（以下简称《破碎》），以灵动的悟性与智慧别具一格。这部小说没有停留在对都市表象的机械复制上，而是透视在商潮欲海中亢奋和悸动的灵魂，追寻人的精神演变轨迹，表现出对当下都市人的生存状况和精神状况的质疑。

广州——这是一个被国际流行色包围的都市，也是一帧女性视域中的别样风景，充满了喧哗与骚动。在经济全球化的趋势中，南国都市万花筒般旋转，令人眼花缭乱。随着政治神话的消解和理性大厦的崩塌，人们告别激情，由理想的天国坠落世俗的天地，感受到物质与精神的双重挤压，陷入困惑与迷失状态。走进文本，一边是"有毒而美丽的夹竹桃"悄悄"污染"着生态环境作为背景，一边是锈迹斑斑的铁皮屋成为"圣殿"的近镜头不断推出；一边是桑拿浴蒸腾散发着欲望的热气，一边是聚集在《爱斯基摩人》杂志周围的慷慨地宣泄激情；一边是"破碎"的意象凝注着生存与文化的危机，一边是对人的关怀在作焦灼热切的呼唤和拯救……在这样一个到处充满诱惑充满骚动的现实氛围中，都市人进行着各自的化装表演。作者着力探索都市氛围和人的欲望之谜的互动关系，这里有她对市场经济和多元文化下的新型都市的理解与描摹，有她在特定场景中对现实世界的感悟与思考，有她对都市人精神裂变的展示与把握。文本中反复出现的"夹竹桃""铁皮屋""紫色唇印""黄褐斑"等意象营造了独特的文化氛围和人文情调，令人咀嚼回味。张梅徜徉在南国都市这一生机与缺憾并存的文明之地，寻觅理性之光的朝晖，艺术的触角在林立的楼厦间自由伸展，几乎每一个角落都回旋着女性对都市的细微感觉，肌理细密，富有荒诞色彩和超现实主义的因子，留下一些让人思索的"迷踪"。长篇小说是一种以创造人物为主的文学样式，是对人的审美观照与深层开掘，最能体现作家对世界的看法，它不仅关注人的生存状况。更关注人的精神状态。《破碎》正是从这里切入，以改革开放后的80年代至90年代的广州为时空背景，围绕《爱斯基摩人》杂志的撰稿人和追随者的人生理想、价值取向、情感纠葛等问题，展示了当代青年文化人的精神裂变，记录了从"教父"到市民、从意志到欲望，从精神到感官这样一种无法逆转的沉降过程，暴露危机，揭示病态，试图探寻救赎之路，并为活跃在社会各个层面上的都市人塑像画魂。

向人的灵魂深处挺进，对人的精神世界进行探寻与诠释，是《破碎》这部小说审美把握的一个重点。作品的主人公圣德是一个带有"领袖气质"的平民知识分子，也是一个自命不凡的理想主义者。这个被视为"精神教父"的人，思维敏捷，能言善辩，他和几个挚友办起《爱斯基摩人》杂志，探讨各种人生问题。小说在审视圣德的精神跋涉时，对新时期20年当代文化人的心路历程进行反思，并把情节进程分为前后两个板块：前10年描述的是以圣德为核心的"文化精英"的"出世"追求，跨入90年代以后展示的则是以圣德为主的当代都市人的"入世"现状。在这个似乎人们都处于"半疯癫状态"的时代，小说是把圣德当作"世人皆醉我独醒"的人物来塑造的，他甚至自以为是"黑夜里的灯"。当生命在迷津中体验到一种废墟的感情时，意识到灵魂缺席的恐惧，由此发出救赎之声。圣德办起第一个蓝箭公关协会，巧舌如簧，四处讲学，试图在精神的废墟上重燃一线希望之火，却又把生活与观念领域胡乱混同。经过左冲右突，圣德猛然发现自己也身陷困境，"第一次感到无家可归"，剩下的是精神的幻游和消解的游戏。圣德在"文化苦旅"中艰难跋涉，绕了一个弧线，找不到救世的"仙丹妙药"，理想主义时代产生的激情在物质年代化作碎片，貌似超凡脱俗，实则尴尬无奈，由"出世"而"入世"，由务虚到务实。值得注意的是作品中多次出现的"铁皮屋"。这是一幢旧式洋楼的天台上用油毡搭成的铁皮屋，它被雨淋得生了锈，还被有毒而艳丽的夹竹桃所包围，这里不仅是圣德的栖身之处，也是追求真理的"精神寓所"，当他成为这个城市的成功者迁入新居后，仍把铁皮屋原封不动地保留着，"作为寻找昔日激情的一个隐秘场所"。"铁皮屋"在文本中成了展示人物灵魂的载体，提醒我们深思：人，应该怎样生存？

作者还以女性的敏锐目光，审视南国都市这个开放而又喧嚣的空间，揭示了市场经济发展的负面效应——被释放的物欲急剧膨胀泛滥，造成对人的精神的挤压和精神的贬值与迷失。《破碎》中的南国都市既是文明的消费中心，又是文明的消解基地。这里有聚集在《爱斯基摩人》杂志周围的一群文化青年，他们曾"激扬文字"，"挥斥方遒"，却在商品经济大潮的冲击下分崩离析，由激进到颓唐，激情化作泡沫陷入欲望的沼泽不能自拔。这里有游戏人生的莫名，自从涌现出国热就骚动不安，"他往日毫无目的寻花问柳变成专门猎获那些预备出国的少女、少妇、老处女"，"不断向新的猎物暗示自己以后的光辉前程"；这里有依赖女人而活着的保罗，自以为能给她们"所需要的快乐"，

"至于爱情，那是一件不习惯的事情"。经历了太多的历史折腾与现实阉割，他们的心灵蒙上尘垢，人格委顿，物质使他们现实化，现实化又使他们远离浪漫与激情，精神被掏空，人失却意义，剩下的似乎只有在女人身上还能体现出一点儿男性的价值，都市的性别游戏规则在作者洞达的目光审视下露出它的破绽和荒谬。小说采用了夸张、变形的手法，漫画式地勾画了这些都市人的特征，真实描写了现代都市如何在媚俗的斜坡上滑行，并以自身的巨人惯性，挟制能人与庸人"殊途同归"，提出了物质与精神的高度统一不能忽视的命题。

都市不仅是男人大显身手的竞技场，也是女人展示风姿的大舞台。都市在男作家的笔下往往是沼泽，是陷阱，是"战车"，是"巨大的轮盘赌"；而在女作家笔下，都市是抗议，是忧郁，是性别创伤，是无家可归。90年代复杂多变的社会生活把女性推到更为严峻、更具挑战性的生存境地，既为都市女性的自由发展和选择提供了更多的可能，也使她们面临更多的困惑。《破碎》触及都市文明对于女性生存的既提升又制约的矛盾，把女性作为都市灵魂的载体，写她们的追求与失落，写她们的生存焦虑与生命体验，在日常生活场景中展示了都市女性骚动不安、寂寞无奈的内心世界。黛玲是小说中着墨较多的一个美貌少妇，也是一个在生命原欲中重铸的女性形象。对于黛玲来说，热烈、持久的爱情是她的最高理想，期望永远沉浸在情感的风雨巅峰体验之中。为此，她抛夫弃子，全力追求，却堕入欲望的深渊。钢琴师和美发师都曾是黛玲激情迸发的兴奋点，他们先后离去，再加上女儿给予她的打击，她感到激情的破碎，万念俱灰而发疯。小说侧重写了黛玲的"美"和"欲"，精神上的焦虑源于生命深处的喧哗与骚动。女性欲望曾是一片禁区，或者只能到"荒山""小城"去寻找，到"麦秸垛""棉花垛"下表演。《破碎》在男权社会划定的话语禁区中开辟自己的空间，把不可言说、难以言说的内心世界进行深层勘探，并将欲望化的都市与鲜活的女性生命融汇在一起。当欲望占据了女性的身心时，精神的立足点又在哪里呢？作者在文本中提出了都市女性如何从欲望的钳制中挣脱而出的问题，令人沉思，催人猛醒。

置身于冷酷、嘈杂的都市，会感到紧张、孤独、困惑、焦虑以致心理失重，在这种情况下是逃遁还是自救，是女性面临的选择。《破碎》

中还有两个值得一提的女性，一个是空灵柔弱的米兰，另一个是聪慧丑陋的"皮囊"。同是进行人生的寻觅与突围，前者着重倾诉成长中的迷惘，后者更注重书写自我的拯救。作者说："在我的所有小说中，几乎都有'玫瑰花'出现，而她的出现几乎都是带有意念性的，把小说主人公或叙述事件的某一个侧面带有情感地反映出来。"①孤独的玫瑰体现出作者对生命的独特感受，而米兰恰如"夏天里最后一朵玫瑰"，孤独地开放。她身心寻觅"精神之父"，却身陷都市这座迷宫，难以适应物欲横流的生存环境，惶惑、忧郁、终日神思恍惚，身心处于居无定所、无所依托的悬浮状态。面对激情的碎屑，她的嗜睡是对爱情的失望而关闭心灵的磁场，还是困守自我、回避现实，抑或洁身自好与现实对抗的手段呢？小说描述了米兰爱的幻觉、忧伤、不知所措的情绪，最后让她终于走出梦境，重吐馨香。与美丽的米兰相比，"皮囊"虽然肥胖丑陋，却丑得可爱，以才智、执着、洒脱战胜世俗偏见，活出女性的性别内涵和人格尊严。作者把都市作为展示女性文化经验、性别创伤、反观自身的文化舞台，写出了都市女性生存的内在匮乏感、无所归依的漂泊感，揭示了人物精神上的成长，为都市女性话语注入了更具活力的新质。

　　"长篇小说的内容是当代社会之艺术剖解"，"社会把长篇小说看作自己的一面镜子"②。看一个作家有无出息，应看他们与所处的时代、他的民族的精神生活有无深刻的联系。一个作家能否写出意识到的历史深度，往往取决于其精神视点的高度。文学虽然难以承担民族振兴的全部使命，却应以其特有的审美方式挑起心灵铸造的重担，物化时代更需要文学提供精神的抚慰、思想的启迪、人文的关怀，给物欲压抑下的心灵投注理想的光亮和审美的热力。《破碎》是作者长期孕育、精心写作的产儿，对处于社会转型期的都市正在衍生的隐患予以关注，对都市人急需提升精神境界的现状进行了探索，揭示病症，以便引起疗救的注意，体现出写作者一份拳拳的人文情怀。都市的漩流中为什么飘浮着现代文明的各种碎片？能否将这些被生存的利刃切割的碎片整合出新型、健全的人？这种救赎的信念贯注在90年代的小说创作中，在此，我们能否把《破碎》也视为作者在世纪的日落与日出前发出的一个警醒的信号呢？

注释：

① 张梅：《木屐声声》，第112页，陕西旅游、经济日报出版社，1997出版，西安。

② 《别林斯基论文学》，第220页，新文艺出版社，1958年出版，上海。

现代都市与女性生存的两种诠释

——王安忆、张梅都市小说比较分析

赵改燕

[**摘要**] 王安忆、张梅是执着于探询城市精神的两位作家。她们90年代以来创作的反映都市女性生存状态的小说，集中体现了其在这一领域的思考和努力。两人在创作主题、叙事方式和女性形象塑造等方面的相通相异之处，分别体现了她们对现代都市与女性生存这一命题的不同诠释、对不同历史时期城市女性的物质及精神生存状态的精神关怀和价值评判。

[**关键词**] 中国现当代文学；女性文学；王安忆；张梅

随着都市生活经验对文学创作的影响增大，状写女性在现代都市中的生存状态，探究女性和城市之间的关系，已成为当代女性小说创作的一个焦点。王安忆和张梅的都市小说突破了许多女作家仅描写女性在都市中的情感遭遇这一狭窄的视域，在一个更宽阔的范围内对城市女性进行历史文化透视，探究城市与女性的关系。两人在创作主题、叙事方式以及女性形象的塑造等方面既有相通相近之处，又风格各异互有千秋，体现了对现代都市与女性生存这一命题的不同诠释。

一

　　对城市女性的历史回顾，是王安忆都市小说创作的一个基本主题。一直以来，王安忆对书写城市与女性的关系始终有着清醒自觉的意识。她认为女人是天然属于城市的，"女人在这个天地里，原先为土地所不屑的能力却得到了认可和发挥。"[1]（P89）女人"到了城市这一崭新的再造自然里，那才真正是"海阔凭鱼跃，天高任鸟飞"。[1]（P91）城市使女性再生，而女性又对城市加进了新的理解和阐释，在另一些维面上再造了城市的新生。在城市中，王安忆写得最多最好的是上海，她对这座居住了数十年的大都市有着深切的感触和独特的认识："要写上海，最好的代表是女性"[2]。王安忆塑造的上海女性形象，既有典型的上海弄堂的女儿，也有外地迁入的新移民，有风华绝代的"三小姐"，也有叱咤商界的女强人。同样是上海女人，她们却完全不等同于鸳鸯蝴蝶派笔下有着罗愁绮恨的旧式女子，也不是张爱玲、苏青笔下世故讥诮的乱世贵族，更不是30年代新感觉派笔下的艳异妖娆的"尤物"。她们是上海这个传奇都市中最为平实的一群，既没有太高的升华，也没有特别的沦落，所谓的"海派"风情已被淹没在平凡琐屑的日常生活中，我们只能从她们起居行走的神情仪态和精打细算的一日三餐中感受那份历史遗韵。而在王安忆看来，这才是上海城市精神的真正代表。在女性与城市关系问题上，王安忆着意考察的是个人与城市历史的关系，由一个个女人的命运折射出城市的历史。《纪实与虚构》尽管用很多文字去虚构一个母系家族的历史，但主要描述的是一个上海女作家对她的城市从疏离到融合的过程。《妹头》讲述的是上海女人如何在时代变迁中的城市安身立命的故事。而《长恨歌》则更是关于一个女人与城市之间的纠葛与缠绕，王琦瑶"只不过是城市的代言人，我要写的其实是一个城市的故事。"[3]作为上海普通人家的女儿，王琦瑶有着上海市民圆融机智、坚韧顽强的品格。从弄堂里巷来到繁华城市深处，她是那么坦然自如，接受命运的馈赠，安享荣华富贵。而当繁华消歇岁月不再，她也能找到属于她的情感活动和生活乐趣，在社会的边缘过着饶有声色的日子。王琦瑶就是王安忆理解的上海这个城市的精神，她像上海的弄堂，是无数细碎集合而成的壮观，又像上海的流言，没有大志气却用尽了实力。在这里，城市的历史就书写在女人风水流变的服饰上，体现在一个平凡女子对生活细枝末节的孜孜以求上，女人与城市、个人与历史就这样水乳相交。

王安忆总是将女性个体置身于宏大的历史背景下进行考察，而张梅则习惯于将一群衣食不愁的现代女性抛进都市的欲望海洋里，状写她们的浮沉与挣扎。张梅笔下的女性多是中产阶级少妇，在繁华的商业都市过着富足悠闲、衣鬓香影的生活。与另一位描写广州都市女性的作家张欣相比，张梅作品的最大特色就是不谈爱情。她说："我也曾经尝试过写那些缠绵的爱情故事，但每次一下笔，都使我陷入一种无聊的状态。""看看身边的现实和身边的人，所有的爱情都给现实碾得破碎，只剩下一些符号或痕迹。" [4]（P218）《随风飘荡的日子》记录了都市红男绿女吃喝玩乐的一天。"早上醒来之后我有一个强烈的感觉，我觉得自己在这个世界上只是一粒游荡的灰尘。而这粒灰尘是物质的，是肉身的，其状态是处于不断地滚地之中。" [5]（P2）"我"游荡在高档俱乐部、五星级酒店、情调咖啡厅和保龄球馆之间，看着好友绮绮与香港人H及珠宝商之间暧昧的情感游戏，突然对这种生活感到厌倦。"为什么我们永远都在漂泊"？对于这个问题的回答只有无奈，"回房间睡一觉就好了"。醒来之后便是强烈的孤独，"看着外面的楼房的灯一盏一盏地亮起"，"我感觉到自己的脸上有眼泪流下来"。这是欲望满足之后的孤独，是深植于心底的精神上的一种失落。

应该说，张梅塑造的女性形象更加贴近广州这个城市的内在精神。她固然是在写欲望，但并不仅仅停留在人物或沉沦或迷茫的感官体验，而是深入揭示女性的内心感受。作家在这些女性身上提出了自己的疑问：为什么她们无法在物欲的沉迷中得到心灵的满足和精神的慰藉？在欲望的诱惑已经成为城市中最不可抗拒的力量时，精神的家园还如何守得住？王安忆笔下的女性代表着作家自己对上海城市精神清醒独到的认识，而张梅则更多表现出她在对城市精神探索中产生的困惑："这座城市古古怪怪，灰尘满天，她的精神是什么？而当你在思考这座城市的精神时，却没想到你再次陷入城市的迷宫当中，你的内心被慢慢消耗，直到你面临崩溃，你还是走不出这城市的迷宫。"[4]（P228-229）

二

都市文学作品，在叙事手法上，应有比较明确的"都市意识"，对都市的感觉、对都市生活状态的把握，以及对都市的节奏和情调的表现。因为小说叙事不仅是一种创作方法，更是作家体验、理解、解释世界的一种方式。正是从王安忆和张梅各自富于特色的叙述方式中，我们才得以认识到她们对都市的深刻体验。

《长恨歌》的叙述时间从40年代到80年代，涉及新中国成立和"文化大革命"等众多历史事件，但作者并没有对之进行"宏大叙事"，而是将之处理为人物生存的模糊布景。作者认为这城市实打实的生活是由无数个"声"和"色"作底子的，故其用心不在于故事本身，而是故事背后的情态：流淌在空气中、游荡在街道上的无数的"声"与"色"。这就决定了叙述基调是舒缓、静态的，话语方式是繁复、细密的。王安忆对城市生活细节的稔熟，在《长恨歌》中得到充分的体现。我们从作者对弄堂的描绘中看到了市民生活的本色，从咖啡馆的香气中嗅到了城市的优雅，从"上海小姐"的选举中领略到了城市的繁华和风情，从爱丽丝公寓的奢华感受到了"三小姐"的寂寞……就在对城市生活的细节层层叠叠地展开与描摹中，刻画了上海这个城市的面貌。这种从容细腻的叙述方式与女性日常生活经验和女性心理相对应，任凭时代风起云涌，她们以自我的方式游离于主流生活之外。王安忆将一段历史以一个女性琐碎的生命形态展现出来，让我们在细微的日常生活中体验到细腻丰富的审美趣味，亲切可信。

王安忆的叙事方式绵密饱满，夹叙夹议，对细节的渲染更能体现她的特色。如《长恨歌》中对爱丽丝公寓一角的描摹："这又是花的世界，灯罩上是花，衣柜边雕着花，落地窗是槟榔玻璃的花，墙纸上是漫洒的花，瓶里插着花，手帕里夹着一朵白兰花，茉莉花是飘在茶盅里，香水是紫罗兰香型，胭脂是玫瑰色，指甲油是凤仙花的红，衣裳是雏菊的苦清气。"[6]（P95）在王安忆感性的审美眼光里，爱丽丝公寓不再是几个冰冷的房间，而是被赋予美学意味，充满了女性的温情。这种看似繁琐的叙述，并没有削弱作家对城市生活的深层穿透力，相反，正是通过对在物质和精神生活上诸多细节的描摹，再现了上海昔日的典雅和旖旎。

张梅也专注于细节的描绘，她说，"我从来都对故事不感兴趣，而只对细节和内心感兴趣。"[7]读张梅小说的最大感受就是这种跟着感觉走的随意性的叙述，如"珊珊在早晨六点醒来的时候就听见了城市的钟声在寂静的广场上敲响了。随着钟声，她还听见了有许多间被钟声吵醒的店子丝丝索索的开门的声音。随后，她还闻到了一股'莉安'发胶的味道。她能想象出那些人正按着发胶的瓶子往城市早晨还没被污染的空气喷那一丝丝胶性的雾。在他们的努力下，城市的空气迅速凝固，所有在城市的早晨里行走的人随着凝固的空气变成了木偶。"[5]（P238）这种不掺杂任何感情色彩的漫不经心的涂抹，使张梅的语言看似平淡直白实则耐人寻味。她的小说常常存在着两种叙述声音，一种是对都市生存场景作浮世绘般的展示，叙述女性的物欲、虚荣和狂欢，这是喧嚣的都市之音，是对都市近距离的表现。另一种则是对喧嚣背后的寂寞与空虚的感喟，是带着悲悯的眼光对都市进行远距离的审视。张梅曾说："在我的创作中，永远没有一种对现实生活兴高采烈的东西，既不赞赏她，也不痛恨她。"[4]（P218）这种叙事方式，是与她的都市体验相契合的。张梅善于书写现代都市女性的寂寞，她长于由一个细微而别致的角度入手，衬托城市少妇在喧嚣热闹中所体味着的寂寞，从而使语词之间浮现出现代都市所具有的某种鲜明的质感。但小说毕竟是一门讲故事的艺术，过于偏倚于细节和内心感受而忽略了故事和思想的重要性，使张梅的创作无形中走进了一个误区，削弱了作品的力度。

三

王安忆和张梅分别创造了一系列体现城市精神的女性形象。比较而言，王安忆笔下的女性形象的塑造更多地得益于她对城市的理性思考。王琦瑶这个人物的成功便是她对上海市民生活面貌和深层心理的长期观察和弄堂文化深刻挖掘和提炼的结果。王安忆善于通过城市的种种具象形态，表现出诸如上海弄堂的精神实质，上海流言的文化特征等抽象的东西，"这样的抽象，是把摄入浮光掠影的城市现象，从虚假的偶然性中抽取出来，通过一种抽象的语言表达形式，仿佛为其寻找到一个安息之所，使之永恒化并合乎必然。"[8] 王琦瑶有着普通家常的美，可她又身处在风情万种的繁华都市中，又怎会甘心于做一个弄堂女儿。正如邬桥的外婆所想："王琦瑶没开好头的缘故全在于一点，就是长得忒好了。长得好其实是骗人的，又骗的不是别人，正是自己。长得好，自己要不知道还好，几年一过，也就蒙混过去了。可偏偏是在上海那地方，都是争着抢着告诉你，唯恐你不知道的。"[6]（P128）也正是上海，使王琦瑶感到一切都是浮光掠影，一切都将成为过眼云烟。王琦瑶的精明来自孤立无援的处境，是自我的保护和争取，其实是更绝望的。城市给了她辉煌和梦想，也给了她安稳和平凡，却始终没有让他摆脱掉孤独无依的生存情状。王安忆笔下的女性都是活脱脱的城市的"产物"，身处城市之中却时常感到孤独。这种个人在历史长河中的孤独无依，体现了王安忆自己对于人生的体验和感悟。

张梅笔下的女性也常常是孤独的。她们总是设法让自己沉浸在富足奢华的物质世界里，借此逃避精神上的空虚落寞。她们曾经很有激情和理想，但在物质主义时代到来后，主动放弃了精神的家园。黛玲（《破碎的激情》）受80年代前期理想主义的熏染，仰望精神"教父"圣德，对理想有着狂热的追求。而当欲望像水一样浸染了城市，享受主义弥漫着城市的时候，黛玲们的共享情人便从思想先锋圣德变为发型师保罗，社会主体由观念共同体的解体到消费共同体的形成，从真理的追求到商品的欲求。张梅告诉我们，理想作为一种生命意志并没有消失，而是转化成欲望这种形态：女性的理想诉求就是华衣美食的享受，对金钱物质的占有。在《小宝的裙子》中，小宝对一条性感流行吊带裙的欲望到了无以复加的地步，为之茶饭不思，精神恍惚。当她通过肉体的交易拥有它之后，立刻又变得容光焕发。她们唯有在对欲望的追逐中获得兴奋，来逃避内心的寂寞与无聊。而当喧嚣过后，她们在繁华的灯红酒绿中品尝到的还是刻骨的孤独和深深的失落。

张梅笔下的女性是作为都市灵魂的载体而存在着。她们在欲望的裹胁下骚动不安，为了贴近城市精神的内核，忙不迭转不停地加入到城市的各式消遣中，纷纷沦为欲望的奴隶。她们对物质的理解已不再是王琦瑶式"求生"的手段，而成为都市时尚的体现。她们没有王琦瑶的那种精明和坚定，不考虑将来，只关心眼下，充斥着一种世纪末的情绪。为了最大限度地满足自己对物质的欲求，她们自觉依附于男人并以此为荣耀。绮绮（《随风飘荡的日子》）是个年轻貌美的名模，她最大的理想就是做一个有钱人的太太，"她要的是名车、别墅、名牌时装，这是她对这个世界的认识。"[5]（P26）喜宝（《嬬居的喜宝》）原是大学生物系毕业生，在药厂工作。嫁给一个有钱的先生之后，就待在家里天天看言情小说和时装杂志，而这种生活正是众多姐妹艳羡不已又求之不得的。张梅敏感地抓住了处于社会变革期间的都市浮现出的新贵女性形象，正如著名评论家戴锦华所说："张梅的小说序列，是另一幅原画复现：这是又一群在新的阶级构造与浮现中聚拢的"贵族女性"，她们甚至不是王安忆所谓的"三小姐"。在昔日特权阶层与今日的金源新贵的汇合、交换中，都市女性的生存有了"新的"——原画复现式的内涵。"[9]通过比较分析我们看出，王安忆和张梅的都市小说对城市与女性的关系分别做出了各自的诠释，体现了她们自觉的女性意识和精神关怀。通过两位作家的笔触，我们认识了不同历史时期的都市女性，随着时代的发展，她们的物质生活有了很大的提高，这是社会的进步。但另一方面，城市女性的精神生存状态却并未相应得到根本性的改变，甚至有所倒退。在潇洒迷人的现代女性生存背后，仍然是女性自身的失落。

参考文献：

[1] 王安忆.男人和女人，女人和城市[Z].昆明：云南人民出版社，2000.

[2] 王安忆.重建象牙塔[Z].上海：远东出版社，1997.86.

[3] 王安忆.更行更远更生——答齐红、林舟问[A].重建象牙塔[Z].上海：远东出版社，1997.192.

[4] 张梅.暗香浮动[Z].昆明：云南人民出版社，2000.

[5] 张梅.女人·游戏·下午茶[Z].昆明：云南人民出版社，2000.

[6] 王安忆.长恨歌[Z].北京：作家出版社，2000.

[7] 张梅.误区[J].南方文坛, 1998 ，（1）: 31.

[8] 王绯.王安忆：理性与情悟[J].当代作家评论, 1998 ，（1）: 27.

[9] 戴锦华.世纪之门：导言[M].北京：社会科学文献出版社，1998.25.

Two Annotations about Modern City and the Subsistence of Urban Women
——The Comparison and Analysis to the Novels of Wang An-yi and Zhang Mei

ZHAO Gai-y an

(College of Literature, Nankai Universi ty, Tianjin 300071, China)

Abstract：Wang An-yi and Zhang Mei are tw o w ri ters w ho insist on exploring urban spirits .Thei r novels f rom 1990 's alw ay s concent rate on describing urban life and urban w omen .The similarity and dissimilarity ex isted in w riting topic ， narrative method and female character express respect ive comprehension to the relation betw een modern times and urban women ， and it also ex press the w riter 's concern and valuation about urban w omen 's living condi tion including material and in-material .

Key words：urban literature ； w omen 's li terature ； Wang An-yi ； Zhang Mei

张梅：理想主义的荒诞处境与反讽叙述

李春华

[摘要] 张梅在自己的创作中以反讽叙述揭示出理想主义的荒诞处境，其中多种声音同时奏响，多层意义同时交织。

[关键词] 理想主义；反讽叙述；浪漫主义；广州岭南文化

无根的现代都市人产生了追寻故园和精神根基的冲动，作家抱着一种浪漫主义情怀致力于文化寻根。广州，这个古老而又现代的南方都市是一座迷宫，这座城灰尘满天，城中人熟悉而又陌生，而张梅，是这座迷宫的精神探寻者，她致力于人性、精神、文化的剖析和追寻。她是广州本土文化的产儿，亲历了故城文化的变迁流徙，她热爱这座城市而又怀抱着复杂的感情，堪称广州故城的守夜人。张梅的小说笔法是兼收并蓄的，既有现实主义的细节刻画、生活提炼，更有现代派的荒诞变形，但这些都是表面的，都被融入到了张梅独具特色的意象编织、内心映现当中。她小说中的意象、叙述和描写往往都是思想性、象征性、复调性的。

一、理想主义的荒诞处境与反讽叙述

张梅自认为理想主义者，自觉与现实抵抗。但她的反讽、批判、旁观者的立场压倒了她的激情，她的作品中更多的是对虚伪、异化的理想主义的批判，这类似于心理学所说的反向作用，是对真正的理想主义的坚守。这种心态导致了她的小说的复调、反讽叙述，多种声音同时奏响，多层意义同时交织。白萍萍们的生活似乎理所当然，然而批判性的声音清晰可辨，青春女子似乎沦落了，然而其快乐、自由、生命的飞扬却是无可非议的。

在《破碎的激情》里，张梅讽刺了形形色色的变质了的理想主义。圣德换上黑白格棉质硬领衬衫充当精神教父，这是附庸风雅、表演式的理想主义。他一天到晚滔滔不绝，但他的理想主义其实是受孤独感驱动的，也是功利、虚荣的，因为米兰不能帮助他去美国或者巴西，帮助他在世界上传播他那通透的人生哲学，因而她的同情和浪漫也变得一文不值。莫名则是理想主义的骗子，他指责现代化破坏了女人们对精神的向往，使他在现在的女人面前失去了往日的优势。也有以理想主义为借口来逃避现实和自我的，如钱家驹，他的理想主义只是用以补偿和掩盖他的自卑感，理想主义者的"皮囊"则是在独立的幌子下追随某个人。《各行其道》中的子美，属于那种其实并无自我的前卫女性，她以有个性、有思想自居，一心想着证明自己与别人不同，其所有行为都只是一种标榜。

正因为这些理想主义者本身是混乱的，所以他们很快就在现实中变质败退了。曾经的理想主义者子辛每天混迹于夜总会里，声称"我可以卖身"。而精神教父圣德无所谓地说："那我们推出哪一种理想来教育他们呢？"理想主义也被消费主义、享乐主义所吞噬，张梅以戏谑、荒诞、自我嘲讽的方式，写尽了自己对理想主义消散的悲哀，写尽了理想主义者无所容身的痛苦。

当然，虽然张梅以夸张、嘲讽的调子来叙述这些理想主义者，但实际上她是喜爱这些人物的，她又以荒诞的形式写出了他们的追求。他们在现代都市就像堂吉诃德，这显示了她的叙事的复调性。她声称，"在圣德、莫名、黛玲和子辛这些人物的身上，却有着永恒的让我迷恋的生命物质，我一想到他们，就会涌起写小说的冲动。"①

圣德与《月亮和六便士》中的思特里克兰德相似，他们不断地与常人无法忍受的苦难作斗争，过着一种精神生活，但在嘲讽的叙述调子中，后现代语境中的圣德显得复杂得多。他要做英雄和精神教父，他们的理想是永恒地对社会不满，永恒地抗争现实，但他们对现实其实束手无策。但张梅的确是一个理想主义者，她坚信，就算在形式上，我们无法与既定的世俗争斗，但在内心，我们都是自己的国王。

启蒙者与理想主义在都市迷宫里陷入了困境。在《破碎的激情》里，当写到理想主义的穷途末路，理想主义者张梅的叙事调子不由自主地变得沉痛激愤起来。圣德在新一代的眼里不过是另一个流派的歌星，而他们总是要找到偶像加以崇拜的。他发自生命和灵魂的对话，在他们听起来不过是又一个新的歌星在唱歌。理想主义者圣德，在这个时代，在这个都市，只能从事公关培训。理想主义被消费了。所有人都向圣德倾诉痛苦，他就像一个巨大的垃圾筒，不断地把痛苦装进去。

冷静智慧的张梅也设想了理想重生的另一种路径：回归日常生活，重建日常生活与历史、传统的关系。理想要张梅：理想主义的荒诞处境与反讽叙述与平凡生活、行动融合起来。米兰是体现作家理想的人物，她后来觉悟到"我的生命是苍白的"，决定行动起来，融入生活，重建一种健康的社会关系，哪怕去一个小饭馆做侍应。保罗浪子回头，身边有米兰需要他照顾，等着他去做某件正经的事情拿钱回去，他有了责任感，追求一种稳定的生活，这种稳定包括感情和食宿。正如张梅所慨叹的，这才是把握到了生活的实质，这种平静的日常生活使他们的心灵归于和谐。象征享乐主义、消费主义的黛玲使保罗不得安宁，是象征精神纯洁富有、重建文化传统的米兰使他心灵洗净、灵魂安宁。他彻底拒绝了黛玲的诱惑，保卫米兰："这是我的爱人，你休想碰她。"他们过着平静诗意的生活，在这种把握到了实质的生活里，个人与社会、感性与理性、物质与精神、当下和历史、科技与人文得到适度的平衡。

理想主义重归日常生活，也重建了与历史、传统的关系。米兰是重建精神家园和文化传统的象征，是广州故园的象征。她得到了一幢带天井的老式的旧房子，房子在广州西关一带，古色古香，天井里种着一棵芭蕉树，井水使人们的神智保持清醒。天井里挨着芭蕉树种了几棵玫瑰，米兰坐在玫瑰花旁边的石凳上看书。米兰指引着迷途者走近象征精神和文化归宿的天井。在这里，人们不再孤苦，不再等待，他们已经把真理掌握在手里，进入了圣境。这便是张梅的理想主义。张梅甚至曾希望能像卡夫卡或巴赫金那样去生活，抵制身边每时每刻的世俗的狂欢节。

物质文明在张梅这里有多重的意义。一方面固然有物质压倒了精神的现代都市病，但另一方面，文化并不是空无一物的精神，也是需要附丽于物质的。虽然语含复杂的反讽意味，作家也慨叹沉迷于物质当中的人们遗忘了精神、文化和传统，但她还是写出了物质文明的积极意义。在贫困的内地人看来，广东是一个令人向往的地方，一个有钱赚、生活自由快乐的地方，而都市丽人更是毫不否认她们对繁华城市的热爱。

张梅受过现代派悖论和历史的教育，她的旁观、批判的立场也作用于她自己和她的理想主义，作家也表现出某种犹豫和担忧：在太阳的照耀下，米兰的嗜睡症又发作了。实际上，有着适度怀疑的理想主义才是健康的理想主义，否则便是教条、狂热、可疑的理想主义了。

二、文化寻根：故城的追忆

无根的现代都市人产生了追寻故园和精神根基的冲动，回归时间、传统多少解除了现代人的无根的恐惧感。张梅敏感到古典的永恒与现代的变易之间的矛盾。在后现代的思想背景下，现代都市人感受到历史、时间的虚无，个体生存的短暂和宿命。作家写道："在古旧的石鼓镇，在红军的纪念碑下，四个老女人就这样平静地打牌。我站在她们身边照相，她们也不理我，绝对地不屑一顾。"[②]在后现代式的绝对孤独的个体存在之前，历史消泯了。作家因而回忆起旧事，书写着旧事，既在散文中，更在小说中。她的小说简直就是旧日的重现，时间的救赎犹如普鲁斯特的《追忆逝水年华》———在夏天开满黄色花朵的米兰树，雨天中的舞鞋……作家企图以此重建后现代个体与时间、历史的关联，灵魂枯萎的现代都市人急需时间之流的慰藉灌溉。母亲缝被子的画面永恒地定格下来，温暖着我们的心灵；富有历史感的棉布令人想起许多场景和故事，丰富着我们的生命。现代人的心灵需要文化的滋养、情感的慰藉、时间的照看、自然的陪伴。

可是传统又被破坏无余了，商人们造出了诸多假传统。盘福新街已经完全夷成了平地，两边的小巷很多都被拆了，建起了难看的高楼，那些遮天蔽日的榕树，也给砍得七零八落。人们的记忆、传统、情感寄托也被驱尽了。

张梅梦想回归老城，回归老城的诗意、温馨和宁静，她满怀深情地反复描写故城老宅。井口长了青苔的天井意味着古老的历史积存；井水深颜色的黑，意味着心灵的暧昧、深度和丰富；芭蕉树肥大、深绿的叶子，则意味着重归自然、诗意、生命力的饱满充盈。米兰去买早点的时候，脚下踢着一双木屐，走在巷子的青石板地上，一种像方言歌的韵味油然而生。卖花的妇人看见米兰来了，总会叫住她，给一朵花，还帮她插在耳朵上，——这是富有诗意和温情的家园。作家又深情地回忆起周家巷来：整条巷稍有弯曲，但整洁。巷子的地面铺的是麻石板，两旁是一户一户的院落，院落围墙上爬有喇叭花，墙头会探出葱绿色的桑树叶。当这条巷子静止的时候，很像一张淡色调的水彩画。当有人在巷子里行走时，这幅水彩画就生动起来了。这才是真正的令人神往的岭南风貌：一个巷子的城市，九曲弯弯，桑叶扶疏。

作家深切体味着文化流散、传统消亡的悲哀，这种悲哀只有在广州土生土长的人才会感觉到。而现在已经基本上无人真正认识到故城之美了。

张梅对广州的城市性格和精神有她独特的认识。广州是一个比较平民化的地方，这里的平民意识培育出一批批有自由精神的人。广州有两千多年的历史，它不是一个时尚的城市，广州文化具有强大的同化力。广州人常是最早接受新思想的人，但城市的本色和底蕴是难以改变的，人们应该推进现代文明，但也应该坚守城市的本色、文化和精神。人类社会或许是不断进步的，但有一些情感、精神和文化却是永恒的。

三、寻梦：浪漫主义

张梅的浪漫主义是对现代都市病的一种缓解和治疗。富于创造性的艺术蕴含了无穷的变化和升华。因为厌恶现代都市的虚假、享乐、疲惫和庸俗，张梅旗帜鲜明地张扬激情。《卡门》是张梅所推崇的作品，但张梅很少设置《卡门》式的情节，她所迷恋的是梅里美笔下的奇特个性和激情，她所关切的是现代都市已经衰退的强烈的热情。但也正如梅里美那样，在叙述中作者小心翼翼地把这种感情克制在自己的心里，尽可能地将它压抑浓缩。

和梅里美、毛姆一样，张梅也迷恋异国情调，关注异域风情。当然，在作品中寄寓更深的是对人性的挖掘、文明的比较。他们在奇异风情的背景下，探索文明世界里业已失落、早被驯服的激情和神秘。正如《卡门》中的叙述："我很乐意知道所谓土匪究竟是何等人物。那不是每天能碰上的；和一个危险分子在一起也不无奇趣。"[3]张梅神往于使人从这平凡的世界分离出来的珠宝集市；乘着维族老人的歌声的翅膀，作家看到了在库车，古龟兹的克孜尔千佛洞里众神翩翩起舞……

晚唐五代宋词中的意境和情怀堪称张梅创作的"母题"。小说满纸堆金砌玉、莺歌燕舞，又尽是伤春悲秋、韶华易逝、思妇悲愁之词，这多是取自唐宋词的风格。《破碎的激情》中叙述道："但她这时感到十分伤感，眼泪在清晨的阳光的照耀下无节制地流下，一直流到卷在她身上的深绿色帘子的蝴蝶身上。染了她的泪水的蝴蝶似乎也染上了她的伤感，颜色迅速暗淡下来。黛玲看着迅速暗淡下去的蝴蝶，不由感慨生命的短暂。"这便如古词了："还似花间见，双双对对飞。无端和泪拭燕脂。惹教双翅垂。"（南唐·张泌）"衾凤冷，枕鸳孤，愁肠待酒抒。"（宋·晏几道）[4]《孀居的喜宝》中，"但她想起自己穿着今年流行的皱布的吊带连衣裙和一双刚刚护住脚踝的小羊皮靴钻进白色'宝马'的样子，眼泪就掉了下来。她实在是爱自己那副模样了，丽质纤纤，美貌如花。"令人想起唐宋词中那些感慨身世、红颜易老的女子。这是张梅的独特的贡献，她将女性的生命意识、现代派的时间体验、文化没落感，融合在唐宋词式的意象和意境里。

浪漫主义、现代派、唐宋词与文化断层感酿成了张梅的"颓废"与

"暧昧"，在作家看来，我们原来就是黑夜的动物，在黑夜里我们突然有了嗅觉和感觉，我们终于醒了。哀伤绝对是属于个人的，在《记录》里，自梳女桂好把身体关闭的痛苦，只属于她自己，无人能够体会和代替，在历史中没有记录，完全消失了。颓废和暧昧才有个性，张梅反对文学侵入政治、权力、标准。张爱玲的"没落""琐碎的人性"是值得赞赏的，时代、政治、严肃、宏大叙事常常是空洞枯燥的。张爱玲有属于自己的凄凉的身世、式微的文化、没落的家族，这是独特的，深入骨髓和灵魂的东西。没落之家出才子，因为有对人生的剧痛。没有文化的作家只是小丑，没有家世的作家只是塑料花。在张梅看来，这一代作家没有资格落魄，没有文化的根基、心灵的力量和深度，无法写出伟大的作品。身世感、文化断层感，是张梅写作的心理驱动力。

浪漫主义者倾心于大自然。老黑熊捞湖水中的樱花吃，这是张梅最喜爱的意境。张梅热衷于旅游，陶醉于各地的风景。正如她所喜爱的"牛虻"，"亚瑟对自然景致的影响特别敏感"，"仿佛他与大山之间存在着某种神秘的联系"⑤。浪漫主义与唐宋词的融合，其结果之一是张梅作品中多姿多彩的植物象征和隐喻。

张梅以各种花的意象来暗示情绪。青青在梦中闻到百合花的清香，因为她深爱着自己的丈夫，在她的梦中，湖上飘着像蝴蝶一样的叶子，因为她的爱情和婚姻同样也是危机四伏的。白萍萍的那棵石榴树结的果很小。《红花瓣》中花的海洋，使天地充满了不可遏止的生气，殷红的颜色洗涤人的灵魂，更新人的生命。

米兰和玫瑰是张梅最喜爱的意象，米兰承载着作家一生许多重大的记忆，童年的窗外是一棵茂密的米兰。小说中父亲再娶时，米兰树便被砍断了；窗外幽香的米兰树见证了她的初恋。《破碎的激情》中纯洁的少女被命名为米兰。她的小说中常有"玫瑰花"出现，把小说主人公或叙述事件的某一个侧面带有情感地反映出来。为表现无爱的女性的痛苦，阳光下的玫瑰花瓣变成了紫色，一种极其忧郁的深紫色。意象使作家挣脱了概念、理性、符号的统治，尽情地沉醉于情绪、氛围、神秘、暧昧当中。

注释：

① 张梅：《木屐声声》，陕西旅游出版社、经济日报出版社1997年版，第96页。

② 张梅：《夜色依然旧》，文汇出版社2005年版，第112页。

③ [法]梅里美：《嘉尔曼》，傅雷译，人民文学出版社1962年版，第6页。

④ 朱孝藏选辑，汪中注析：《宋词三百首注析》，岳麓书社1987年版，第54页。

⑤ [英]伏尼契：《牛虻》，李民译，中国青年出版社1953年版，第14页。

基金项目：广州市哲学社会科学"十一五"规划项目（10Y41）

作者：李春华，硕士，广东金融学院财经传媒系讲师，主要研究方向：文艺学。

编辑：赵红玉E-mail：zhaohongyu69@126.com

张梅长篇小说《破碎的激情》研讨会纪要

主办单位：中国作协创研部、广州市文联

时间：1999年12月9日上午

地点：北京中国作家协会会议室

主题：研讨张梅长篇小说《破碎的激情》

主持：陈建功（中国作协书记处书记、中国作协创研部主任）

陈建功（主持）：张梅的长篇小说《破碎的激情》研讨会现在开始。张梅的这部小说经过了十年的艰苦创作，虽然只是薄薄的一部，但是我觉得无论是思想的深度方面和艺术的探索方面都是有很鲜明特色的一个长篇，我相信各位评论家根据各自的阅读经验，也会有非常多的话要说。因为这是一本有很多地方都值得探讨的长篇小说。

今天有广州市方面和广东省方面的许多朋友来出席我们这个会，作协领导和许多评论家也来出席这个会。

广州方面的有中共广州市委宣传部副部长杨苗青同志，广州市文联主席刘长安同志，广东省文学院院长伊始同志。中国作协副主任陈昌本同志，作协书记处书记施勇祥同志、书记处书记、创联部主任高洪波同志。

杨苗青（中共广州市委宣传部副部长）：我是怀着非常尊敬的心情走进中国作协这座殿堂参加这个研讨会，我刚才跟陈部长说了，这十年我没少来北京，但每回都是带的戏剧、粤剧、电视剧，广州从文学这个角度到北京中国作协，那么多高层的领导、专家给我们指导的机会，这是第一次，这说明什么呢？这说明我们的工作有误，我们广州的文学创作，对于全国全省来说，是一个弱项，第三，说明我们张梅同志是非常努力，经过了十年的辛苦，终于写出一本作品，所以说，我们的激动心情不是一句虚话，我们感谢心情也不是一句套话，确实不容易。

张梅同志很努力，经过十年的探索、积累，写得很艰苦，她近年兼了《广州文艺》的主编，在艰苦的探索中还是把小说完成了，从创作上她作了很多探索，在艺术上希望有新的感觉，让她自己能感到兴奋和冲动的东西。我自己分管艺术，广东省经济发展，但文化艺术上不去，如何让我们的小说重现过去的辉煌？张梅这个小说，第一，她写现实，我很高兴，希望现代的人能看，能接受能思考。让我们的文学发展跟上广州的经济发展的步伐。广州这一块土地，我们如何去反映？现在很多作家都去搞电视剧了，出名快，拿钱多，小说写完了谁看？很苦呀，十年写一本，17万字，有多少稿费？但不能因为这样就没有了文学。我们就应该鼓励我们的文学作者，写出现代人的心路历程，我感觉到张梅的这部小说就写出了现代人的心路历程。她不是写思古幽情的东西，我这次来是想听专家的意见，如何使文学回到百姓之中。张梅这本小说，作了新的探索，切入点是很前卫的。但是否能受到更多人的接受，我们拭目以待。

刘长安（广州市文联主席）：广州这几年的文学创作，在市委宣传部的重视下，有所发展，出现了一些好的作品，好的人才，但是，从全国的创作来说，还是个弱项。所以，我相信这个研讨会不单对张梅本人而且对广州市的文学创作起到积极的作用。

张梅同志是近年广州市涌现出来的比较卓有成就的年轻的女作家。从80年代就从事创作，1983年开始在《上海文学》上发表小说，连续这么多年来张梅同志的特点是勤于学习，勤于思考，对于一个年轻的作者是很重要的，所以她1993年从事专业创作以来，就发表了《酒后的爱情观》《殊途同归》等等的著作和作品；同时，她在散文创作方面也代表了岭南文化的特点和风格，作为年轻作家，张梅同志重视对生活的体验，而且对生活进行细致入微的观察，我觉得这也是她能够在短短的写作生涯当中取得成绩，包括写出《破碎的激情》这样的小说做出了保证。另外，张梅同志能够把娴熟的写作技巧融化在生活当中，对驳杂斑斓的生活进行了冷静的思考之后，再融入到自己的作品里面，这一次在这里请各位专家指导的小说，是她经过十年的观察、体验的成果。张梅同志是我们广州市文学创作研究所的专业作家，兼任《广州文艺》主编，因为文学创作的突出成果，被选为广州市政协委员，今年，又被列为广东省、广州市的跨世纪优秀人才培养对象。

马相武（中国人民大学中文系教授）：读了张梅这个小说，我觉得读得很愉快，这个小说实际上相当一部分的读者应该是文学修养偏高一点的读者，喜欢文学的人读起来会愉快一些。她不是那种流行的都市女性的小说，我觉得她这个小说，给我印象最深的是里面几个女性人物，通过她们贯穿了两个时代，她们总处在两个时代的边缘上，都有她们的情感经历，她们的心路历程，通过她们的情感经历，折射出这个时代，一个是激情高涨的时代，小说里通过铁皮屋——思想大本营的聚会，反映了这些人当时的狂热，所谓一个《爱斯基摩人》的油印刊物，类似民间的刊物。另一个时代是激情消退的时代，按照小说的说法，是激情破碎的时代，小说总的篇幅不长，小说正是在这不太长的篇幅里表达了时代精神的绵延和断裂。这里面有两种时代精神，后一种时代精神和前一种时代精神有一种前射的关系、关联性，在潮流裹胁下的几个青年女性又被潮流冲退到边缘。但这几个青年女性始终没有正常的精神生活和家庭生活，所以有悲剧因素。但小说并不是按照悲剧的模式来写的，她们的共同特点就是激情破碎，但没什么大悲哀，表现了很正常的非正常状态。这种现象引起了张梅的思考，所以我觉得她有一种适度的反思精神在里面，面对社会变迁——物质反差和精神反差都很大的时代变迁，从铁皮屋到美容院，从共享的情人，先是圣德，后来是保罗，从思想辩论会到美容演讲会的策划，反映出时代变迁非常大，从观念共同体解体变成消费共同体的形式，圣德想坚持理想主义，但他也被时代裹胁了。小说里写到圣德感到听众的口味变了，特别是年轻的"这一代完结了"，这是一种怀念，是一种失落，也是一种精神上的反差，一代人的消失，从精神上的消失到状态上的消失，他想坚守铁皮屋，但失败了，"在一个享乐主义弥漫的城市"，想坚守思想者的大本营，是不可能的。作者对这种东西触动很深，读者也从这里获取一种反思精神。从某种意义来说，她是一种矛盾的得"蚀"，在90年代新的版本。这是一部80年代到90年代的"丽人行"。

小说中的几个人物对整个时代的精神状态把握是很独特的，有创造性的。小说中的女性载着旧时代精神和人生情感经验，然后进入了一个没有激情的时代。作家伴随这样一位女性进入了反思的时代。小说中的几个青年女性写得非常成功。作家的心态通过叙事做距离，她讲述故事时，与所有的人物保持一种叙事的距离，不温不火，保持不远不近的状态，这很有意思。作家以没有激情的状态来叙述一种激情和激情的消退。整个心态比较平稳。表现作者本人是用理智来穿透时代。从叙事语言上讲小说语言很流畅，没有很刻意的雕琢和结构感。非常好读。从叙事上讲，作者是适度前卫；从精神上讲是适度反思。可读性与前卫性的结合点，作者把握得比较好。"化前卫为可读"。其前卫意识既有一种装饰性，又有可读性。代表了目前小说的一种价值取向。是80年代中期和后期的实验小说和先锋小说的在90年代的一种生存方式。

曾镇南（中国社科院文学研究所研究员）：小说提出的主题是思想和激情在我们这样一个物质利益越来越被看重、市场已经蓬勃发展的时代里的命运。小说中的人物离我们挺远，我对他们很陌生。但他们所面临的这种悲剧性问题，都是与我们共享的。思想的瓦解，激情的破碎，这些悲剧性的东西困扰着我们。所以引起了我们的思考。整个小说第一部写得相当完整。写了一个刊物的命运。这是一个有启蒙思想意义的刊物，这里刊物经历一个发展阶段，比如大家七嘴八舌非常爱说话的阶段，又有一个寻找痛苦的阶段，后又发现寻找痛苦的本身很浅薄，又经历了重新回到生活的阶段。又经历了出国。最后这个刊物人物作鸟兽散，瓦解了。这个过程在我们见过的小说中完整地、清晰地、不回避地写出来，我还是第一次看见。可见作者的勇敢和观察的深刻。作者通过写刊物的命运，也写了一群人的命运。像圣德、莫名、米兰、黛玲、保罗等作者说很钟爱这些人物。但我觉得作者在具体艺术描写展开的时候，作者持有现实感作家的冷峻，她并不陷入那种过于钟爱自己的人物，同时使她写出了这些人物在现实的社会历史的发展当中实际的发展逻辑和生活命运的逻辑。这一点是小说之中最有价值的。小说中人物都有一个缺点，即聪明人的弱点——拍脑子就是一个主意，思想很前卫，但是又没有严肃的科学角度和工作态度。他不能耐心地做的一项具体的工作，在现实生活当中，他已处于找不到自己的切切实实工作的位置。他们的思想和激情与我们现实生活的需要，与更广大的人群又缺乏一种内在的联系。所以还是人物给人一种飘浮感。如小说中圣德十分钟爱、宽容的莫名，被认为是天才的莫名，除了他弹钢琴本领比较好外，他最大的特点是蔑视工作，任何一样具体的工作他都做不了。他进编辑部的第一件事就是倒卖电子表；三个月内让两个女人失去了贞操；同时勾引米兰，作为米兰生活当中的一种灾难，也是黛玲命运的灾难——最终变疯的肇事者。莫名实际过着一种很寄生的生活。像莫名这样一种思想特征与他实际的命运特征，在很多人身上都存在。在圣德身上、在子辛身上，在保罗身上等，作者对这些人物不仅仅是讽刺，而且是具有冷静的讽刺批判性的思索剖析。像现实主义作家那样剖析这些人物的现实命运。在这方面，作品达到了思想深度。作家对这些人物的剖析，完全是通过生活的细节、场面、情节、典型意义的特征性的语言表现的，所以作品有许多可供我们思考的地方。

小说第二部分最活跃，写得最好的人物皮囊胖大而丑陋：又很有激情，皮最好的结局是很好，一口气能吃下一只鸡，变成一个素吃者，米兰疯子，黛玲也疯了。圣德的沮丧。

整个小说的结局看似很暗淡，但我觉得很有意思。这些人的疯狂、失败伴随艺术思想与激情上的一种新的萌芽，所以我觉得并不暗淡。因为作者这种批判性的思考，又转化为一种具体的描绘，使得小说给人的感觉不完全像那个摔碎了的蛋糕，破碎的激情同摔碎的蛋糕，没法把它拾起来了。而是感到有，感到发人深思，读完后，感到很有所得。小说一个优点是，小说中写一群神不守舍、恍恍惚惚的人，但作者把这些人放在很现实的、具体的时代和空间环境里，我们切切实实感到广州市的种种民情，广州西关古老住宅情况，广州人黑豆老鼠的很奇特的食谱……写得非常生活化。我看到不少新潮小说，思想浅薄，语言空白，技巧幼稚。《破碎的激情》这方面改变了我对新潮小说的偏见。不管你是哪个时代写的小说，不论是多么混乱，多么黑暗，多么令人沮丧的时代写的小说，包括契诃夫时代出现的契诃夫，鲁迅那个时代出现的鲁迅，他还是有种精神东西照耀着我们。这部小说所写的人物和思想，还不能说就是我们整个社会图景。但有一定的价值，我们应当给予认真的阅读和分析。希望作者不断开拓自己的生活和思想视野，在寻找真理和追求思想和激情的过程中，使自己逐渐成熟起来，更广大更包容起来，写出更好地反映我们这个时代的作品。

陈骏涛（中国社科院文学研究所研究员）：这部小说是我近期接触的小说中很有特点的一部小说。这部小说很有思想，很有力度，也很有激情。这是一部思想和情感兼具的小说，也是一种精神探索性的小说。这是一部表现性的小说。对这部小说而言，似乎故事情节并不是最重要的，也不是作者她所要倾心讲述的对象，而是通过若干联系并不紧密的生活流程和一些青年知识分子的人物形象来表现作者的一种思想——破碎的激情。如果我们拿生活的本来面貌来比照这部小说的话，很多是说不通的。因为作者在所有的人物都用了夸张的手法，使其有些变形，偏离了生活的原貌，偏离了生活的原型。从中可以感受到作者的才情以及其艺术想象能力和艺术表现能力。书中圣德的铁皮屋象征着道德理想主义，一种精神乌托邦，黛玲额头上紫色的唇印，是一种神秘的，轻佻的，象征欲望的唇印，以及米兰的嗜睡症也有象征意味等等，表现了作者不同寻常的艺术想象力和才情。这是一般现实主义小说中少有的。这是精神探索性小说。作者概括80至90年代一部分青年知识分子思想变异的历程，也就是从精神化到物质化的历程。小说中大部分人物都脱离我们中国社会实际，他们所构筑的理想，也脱离中国普通老百姓的要求。分析这个小说时，令人感到这样一种矛盾，作者在寻找某种东西，但她并没有寻找到。这跟这群年青知识分子曾经有过的激情，后来破碎了一样，并没有找到，因此产生悲剧性结果。这种结果与小说的基调还是合拍的。

李敬泽（《人民文学》杂志小说组组长）：从艺术上讲，这部小说令人感到亲切和悦人。小说主要写了都市生活，都市生活审美化始终是当代文学中的一个弱项。张梅的小说为都市小说提供审美语言方面是有重要突破的。在小说的第二部分，作者调用大量的流行文化符码，这部小说会给90年代的年轻读者带来欣悦。

蒋原伦（北京师范大学中文系教授）：社会前进步伐快于思想的交替，而且我们是经常面对着新的生活问题和物质问题，在这种时候，张梅很准确地描述出这种以生活和观念为生活的那部分人的软弱性，现在人们面对的不是观念的束缚，打破一个观念我们将获得一个新的观念，我一边看一边觉得里面有许多解构的东西，比如说小说里面写到这个时代是一个青年思想家不断被抛弃的年代，但里面又有圣德的崇拜者，可以送一幢洋楼给圣德，因此很有意思，人们一边抛弃思想，但又有一些新的崇拜者。这十年，并不是思想发生了变化，而是逻辑上发生的变化，因为生活摧毁了思想，使你无法思想。张梅里面一个漂亮的写法，说是激情与虚荣有关，激情不是思想的，逻辑发展就是这个时代我要实现这个理想，改变这个时代，因此产生激情。这个激情产生就是虚荣，我还比较欣赏张梅的平等态度，比方夸张手法用到每一个人的身上都很好，对思想家的夸张和讽刺和对一个普通人的夸张和讽刺都是平等的，运用到每一个人的身上，有一种很好的心态。她的小说有两个文本，一个是十年前的，她十年后的文本，虽然还是那么破碎，但已经很平易了，想到什么写什么，是她写作的老练和跨越，跨越了十年前的文本，这是很可喜的，像当年的金庸，有人把金庸评为文学大师的时候，一片反对声，但当金庸的地位稳固了，现在王朔提出批评，人们又说："你怎么可以批评？"仅仅十年不到，令人感慨，再看看张梅，坚持这种非套路的写作，我觉得这是张梅的成功之处。

白烨（中国社科院文学研究所研究员）：我觉得张梅这部作品是有着特殊意义的作品，这样的作品我们最近很少看到，把理性作为审美对象，是80年代到90年代作为精神现象学的一个文学例证，同时从作者的角度来讲，可能她的初衷是想通过圣德以及圣德的追随者的起伏来肯定和讴歌80年代和批评、批判90年代，但读了以后，大家的普遍感觉是实际上讴歌是对圣德这群人的身上的激情的自审。作为过来人，我能感受到作者对80年代理想主义的真情的讴歌，也可以看到我们自己身上的影子。30年代，我们可能没有做过圣德，但也做过圣德的追随者，而且在当时的社会和当时的文学，小说里很多现象我们都不陌生，都是看到过的和听到过的事情，我觉得这个东西很复杂，超越现实的理想和这群人都很复杂，这是夹有纯净的东西和当时时代需要的东西，当时80年代在文学界，大家都像一块海绵，拼命地吸收，"大家都被创新狗追着连撒泡尿的时间都没有"。

80年代你可以说是很复杂，也可以说是很上进。现在回想起来，真是很复杂。80年代现在想起来，不仅仅是要批判，要反思，很多东西是我们需要怀念的东西。我觉得一个时代，都不能这样，这样脱离现实地追求某种东西，但有这样的一种人我觉得是必不可少的，这才叫多样和多元。这是我的一个感觉，还有一个感觉就是这本书里圣德和圣德的追随者在90年代里脚踏现实之后，也就是激情变得破碎之后的描写，使我感觉到有助于我们反省我们自身，同时有助于我们去反思现实。从自身来看，我们在80年代抱有那样的激情，现在消损了多少，还剩余了多少。对现实来讲，哪些是我们不该认同的我们认同了。哪些是该批评的我们又冷漠了。都值得我们反思和反省。这本书我觉得至少可以起了这样的一种作用。就是我们可以做到自省自己和反省现实。所以我觉得张梅这本书有她的特殊意义。我非常欣赏她再现某种精神现象的魅力。她再现精神魅力的能力是很强的。在这里不光表现了她的一种才力，一种对精神现象的捕捉和描写的才力；而且也不光仅仅是一种旧情难逝的东西在起作用，我在里面读出了一种青春无悔、理想无悔的东西。这样的一种内在的精神动力，我觉得对张梅来讲，更是一种可贵的东西。对我们来讲，也是相当可贵的。这就是张梅写这本书来点燃我们启迪我们的一种东西。最近看小说很多，大半都是非常写实的，甚至是过多地关注物质层面的写实，而关注精神的特别特别少，所以我觉得张梅这本书出来以后，应当说对目前的创作的这种现象是一种补充，不管她是怎么写，不管会起到什么作用，都会是一样非常有意义的事情。

陈晓明（中国社科院文学研究所研究员）：其实大家都说得非常充分了，说得非常好，有几个词对我很有启发。要理解张梅这本小说，我觉得有相当大的难度。这本小说给阅读提供了无限的可能性。这需要像罗兰巴特那样去写一本书才能把她读懂。确实从任何意义去评价这本小说都是可能的。给予多高的评价我看都不过分。这不只是说一个人花了十年的功夫去写一部书，去琢磨一个道理，去关注一种事情的这种精神的难能和可贵。同时我觉得这部作品确实是一部非常有才华的作品，也是非常到位的一部作品。那末，如何去理解她呢？我说过，可以从不同的角度去理解她。我想先简单地把她理解成一个理想主义者的精神漫游。如果我写一篇文章，我会用这样的一个题目：一个理想主义者的精神梦游吧。当然精神梦游从另一方面来说，从我习惯用的术语概括她的话，她可能试图去写出一个文化妄想症的终结。当然这并不是一个负面的概念，可能因为我用后面的这个概念很容易会被人认为是负面的，而我想恰恰在这个意义上来说张梅表现得非常独到。当然我们用理想主义去概括她是非常容易的，同时也容易为大家所理解。而对于一种文化妄想症的把握来说呢，确实是张梅第一次关注了这个主题，并以她的艺术方式去把握了这样的一个主题。当然由于我们处于一个特殊的文化语境当中，讲到某个概念的时候必须慎重，所以我还是应当回到理想主义的这样一个话题上去理解她。那末，关注张梅的小说其实在很多年前，我在编一本书的时候就注意到她1989年写的《殊途同归》，那时已经是90年代初了。当时我非常震惊，中国还有人写这样的一种小说，关注这样的一种主题，因为我们的小说有她特定的主题，特定的叙述方式，在我们的一种历史延续性的框架里面去建立一定的审美意义和审美价值。但张梅好像突然从哪里冒了出来，她好像是孤零零地在我们文坛之外的某一个地方去用她的一个特殊的方式把握我们时代的一种特殊的精神生活。这从任何一种意义来说，如果我们说到90年代的个人化写作，可能张梅的《殊途同归》是最早的标记着个人化写作的一部小说。当然我们并不是说个人化写作就可以确立她独特的意义了。就是说这样一个现象，一个在90年代被提到一个非常重要的意义上的小说流向的时候。张梅的《殊途同归》很大程度上是没有给予特别的足够的重视。那末，把对一个时代的重温的这种做法使我们也想起了歌德那时候写的威廉麦斯特的这类型的小说。甚至在启蒙主义时代有不少的这样的小说。但是在中国的文学当中，这种东西是非常少的。一个时代过去了，人们是如何去看待她，重新去反省她，这样的一个东西构成一个小说的叙述主题本身是有非常高的挑战性和难度，这需要作者在思想上有相当强的一种把握能力。所以在这点上我觉得张梅是非常难能可贵的。这里面所出现的人物，在很大程度上是把80年代的状态恰当地把握了。俊涛老师引用过我的一段话，张梅好像不太认同，因为我使用了"垃圾"这样的一个词，但我说他们是"城市的垃圾，也是珍宝"，我其实是把后面的那个词和前面的有一个反切，并不是我有意运用双重的价值去判断一个事物，而是我们有时候对城市的边缘人物过去在我们的文化中给予排斥，一直用一种霸权话语给予界定的时候，那末，我对这种界定的方式一直是持有一种反省的态度。所以我说的这个"垃圾"并不是单纯的贬义词。因为在很大程度上我们所说的文化"垃圾"是因为文化采取了一种霸权的方式，对他们采取了一种特殊的界定，界定为某种异端、异类，某种边缘，某种垃圾这样一个问题。所以在圣德身上，我想刚才白烨说得非常清楚，在那个年代，我们这一辈的人，都经历过这样的一种历史过程。那个时候，各种各样的团体，各种各样的讲座，各种各样的书籍，在我们这一辈人中，就是所谓的80年代初期走出大学校门的这样的文化人，在我们身上打下了深深的烙印。那时候我们有一种文化的救世主义，在圣德身上他把文化寄托为拯救我们这个时代的精神法宝，而那个时候，对那个时代的穿透，我们忽略了对社会现实的改造，我们被闲置了，所以我们寄望于一种文化的改造。一种纯粹的精神的超越。尽管是这样一种超越是有他的可贵的地方，但恰恰又有非常深刻的片面性。所以我想张梅的这种把握，是对这个狂热的文化理想主义保持了一个质疑的态度。她在小说里反复抒写了这个东西。对他们进行了某种意义上的漫画般的处理。一种反讽的表现。这点上，她始终对她的人物表示了警惕。对他们在历史中的位置，对他们个人和他人的关系，她都进行了一种反讽性的处理。这种处理是很可贵的，这是她在任何时候，叙述人都超越了这样的一个情景，超越了这样的一个历史现场，保持了她始终的反思性的叙述。所以这点我觉得是非常可贵的。这部小说的一个显著的特点，就是她写作的时间很长，所以思考的历史时空也很长，她把两个时代，80年代和90年代强制性地拼在一起，在这样的一个时空里面，她去思考我们的生活，发生了一个巨大的变化，从精神生活到物质生活的一个巨大的变化，从精神到肉体的一个变化，从集体想象到个人欲望的这样一种变化。这样的一个变化是非常之惊人的，所以张梅她试图在这样一个巨大的历史反差当中表现我们生活中的困境，她反复地思考，我们的生活在哪里变了质，所以刚才是李敬泽提到黛玲头上的唇印这样一个历史标记的时候，有时候又消失了，所以这样一个隐喻性的东西在反复提醒我们，生活的印记到底留在什么地方，历史能够在我们的心灵上、肉体上留下什么样的痕迹。在思考一个生活痕迹的问题。我觉得这点也是很有意义的。就是说这个年代历史消失的问题。每一个人生活的历史感消失的问题，变成她反复在思考的一个主题。由于我们拒绝了我们的历史，使我们没有了现实，处在一个非常虚弱的一种状态。这些主题都是在她的思考中反复地进行了一种深化。所以我想要反复去讨论她的主题是非常丰富和复杂的。因为时间关系我也没有时间去展开。我感到在圣德身上有比较惊人的变化。他从一个精神的教父最后迷恋上了桑拿房，我觉得这样的一个叙述是非常精彩的。就这样一个巨大的变化，一个戏剧性的变化，他最后喜欢桑拿房的气息，在桑拿房他找到了自己精神的故乡。所以有时候一个绝对的精神超越价值，和一个绝对的世俗的颓废的价值距离到底在什么地方，张梅她没有给出明确的答案，而是触发我们去思考这样的一个问题。就是我们最高的精神价值和我们最低的欲望的界线在什么地方。所以我想这个东西是非常之发人深省的。那么在艺术上来说，我觉得这部小说有非常突出的特征，怎么去理解她呢，李陀是把她称为超现实主义小说，当然在某种地方有他恰当的地方，像布列东在1924年给超现实主义下的一个定义：制动性问题、联想性问题、摆脱精神机械论的问题，这些都可以在张梅的小说里找到。但是我想把张梅的小说界定为一个内在直觉主意。我始终有生造新名词新概念的爱好，这是我的职业工作，但是我想她对我的思想提出一个挑战，提出了一种思考的欲望。那么这样的一个界定，张梅的小说很难单纯地界定为接受了西方哪一种小说的影响，或者接受了我们文学中的哪一种传统，而是非常综合的，综合得相当到位。这里面既有超现实主义的东西，也有表现主义的东西，也有拉美魔幻主义的东西，刚才马相武也提到这点。但我觉得更可贵的一点，就是说，张梅她一直把这些东西融化在汉语的写作里面，是对汉语言的一次非常有力的全方位的把握。这点特别使我想起钱钟书先生说的关于汉语言的通感的问题。她这种叙事，我为什么称她为内在直觉主义者，她的每一个人物，当然她的整个叙事的方式上来说，每个人物都有一种内在的超越性，她反复去书写人的内在超越性，而内在超越性不仅仅是一个思想意识方面的把握，而是在具体的叙述行进中的把握。在每一个情景中，比如黛玲在反复照镜子时看额头上的唇印时，她产生一种内在的超越的冲动，而这种冲动和她叙事上的一种直觉是相关的。这些人物在叙述人来说，在张梅的叙述来说，她总是直觉到人物的一种状态，人物的一种命运，很迅速地就把握住在这样的一种历史延续性当中人物所发生的一个巨大的变异和她超越的需求。但是另一方面，人物在每一个情景当中她都去捕捉每一个人物的直觉，我看到有一段非常精彩的片断，大家可能不会去注意，比如说圣德走到一根电线杆前，看到电线杆上写着一个计算机的广告，我觉得对这个计算机的广告的描写是非常精彩的，她立即对人物的直觉，这个强大的冲击力，在这个电线杆上，有无数的内容，把这个时代的破碎性的分裂的甚至多元拼贴的这样一个情景不断地展现出来。先进的这样一个时代，一个高科技的时代，和这个时代最媚俗地生活强制性的拼贴在一起，而圣德的这种直觉，马上对这个时代有了一种直觉的感悟。圣德马上感到广告对他造成的巨大的阴影，一种压力，我觉得这种把握，这种描写都显示出作者的非常惊人的才华，她能够在这样的一个情景当中写得非常的丰富和复杂，能够把一种巨大的信息量浓缩在这样一个场景当中。那末在这种描写当中，她并不单纯地是对语词的一种爱好，而是把握了非常丰富和复杂的东西。这一切在作者的描述当中我觉得她把汉语言的一种叙述是推到了一种极致。她的句子都写得非常的漂亮，每一个描写性的句子中，她都可以附加很多补充性的补充语结构，不断地缀加上去，而在补语的结构当中，她把情景时空地最大可能地拓展开来。所以我不明白李陀为什么会说她写得随意，我一直不明白。我不认为张梅这部小说写得随意，我恰恰认为张梅这部小说是非常精致的。她的每一个情景，每一句话都是非常值得推究的。我觉得如果要认真细致地读她的小说的话，你会感觉到汉语言的一种强大的魅力。她对那种通感、隐喻、转喻，这样的一种运用，是非常之有力量，所以我是感到非常的吃惊。所以我说，我是感觉到一种新的内在直觉主义的叙事。非常可贵的。同时我感到这里面在美学的意义上张梅始终有她独树一帜的地方，这独树一帜的地方就是在于她敢于同时能够确立一种颓废的唯美主义的修辞学。可能在这个场景使用这个词不是很恰当，但我还是希望跟她说出来，因为有一些词的表述在我们的文化语境当中它是被界定的，一些被界定为是优秀的，一些被界定为次等的，一些被界定为先进的，一些被界定为是落后的，一些被界定为革命的，一些被界定为反革命的，但是我想说恰恰90年代我们这个改革开放时代给我们带来的进步的意义就是他能够包容很多的东西，同时我们重新去反思我们的那些界定的合理性，同时我们去反思那些霸权性话语里本身的可以沟通的地方。那末，这样的一个传统，我们从波德莱尔、王尔德、韩波和爱伦坡的这样的一个美学的传统实际上很长一段时间是被断掉的，现代主义早期所寻找的那样一种美感那样一种趣味是为了对抗反抗资产阶级主流审美意识的时候是非常有利的，但在很长的一段时间被断了，特别是在中国长期用现实主义把这些东西压制下去的时候使我们的现实主义的审美有了某种单调性。那么在这个意义来说，在当代的小说中很难寻找这种趣味的。所以在这种趣味中，包括她对语言的描写性组织、音节、通感这些东西的运用方面，创造了这种趣味，我觉得是非常可贵的。当然用中国传统来说，有阴柔怪异之美，都是有她非常丰富的表现力的，但是这部小说要解读的地方非常多，当然可以再讨论的地方也有很多，时间问题，我先说到这里，以后还有机会和张梅讨论。

张陵（《文艺报》总编室主任）：我读了这个小说以后，我觉得这个小说比较简单，提出的理想主义的问题，很容易就读懂了。这部小说其实比较重要的是什么呢？其实是她的写法比较有意思，刚才我听说把张梅当作跨世纪人才，我觉得是很有眼光的。为什么呢？未来的写作在写法上是一个很重要的方面。从我个人感觉来说，张梅写这个小说写得不太傻，我说的这个傻并不是一个很贬义的东西，我读了很多女作家的作品，都感觉到有一种傻气，这当然也包括男作家的作品。这种傻气就是说有时过分天真，我在读这个小说的时候就感觉到作者很明白，非常明白，所以写起来很克制，是一种新的写作传统，可能是她在生活当中体验出来的一种方式，这种方式需要作家有一种智慧，今天我们的作家写作写起来比较实或者是比较虚，缺乏一种智慧，而运用现代手法写作的作家就必须有一种智慧，否则写起来会比较实，会成为一种记录员，而这种写作，在现在这个发展比较快的时代里，就会变得呆板。在今天的这个时代，已经不可能有伟大的作家了，而一个作家的才气，主要是表现在她的智慧方面，而这部小说写得特别有智慧，就这点来说，我觉得这个作者很明白，她对生活，包括对这个主题。这个主题本身就是一个很沉重的主题，而且几代人，我们现当代文学当中，几乎所有的代表性的小说都有理想和现实的矛盾，这种主题太多了。到了90年代以后，突然一批作家采用了一种新的写法，有很多是失败了。有些作者跟我谈的时候，对我说，你看，我是运用了现代的手法来写的，经常有这样的作者。但我看了以后，常觉得怎么写得这么傻。当然我不是批评人家，人家已经是很努力了，所以我一直想读到有智慧、有灵气的作家写的东西。那么，张梅是其中的一个，这部作品在叙事方面，我感觉到比较接近我们过去读的那种法国的新小说，她对理想不是采取一种道德评价，不是去进行一种批判，或者是理性的分析。她把这种人物和世界全都平面化了，过去我们的传统理论老是觉得人物要把他挖得深，用现实主义手法挖得很深，然后才有一种批判力度，有一种道德评价的力度，这个人物才会有意义，其实在现在很多的叙事当中，平面化反而有信息量，我记得刚才有个同志讲到现在的年轻人都在讲过程，我们不知道他们追求的目的，我们过去的小说都在追求一种目的，好像要提供一种历史经验一样，所以就往深里挖，现在的小说可能就不是这样，她可能在散布一种什么信息，我想这种写作可能在下个世纪以后会越来越多，越来越多的人会接受这种写法，我觉得她挺重要的是这个，其他的没什么。能提供这种写作的姿态本身我认为就很了不起。

雷达（中国作家协会创研部副主任）：我现在谈谈我对这部小说的理解。我看了小说以后，记了好几张纸，但其实和大家谈得都很接近。我认为这是一部很奇特的小说，就是说她在艺术品位和精神追求上比我们现在到处揭示的那种写实的风尚有一种超越。我觉得非常可贵。另外我觉得这部小说是用一种非现实主义的方法但却很具有现实主义精神的小说，她是用非现实主义的手法写的，但对现实的课题非常关心，对人们的精神状态很关心，对激情对理想，对他们在今天的命运都十分关心。关心的其实是一个很大的精神课题。这个小说的艺术特点很多同志都谈了，我觉得我们不能用一般的我们对现实主义作品的艺术形状去看她，去要求她。她里面的人物没有完整的故事和命运，没有那种非常清晰的现行的结构，她是由很多意象和意象的碎片组成的，她的作品有一种把思想直接转化为形象的特点，这使我想起一句话，就是我们经常谈到现代主义作品时所说的"像闻到玫瑰花香一样地感受思想"，刚才陈骏涛讲的把思想直觉化，这点非常的突出。另外，我觉得还有自由联想，这种自由联想也是她的很突出的特点。好像有些同志谈到的超现实主义，我觉得她融合了很多东西，包括额头上紫色的唇印呀，腹中可以看到四节蛇在变动呀，还有早上起来就要流泪呀，等等这些有魔幻现实主义的技巧夹杂在里面。各种东西都有，昨天我和陈建功还谈起了这个，关于超现实主义，我从前在新华社的时候，看过一本画册，是超现实主义的作品，非常逼真地反映客观事物，包括皮肤的质感、粒子，而张梅的作品不单单是这个，我们这些年来，积蓄借鉴了很多的艺术方法，我觉得张梅化得比较自然，所以她不是很生硬地借鉴，这也是她艺术上的一个特点。另外就是说，我对她的句子也很感兴趣，她在叙事上采用了富有弹性的、比较复杂的、复合的句式，注入句子里文化含量和象征意义，这个作品直觉性和幻觉性的东西比较多，当然大家谈了这个作品在精神上的探求和发掘，我非常赞同。而且我认为她也不是很简单。就是说，在今天，我有一种很强烈的感觉，就是想激动的激动不起来的感觉，比如说她写到圣德这个人物，圣德到最后，天天泡在桑拿浴里面去，还有一个是夜总会，我觉得，不是说这个人完全是物化了，这个人完全是商品化了，他还要继续革命，他还要坚守铁皮屋，但物质的东西包围着他，他也没办法逃离这种东西，他要想办法延缓这种焦虑。小说里面写到，他甚至想把自己冰冻起来，所以这种东西我觉得在90年代不完全是中国才有的现象，整个人类社会都会面临这种东西。在物质和精神的关系上，物质是冷的，容易把精神的东西都熄灭，即使是燃烧的东西。我觉得这里有一个谁战胜谁的问题。这个作品写到精神的时候也不是那么简单。80年代的追求，狂飙突进也好，思想解放的斗士，他们的弱点，作者也没有放过，他们有很多虚浮的东西，他们的理想是什么，是很虚飘的，所以书里到最后要推出理想，是什么理想，到最后还是不明确的。实际上我们的思想运动是比较复杂，有一些人是要恢复革命传统，还有一些是要更新解放，个性自由，这也是一种思想。还有一些是完全把西方的东西搬过来，还有一些是更普遍的东西了，像追求性的自由，很复杂的一种过程。我觉得在表现这些，《殊路同归》里面表现得有一定的复杂性。后来我觉得有一个很大的问题就是说推出哪一种理想，推不出来，所以我觉得这部小说其实也是写了一种精神的悲剧。但她并不是按照传统的对悲剧的处理方式，而是写了一种甚至是麻木不仁、无所适从、无话可说，这么一种悲剧，这种悲剧和我们传统意义上的悲剧不一样。其实我更希望这本书叫《破碎》比较好，《破碎的激情》容易局限她自己，叫《破碎》两个字含义就更概括了。因为我是觉得在今天的生活中激情的消失原因非常复杂，不仅仅是一个物质化、享乐主义或者是商品化的问题，我觉得很大的原因是文化的问题，为什么现在的人激动不起来了，是因为生活没有阻力吗？或者是政治情结结束了，完全是一种经济头脑和经济眼光呢？或者是因为乌托邦的理想消失了？人到底为什么没有激情？张梅的小说里有一种对激情消失的无言的精神状态。现在人愈来愈变得像中国传统文化里的中庸、中和相联系的一种理智。只有很幼稚的人才去激动。这种对人的吞蚀作用太厉害了。这部小说我看了以后，就觉得是一部非常奇特的小说，包括我们很多先锋作家，包括余华、苏童，还有一些最先锋的，他们都不再去思索些很形而上的东西，完全漂浮在情绪性和精神性的东西，我觉得张梅还在执着地思考这个问题，我觉得是很难得的。而且我能够感觉到她那里面的诗意，她写到80年代的时候，因为她是个参加者之一，她表现出一种怀念，尽管那种理想也很虚浮，不是80年代的理想是一种多么坚实的东西。但人需要这种理想，那种狂飙突进的东西。她怀念这种东西，但她写出了无可奈何的东西。我觉得这种无可奈何是深刻的，也觉得我们经常处于一种失语的状态。当然，有时候你失语了，人家就得语了。你没话可说，人家就有话可说。现在每天的报纸几十版，都在说什么呢？但我觉得犯了失语症是一代知识分子，或者是从80年代或者叫启蒙的年代或者叫精神的年代或者叫理想的30年代到物化的90年代的转换中：很多人就没有语言了，原来那套话语就失灵了，不知道说什么好。有时候看到别人写的随笔呀、杂感呀，都有很多话说，很适应这种物质时代，而有些人就是写不出来。当然还有另一种语言，官方的语言，我们说就是主流的吧，也出现了一种没话可说，我觉得失语是一种很难逃避的东西。所以我觉得这部小说是一部非常奇特、具有高度精神品位的小说。

我们对这样的作品，应该给予充分的肯定。

周政保（八一电影制片厂文学部主任）：读了这部小说，一开始不要以什么主义来覆盖它，什么什么主义的小说，这是没必要的。那这是一部什么样的小说，我想就是张梅写的，张梅是个中国人，她只能写成中国的小说。这部小说我第一个感觉就是比较新鲜，她的小说叙述给人以一种新鲜感。刚才雷老师说的，是一种奇特的小说，这个奇特演化到我这，就是一种叙述语言给人以新鲜的感觉，她这部小说引用了很多很多小说新思学的方式，比如象征、隐喻、讽刺、夸张、变形，都有，所以我想用什么样的叙述方式和主义来概括她都不太合适。所以我觉得这部小说因为她很新鲜，语言很新鲜，很机智，所以在怎么判断这部小说的时候，我想用一般的比如用人物塑造这样的方式来概括她判断她都是不合适的，像性格鲜明啦，个性啦，我觉得这部小说确实写了一种过程，至于她是不是城市生活的过程，都无关紧要。至于她是不是80年代还是90年代，这也都无关紧要。她是写了一种精神的过程。甚至可以说是一种时代精神的过程。刚才陈晓明说的精神状态是一个意思。这种过程我觉得很有意思。也许这种过程我们还在进行，也没有完结。在这里我们可以感受到一种警示性。她写了这么一拨人，这一拨人呢，大家都看到了，从那个时代走过来的，眼花缭乱，所以我觉得她是写了一种精神的过程。但是我最感兴趣的是这部小说的叙述语言非常机智非常新鲜，有很大的张力，在很多局部地方，某一部分你甚至可以把她当成诗来看待。就是她的描写背后，讲述的背后都有很多东西在活跃着。所以我说张力很大，使读者可以联想到很多很多的东西。说信息量很大也是可以的。这几年我看的长篇小说也比较多，我就感觉到这样鲜活的、具有张力的叙述语言确实不多。当然有一部分长篇小说的语言也比较写实，整体上不错，但局部上缺乏张力。而这部小说无论在整体和局部方面都很有张力。确实是读完之后感觉到在她的背后活跃着一种令人可以思考、联想的东西。所以我想这部小说最成功也就是这种东西。也是我们当前的长篇小说在叙述语言来说最缺少的东西。我讲的一个批评意见刚才陈晓明也谈到，就是关于第一部和第二部的强制性结合的问题。我觉得这样把两部分合在一起作为一个长篇是有问题的。所以我们说这部小说我们更感觉到是一个过程，更成功的是在局部叙述上。连贯性比较差。很多现代小说，包括新小说也是讲究小说的整体性的。所以这部小说最大的毛病就是连贯性不强。第一部到第二部之间有脱节的失控的地方。还有一个批评意见就是你写得太少了，一部长篇写了十年，而且不是一部很长的小说。我想她是不是能集中精力多写一点。太少太精也不行。

牛玉秋（中国作协创研部研究员）：简单地说两句，首先，我觉得这部小说有两个感觉。第一个是这部小说是相当深刻的小说，因为她所接触的问题吧，正好我们这个世纪只剩下20天了，那末在这之前我们有很多小说都在写都在作100年的回顾。这样的小说很多。但是很少，反正我没有见到回顾我们这20年的，其实这20年是我们很近的，倒没有人给予她特别的关注。那么现在张梅在进行这个回顾了。我觉得一个女作家完成了对这个20年的思想进程作了回顾的任务，确实是很值得自豪的吧。因为我们有那么多有思想的男作家都没来干这个事情。那么她里面涉及的问题呢，我觉得有相当的思想深度。前面李陀写了一个很长的序，他谈到我们这个社会，我们这种社会生活怎么一下子从理想主义一下子进入到了物质主义的这样的一个过程，到底是怎么样进行的，其实刚才李敬泽谈的我也很赞成，在那个理想主义的时期有许多东西是虚妄的，并不是实实在在的东西。这是一部分原因，但另外一部分原因呢，我觉得在所谓理想主义盛行的那个年代里面，理想主义只是一个表面的词汇，其实还埋藏了很多对物质的追求，其实说白了就是一个钱一个权吧。那么当没有走入生活的时候，把这些东西统统都罩着一个美丽的光环，称之为理想主义，当然不完全是这个，也有很深刻很沉重的东西在里面。我想也不必隐讳这一点。在所谓的理想主义里面，其实是在它的背后遮盖着许多并不那么圣洁的东西。那么这种东西到了一方面人的成熟到了现实当中，一方面随着时代的发展，就容易地转化成对物质的崇尚……第二，这部小说是非常感性的小说，小说里面许多非常深刻的社会思想的变化，用一种很常见的生活细节就表现出来了。如圣德在街头看到两个孩子说"BYE—BYE"他一下就感受到时代要变了。小说中像这一类的东西俯拾皆是。作者以自己非常敏感的艺术触觉，把自己的感触收纳进来，表现出来了。

伊始（广东省作协文学院院长）：张梅小说中写的那群人物，是广州的一群年轻人，这些年轻人就是她的朋友。我在阅读过程中，我可以从这些人物中找到现实生活中一些朋友的影子。书中的这些人物给人的感觉是傻得可爱，一直都会以宽容的理解的平常心情去阅读。作者写的实际上是都市里的一群拒绝平庸的一帮年轻人。80年代对整个社会选择性远不及90年代，你想拒绝平庸，一个是"玩文学"，一个是"玩思想"。到后来，整个社会开放了，人们的选择性大了，空间大了，这群不想平庸的青年中；不少人就自然想离开那个"铁皮屋"。我赞成他们"做梦"和"长大了"的观点。这说到这部作品的点子上了。张梅是很感性的，她把自己熟悉的一段生活写了出来。

贺绍俊（《文艺报》副主编）：作者用激情来代表80年代的年轻人，她以这一代年轻人的视角，她本身也是这一代年轻人中的一员。她不是以一位局外人的身份来写。激情只是一种现象，支撑激情的是大家说的理想。80年代年轻人具有这种特点，这是时代氛围决定的。但是这种理想是一种虚幻的、非现实的。因为这种理想的虚幻是一种非现实的，它经不住世俗化的、物质化的东西的"激荡"，最后结局并非他们原来所设想的那样。成长的过程，作品的思想意义是隐含着一种批判性。一方面，她非常钟爱这一群人；另一方面，她也反思。虽然作者站在这一代人的立场，以这一代人的视角来写这一代人，但是一种来自其内心的不满使她有一种隐含的批判性，这种批评带有自嘲的味道。

我很习惯于两种写作方式，一是对现实的摹写、复写；另一种是先锋派的东西。作者往往是刻意荒诞性，与所描写的细节是脱离的。张梅的风格与这两种都不一样。这也看出作者是一个非常聪明、非常有才气的作家。

陈建功（中国作协书记处书记、创研部主任）：这次会议是我半年来主持过的会议中，最具学术品味，最具思想深度，并提供了很丰富的思维材料的会议。首先是因为作者向我们提供了新的文本，另外各位评论家的字字珠玑的才情也使我们这次会议开得很成功。我代表主办单位感谢各位。

（注：因录音不全，所以马相武、陈骏涛、曾镇南、李敬泽、牛玉秋、伊始、贺绍俊的发言均为摘要。本录音记录未经本人审阅。）